POSEIDON

PAUL GALLICO

POSEIDON

traduit de l'anglais
par Suzanne Barthes

l'Archipel

Ce livre a été publié sous le titre
The Poseidon Adventure
par Heinermann, Londres, 1959.

Si vous désirez recevoir notre catalogue et être tenu au courant de nos publications, envoyez vos nom et adresse, en citant ce livre, aux Éditions de l'Archipel,
34, rue des Bourdonnais, 75001 Paris.
Et, pour le Canada,
à Édipresse Inc., 945, avenue Beaumont,
Montréal, Québec, H3N 1W3.

ISBN 2-84187-826-0

À John Tucker Hayward,
joueur de cricket,
amiral de la Flotte américaine,
mon ami.

I

Ouverture pour un naufrage

Le 26 décembre à sept heures du matin, le paquebot *Poseidon,* quatre-vingt-un mille tonnes, faisait route vers son port d'attache de Lisbonne après un mois de croisière le long des côtes d'Afrique et d'Amérique du Sud, lorsqu'il se trouva pris soudain dans une houle inexplicable, à quatre cents milles au large des Açores. Il se mit à rouler comme un porc dans sa bauge.

Le *Poseidon,* ex-*Atlantis* de la flotte marchande britannique, était l'un des premiers transatlantiques géants à s'être converti en cargo mixte par la force des choses. En abordant la zone perturbée, il avait les deux tiers de ses réservoirs de mazout à vide, sans aucun lest d'eau de mer. Les étranges vagues longues et basses arrivaient à sa rencontre sur un rythme ne permettant pas à ses stabilisateurs archaïques et passablement endommagés de les compenser. Le bateau tanguait d'un bord sur l'autre, sans retenue, et ce balancement, combiné aux effets du gala de Noël qui avait duré pratiquement toute la nuit, livrait sans rémission la quasi-totalité des cinq cents passagers classe unique de la Travel Consortium Ltd. aux affres du mal de mer.

Le grand tableau du standard téléphonique des cabines se mit à clignoter avec une ardeur digne de l'immense arbre de Noël qui décorait la salle à manger d'honneur. Les appels submergèrent le cabinet du médecin du bord, le docteur Caravello, Italien de soixante-quinze ans arraché à la retraite par l'agence internationale qui couvrait le voyage. Le téléphone sonnait sans arrêt également à l'infirmerie. Le docteur Caravello et son assistant, Marco, jeune interne terminant à peine ses études, ainsi que les trois infirmières, en étaient réduits à envoyer vaguement à la ronde comprimés et ordres de rester au lit. Tout cela se passait sous le beau soleil tropical, sur une mer parfaitement nonchalante, au gré de ces interminables lames.

Comme pour accentuer les haut-le-cœur des passagers, les objets s'animaient dans les cabines. Tout ce qui n'était pas arrimé – malles, valises, bouteilles – glissait d'un bord à l'autre ; les vêtements se balançaient inlassablement aux portemanteaux. Le vieux bâtiment grinçait et geignait de toutes ses jointures. Des échos exaspérants de bris de vaisselle retentissaient en tous sens. Les médicaments pour le mal de mer avaient perdu simultanément leurs vertus matérielle et psychologique. Vers dix heures du matin, ce joyeux retour d'une croisière sans histoires était devenu l'enfer même.

Il y avait cependant quelques exceptions, comme il se doit : le petit pourcentage, commun à tous les paquebots, de passagers au pied marin. Ceux qui peuvent dire sans mentir : « Je n'ai jamais le mal de mer. »

C'est ainsi que, peu avant midi Mr James Martin, voyageant seul, chemisier à Evanston, Illinois, appelait dans sa cabine Mrs Wilma Lewis, une veuve de Chicago. Celle-ci n'était pas parmi les favorisés du sort ; elle gémit au téléphone : « Pour l'amour de Dieu, fichez-moi la paix ! Laissez-moi mourir tranquille ! » Quand il demanda : « Puis-je venir vous voir ? », elle grogna : « Non ! » et raccrocha.

Dans une autre cabine, Mrs Linda Rogo, entre deux nausées, abreuvait son mari de toutes les injures d'un vocabulaire expérimenté. Elle lui reprochait abondamment de l'avoir contrainte à faire cette croisière dont elle avait détesté chaque minute, et de n'avoir même pas le bon goût d'être malade lui-même. Impuissant à calmer sa femme, Mike Rogo déserta la cabine, poursuivi par ses imprécations.

Le docteur Frank Scott – le doctorat n'était pas en médecine mais en théologie – téléphona à Mr Richard Shelby, de Detroit :

— Salut, Dick ; comment va la famille ?

— Bien, jusqu'à présent.

— Notre match de squash m'a l'air compromis.

— On dirait !

— On se voit à déjeuner ?

— Okay, Buzz.

Les deux hommes s'étaient liés pendant la croisière, vu leur intérêt commun pour le football et l'athlétisme. Cinq ans plus tôt, le pasteur Scott, docteur en théologie, athlète complet, deux fois champion olympique de décathlon et alpiniste, était encore Frank « Buzz » Scott, arrière des All America de Princeton.

Richard Shelby, son aîné d'une vingtaine d'années, était directeur du service de dessin industriel, section des véhicules commerciaux, à la société Cranborne Motors de Detroit ; dans sa jeunesse, il avait été un élément de valeur de l'équipe Michigan.

Mrs Timker, directrice de la troupe des Gresham Girls, les danseuses du cabaret flottant qui avait donné des représentations trois fois par semaine pendant la traversée, s'estimait à la dernière extrémité ; elle trouva cependant la force de lancer un message à sa compagnie : « Relâche ce soir. » Une des danseuses, Nona Parry, mince fille de Bristol aux cheveux roux sur une petite figure pâlotte, dont on se serait attendu qu'elle fût malade mais ne l'était pas, s'écria : « Chic alors, je vais pouvoir me laver les cheveux ! »

À onze heures trente, les trois seuls passagers visibles au fumoir étaient un Anglais alcoolique du nom de Tony Bates, sa compagne de bar favorite, Pamela Reid, et Hubie Muller, un Américain solitaire de San Francisco.

Pamela et l'Anglais, surnommé le Réjoui, enserraient les pieds de leur tabouret fermement vissé au sol, tandis que le barman leur servait des doubles Martini dans des verres à whisky pour que le liquide ne déborde pas à chaque coup de roulis. Ni l'un ni l'autre ne souffraient de gueule de bois ou de mal de mer, étant tous deux dans les vapeurs d'une ivresse euphorique où ils baignaient sans discontinuer depuis la veille au soir ; ils n'étaient même pas allés se coucher.

Muller, riche célibataire sans profession, la quarantaine, habitué de l'Europe, chouchou de toutes les mères de filles à marier des deux continents, s'était enfoncé, les pieds en l'air, dans un des fauteuils d'angle du fumoir, en compagnie d'un livre et d'une demi-bouteille de champagne. Il n'était pas malade, mais le livre était mauvais, le champagne ne voulait pas rester dans la coupe, la croisière n'avait pas été particulièrement folichonne et il s'ennuyait ferme. Il ressentait comme un affront personnel le balancement continu du navire.

Dans sa cabine, Mr Rosen, retraité d'un commerce de charcuterie et comestibles fins, demanda à sa femme :

— Tout va bien, Maman ? Tu te sens bien ?

— Mais oui, répondit Belle Rosen. Pourquoi voudrais-tu que je n'aille pas bien ?

Mr Rosen qui, en pyjama à rayures et les cheveux ébouriffés, ressemblait à un petit enfant replet, répondit :

— Il paraît que tout le monde a le mal de mer.

— Eh bien, pas moi, dit Belle.

C'était une grosse femme qui remplissait presque entièrement sa couchette, dont l'espace restant avait été comblé avec des oreillers et une valise, de sorte qu'elle ne sentait presque pas le roulis.

Plus bas, dans le salon de coiffure pour dames du pont D, Marie, la coiffeuse, se débattait avec une perruque de cheveux blonds mi-longs qui lui avait été envoyée par Mrs Gleeson, cabine M 119, pour shampooing et mise en plis, avec ordre de la livrer avant neuf heures du soir. Elle se demandait où et quand Mrs Gleeson la porterait si ce remue-ménage continuait. Dans la cabine M 119, cinq ponts au-dessus, Mrs Gleeson n'avait plus la force de se préoccuper de quoi que ce fût.

Une autre veuve, Mrs Reid, non seulement souffrait le martyre du mal de mer, mais se désespérait du tour désastreux qu'avait pris cette croisière : elle l'avait entreprise en grande partie dans l'espoir de trouver un mari à sa fille, et voilà que Pamela avait eu le mauvais goût de s'enticher de l'homme le plus indésirable du bord, avec qui elle était encore certainement en train de boire.

Miss Mary Kinsale, célibataire, chef comptable de la succursale de la banque Browne à Camberley, près de Londres, demeurait insensible à ce balancement nauséeux. Petite femme réservée, soignée, son trait le plus remarquable était sa chevelure d'un brun magnifique, très longue, qu'elle tirait en arrière et nouait en un énorme chignon qui lui couvrait la nuque. Elle avait la bouche pincée, mais ses yeux étaient alertes et bienveillants.

Elle avait essayé de se faire servir le petit déjeuner au lit, sans succès car les mouvements du bateau avaient fait supprimer tout service de plateaux dans les cabines ; elle avait grand-faim. Elle saisit le téléphone pour appeler la salle à manger et demanda : « Est-ce qu'on aura à déjeuner aujourd'hui ? » La voix horrifiée du second maître d'hôtel répéta : « Déjeuner ! » Aussitôt, Miss Kinsale s'était excusée :

— Oh mon Dieu ! je ne voudrais pas déranger qui que ce soit.

À l'autre bout du fil, la voix s'excusa.

— Pas du tout, madame, pas du tout. Mais nous n'attendons pas grand-monde. Nous serons trop heureux d'avoir quelqu'un à servir. Mais je crains qu'il n'y ait qu'un repas froid. On ne peut rien faire cuire en cuisine.

— Ce sera parfait, répondit Miss Kinsale. Merci beaucoup, n'importe quoi fera l'affaire.

Ces vingt-sept jours de croisière ne lui avaient pas suffi pour s'accoutumer au luxe du service, ni pour surmonter sa timidité devant les serveurs.

Quand, à une heure de l'après-midi, le groom de la salle à manger parcourut en chancelant les coursives inclinées en scandant « Bing, boum, bing, boum ! » sur son gong, ce bruit, jusque-là bien-aimé des passagers affamés, ne rassembla derrière lui qu'un maigre cortège désordonné, qui surgit de ses quartiers du pont supérieur et du pont A en trébuchant, glissant, dérapant, se retenant aux mains courantes de corde qu'on avait mises en place, criant des mises en garde dans les escaliers, car les ascenseurs étaient arrêtés. C'était assez dangereux, mais ces gens de constitution robuste se prirent d'une sorte de camaraderie née du hasard et de la nouveauté de ce toboggan surgi sous leurs pieds, qui tantôt les obligeait à gravir péniblement une pente, tantôt les catapultait vers le bas. Ainsi, une cinquantaine d'âmes fortes se réunirent dans la salle à manger du pont R.

La famille Shelby – Richard, sa femme Jane, leur fille de dix-sept ans, Susan, et leur fils Robin, dix ans – effectua une arrivée groupée, aussi prudente que bruyante, par le grand escalier.

Pour la cinquième fois, le corpulent petit Manny Rosen se dressa péniblement sur ses pieds en tentant de s'incliner pour s'écrier : « Bienvenue au Club des Durs à Cuire », sur quoi Belle, sa femme, s'écria : « Oh Manny, ça suffit ! C'est déjà assez pénible sans tes plaisanteries. »

Les Rosen avaient une table à l'extrême bâbord de la salle à manger, contre une des grandes fenêtres carrées à pourtour de cuivre, surplombant la mer de plusieurs mètres. Hubie Muller, leur voisin, occupait également une table pour deux. Il avait aussi une table réservée en permanence au grill-room pour les tête-à-tête, au cas où une amitié intime se nouerait pendant la traversée. Grand voyageur, il avait fait une demi-douzaine de fois le trajet New York-Cherbourg, ou Southampton-New York à l'époque où le *Poseidon* était encore l'*Atlantis* ; il en connaissait toutes les ressources. Mais jusque-là, la rencontre espérée ne s'était pas produite.

Toutes les tables alignées devant les fenêtres étaient pour deux personnes, mais, afin de favoriser les contacts, les autres pouvaient en accueillir huit. Proche de celle des Rosen, près d'une des entrées de service par où les stewards surgissaient avec les plateaux chargés, se trouvait la table que Susan Shelby avait baptisée « le fourre-tout », à cause du mélange de ses hôtes. Quand elle était au complet, elle comprenait le pasteur Scott, Miss Kinsale, James Martin, les Rogo et le troisième officier mécanicien, Mr Kyrenos.

Miss Kinsale et le chemisier d'Evanston, James Martin, étaient déjà installés quand Mike Rogo arriva seul pour s'entendre adresser la phrase de bienvenue de Manny, qui ajouta :

— Où est Linda ? Elle nous lâche ?

— Linda ne me cause plus. Elle croit que c'est moi qui balance le rafiot, répondit Rogo.

Pendant que la famille Shelby gagnait difficilement la table voisine, le bateau pencha de nouveau. Le petit Robin Shelby ne trouva rien à quoi se raccrocher ; sans cesser de hurler « hip, hip, hup, hup ! » d'une voix aiguë. Il déboula le long de la salle, heurta violemment Mike Rogo et rebondit sur le sol. « Houau-ouh ! » cria-t-il.

Robin était un gamin robuste qui promettait de devenir aussi athlétique que son père. Mais Mike Rogo le souleva comme un bébé et le remit sur ses pieds en disant : « Tu pourrais te faire mal, fiston. Vaudrait mieux te tenir à quelque chose. » Rogo, bien qu'il ne pesât que soixante-quinze kilos, était fort comme un taureau.

— Dites donc, qu'est-ce qui se passe ici ? demanda Martin au steward Peters. La mer est calme et cette vieille baille a l'air de rouler comme une boule.

— Je ne peux pas dire au juste, monsieur. Probablement y a-t-il eu une tempête devant nous. On a souvent de la houle, dans ce cas-là.

Les Shelby avaient tous réussi à s'asseoir quand Tony Bates et Pamela Reid descendirent le grand escalier de façon parfaitement normale, bien au milieu ; avec tout autant d'assurance, ils traversèrent la salle entière pour gagner une table à l'extrême tribord. D'une façon mystérieuse, l'alcool dont ils étaient imbibés contrebalançait les mouvements du bateau.

— Regarde, Maman ! s'écria Susan. Le Réjoui et cette fille ont réussi. Ils sont formidables ! Comment fait-elle ? Moi, il me suffit d'une gorgée de sherry pour me sentir drôle.

— Petite nature !... dit Richard Shelby.

Sa femme et lui formaient un beau couple et leur fille était une jeune personne fraîche et enjouée. De son père, elle avait la mâchoire un peu carrée et les cheveux noirs, de sa mère les bonnes manières et la vivacité, combinées avec la silhouette asexuée de la lycéenne américaine.

Les nouveaux arrivants étaient hors de portée de voix, aussi Manny Rosen se contenta-t-il de se lever pour leur faire un signe de bienvenue. Il les aimait bien. Le Réjoui sourit en remerciement.

Un certain nombre d'autres passagers arrivaient péniblement à la salle à manger : des Grecs, des Belges, une famille de huit personnes de Düsseldorf au nom extraordinaire d'Augenblick, qui signifie clin d'œil, une douzaine encore d'Anglais et Américains, plus quelques hardis Scandinaves. Rosen ne tenta pas de les faire entrer dans le Club des Durs à Cuire, car ils s'éparpillaient aux quatre coins de la vaste pièce. Il réservait cet honneur au petit groupe qui, grâce à la proximité, avait pris l'habitude d'échanger des salutations.

Pour Robin Shelby tout au moins, le déjeuner s'annonçait comme une aventure passionnante. Les tables étaient garnies de râteliers et de rebords surélevés pour empêcher les assiettes et les couverts de glisser par terre. Peters et son assistant Acre, les stewards qui servaient ces quatre tables, semblaient danser un ballet en essayant de maintenir leurs plateaux en équilibre.

Le pasteur Frank Scott, une montagne de près de deux mètres, arriva à si grandes enjambées qu'il avait l'air de faire mouvoir le bateau avec ses pieds et non d'être propulsé par son roulis.

Manny Rosen commença : « Bienvenue au... », mais quand Belle lui mit fermement la main sur le bras, il transforma sa phrase en : « Bravo, Frank ! on savait bien que vous y arriveriez ! »

Durant tout le voyage, il avait été difficile de penser à Scott comme à « monsieur le pasteur ». Tout le monde l'appelait Frank, ou Buzz, à l'exception de Miss Kinsale qui, avec un respect tout britannique pour le clergé, s'obstinait à le désigner comme « le docteur Scott », et de Rogo qui l'appelait « pasteur » ou « padre » en s'arrangeant pour rendre cela légèrement ironique.

Il déconcertait complètement les Européens du bord. Aux yeux du contingent américain, en revanche, il était si jeune et ses exploits sportifs si récents qu'on ne pouvait voir en lui que Buzz Scott, l'arrière vedette de Princeton, deux fois champion olympique de décathlon, skieur, vainqueur de sommets des Andes et toujours en tête de cordée.

Rarement absent des pages sportives pendant ses années d'université, il avait continué à faire la une de l'actualité pendant ses études à la faculté de théologie, pour avoir participé à la conquête d'un sommet vierge des Andes, le pic San Jacinto. À vingt-neuf ans, Scott restait le type du footballeur, large, massif et impressionnant, le cheveu ras, et l'air éclatant de santé, tout en échappant à la beauté conventionnelle du champion américain grâce à la ligne sinueuse d'un nez cassé.

Son regard loyal, droit dans les yeux, subjuguait et attirait à la fois, mais il y avait aussi quelque chose d'indéfinissable et de vaguement troublant sous cette franchise. Quand il disputait un match, la lueur combative qui éclairait ses yeux rappelait plus un boxeur poids lourd qu'un ministre du culte.

Ce qui est certain, c'est qu'il était partout sur le bateau pendant la croisière : lançant comme des boulets des balles imprenables dans les coins des courts de squash, martelant le pont-promenade, suivi d'une troupe de jeunes admirateurs, en faisant ses cinq milles à la course, fracassant des pigeons d'argile au tir du pont arrière, surpassant tous ses adversaires au deck-tennis.

Son torse de bronze faisait sensation à la piscine. Chaque jour, il malmenait les palans et les agrès du gymnase du bord, ou bien il enfilait des gants et s'amusait avec le moniteur, ex-champion poids lourd anglais.

Une fois, Jane Shelby avait dit à son mari que, pour son goût, il tenait un peu trop de place. Ce qu'elle pensait de ses yeux, elle le gardait pour elle, car l'idée qu'un personnage aussi illustre dans le domaine du sport puisse abriter un quelconque fanatisme lui paraissait trop absurde, sauf quand il semblait faire rouler son auréole sportive au sein de sa conception déjà très personnelle de l'évangélisme.

Sur ce plan, il avait fait forte impression par son sermon prononcé le dimanche où on lui avait demandé de célébrer le service divin, d'où l'on avait conclu qu'il se tenait en forme afin de remporter de nouvelles victoires pour son Dieu.

En effet, il avait dit textuellement dans ce sermon : « Dieu a besoin de vainqueurs ! Dieu aime qu'on marque un essai. Il ne nous a pas créés à son image pour qu'on arrive second. Il n'a rien à faire des lâcheurs, des geignards et des mendiants. Chaque épreuve qu'on dispute est un acte de dévotion. Honorez-vous, faites face, et vous honorez Dieu, vous Le défendez. Qu'Il sache que s'Il ne peut vous venir en aide, vous aurez le courage et la volonté de vous battre seul. Défendez-vous seul et Il viendra se battre à vos côtés sans qu'il soit besoin de le Lui demander. Quand vous triomphez, c'est parce que vous L'avez accepté et qu'Il est en vous. Quand vous perdez, c'est que vous L'avez renié. »

Ce n'était pas exactement le genre de sermons auxquels étaient habitués les fidèles, mais sur le moment, ils n'avaient pas résisté à la sincère ferveur de sa foi pastorale ; ils avaient tous dû reconnaître que c'était au moins une expérience intéressante et que cela fournissait un sujet de conversation.

En sortant du grand salon où le culte avait eu lieu, Jane Shelby avait dit :

— Ouf ! J'ai l'impression d'être obligée d'aller battre quelqu'un à un sport quelconque.

Et elle avait ajouté :

— Cet homme parle tout à fait comme s'il venait de signer son engagement d'entraîneur pour l'équipe de Dieu.

Son mari avait répondu à côté de la question, mais non sans respect :

— Il a été le plus grand footballeur qu'ait jamais produit Princeton.

— Cela devrait suffire à Dieu, répliqua Jane Shelby.

Son mari lui jeta un regard incisif pour voir si elle plaisantait, mais elle avait l'air tout à fait sérieux. Il y avait parfois dans l'expression des yeux clairs et malicieux de sa femme quelque chose qui lui échappait. Elle lui avait ensuite demandé brusquement :

— Que fait-il dans cette croisière, à ton avis ?

— Oh, il me l'a dit : des vacances entre deux postes.

— Quels postes ?

— Je ne le lui ai pas demandé.

— Qu'est-ce qui peut pousser un homme comme lui à entrer dans les ordres ? avait-elle demandé.

Puis elle avait ajouté :

— Tu l'aimes bien, n'est-ce pas ?

Jane Shelby savait que son mari avait un véritable culte pour Scott, héros du stade. Elle avait l'humour de demeurer toute prête à comprendre les petits garçons qui ne grandissent jamais, mais on se posait au sujet du pasteur trop de questions sans réponses pour qu'elle n'ait pas souhaité que son mari fût moins enchanté de ses vertus.

— Oui, Scott est un garçon remarquable, avoua celui-ci.

En fait, à part lui, Dick Shelby était troublé également par la vocation du gaillard. Ce qui rendait les choses encore plus incompréhensibles, c'est que Scott venait d'une famille riche.

Quand on réussit de façon spectaculaire, qu'est-ce qui peut bien vous faire embrasser l'état ecclésiastique ?

Shelby lui-même n'était ni dévot ni anticlérical ; c'était un intellectuel conformiste, convaincu que la plupart des gens qui entrent dans le clergé le font par incapacité de faire autre chose. Cette race lui était complètement étrangère, mais, comme il sied à un dirigeant de l'industrie automobile, il alternait ses dimanches entre le Select Country Club de Bloomsfield Hills et la non moins select église épiscopale de Grosse Point.

Dans ce dernier cas, il trônait sur son banc comme il convient au chef d'une famille bien américaine ; les yeux convenablement baissés, il fermait consciencieusement son esprit aux abstractions proférées du haut de la chaire par le docteur Goodall. Il considérait le pasteur comme un colossal raseur, mais reconnaissait qu'il avait une place assignée dans le contexte social et accomplissait sa tâche avec le minimum d'interférences dans la vie de Dick Shelby. La ferveur religieuse et l'émotion n'entraient en rien dans l'affaire.

— Fuirait-il quelque chose, est-ce possible ? avait alors demandé Jane. Ou est-ce une dernière escapade ?

La conscience qu'avait Shelby des conventions sociales lui fit répondre :

— Les pasteurs ne font pas d'escapades, avant d'ajouter aussitôt : Ce n'est pas que Frank soit collet monté et il a certainement fait pas mal de touches pendant le voyage, mais je suis sûr qu'il n'a répondu à aucune avance.

— Qu'en savons-nous, avait répondu Jane qui l'avait ensuite taquiné : De toute façon, le soir, il doit être bien trop fatigué.

Son mari n'avait pas trouvé ça drôle.

Le *Poseidon* roulait de nouveau. Robin Shelby hurla de joie. Le large buste de Scott surplomba la table suivant l'inclinaison du bateau dont le mouvement inverse le fit glisser élégamment sur sa chaise. Martin, un petit homme sec et grisonnant, aux lèvres minces, qui ne paraissait pas avoir grand-chose à dire, observa :

— Vous arrivez à temps pour entrer dans le club de Manny, le Club des Durs à Cuire.

Scott sourit, dévoilant cinq dents irréprochables, plus une écornée au cours d'un dernier match. Ce sourire s'effaça quand il vit Rogo seul.

— Mrs Rogo est malade ?

À la fin de la traversée, ils n'en étaient même pas arrivés aux prénoms. La voix de Scott était bien timbrée et agréable à entendre.

— Oui, grogna Rogo.

— J'en suis désolé.

— Merci, dit Rogo sans chercher à dissimuler l'expression sarcastique de sa voix.

Il n'aimait pas Scott. En dépit de son physique d'athlète et de sa réputation, il restait pour Rogo un sportif de luxe. Pour lui, tous les hommes passés par l'université, et surtout les joueurs de football, l'étaient. Le campus de Columbia lui apparaissait comme une espèce de cancer au cœur de son bien-aimé Broadway. Il éprouvait toute l'animosité de l'homme du peuple pour l'intellectuel bourgeois.

De sa table toute proche, Muller cria :

— Où est Mr Kyrenos ?

— Aucun des officiers n'a l'air d'être là, répondit Shelby. J'espère qu'il n'est rien arrivé de grave.

Muller pinça une olive entre le pouce et l'index et n'en fit qu'une bouchée.

— Tout ce que je sais, dit-il, c'est que c'est diablement inconfortable. Pourquoi diable le commandant n'y fait-il rien ?

Rogo se retourna pour le considérer avec dégoût. Son mépris pour Muller était presque aussi grand que son inimitié envers Scott. Si celui-ci était un sportif de luxe, Muller était une lavette. Sa voix était feutrée, ses mains trop blanches et trop douces, il manquait de muscles, ses mouvements étaient lents et indolents, et il avait un accent affecté que Rogo qualifiait de prétentiard. De plus, celui-ci ne pouvait pas supporter la coupe des vêtements de Muller.

En fait, Rogo était lui-même assez fier de ses ongles bien manucurés, mais il avait des jointures noueuses et déformées par les fractures, souvenirs des crânes et des mâchoires de ceux qui avaient « discuté » avec lui. C'était l'euphémisme signifiant qu'on avait résisté à une arrestation. Rogo était assez recherché dans sa mise également, mais ses vêtements ne provenaient jamais que de Broadway. Il avait la voix un peu trop forte de l'agent de police sorti du rang pour devenir inspecteur en civil. Dans son genre, Rogo était une sorte de célébrité, surtout à New York ; il portait la médaille d'honneur de la police pour avoir pénétré seul dans la prison de Westchester Plains et maté une révolte au cours de laquelle les prisonniers avaient déjà tué deux otages.

Il avait le visage lisse, débonnaire, avec de petits yeux porcins toujours un peu soupçonneux, et des paupières qui tombaient dans les coins. À cela s'ajoutait un nez aplati au cours d'un championnat poids welter. C'était à peine s'il ouvrait la bouche en parlant et on le voyait rarement sourire. Son secteur était le quartier des théâtres de Broadway, séjour des individus les moins recommandables de New York. Gangsters enrichis, drogués, spécialistes du hold-up, homosexuels, ils étaient tous pareils quand Rogo les ceinturait.

— Pauvre Linda, est-ce qu'on peut faire quelque chose pour elle ? demanda Belle Rosen.

— Non, Belle, merci, répondit le détective. Elle a surtout envie qu'on lui fiche la paix.

Vagues relations de New York, les Rosen et les Rogo s'étaient retrouvés à bord. Les noctambules fréquentaient volontiers ce que Rosen appelait son Palais des Charcutailles d'Amsterdam Avenue et il arrivait à Rogo de passer y jeter un coup d'œil. Cela suffisait pour assurer la paix et la tranquillité à la charcuterie Rosen.

Il avait beau affirmer qu'il prenait ses premières vacances après cinq ans de rondes, la présence de Rogo à bord n'avait pas été admise sans réticences par tous les passagers. On trouvait plus excitant de croire qu'il était là en qualité de détective et l'on échangeait des plaisanteries : « On croirait que ce type vous a surpris dans la cabine du voisin », ou : « Allons, vous devriez vous rendre ! », ou : « J'ai bien vu que le flic vous avait à l'œil, hier soir, au bar. »

De même, la machine à papotages du *Poseidon* ne voulait pas démordre de la théorie que Rogo était là en mission et non pour son plaisir. Il était « après » quelqu'un sur le bateau. L'idée qu'un rude policier de Broadway se changeait tous les soirs pour dîner, se promenait sur les rives du Liberia ou de la Côte d'Ivoire et s'inscrivait aux tournois de ping-pong paraissait ridicule aux bavards ; nombreux étaient ceux qui essayaient de le faire parler. Ses yeux toujours un peu fureteurs se rétrécissaient – c'était sa seule façon de manifester un peu d'humour – quand on lui demandait la vraie raison de sa présence à bord.

— Est-ce qu'un flic n'a pas le droit de prendre des vacances ? répondait-il. J'avais peut-être envie de voir d'où sont venus tous ces moricauds de chez nous. Je pourrais peut-être en ramener un ou deux à la maison.

Les mouvements du bateau étaient devenus plus réguliers, bien que d'amplitude variable. Sa vieille carcasse protestait à chaque coup de roulis. Richard Shelby se pencha vers la table fourre-tout.

— Pas de match aujourd'hui, hein, Frank ?...

Scott grimaça gaiement.

— Et si on essayait ? Je parie que ce serait amusant. Je vous rends cinq points.

— Ah non, alors ! s'écria Jane Shelby, horrifiée.

Un instant, Shelby parut mal à l'aise, comme s'il se demandait si Scott parlait sérieusement au risque de se casser un bras ou une jambe sur un court en pente. Quant à Jane, elle ne douta pas une minute que le pasteur fût prêt à essayer. Quand il s'agissait de sport, il était complètement timbré. Shelby finit par décider que Scott le faisait marcher et répondit : « Maman a dit non. »

À l'autre bout de la salle à manger, le Réjoui qui, incidemment, appartenait à une étude d'agents de change de Londres, déclara :

— Je vais prendre un double Martini.

— Moi aussi, dit aussitôt Pamela.

C'était une Anglaise laide, assez mal bâtie, porteuse de ces jambes massives qu'on attribue aux professeurs de gymnastique, les cheveux bruns coupés court et le teint coloré. Ses yeux bleu clair étaient cordiaux, surtout quand elle regardait le

Réjoui et elle avait une perpétuelle expression d'étonnement. Elle voyageait avec sa mère et s'était attachée au Réjoui pendant la traversée, à moins que ce ne fût lui. Elle était, peut-être sans le savoir, follement éprise de lui.

— Comment va votre chère maman ? lui demanda le Réjoui.

— Elle vomit tout le temps.

— Quel dommage !

Il lui sourit :

— Alors, peut-être pourrons-nous aussi dîner ensemble, ce soir.

Elle lui rendit son sourire. Bates était loin d'être beau : la quarantaine, une figure ronde, rouge et naïve, des cheveux clairsemés soigneusement ramenés sur le haut du crâne ; on le trouvait toujours plongé dans les vapeurs silencieuses de l'alcool qu'il commençait à absorber dès dix heures du matin, perché sur le tabouret d'un des trois bars, souriant à tout le monde. Au début, il y était seul. Depuis qu'il avait découvert par hasard que la jeune fille pouvait lui tenir tête, verre pour verre, sans que cela se vît jamais, ils étaient inséparables.

Les Martini arrivèrent. « À votre santé », dit le Réjoui. « À la vôtre », répondit Pamela. « Si on en prenait un autre ? » poursuivit le Réjoui.

Robin Shelby avait trouvé un jeu : il posait son petit pain sur le bout, puis quand le bateau penchait vers bâbord, il le lâchait, et le petit pain basculait sur lui-même jusqu'à ce que le rebord de la table l'arrêtât. Le *Poseidon*, qui avait un moment navigué vertical, pencha de nouveau d'un mouvement lent et régulier qui, pour la première fois, ne paraissait pas vouloir s'arrêter. Le petit pain roula par terre. Tout se mit en mouvement. Aux sons musicaux produits par les assiettes, les couverts, les verres heurtant les rebords des tables, se mêlait le tintement des ornements du grand arbre de Noël planté dans un seau de sable fixé au plancher de la salle à manger, et qui penchait de façon menaçante. Incliné sur le côté, plus bas que jamais, le navire parut suspendu comme s'il ne devait plus se redresser.

Belle Rosen s'écria : « Manny, regarde ! » Derrière la fenêtre, la mer, bleue et innocente, illuminée de soleil, leur semblait directement au-dessous d'eux, tandis qu'ils étaient déversés de leurs chaises. Les petites mains grasses de Belle s'agrippèrent si fort à la table que les bagues s'incrustèrent dans ses doigts potelés.

Pour Robin, il n'était plus question de jouer. Il était terrifié. Sans un cri, il s'accrocha et regarda anxieusement son père. Le silence tomba sur eux tous et Muller, très pâle, se souleva en s'appuyant à la vitre, convaincu que l'on chavirait pour de bon.

Les deux stewards étaient justement en train de servir. Peters, le plus grand, qui s'efforçait de garder son équilibre, dit : « Tout va bien, monsieur », tandis qu'Acre, obligé de se cramponner à un dossier de chaise, ajoutait : « Ça ira, il se redresse toujours. »

Jamais le grand paquebot n'avait autant gémi et craqué qu'en peinant pour se redresser. La mer, si menaçante par sa proximité, s'éloigna des fenêtres, et l'on revit le ciel bleu strié de cirrus tandis que le bateau s'inclinait maintenant vers tribord. Mais l'ampleur de ses oscillations diminua, assiettes et couverts reprirent leurs places. Un steward armé d'une pelle et d'une balayette vint enlever les débris or et argent des ornements de Noël.

— Seigneur Dieu, dit Rogo, c'était moins une !

Mr Rosen et sa grosse épouse levèrent des yeux effrayés sur Peters.

— Dites donc, poursuivit Rogo. C'était grave, pas vrai ?

— Pas vraiment, monsieur. J'ai vu pire dans l'Atlantique Nord.

— Il ne peut pas couler, monsieur, pas comme il est bâti, ajouta Acre.

James Martin, dont les yeux brillaient derrière des lunettes, se souvint qu'au moment où le navire était resté suspendu pour ce qui avait paru une éternité les deux stewards étaient devenus livides. « Mon Dieu, se dit-il, ils ont peur. » Laconiquement, il demanda :

— Frank, vous priiez ?

— À vrai dire, j'étais trop occupé à retenir le navire avec mes abdominaux.

Les rires libérèrent la tension générale. Shelby se pencha :

— Si quelqu'un en est capable, c'est bien vous.

Miss Kinsale accueillit cette saillie d'un air réprobateur. Et Hubie Muller s'adressa avec irritation à Peters :

— De qui vous moquez-vous ? Peut-être l'avez-vous déjà vu se coucher comme ça, mais pas moi. Que se passe-t-il ? Pourquoi le commandant ne ralentit-il pas, ou ne change-t-il pas de cap, ou... je ne sais, moi...

Gâté par la vie, il n'avait pas l'habitude de tolérer le moindre désagrément, et il était assez riche pour cela. Quand il se trouvait dans une situation déplaisante, qu'il s'agisse de questions domestiques ou de relations sociales, il s'en allait tout simplement. Malheureusement, il n'y avait pas moyen d'échapper au comportement incongru du *Poseidon*.

— Je pense qu'il est pressé, dit Martin. Nous avons déjà un jour de retard.

— Je parie que le commandant a eu la trouille, lui aussi, dit la voix claire de Robin Shelby.

— Les commandants n'ont jamais peur, assura Scott.

Mais Miss Kinsale marmotta pour elle-même : « Bienheureux, les petits enfants... »

— Peuh ! Donnez-moi un double dry... non, après tout, plutôt un whisky, demanda le Réjoui au barman.

— La même chose, dit Pamela.

Le Réjoui tourna vers elle un regard épanoui.

— Une fille selon mon cœur.

À bâbord, les convives commençaient à se lever. Manny Rosen aidait sa femme.

— Tiens-toi bien à moi, Maman, lui dit-il.

Il ajouta à l'adresse de Rogo :

— Vous vous changerez pour dîner, ce soir ?

Rogo entrouvrit à peine ses lèvres minces pour répondre : « Pourquoi pas ? » dans l'intention évidente de se moquer des deux hommes, qu'il n'aimait pas.

— Peut-être Linda viendra-t-elle. Elle nous a manqué.

— Possible, dit Rogo.

Les dîneurs du fourre-tout se levèrent. Le *Poseidon* se remit à rouler.

— Oh, mon Dieu ! s'écria Miss Kinsale.

— Prenez mon bras, proposa Scott.

— Merci, dit-elle, l'air agité.

Ce fut lui qui l'empoigna. Ils formaient un couple comique, lui immense, soulevant pratiquement du plancher la minuscule vieille fille pour l'aider à remonter la pente, et la serrant contre lui pour compenser le mouvement inverse.

— Quel drôle de type ! dit Muller en les regardant. Que serait-il arrivé si nous ne nous étions pas redressés, mais retournés complètement, cette fois ?

Martin s'essuya les lèvres et répondit :

— Je suppose que nous serions tous morts. À bientôt.

Les Shelby se levèrent en bloc et gagnèrent le grand escalier en s'agrippant les uns aux autres.

II

Catastrophe

Robin Shelby avait raison. Non seulement le commandant grec avait peur, mais lorsque, durant le déjeuner, son navire avait roulé sans que les stabilisateurs soient entrés en action, il avait été pris de panique.

Outre un certain nombre de fautes par action et par omission, depuis qu'ils avaient franchi la barre du Tage au départ de Lisbonne, il savait que, dans son inexpérience d'un si gros navire, il avait malmené les stabilisateurs dans cette eau peu profonde, et en avait virtuellement compromis l'efficacité. Qu'il ait eu la chance de ne pas en avoir besoin au cours d'une traversée par beau temps ne changeait rien au fait que, maintenant, ils fonctionnaient insuffisamment.

Le *Poseidon* était aussi haut qu'un immeuble de dix étages et aussi large qu'un terrain de football.

Un tiers de ses quatre-vingt-un mille tonnes était sous la surface, bourré de machines pour le propulser et le refroidir, de chaudières, de pompes, d'engrenages de démultiplication, de dynamos, de cuves de mazout, de réservoirs à lest et de soutes à marchandises.

À ce moment précis, le *Poseidon* était trop léger. Il flottait trop haut sur l'eau, manquait de lest et, techniquement, il n'était pas en état de naviguer. Le commandant s'était laissé entraîner dans ce piège par une série de contretemps et une décision imprudente dictée par des raisons strictement commerciales. L'International Consortium, qui avait acheté le transatlantique pour le convertir en cargo mixte affecté à des croisières, avait triplé les soutes en supprimant les cabines de seconde classe et de classe touriste à l'avant et à l'arrière, ainsi qu'une bonne partie du logement de l'équipage, et en réduisant les premières classes, tout en maintenant la vitesse originale de trente et un nœuds. Le profit tiré du fret permettait de mettre le forfait-croisière à la portée de gens qui n'avaient jamais pu s'offrir pareilles vacances.

Quand le *Poseidon* était entré au port de La Guaira, au Venezuela, avant-dernière escale d'une croisière jusque-là très réussie, ses soutes étaient presque vides après déchargement en Guyane britannique, à Georgetown, et ses réservoirs à mazout remplis seulement au tiers. On devait faire le plein au Venezuela, en même temps qu'on embarquerait un chargement complet de marchandises.

Malheureusement, à La Guaira, on était tombé sur une grève sauvage des dockers. Après trente-six heures d'attente, le *Poseidon,* pressé par un horaire calculé au plus juste – il devait repartir le 30 décembre pour une croisière de Nouvel An – avait poursuivi sa route les soutes vides et sans réserve de combustible. Il y en avait assez pour rejoindre Lisbonne, mais c'était la décision de ne pas remplacer par de l'eau de mer le mazout qui manquait dans la double rangée des réservoirs inférieurs qui rendait le navire dangereusement vulnérable et qui l'avait entraîné dans cette passe fâcheuse. En effet, si on l'avait fait, cela aurait obligé, à Lisbonne, à vidanger et nettoyer les réservoirs, ce qui aurait définitivement compromis un horaire déjà amputé par ce retard.

Pour les archives, le Consortium avait câblé : « Agissez au mieux », mais, pour sa gouverne personnelle, il avait bombardé le commandant de messages codés l'informant qu'il entraînait la société vers un désastre financier. Il faudrait héberger à Lisbonne, aux frais de la compagnie, cinq cents nouveaux passagers, sans parler de leurs récriminations devant la privation de la soirée de la Saint-Sylvestre en mer. Les câbles insistaient aigrement sur l'existence d'une zone de haute pression sous le Tropique, et sur les prévisions de beau temps stable. C'était le premier commandement important du commandant : il engagea le pari.

À Curaçao, dernière escale, tous les bulletins météo récoltés en chemin indiquaient que la zone de haute pression tenait ferme. Cela confirmait la décision du commandant de naviguer avec le bateau tel quel. Quand apparurent ces houles mystérieuses en haute mer, les mâchoires du piège se refermèrent. Essayer par ce roulis d'inonder les réservoirs d'un bateau instable, ç'aurait été courir à la catastrophe. Le commandant fit ce qu'il put pour assurer la sécurité de son navire : il fit verrouiller les panneaux, tendit des lignes de sauvetage, vida les piscines. Il mit l'équipage en état d'alerte avec les quarts doublés et laissa la radio crachoter en permanence, guettant la tempête qui, il en était persuadé, s'annonçait devant lui en dépit des prévisions météorologiques. Dans son expérience limitée à la Méditerranée orientale, les houles indiquaient une perturbation importante, passée ou à venir. Puisqu'ils avaient navigué jusque-là en mer calme, la perturbation devait être devant. Le commandant ne pensait qu'à localiser cette tempête invisible, pour l'éviter du mieux possible.

À quatorze heures, il fut tiré d'embarras. Le radio lui apporta un message diffusé par la station sismographique des Açores, relatant un bref tremblement de terre sous-marin de force moyenne, enregistré aussi aux Canaries, et qui avait provoqué une houle affectant les bateaux naviguant au sud. Cela dissipait toute crainte de tempête non signalée. Presque au même moment, arriva un appel radio d'un cargo espagnol, le *Santo Domingo* de Barcelone, avec lequel ils avaient communiqué un peu plus tôt. Ce cargo, qui se trouvait à cent vingt milles au nord du *Poseidon,* était sorti de la zone de choc et signalait la fin de la perturbation de la mer. Même à vitesse réduite, le *Poseidon* pouvait espérer sortir des houles vers dix-huit heures. Sur quoi le commandant fit diffuser à l'intention des passagers une version rassurante et édulcorée des raisons de la tenue du bateau et la promesse que tout serait rentré dans l'ordre à la tombée de la nuit.

Peu après dix-huit heures, la houle cessa brusquement. Le *Poseidon,* après avoir compensé l'inertie causée par son roulis, navigua sur une mer lisse, luisante et sans un souffle. Soulagé, le commandant leva les restrictions de service aux cuisines et dans les cabines, ordonna à quelques jeunes officiers d'aller montrer leurs uniformes blancs et leurs galons dorés dans la salle à manger, mais il garda équipage et personnel en état d'alerte. Cependant, voyant persister ce temps idéal, il commanda de forcer la vitesse. La coque du vieux transatlantique se mit à vrombir quand les quatre turbines actionnant chacune une hélice de trente-deux tonnes le jetèrent en avant dans la nuit tombante, à quelque trente et un nœuds. Les verres et les bouteilles d'eau minérale tintèrent dans leurs logements, les objets détachés vibrèrent. L'énorme effort demandé au vieux géant n'était que trop apparent.

Pour la majorité des gens en proie au mal de mer, ce calme venait trop tard : survenant au moment du dîner, il en poussa peu à descendre à table. À vingt heures trente, ils étaient à peine plus nombreux qu'à midi, dispersés dans la vaste salle à manger. Le Club des Durs à Cuire était là, ainsi que le fourre-tout au complet, Mr Kyrenos, l'officier mécanicien et Mrs Rogo.

À son habitude, celle-ci était « trop » habillée d'un fourreau long de soie blanche, si collant qu'il lui moulait les fesses et marquait les bordures de son slip. À en juger par le vertigineux décolleté, ce devait être un vestige de son passé de starlette. Manny Rosen chuchota à sa femme : « Qu'est-ce qui peut bien les faire rester dedans ? »

Linda était une jolie blonde du genre poupée ; elle accusait la petitesse de sa bouche par une moue en cul-de-poule. On pensait tout de suite à une Marilyn Monroe sans personnalité. Elle affectait un regard de bébé, mais ses yeux demeuraient froids comme la glace. Elle ne laissait ignorer à personne qu'elle avait été starlette à Hollywood, qu'elle avait joué dans une pièce à Broadway et qu'elle avait renoncé à une carrière théâtrale pour épouser Rogo.

Elle fut accueillie par Frank Scott :

— Quel plaisir que vous ayez pu venir ce soir, Mrs Rogo. La table n'était plus la même sans vous.

Linda pencha la tête et roucoula :

— Oh, monsieur le pasteur, parlez-vous sincèrement ?

Puis, d'une voix moins forte mais faite pour qu'on l'entende, elle dit à son mari :

— Et toi, salaud, qui ne voulais pas que je vienne !

Rogo parut chagriné, comme chaque fois que sa femme l'insultait.

— Voyons, bébé, lui répondit-il, je ne voulais pas que tu aies mal au cœur.

Le frémissement du bateau était plus sensible dans la salle à manger. Le verre de Muller, qui touchait une carafe, résonna comme un diapason. Muller posa si vite le doigt sur le bord que, de la table voisine, Rosen lui demanda avec surprise :

— Qu'est-ce qu'il y a ?

— C'est une vieille superstition de marin, répondit Muller. Il y a un marin qui meurt si l'on n'empêche pas le verre de chanter. Je ne crois à rien mais je suis superstitieux, ajouta-t-il.

Tous, aussitôt, empoignèrent leurs verres pour les empêcher de résonner.

C'était la dernière soirée à bord et les femmes avaient sorti leur troisième plus jolie robe du soir. Celle de Miss Kinsale était courte, en taffetas gris ; elle en avait acheté trois pour la croisière : une noire très habillée, une verte et cette grise, qu'elle alternait. Belle Rosen, en jupe courte elle aussi, portait de la dentelle noire, des talons hauts et l'inévitable clip de diamants sous une étole de vison. Jane Shelby et Susan apparurent dans le même ensemble de crêpe de différents lilas dégradés. À l'exception de Scott, les hommes étaient en smoking. Le pasteur portait un complet bleu foncé et la flamboyante cravate orange et noir de Princeton. Le smoking de Martin était d'un splendide écossais bleu et vert. Quant à celui de Rogo, malgré sa coupe parfaite, il lui donnait l'air d'un videur de boîte de nuit. Comme d'habitude, les deux stewards, Acre et Peters, portaient chemise empesée et veste blanche. À l'autre bout de la salle, le Réjoui occupait sa table habituelle avec son amie et ils commençaient à boire leur dîner, la mère de Pamela étant toujours souffrante.

— Je prends un homard à la Newburg, décréta Robin Shelby.

— Ah non ! protesta sa mère. Pas le soir.

— Le hachis de dinde est pratiquement obligatoire le lendemain de Noël, déclara son mari.

Miss Kinsale demanda une timbale de saumon en espérant que ce serait comme les croquettes de poisson qu'elle achetait à Camberley. Les Rosen optèrent pour du poulet mexicain. Quant aux Rogo, ils ne mangeaient jamais rien d'autre que des steaks ou des hamburgers.

Armés de leurs plateaux, les stewards circulaient parmi les tables désertées de la salle à manger presque vide. Entre les secousses du bateau qui poursuivait sa route dans la nuit, on entendait le cliquetis occasionnel d'une fourchette contre une assiette. Le repas était silencieux car, privés du bourdonnement protecteur d'un restaurant plein, les dîneurs baissaient la voix et le rire.

Dans la chambre des machines, les équipes du double quart, leurs voix noyées par le tonnerre des machines tournant à la vitesse maxima, se penchaient sur les relèvements, les cadrans et les appareils de mesure en se demandant combien de temps le commandant comptait soutenir cette vitesse. On avait envoyé un graisseur chercher deux douzaines de Coca-Cola. L'équipage de la chambre de chauffe fixait lui aussi un regard inquiet sur les thermomètres et les jauges de mazout. Tout en haut du pont supérieur, l'opérateur de la cabine radio expédiait un plein carnet de messages.

Sur le pont, le commandant remerciait sa bonne étoile de s'en être tiré à si bon compte, mais n'en restait pas moins anxieux. Il avait écarté comme inutile autant que dangereuse l'idée de prendre du lest sans stopper, même sur l'océan si calme où son bateau naviguait maintenant normalement. Un coup de vent serait-il annoncé, il aurait tout le temps de le faire pour permettre au navire de résister à la tempête. Mais, d'après tous les bulletins, les hautes pressions se maintenaient. Une fois de plus, donc, il décida de ne pas prendre de lest. S'il poussait les machines au maximum, il pourrait rattraper une partie de l'horaire et arriver sans plus de retard que la journée déjà perdue. Mais comme aucun capitaine n'est vraiment à son aise quand son bateau marche à cette allure, il essayait de pousser à fond le sixième sens du marin expérimenté : beau temps, prévisions sûres, mer calme, nerfs à fleur de peau.

À la nuit noire, le ciel commença à se couvrir. La surface de la mer prit un aspect huileux qui inspira au commandant autant de méfiance qu'une peau couleur de plomb. Quand le bateau entra dans la zone d'obscurité totale, il envoya un deuxième homme dans le nid-de-pie et posta deux jeunes officiers en permanence devant l'écran du radar, dont le balayage ne décelait pas le plus petit écho à cinquante milles à la ronde.

Le second, somme toute plus flegmatique, ne comprenait pas ce qui tracassait son patron. Celui-ci ne cessait de faire les cent pas. Trois fois, il avait demandé si le deuxième guetteur avait bien été posté. Chaque fois qu'il passait devant l'écran du radar, il le regardait, comme un homme au volant consulte son rétroviseur après chaque virage de crainte qu'on ne le suive. De temps en temps, il sortait sur l'aile bâbord de la passerelle, qui se projetait au-dessus de l'eau, et contemplait la guirlande lumineuse du bateau reflétée sur la mer huileuse. Il savait ce qu'impliquait la nouvelle du tremblement de terre. Ses cartes lui indiquaient que les sommets sous-marins de la chaîne de l'Atlantique, qui forme un gigantesque S de dix mille milles de l'Islande à la bordure de l'Antarctique, étaient, à cet endroit, à un mille et demi sous la quille.

Toutefois, ce n'étaient pas des cartes de vulcanographie ; elles n'indiquaient pas les trois volcans probablement en activité qui se succédaient en direction de l'Amérique du Sud, ni la gigantesque faille dont on connaît l'existence dans la chaîne en cette région.

Huit minutes exactement avant vingt et une heures, cette faille, déjà ébranlée par la secousse précédente, se déplaça avec une soudaine violence. Elle s'enfonça d'une trentaine de mètres, aspirant quelques milliards de tonnes d'eau.

Si le *Poseidon* n'avait pas tant vibré sous sa propre énergie, on aurait perçu, à la passerelle, la brusque secousse du tremblement de terre répercutée vers le haut, bien qu'orientée vers le bas. Le commandant et son second échangèrent un rapide regard ; ils avaient ressenti quelque chose sous leurs pieds. Mais comme le *Poseidon* continuait sa marche en avant, ils n'y prirent pas garde. Et désormais il était trop tard.

Pendant une seconde, ils ressentirent au creux de l'estomac l'impression de nausée que produit un ascenseur qui descend trop vite. Le bateau, aspiré par la soudaine dépression de la mer, plongea en avant et se mit à rouler. Au même instant, le téléphone du nid-de-pie balbutia quelque chose et le troisième officier, qui était au radar, poussa un cri d'étonnement en montrant, les yeux exorbités, les échos qui annonçaient un obstacle solide auquel ils allaient se heurter et qui n'était pas là quelques secondes plus tôt.

Au bout de la passerelle, le commandant voulut rentrer en courant dans la cabine, mais déjà elle se dressait vers le ciel. Il entendit le clac du télégraphe de la chambre des machines, comme le second empoignait le levier, et l'ordre : « À droite toute. Machines arrière toutes ! », réaction presque automatique à un obstacle droit devant. Si bien que lorsque le *Poseidon* rencontra la gigantesque lame créée par le séisme, il se présentait de trois quarts, sa gîte accrue par le mouvement tournant. Déjà trop lourd de superstructure et mal entretenu, il ne resta même pas une seconde en suspens. Roulant sur lui-même, il se retrouva quille en l'air aussi vite et facilement qu'un chalutier dans une tempête en Atlantique Nord.

Le premier indice de la catastrophe que perçut la poignée de passagers de la salle à manger, ce fut la dérobade sous leurs pieds de l'épaisse moquette. Les chaises et les tables les bousculèrent, leur révélant l'abîme qui s'ouvrait au moment même où ils y étaient jetés.

À cet instant, le navire hurla.

C'était un cri déchirant, né de la poitrine des hommes en proie à une frayeur mortelle et à la douleur physique, de l'éclatement de la verrerie et de la vaisselle, du choc métallique des plateaux, pots et casseroles, mêlé au fracas des plats, des tasses, des couverts précipités des tables, ainsi transformés en projectiles parfois mortels. Les portes de service des cuisines et des offices s'ouvrirent et les chaudrons, marmites et autres ustensiles descendirent en rebondissant sur le sol incliné, dans un tintamarre assourdissant que perça le hurlement d'animal blessé d'un cuisinier ébouillanté à mort.

Le Réjoui et sa compagne parcoururent les trente mètres de plancher de la salle à manger en roulant lentement sur eux-mêmes comme des clowns dans un numéro de contorsionnistes, car ils retardaient leur descente en s'accrochant aux tables et aux chaises qui ne respectaient plus aucune verticalité.

Ils tombaient de tribord à bâbord et, pendant que le bateau achevait sa révolution, ils parcoururent encore les six mètres et quelques qui représentaient la hauteur de la pièce, pour aboutir, étourdis et meurtris, mais indemnes, dans un amas de bras et de jambes où se trouvaient les Rosen, Muller, Mike et Linda Rogo.

Ce fut cette première chute, de vingt à quarante-cinq mètres, largeur totale du navire, qui provoqua la mort ou les blessures graves des passagers et des stewards qui avaient la malchance de se trouver au centre du bateau quand il roula sur bâbord.

Les plus veinards furent les convives des tables à deux de bâbord. Muller, Belle et Manny furent simplement jetés à bas de leurs chaises. Les Shelby et les autres occupants du fourre-tout n'avaient guère plus à faire et ils purent adoucir la chute en se retenant à leurs sièges. Manny Rosen atterrit sur le rectangle de la fenêtre, sans rien d'autre entre lui et l'eau verte qu'une épaisse vitre. Mais le retournement était si rapide et si continu que, avant que la pression les ait fait éclater, la superstructure tout entière du *Poseidon* s'abîma avec un bruit de tonnerre et s'ensevelit dans l'océan. Les fenêtres de bâbord, maintenant passées à tribord, remontèrent et s'éclaircirent. Manny, serrant frénétiquement Belle contre lui, glissa la tête la première avec les Rogo, les Shelby et les autres, sur la paroi incurvée du bateau, pour aboutir sur le plafond en dalles de verre jonché de débris de vaisselle et d'aliments variés. Les branches hautes de l'arbre de Noël déraciné de son support s'abattirent sur eux ; l'étoile fixée à son sommet ne se brisa pas.

Le silence de Jugement dernier qui suivit le cri de mort du bateau était encore plus gros de menace et d'horreur que l'épouvantable clameur, car il laissa percevoir peu à peu d'autres bruits, plus faibles, plus désespérés, venant des blessés et des mourants : murmures, gémissements, appels, et les derniers tintements produits par quelques ustensiles restés un instant en équilibre.

Pendant le court moment où le bateau sembla devoir éclater avant le plongeon final, on entendit Mike Rogo protester : « Eh là, nom d'un chien, sortez-vous de dessus ma jambe ! » Sur quoi se produisit une terrible explosion suivie de plusieurs détonations : trois des chaudières sautaient. Si le premier cri du vaisseau blessé avait été un hurlement aigu, le second fut un grondement à briser les oreilles. Les autres chaudières se détachèrent et tombèrent dans la mer par deux des gigantesques cheminées du transatlantique, avec le vacarme d'un millier d'ouvriers martelant des tôles.

La chambre des machines se disloqua plus lentement. Les lourds appareils, dynamos, générateurs, pompes, turbines, suspendus sens dessus dessous, tiraient irrésistiblement sur l'acier qui les clouait au plancher. Avec un bruit de déchirure, ils tombèrent par la large conduite d'aération rectangulaire qui, auparavant, les surplombait et allèrent rejoindre les chaudières au fond des mers. D'autres, au lieu de disparaître à jamais, lissèrent de côté et allèrent rejoindre toutes sortes d'autres débris qui formaient des amoncellements d'acier tordu, de tuyaux arrachés et d'armatures découvertes. Dans son agonie, le *Poseidon* vomissait ses entrailles avec des bruits si affreux et si soutenus que les survivants, encore emmêlés sur le plafond devenu plancher, avaient du mal à dominer leur terreur. Ils restaient là, gisants, étourdis, assourdis par l'énorme roulement de ce gigantesque tambour de guerre, par le fracas de cymbales du métal et par le sifflement de la vapeur libérée dans l'antichambre de l'enfer.

À un moment donné, une grande cascade d'eau boueuse gicla dans la salle à manger, comme propulsée par un canon. Mais elle cessa aussi vite qu'elle était venue, l'eau s'évacuant par l'arrivée supérieure du grand escalier.

Puis les lumières s'éteignirent.

III

Sursis

Néanmoins, par quelque mystère de flottabilité, tenant à l'air qui avait pris possession des vides laissés par les marchandises et la machinerie lourde, le *Poseidon* continuait à flotter, sa nouvelle ligne de flottaison passant juste à l'endroit où l'ex-plafond de la salle à manger était devenu le plancher. Par une fente entre les nuages, la lueur d'une nuit tropicale jeta par les hublots, maintenant haut perchés comme les lucarnes d'une chapelle, une faible lumière sur la désolation de la grande pièce et sur les gens qui y attendaient la mort.

Les convulsions du bateau diminuaient ; on n'entendait plus que des chocs isolés, des rugissements vite étouffés, l'éclatement des panneaux d'écoutille, le ruissellement de l'eau envahissant un caisson, puis c'était de nouveau l'intolérable calme qui obligeait à entendre les gémissements et les appels au secours.

Les occupants de la passerelle et du pont supérieur étaient morts. Ni le commandant ni aucun de ceux qui l'entouraient, jetés sur la dunette, plaqués contre ses parois, n'avaient pu atteindre les commutateurs de sécurité permettant de fermer les cloisons étanches. Ils furent noyés avant d'avoir compris ce qui leur arrivait. Dans la cabine radio, l'opérateur de service fut jeté à bas de sa chaise et, ayant heurté un appareil, perdit un instant conscience. Quand il essaya de se relever et d'atteindre son clavier, il crut perdre la raison. Rien n'était plus à sa place. Dans leurs cabines, les deux autres radios, précipités sur leurs couchettes, n'avaient pu s'en extirper à temps. L'eau entra et les tua. La mort passa dans les moindres recoins du navire. Les graisseurs et mécaniciens furent anéantis en bloc : écrasés, brûlés ou engloutis dans les puits huileux forés à la place des cheminées et prises d'air.

Pour les infortunés passagers des cabines de luxe des ponts supérieurs, la mort fut plus lente. Ils se trouvaient maintenant sous trente mètres d'eau. Les portes et hublots n'avaient pas été conçus pour résister à une telle pression ; l'eau les enfonça et se précipita dans tout le pont pour noyer tout occupant des cabines et quiconque essayait de fuir par des escaliers qu'on ne pouvait plus monter.

Dans la salle à manger, les lumières revinrent tant bien que mal quand les batteries d'accumulateurs de secours, intactes par miracle, se mirent en marche, allumant une sur six des ampoules dévoltées. Leur faible lueur, filtrée par les dalles de verre du plafond renversé, jetait sur ce qui avait été le plancher les ombres des malheureux qui commençaient à s'agiter comme des larves dans l'abîme.

Dans cette étrange lumière qui tantôt faiblissait, tantôt sursautait, comme reliée à un pouls qui pouvait à chaque instant s'éteindre, la salle était bien un spectacle de cauchemar pour les créatures hébétées et stupéfiées qui grouillaient sur la surface vitrée, mouillée d'eau et de sang. Des relents de nourriture s'élevaient des débris. Tables et sièges étaient restés suspendus sens dessus dessous comme de gigantesques champignons. Maintenues par des pinces, les nappes pendaient en loques fantomatiques.

Sur la cinquantaine d'occupants de la salle à manger, un tiers étaient morts, mourants ou grièvement blessés. Ceux qui en étaient capables commençaient à remuer. Ils se levaient, tâtonnaient aveuglément, la tête comme secouée de tics, retombaient, s'aidaient des mains et des genoux, bouches béantes, regards égarés, incapables de comprendre ce qui était arrivé ni où ils se trouvaient.

À l'exception du Réjoui et de son amie, ceux qui avaient été projetés sur toute la largeur du bateau étaient les plus mal en point, tandis que le Club des Durs à Cuire de Manny Rosen était presque indemne, sa chute ayant été la plus courte et la moins violente. Les Shelby, Muller, les Rogo, les Rosen, les convives du fourre-tout, commençaient à se dégager.

Écartant la cime pointue de l'arbre de Noël et son étoile, Mike Rogo s'exclama d'une voix haletante : « Mon Dieu ! Qu'est-il arrivé ? », tandis que Linda hurlait sans arrêt : « Oh mon Dieu ! Oh mon Dieu ! Jésus, Marie, aidez-nous ! »

Jane Shelby fit appel à sa famille

— Dick ? Susan ? Robin ? Vous êtes sains et saufs ? Dick, qu'est-ce qui s'est passé ?

— Je n'en sais rien, je pense que nous nous sommes retournés. Restez près de moi, tous, attention aux éclats de verre.

Manny Rosen se releva dans le cliquetis des tessons dont il était couvert.

— Tu n'as rien, Maman ? demanda-t-il.

— Et toi, Manny, ça va ? lui répliqua Belle. Tu n'es pas blessé, dis ?

— C'est ce que je te demande.

— Si je suis capable de te le demander aussi, c'est que ça va, pas vrai ?

— Tu tiens debout ?

Il l'aida à se relever et ils s'étreignirent, silhouettes grotesques dans l'éclairage inversé : lui, petit et massif, elle plus grande, énorme, tremblante malgré son assurance.

Hubie Muller remit Miss Kinsale sur ses pieds. Les revers de son smoking étaient tachés de la sauce répandue par un plat volant dans les airs. Elle saignait d'une coupure à la lèvre. Il sortit son mouchoir et l'essuya en disant de sa voix douce et extraordinairement courtoise : « N'êtes-vous pas blessée ? J'ai peur qu'il ne soit arrivé quelque chose de terrible. »

Elle ne répondit pas, mais alla, en trébuchant dans la couche de débris qui lui arrivait à la cheville, s'agenouiller avec le pasteur Scott. Elle inclina la tête. Le sang de sa bouche tombait en gouttelettes sur ses mains jointes.

À part elle, personne ne s'était aperçu que le jeune pasteur s'était dégagé et que, à genoux un peu plus loin, bras en croix, il implorait son Dieu. Une lueur combative éclairait ses yeux. Il priait.

— Seigneur, nous sommes dans de graves difficultés. Tu as jugé bon de nous mettre à l'épreuve, nous ne T'en tiendrons pas rigueur.

— Amen ! Père, aide-nous, soupira Miss Kinsale.

Scott ne lui accorda pas un regard et continua :

— Seigneur, nous ne Te demandons rien que d'être assez forts pour relever Ton défi et nous ne nous déroberons pas. Nous nous battrons pour vivre pour Toi.

— Père, nous obéirons à Ta volonté, ajouta Miss Kinsale.

— Nous ne Te demandons que ce que Tu nous as donné : l'occasion de montrer ce que nous valons, reprit le pasteur Frank Buzz Scott. Nous n'y manquerons pas. Aie confiance en nous.

Embarrassés, les Rosen, les Shelby, les Rogo et Hubie Muller s'étaient rassemblés autour de la forme agenouillée. « Ça alors, se disait Muller, il porte les couleurs de son université et explique à Dieu qu'il va gagner le match. Est-il devenu fou ? » Il regarda avec une sorte de soulagement la menue silhouette de Miss Kinsale agenouillée près de lui dans sa belle robe de taffetas gris. La simplicité des mots qu'elle murmurait formait une sorte de contrepoint rassurant aux étranges transformations que le pasteur faisait subir à la liturgie.

Toujours étourdi et à peine conscient de ce que disait Scott, Shelby était cependant gêné. Il avait l'habitude de voir l'officiant vêtu de son surplis, debout devant une grosse Bible ouverte ; et de l'écouter parler du haut de la chaire ; et de l'entendre dire parfois les choses qui le portaient à méditer. Tout cela était bon dans son cadre propre, avec les vitraux, la musique d'orgue et l'écho étouffé de quintes de toux. C'était le rituel auquel il était disposé à se soumettre de temps à autre pour faire partie de la communauté. Ici, il y avait quelque chose de terriblement embarrassant dans le spectacle de ce grand homme oublieux de tout, à genoux et les bras levés, conversant avec son Dieu.

Shelby ne savait plus où poser les yeux. Il jeta un regard à sa femme et vit qu'elle contemplait Scott avec fascination, mais que ses lèvres bougeaient. C'était une de ces minces Américaines aux os déliés, dont la sensationnelle beauté de jeune fille s'était muée en une maturité encore plus belle ; ses cheveux cendrés avaient foncé, mais ses yeux gardaient leur bleu vif et jeune ; les fines lignes qui apparaissaient autour de sa bouche évoquaient l'humour, le courage et la bonne volonté avec quoi elle avait fait face aux difficultés d'élever une famille et de garder un mari.

Il aperçut des éclats de verre brillant dans ses cheveux ; il tendit la main pour les lui enlever. Un peu embarrassée, elle sourit et dit : « Moi aussi, j'ai prié Dieu », mais elle se demandait à qui Scott s'était adressé ; à l'un de ces dieux barbus assis sur des nuages rebondis, qui ornent la chapelle Sixtine, ou à la silhouette, engoncée dans un blouson, la casquette sur les yeux, d'un entraîneur de football allant et venant sur la ligne de but ?

Belle Rosen s'empara du bras de son mari.

— Manny, qu'est-ce qui nous est arrivé ? Nous devrions dire une prière, nous aussi.

— Il y a des années que nous ne sommes pas allés à la synagogue. Et maintenant nous implorerions Dieu ?

Mais machinalement, sa main avait cherché sous sa chemise la *mezuzah* qui aurait dû pendre à une chaîne autour de son cou. Les Rosen appartenaient à une génération qui avait depuis longtemps abandonné l'orthodoxie.

Ces étranges instants chargés d'électricité se prolongeaient. Le bateau naufragé aurait dû depuis longtemps, après un dernier sursaut, disparaître au fond des mers. Au lieu de cela, il avait cessé de bouger et paraissait aussi solidement planté qu'un rocher au milieu de l'océan, long dos de baleine noir sous la lueur naissante des étoiles.

L'état de complète relaxation, résultant de leur alcoolisme, qui possédait le Réjoui et Pamela leur avait valu de ne ressentir qu'une bonne secousse. C'était elle qui, d'une main ferme, l'avait remis sur ses pieds. Ils étaient tout à fait dégrisés, et s'il ne se sentait plus ivre, le Réjoui se demandait, devant les horreurs qui l'entouraient, s'il n'était pas victime d'hallucinations : Scott et Miss Kinsale à genoux, les lumières intermittentes qui s'élevaient du plancher, les odeurs, les bruits, tout cela le terrifiait.

— Pam, est-ce que je n'ai rien ? demanda-t-il.

Elle se serra contre lui et murmura :

— N'ayez pas peur, je suis là, je veille sur vous.

James Martin, le chemisier, se releva tout seul et se dirigea vers l'endroit où avait été le grand escalier. C'était un petit homme sec à la peau lisse et aux lèvres minces de l'Américain du Middle West. Derrière ses lunettes cerclées d'or, ses yeux ne manquaient pas de vivacité, mais on aurait eu du mal à ne pas le perdre dans une foule. Il ressemblait à la fois à personne et à tous les commerçants de son milieu. Quand il parvint au voisinage de l'escalier, celui-ci avait disparu et était remplacé par une large mare noire d'eau et de mazout. Une des lampes de secours qui fonctionnait encore lui faisait une surface irisée.

Avec un grand bouillonnement, une bulle creva à la surface. Martin aperçut la tête et les épaules d'une forme humaine, mais il n'aurait su dire si c'était homme, femme ou enfant, tant elle était enduite de mazout. Une main se tendit et se referma sur le vide, puis l'apparition s'évanouit. Martin se coucha sur le bord de la mare et vomit, puis il se rejeta en arrière et s'éloigna vivement à quatre pattes.

Mike Rogo avait ramassé sa femme sur le sol ; elle claquait des dents, au bord de la crise de nerfs. La touffe de fausses boucles attachée derrière sa tête allait de travers et le fourreau étroit était taché de sauce. La terreur la rendait grotesque. Rogo aurait bien aimé que le père Haggerty fût là. Il n'avait pas confiance dans les prières qui n'étaient pas dites par quelqu'un de sa propre confession. Il fit un compromis en se signant.

Ils s'aperçurent que l'officier mécanicien, Mr Kyrenos, avait aussi réussi à se relever. C'était un homme de petite taille, sans trait distinctif autre qu'une moustache broussailleuse et de sombres yeux grecs. Au moment de la catastrophe, il était en train de manger un homard qui pendait maintenant devant son plastron empesé, accroché à un bouton. « Excusez-moi, je vous prie, dit-il, il faut que je descende aux machines. Restez ici, vous êtes en sécurité, on va venir. Il faut que j'y aille, on a besoin de moi. » Il courut à l'emplacement où avait été l'escalier, tomba dans la mare, s'y débattit en appelant à l'aide.

Mike Rogo fit un mouvement pour aller à son secours en disant : « Où diable croyait-il aller ? », mais sa femme s'accrocha à lui en criant : « Non, non ! ne me laisse pas ! » il tenta de se libérer, mais elle se laissa glisser contre lui et lui enserra une jambe de ses bras. Quand il réussit à se dégager, Mr Kyrenos avait cessé d'appeler. Les rampes qui émergeaient de l'eau étaient trop glissantes pour lui donner prise. Le mazout qu'il avait avalé fit autant pour le tuer que la noyade. Il s'enfonça et ne reparut pas.

Martin avait rejoint les autres. Il restait prostré parmi les débris du plafond-plancher, la tête enfouie entre ses bras. Muller, qui se tenait un peu à l'écart, le mouchoir taché du sang de Miss Kinsale toujours à la main, fit un effort pour croire à ce qu'il voyait et entendait. Ce n'était pas facilité par l'incongruité des smokings et des robes du soir. Il réussit à concevoir l'immensité du désastre : « Nous nous sommes retournés. Mais du diable si je sais ce que je vais faire. » Qu'il ait pensé « je » et non « nous » le caractérisait.

Pour lui, le choc profond était que son monde agréable, confortable et facile à vivre fût tout à coup sens dessus dessous. Ses pensées furent interrompues par la voix puissante de Scott terminant sa singulière oraison : « Ne T'en fais pas, Seigneur, nous en avons où il faut, on va se surpasser ! » Il se leva et prenant Miss Kinsale par le bras, il la força à en faire autant. Au-dessus de leurs têtes, une voix appela :

— Mr Scott, Mrs Shelby, Mrs Rosen ! Vous êtes saufs ?

Ils levèrent la tête et, pendant une seconde, le Réjoui, du fond de sa sobriété inaccoutumée, se demanda si le Très-Haut répondait au pasteur ; mais ce n'était qu'Acre, le steward, qui parlait de l'entrée de service conduisant aux différents offices et celliers et qui se trouvait maintenant un bon étage au-dessus de leurs têtes. Acre semblait être étendu par terre, son camarade Peters à genoux à côté de lui.

— Acre, cria Rosen, que faites-vous là ? Qu'est-ce qui se passe ?

— Le bateau a chaviré, monsieur, complètement retourné, répondit Acre.

— Je croyais que c'était impossible, d'après vous !

Les implications de la situation ne lui apparaissant pas encore pleinement, Shelby demanda :

— Que voulez-vous dire, retourné ?

— Je ne sais pas, monsieur, répondit Acre. Quelque chose l'a fait rouler sur lui-même.

Le ton particulier du steward avait dû toucher l'oreille de Jane Shelby, car elle cria :

— Et vous, Acre, ça va ?

— Je me suis cassé une jambe, madame.

— Oh, Acre ! s'écria Jane. Qu'est-ce qu'on peut faire pour vous ?

— Je pense que quelqu'un va arriver d'un moment à l'autre, madame.

— Et vous, Peters ? demanda Shelby.

— Tout va bien, monsieur, répondit le second steward. Qu'est devenu Mr Kyrenos ?

— Il a pris le large. Il a dit qu'il devait aller aux machines et il est tombé là, répondit Mike Rogo, montrant de la tête la direction du grand escalier.

Comme pour le confirmer, une nouvelle bulle nauséabonde vint crever comme un geyser au centre de la mare, projetant une masse de mazout et d'eau dans laquelle on aperçut des bras et des jambes avant que le tout ne retombe et que la surface ne redevienne lisse. Mais elle était alors cinquante centimètres plus haut et plus près du niveau de la salle à manger.

Aucun des acteurs n'était certain de ce qu'il avait vu. Ce qu'Acre leur dit alors leur causa un choc encore plus grand.

— Mr Kyrenos aurait dû se méfier. La salle des machines n'est plus en bas, elle est en haut.

Scott posa un instant la main sur le bras de Shelby.

— Dick, faites-les rester groupés, dit-il. Il faudrait qu'ils gardent leur calme. Je vais voir si on peut faire quelque chose pour ces types là-haut.

Il donna au bras de Shelby une secousse encourageante et partit à grands pas, en repoussant du pied les éclats de verre répandus sur le plancher, et qui s'entrechoquaient comme les clochettes d'une luge de Noël.

IV
Les aventuriers

Le plafond de la salle à manger était fait de dalles de verre dépoli encastrées entre des plaques d'acier et de cuivre dissimulant les éclairages. Maintenant renversé pour devenir plancher, il ressemblait à un champ de bataille où gisaient çà et là, en pathétiques tas de vêtements qui semblaient ne rien contenir, les corps des morts et des mourants. Certains de ces tas bougeaient légèrement, et il s'en élevait des plaintes contre la douleur des membres brisés ou des blessures internes. Seules les quelques personnes qui, comme le groupe de l'arrière, s'étaient trouvées à bâbord, étaient déjà sur pied.

Le vieux docteur Caravello avait perdu ses grosses lunettes, sans lesquelles il ne distinguait rien à cinquante centimètres. À demi assommé lui-même, il s'était mis instinctivement à travailler mais, pour l'instant, il s'avérait incapable de faire plus que tournailler et examiner d'un air hébété les blessés les plus proches, sa serviette de table à la main. Il se pencha sur un homme, blessé à la tête par un coin de fauteuil. Tout en essayant d'arrêter l'hémorragie, il réclamait son assistant :

— Marco, Marco ! Où diable êtes-vous ? Vous ne voyez pas que j'ai besoin d'aide ?

Quelqu'un se dressa près de lui. Le médecin demanda :

— C'est vous, Marco ? Apportez-moi des pansements.

— Non, Marco n'est pas là, mais je ferai ce que je peux, répondit Scott.

Il entreprit de ramasser des serviettes et de les déchirer en bandes.

— Peut-on seulement grand-chose ? demanda-t-il.

— Dieu seul le sait. Je n'y vois rien sans mes lunettes. Sans doute n'avons-nous plus qu'une minute à vivre, si le bateau s'est renversé.

— Si Dieu le veut et si nous ne nous conduisons pas en pleutres, Il nous en sortira.

— Je n'y vois rien sans lunettes, répéta le médecin en tâtonnant parmi les débris.

— Les voici, dit Scott en les ramassant.

Un quatrième officier, jeune Yougoslave frais émoulu de l'école, avait réussi à se relever et secouait la tête pour tâcher d'y voir clair. Il répétait : « Gardez votre calme, tous, s'il vous plaît. Bientôt, tout ira bien. » Mais personne n'écoutait.

Des cinq stewards de service au dîner l'un était mort, deux inconscients et les deux autres, hébétés par le choc, exécutaient machinalement les gestes de leur travail en rassemblant le linge de table et les morceaux de vaisselle cassée, tout en essayant de ménager des passages dans les débris en les repoussant du pied.

Une vingtaine de passagers indemnes, grecs, français et belges, la famille allemande et un couple américain dans les soixante-dix ans, étaient disséminés en petits groupes figés sur place. Tout à coup, une femme éclata en hurlements hystériques, d'un suraigu incroyable, et les petits Augenblick se mirent en même temps à sangloter. La femme s'arrêta brusquement, comme si on lui avait donné un coup mais les pleurs des enfants continuèrent.

L'un des deux jeunes commissaires de bord anglais était sans connaissance. Quand le médecin et Scott vinrent l'examiner, l'autre essaya de rassurer les passagers : « Gardez votre calme et restez tranquilles. Il n'y a pas de danger actuellement. Les officiers vont venir vous chercher et vous emmener en sûreté. Je vous prie de rester où vous êtes. »

La vue de son uniforme et l'audition de sa voix convaincue produisirent leur effet. Les deux stewards indemnes s'étaient joints au médecin pour porter secours aux blessés.

— Ce garçon ne sait pas ce qu'il dit, murmura le docteur Caravello. Personne ne viendra. On va sombrer dans une minute. Il n'y a rien à faire.

— Ne parlez pas ainsi, répondit Scott sévèrement. Faites votre travail et je ferai le mien.

Il continua à explorer les tas mouillés, découvrant des visages morts ou inconscients, signalant les blessés légers à l'attention des stewards, puis il rejoignit le groupe des passagers indemnes.

— Tous ceux qui sont encore valides doivent essayer de sortir d'ici immédiatement. Si vous voulez venir avec moi, je vous aiderai.

Il les dévisagea tour à tour et les vit hésiter.

— Non, dit Augenblick en secouant la tête. Non, c'est mieux de rester là comme il a dit, cet officier. Nous ne savons pas où aller. Les officiers vont venir.

Il regarda autour de lui et recueillit l'accord des autres. Le corps tout entier de Scott exprima la violence.

— Ah, oui ! Ils vont venir ! Et s'ils ne viennent pas ?

— S'il y a eu accident, c'est mieux attendre, répéta l'Allemand.

Scott se détourna.

— Papa, qu'est-ce qu'on va faire ? demanda Robin Shelby.

— Oui, je vous le demande, que va-t-il arriver ? ajouta le Réjoui.

Shelby, qui regardait Scott de loin, se sentit tout à coup isolé et souhaita le voir revenir.

— Je ne sais pas, répondit-il. Attendons que Scott reparaisse. Il fait le compte.

Sa femme ouvrit la bouche puis se ravisa. Elle avait un peu espéré que son mari prendrait l'initiative sans attendre le retour du pasteur.

— Il vaudrait mieux que vous montiez ici, Mr Rosen, appela d'en haut Peters.

— Vous ne connaissez pas de meilleure blague ? répondit celui-ci.

L'embrasure par où le regardaient les deux stewards, et un troisième homme penché par-dessus leurs épaules, se trouvait à plus de trois mètres de leurs têtes. La dernière volée du grand escalier qui conduisait du pont C à la salle à manger était courbée vers le plafond, ses rampes trop loin de l'ouverture pour fournir une aide quelconque. Les marches étaient à l'envers.

— De toute façon, conclut Rosen, à quoi cela servirait-il ?

— Nous sommes au-dessus de la ligne de flottaison, dit Peters.

— C'est vous qui le dites, grogna Rogo.

Jane Shelby se posta sous l'ouverture.

— Acre, vous souffrez ? demanda-t-elle.

— Non, madame, merci, ce n'est pas trop grave.

— Nous l'avons mis de façon qu'il n'ait pas trop mal, ajouta Peters.

— Le toubib est là, ajouta Rogo. Voulez-vous que je le lui dise ?

— Non, répondit Acre. Je ne veux pas le déranger maintenant. Les passagers d'abord.

Susan, Jane, Miss Kinsale et les Rosen étaient plus émus par l'état d'Acre que par leur propre situation. Comme il arrive souvent lors de longues croisières, ils s'étaient pris d'une réelle amitié pour les deux stewards qui leur avaient servi trois repas par jour, avaient appris leurs goûts, plaisanté avec eux. Dans le même temps, les occupants de ces tables avaient noué d'autres amitiés : au bridge, au fumoir ou au bar, au soleil sur le pont ou au cours d'excursions à terre ; mais, à table, ils formaient un groupe sous la houlette de Peters et d'Acre. Shelby avait remarqué une fois que c'était comme un club administré par les deux stewards.

On entendit des bruits de verre écrasé : Scott venait les rejoindre. Tout en marchant, il tirait sur son nœud de cravate, desserrait son col et enlevait son veston. Ils le regardaient avec curiosité.

Martin avait dompté ses nerfs et était de nouveau debout. Muller se disait : « Le rêve américain a décidé quelque chose » et Jane Shelby : « Il a retrouvé le même regard. » La lueur était en effet revenue dans ses yeux, celle qui transformait sa physionomie amicale en traits agressifs. Il dit laconiquement, en rejetant la tête en arrière :

— Je ne peux plus rien pour eux.

On ne savait pas s'il parlait des vivants ou des morts.

— Le toubib s'en occupe. Il n'y peut pas grand-chose, lui non plus. Le bateau s'est retourné. Tête en bas, quille en l'air. Mais nous flottons. Désormais, c'est à nous de nous tirer de ce guêpier.

— Et l'officier ? demanda Shelby.

— Il est dans les vapes. Ce n'est qu'un gosse. Il ne cesse de répéter que tout va s'arranger.

— Comme réconfort… dit le Réjoui.

— Et les autres, les commissaires ? Ils ne savent rien ? demanda Rosen,

— L'un des deux est évanoui. L'autre n'est qu'un employé subalterne.

— Et un S.O.S. ? Ils envoient bien un S.O.S. ? dit Rogo.

— Non, répondit Scott.

Rogo commença à discuter.

— Qu'est-ce que ça veut dire, à la fin ? C'est ce qu'on fait quand il y a…

Sa bouche se referma brusquement et ses petits yeux prirent une expression de fausseté. Il paraissait à la fois déconfit et furieux. Muller comprit : « Mon Dieu, si nous flottons quille en l'air, ils sont tous morts, le commandant, les officiers de pont. Et combien d'autres ? Si le bateau est sens dessus dessous, comment peut-il flotter ? »

Le petit Robin prit la parole, pour la première fois depuis l'événement :

— De toute façon, peut-être qu'ils n'avaient pas transmis le point.

La lumière montant de sous ses pieds le montrait semblable à son père. Mêmes yeux gris, même mâchoire carrée, mais les traits plus délicats, moins affirmés, la bouche encore tendre, comme celle de sa mère.

— C'est pour le Centre électronique de la marine. On le passe toutes les quatre heures. Mais s'il ne l'a pas été…

— Pourquoi pas ?… demanda son père.

— Ils ne le passent pas toujours à heure fixe. Ils m'ont permis de regarder. J'apprends le morse. Tous les astronautes savent le morse. Un après-midi, la radio envoyait un long message d'un passager sur…

Il rit :

— C'était quelqu'un qui envoyait un câble à sa petite amie. Il n'a donné la position qu'à cinq heures dix. C'était peut-être pareil, ce soir.

— Quelle différence ? demanda Rosen.

Quand il n'était pas imbibé d'alcool, le Réjoui avait l'esprit vif et doué pour les mathématiques.

— Une sacrée différence. Si la position a été donnée à neuf heures pile, il faudra quatre heures ou plus pour qu'on commence à s'intéresser à nous. Mais s'il passait une autre lettre d'amour, et que la position n'a pas été donnée juste après, alors on commencera à se demander pourquoi et à câbler des demandes de renseignements. Sans réponse, ils se mettront en action.

— L'ennui, remarqua Muller, c'est que, étant donné qu'ils sont morts, nous ne le saurons jamais.

Le mot prononcé, la mort, les frappa si fort qu'ils ne comprirent pas son raisonnement. Ils se regardèrent d'un air égaré.

Mais Scott les fusilla du regard.

— Exactement, dit-il. C'est pourquoi il faut partir tout de suite.

— Partir ? demanda Rosen. Pour où ?

— Là-haut, dit Scott simplement, en levant la tête.

Comme des pantins actionnés par une ficelle, ils levèrent machinalement les yeux vers le plafond festonné de nappes.

— Frank, vous parlez métaphoriquement ? Où voulez-vous en venir ? demanda Muller.

Les lèvres minces de Rogo prirent un pli méprisant. Cette lavette avec ses grands mots !

— Je parle au sens propre. Nous. Nos corps. Nos personnes. Nous tous. Il faut gagner le fond, la quille, la coque du navire, lança Scott brusquement.

— Je ne comprends pas, dit Rosen en secouant la tête, monter au fond ? La quille ?

Robin, lui, avait tout de suite saisi :

— Je sais, dit-il, comme dans un sous-marin, pour taper dessus, si quelqu'un vient, pour qu'on sache que nous sommes là.

Le Réjoui sourit d'une oreille à l'autre.

— Bravo, petit, tu as compris ! Mais avons-nous le temps ? Nous ne savons pas combien de temps il peut rester à flot comme ça.

— Qu'est-ce que ça change ? demanda Scott calmement.

— Salaud ! cria Linda Rogo à son mari. Ne me dis pas qu'on peut couler tout d'un coup ? Alors tu m'as emmenée sur un bateau qui pouvait couler !

Elle les fit tous sursauter par l'injure qu'elle lui décocha, qui tombait de façon si incongrue de sa bouche en bouton de rose. Tous les traits de Rogo parurent s'affaisser tandis qu'il essayait de la calmer.

— Allons, bébé, c'est pas joli de parler comme ça devant le monde !

Linda expliqua sans équivoque où « le monde » pouvait aller.

— Bébé, allons, voyons. Comment veux-tu qu'on ait su que ça pourrait arriver ? On a dû heurter quelque chose.

Et il ajouta pour les autres :

— Faut pas vous choquer, elle est furieuse. Il y a de quoi, elle ne voulait pas venir. C'est pas vrai, ma poulette jolie ?

— Combien de temps peut-il tenir ainsi ? demanda Muller. Une heure, deux, douze ?

— Ou cinq minutes ? intervint Manny Rosen.

— Pourrons-nous y arriver ? poursuivit Muller sans l'écouter. Avons-nous le temps ? Comment sortir d'ici ? Nous ne pouvons même pas monter là où sont Acre et Peters. Combien de ponts y a-t-il ? Cinq, six ?

À mi-voix, mais assez haut pour qu'on l'entende, Linda Rogo prononça : « C'est de la connerie ! » Rogo essaya d'étouffer sa voix :

— Ne parle pas comme ça, ma poulette.

Puis, à Scott, il dit d'un ton écrasant :

— Le vieil honneur de l'école, hein ? Bon Dieu, on ne peut même pas changer d'étage. Et les femmes ?

Son regard se posa sur la grosse Belle Rosen.

— Servez-vous de votre cervelle, on doit bien savoir que nous sommes ici. Si nous ne bougeons pas, quelqu'un viendra bien nous faire sortir.

Scott posa son regard sur Rogo et lui dit :

— Ce n'est pas ce que vous disiez à Westchester Plains.

La figure plate de Rogo se vida de toute expression.

— De quoi ? Je savais où j'étais et où j'allais. Ce n'est pas votre cas.

Muller se demandait comment Scott allait réagir. Il était parfaitement conscient de l'hostilité de Rogo contre le pasteur et lui-même, qu'une politesse exagérée avait mal dissimulée pendant le voyage. À sa surprise, Scott se contenta de regarder Rogo d'un air interrogateur pour lui répondre :

— Vous avez peut-être raison.

— Que voulez-vous que nous fassions exactement ? demanda Manny Rosen.

— Que vous vous conduisiez comme des êtres humains et non comme des moutons, répliqua Scott.

— Ah, bon ?

Muller, qui se rappelait l'étrange prière du pasteur, ou plutôt son pacte avec Dieu, selon lequel il semblait leur avoir déjà assigné une tâche, se demanda si l'on n'allait pas se faire apostropher au moyen de la singulière dialectique théologique de cet homme étrange. Mais, au lieu de cela, Scott leur demanda calmement, presque à mi-voix :

— Certains d'entre vous ont-ils pris des cours de secourisme ?

Les hommes secouèrent la tête.

— Mais oui, reprit Scott. Savez-vous ce qui cause la mort de la plupart des gens égarés ou naufragés dans une contrée inhospitalière ?

— La panique, suggéra Muller.

— Non, l'apathie. Ne rien faire, renoncer, abandonner. Les statistiques le prouvent. Cela montre que le simple fait de s'occuper, d'essayer de faire quelque chose tient les gens en vie. Si nous restons là à attendre, les secours peuvent venir ou non. Nous ne savons pas combien de temps le bateau peut rester à flot ; ni par conséquent, ce qui nous sépare de la mort. Mais nous sommes tous en vie, capables de penser et de raisonner, porteurs du don de vie retiré à tant d'autres. Je propose que nous partions à la rencontre de tout secours qui pourrait nous être donné.

Personne ne répondit.

— Vous savez, les bêtes essayent de se libérer des pièges, même si elles doivent y laisser la patte, conclut Scott avec douceur.

— Frank, je ne vois toujours pas ce que vous nous proposez de faire, dit Rosen.

— De grimper, sans désemparer.

— Et si on sombre pendant ce temps ?

Muller fut surpris par la pensée qui le traversa : « Mon Dieu oui, il a raison ! Au moins, si on sombre, ce sera dignement. »

Scott exprima différemment la même pensée :

— Nous aurons du moins essayé. Mais je ne crois pas qu'il coulera.

— N'êtes-vous pas trop optimiste, mon…

Le Réjoui se retint à temps : on ne dit pas « mon vieux » à un pasteur, ou à son équivalent américain, mais il demanda :

— Comment le savez-vous ?

— Parce que, dit Scott. J'ai fait une promesse en notre nom à tous. Elle ne peut rester sans réponse.

Cette déclaration, obscure et puérile, possédait toutefois une certaine force de persuasion. Une série de plaisanteries sur les bénéfices à tirer de la présence d'un membre du clergé pendant un voyage en avion ou un tournoi de golf traversa la mémoire de Muller. Agnostique convaincu qui ne s'était jamais agenouillé de toute sa vie d'égocentrique, il n'était pas à l'abri de la superstition ou de l'attraction atavique pour le magicien ou le sorcier de la tribu.

— Robin sait où je veux en venir, reprit le pasteur. Si nous flottons encore demain matin, nous serons visibles du ciel. Des avions, des bateaux nous chercheront. Il n'y a qu'un seul moyen de nous atteindre, c'est de découper une ouverture dans la coque, là-haut. Nos chances d'être secourus seront bien plus grandes si nous y sommes en même temps qu'eux. Néanmoins, continua-t-il, c'est à vous de décider si vous restez là ou si vous faites l'effort nécessaire.

Muller fut frappé par l'incongruité de cette discussion alors qu'ils étaient tous au bord de l'anéantissement. Aucun d'eux n'avait la moindre idée des possibilités de flottabilité du bateau ainsi retourné. Personne ne savait dans quelle mesure l'air emplissait les cavités laissées vides par le chargement. Pourtant, ils ne se conduisaient pas comme des condamnés à mort. La panique et les appels au secours n'avaient pas manqué au moment de la catastrophe, mais alors qu'on était peut-être à quelques secondes du plongeon final, ils discutaient tranquillement des voiles et moyens de s'en sortir. Était-ce la confiance affirmée par Scott ou le fait que le *Poseidon,* en dépit des grotesques ornements de son plafond, était donc aussi stable que dans sa position normale ? Il était là sous leurs pieds, dur et solide, excluant toute panique. Et pourtant, Muller le savait, c'était une illusion qui pouvait se dissiper d'un instant à l'autre.

— Et les autres ? demanda Shelby avec un regard vers les gens groupés à l'autre bout de la salle à manger et les formes étendues sur le sol, dont certaines recommençaient à bouger.

— Les morts ne comptent pas, dit Scott.

Jane Shelby le regarda, surprise par la brutalité des mots, l'indifférence soudaine qui perçait sous la douceur persuasive des propos. Son regard tomba sur Miss Kinsale et elle remarqua que celle-ci ne semblait pas partager son étonnement. Au contraire, elle avait une expression de calme réfléchi.

— Il y a sept morts, reprit Scott, et aucune possibilité que les blessés s'en tirent. Nous ne pouvons nous encombrer d'impotents. Le vieux docteur fait ce qu'il peut.

« Mais c'est égoïste et cruel de les abandonner », pensa Jane, puis le bon sens lui souffla : « Que peut-on faire pour des gens qui ne peuvent pas bouger ? » Ce n'était pas de l'égoïsme, mais l'instinct de conservation. Scott avait raison, mais cela ne lui plaisait pas de se l'avouer.

— Drôle de compagnie ! dit Rosen. Engager un médecin à moitié aveugle !

— Et un commandant qui laisse son bateau se retourner ! ajouta le Réjoui.

Shelby répéta sa question.

— Et les autres ? Je veux dire, ceux qui ne sont pas blessés ?

— Je leur ai parlé, dit Scott. Le jeune commissaire leur a dit de rester où ils sont, qu'on viendrait les chercher. Il porte un uniforme, ils l'ont cru.

— Reste nous, dit Shelby.

L'éclairage montant du sol vacillait.

— Ça, c'est encourageant, dit le Réjoui. Combien de temps ça va-t-il durer ? Je pense que ce sont des accumulateurs de secours.

— J'ai demandé au quatrième officier, dit Scott, mais il ne savait pas. Une heure ou deux, un peu plus, un peu moins...

— Nom de nom ! dit Rogo d'un ton outragé. Qu'est-ce qu'il sait, alors, cet enfant de salaud ?

Linda ferma les yeux et secoua les poings comme un enfant en colère. Elle cria sur un ton aigu :

— Je ne veux pas mourir ! On va tous mourir et tout ce que vous savez faire, c'est pia pia pia et pia pia pia ! Ô Marie, mère de Dieu, sauvez-nous !

Sans l'écouter, Scott répondit au mari :

— Rien. Il a vu ce bateau pour la première fois le jour de l'embarquement. Si je pensais qu'il sait quelque chose d'utile, je l'aurais fait venir pour nous guider. C'est pourquoi le plus tôt sera le mieux.

Soudain, Martin prit la parole. Il était si petit, grisonnant et effacé, même dans le smoking écossais qu'il affectionnait, que son accent du Middle West surprenait toujours.

— Je ne sais pas pour vous, messieurs dames, mais pour moi il faut que je sois rentré le 10. Il y a beaucoup de jeunes à Evanston, et il faut leur donner du neuf. Ils sont peut-être timbrés, avec leurs chemises imprimées et ces cravates, mais il faut les leur fournir.

Puis, comme s'il s'en souvenait tout à coup, il ajouta :

— J'ai une femme infirme, à la maison. C'est elle qui a voulu que je fasse cette croisière. C'est une femme bonne, mon Ellen.

Il les regarda presque avec défi.

— Alors vous venez ? demanda Scott.

— Ça vaut mieux.

— Et vous, Dick ?

Richard Shelby hésita avant de répondre pour les siens mais ne les consulta pas :

— Oui, dit-il, si vous pensez qu'on a une chance.

— Et même si on n'en a pas, ajouta Jane sur un ton ambigu, question ou constatation.

Scott tourna les yeux vers elle, mais on ne savait pas s'il la voyait vraiment ou si c'était un regard intérieur.

— En tout cas, dit-il, nous nous serons bien conduits, n'est-ce pas ?

Jane ressentait l'hésitation de son mari. Il était plus âgé que Scott et aurait dû être le plus capable. Cet instant d'indécision qui lui avait fait perdre le commandement confirmait ce qu'elle savait depuis longtemps. Mais, en bonne épouse, en femme éprise, elle avait toujours gardé espoir.

Shelby aurait souhaité prendre la direction des opérations, ce qui lui aurait donné du prestige aux yeux des siens. Il avait gardé son calme pendant la catastrophe, mais il n'avait pas de meilleure suggestion à faire quant aux moyens de s'en sortir. Scott avait l'air de savoir ce qu'il faisait. Mais Richard avait senti l'amertume de la voix de sa femme et il crut devoir ajouter :

— D'accord, Jane ? Susan ? Et toi, Robin ?

— Bien sûr, dit celui-ci. Le cerveau électronique de Washington saura exactement où se trouve tout navire dans les parages. Il faut y aller, Maman.

Jane en fut réconfortée. Son fils était bien.

— Mr Bates ?

Scott continuait son appel.

— Ça vaut la peine d'essayer, dit le Réjoui. Je n'ai aucun désir d'être noyé comme un rat dans son trou.

— Miss Reid ?

Le Réjoui répondit pour elle :

— Oui, elle vient avec moi, pas vrai, Pam ?

— Si vous voulez.

— Miss Kinsale ?

La vieille fille sortit de sa rêverie et répondit avec un gentil sourire :

— Mais bien sûr, docteur Scott.

— Mr et Mrs Rogo ?

Les petits yeux du détective sautaient d'une personne à l'autre. Il avait l'habitude de prendre le commandement, si besoin par la force. Mais là, il était hors de son élément, il n'y avait pas d'ennemi, personne à subjuguer. L'idée de se soumettre à un pasteur le hérissait mais, d'un autre côté, il n'avait pas envie de mourir. Il souscrivait à la règle de Broadway : diminuer les risques chaque fois qu'on le peut. Aussi répondit-il :

— Si vous ne vous vantez pas en disant que vous savez comment faire.

Le visage rouge et gonflé, Linda se retourna contre lui :

— Moi pas ! J'ai peur. Il se vante. Et toi, tu n'iras pas non plus !

— Allons, bébé, allons, dit Rogo.

Elle perdit tout ce qu'il lui restait de vernis d'éducation et elle accabla son mari d'un flot d'injures. « Voyons, ma poulette, ne parle pas comme ça », essayait-il de répondre d'un air désemparé. Mais rien ne pouvait l'arrêter, et l'abondance et la variété des grossièretés qui sortaient de sa bouche laissaient interdite l'assistance, qui ne s'attendait nullement à ce qui suivit.

En un éclair, sans que changeât son expression implorante et malheureuse, Rogo la frappa au visage du revers de la main, tandis que son autre bras la retenait à temps avant qu'elle ne s'écroule. Elle poussa un cri perçant. Du sang coulait de son nez.

Rogo la prit dans ses bras : « Allons, allons, mon petit trésor. Je voulais pas te faire de mal, ma poupée, regarde ce que tu m'as fait faire à ton nez ! » Il sortit sa pochette de soie blanche et lui tamponna le visage. « Chérie, tu sais bien, je ne voulais pas te faire mal. Allez, viens, sois mignonne. » Elle sanglotait.

Jane Shelby et son mari comprenaient que ce n'était pas une scène inusitée entre eux, quand elle le poussait au point où l'admiration fervente qu'il lui portait était soudain remplacée par une de ces impulsions de violence qui avaient fait de lui ce qu'il était.

Les yeux du Réjoui lui sortaient de la tête. Il renonçait à comprendre les Américains. Mais Manny Rosen ne cilla même pas. Il avait vu Rogo à l'œuvre dans sa boutique, un jour où trois durs s'étaient permis, selon l'expression de Rogo, de « faire une remarque ».

— Elle viendra, dit Rogo à Scott.

— Mr Muller ?

— Je crois que c'est une bonne idée, répondit Hubie.

Il était tout prêt à quitter cet endroit déplaisant.

— Mr et Mrs Rosen ?

— Je ne comprends pas, dit Belle à son mari. Que veut-il qu'on fasse ?

— Je ne sais pas. Il faudrait grimper quelque part pour sortir d'ici, il veut qu'on monte en haut du bateau. Il nous montrera le chemin.

— Mais Manny, une grosse femme comme moi ne pourra pas grimper. Vas-y, toi ; moi je resterai ici à attendre.

— Tu es folle, ou quoi ? Moi, je te laisserais ? Tu pourrais au moins essayer, non ? Que faire d'autre ? Attendre que le bateau coule et qu'on se noie ?

— Qu'est-ce que ça change, l'endroit où on se noie ?

Le petit bonhomme parut désarçonné par la logique de sa femme. Il n'avait pas encore bien compris l'étendue du désastre. Scott s'approcha de Mrs Rosen et prit sa petite main grasse dans la sienne.

— Nous vous aiderons tous, Mrs Rosen. Ce ne sera peut-être pas aussi difficile que vous croyez.

Elle leva les yeux vers lui. Tout ce qu'il était et représentait lui était aussi étranger que s'il arrivait d'une autre planète, mais ce qu'elle vit enflamma le courage inné qui l'avait mue toute sa vie.

— Si vous le dites… Mais je suis une grosse vieille femme. Je vous encombrerai.

— Pas si vous êtes décidée à essayer, dit Scott en souriant.

— Bon, c'est d'accord.

Pamela Reid poussa un petit cri, puis, les regardant avec décision, déclara froidement :

— Je regrette, mais naturellement je ne peux pas vous suivre.

Tous sursautèrent. Aucun ne la connaissait, sauf pour avoir échangé quelques mots avec elle, et sa volte-face, après son acquiescement empressé, les prenait par surprise.

— Ma mère… Je ne peux pas partir sans elle. Elle se repose dans sa cabine. Il faut que…

Elle s'arrêta. La peur la fit grimacer. Elle parcourut des yeux le plafond de cauchemar, la mare noire et huileuse de l'escalier et s'écria :

— Tony, où est-elle ? Il faut y aller, où est-ce ?

— Ma pauvre petite, dit le Réjoui, l'air perdu, il faut vous... c'est-à-dire que... j'ai peur que...

Il se tourna vers Scott pour trouver assistance.

— Ne restez pas tous à me regarder ! s'écria la jeune fille. Dites-moi comment y aller !

Mais déjà elle avait deviné et elle enfouit son visage dans l'épaule du Réjoui.

— Je suis désolé, Miss Reid, dit Scott. Tout le monde a compris, maintenant. Ceux qui étaient au-dessus de la salle à manger sont sous l'eau. Aucun d'eux n'est plus vivant.

James Martin sentit monter une nausée et réussit à s'éloigner du groupe avant de tomber à genoux pour vomir violemment : pour la première fois, il venait de penser à Mrs Lewis qui n'était pas descendue dîner.

— Mon Dieu ! s'exclama le Réjoui, comme un verre me ferait du bien !

L'éclat de Rogo fut plus violent :

— Nom de nom ! cria-t-il à Scott. Vous ne voulez pas dire que tout le monde est mort sauf nous ? Mais c'est dingue, ce bateau à l'envers, c'est dingue ! Et vous ne savez même pas comment nous faire sortir d'ici !

— Si, je sais ! répliqua le pasteur Frank Scott.

V

L'arbre de Noël

— Cet arbre, dit Scott. Aidez-moi.

Il appela Peters.

— Nous voulons monter près de vous. Si nous redressons l'arbre, pourrez-vous le maintenir ?

— C'est ce que j'allais vous proposer, monsieur, répondit Peters. Il y a un gabier et deux cuistots, ici. Si vous pouvez amener le haut vers vous, on s'arrangera.

Ils avaient tous oublié la présence incongrue de l'arbre de Noël, qui gisait près du groupe de Scott, ses branches basses masquant en partie l'ouverture de l'ancien « haut » d'escalier.

— Que comptez-vous faire ? demanda Shelby.

— Nous en servir pour grimper, dit Scott. Vous feriez mieux de vous mettre à l'aise. Ça va être lourd.

Shelby tira sur son nœud papillon et déboutonna son col de chemise. Les autres suivirent son exemple, sauf Martin, qui hoquetait, toujours à genoux, la tête entre les mains. Quelque part sous cette pestilence d'eau et de mazout, les seins voluptueux et les cheveux parfumés de Mrs Lewis, qui lui avaient procuré tant de plaisir et d'agrément, flottaient entre deux eaux dans sa cabine de luxe, ou gisaient sur le lit qu'ils avaient partagé.

— Nous allons d'abord déplacer la base, dit Scott.

Les six hommes se placèrent tout autour, de même que Susan et Robin. Jane voulait aider, elle aussi, mais son mari lui murmura :

— Ménage tes forces. Dieu sait ce qui nous attend là-haut, si on y arrive.

Des ornements intacts, des bouts de clinquant résonnèrent mélodieusement pendant qu'ils déplaçaient le pied de l'arbre de façon que le tronc soit parallèle au flanc du navire, la cime juste sous l'entrée de l'office.

Puis Scott disposa son équipe le long de l'arbre : lui-même, en raison de sa taille et de sa force, au milieu ; puis Rogo, Muller et le Réjoui ; Shelby, ses enfants et Rosen devaient rester derrière pour pousser.

— Maintenant, dit Scott, vous le faites glisser, je le soulève, et vous le posez sur vos épaules. Dick, vous levez.

Il hissa sur ses épaules le tronc épais d'environ quinze centimètres à cet endroit-là.

— Allez, avancez. Poussez, Dick !

Le sommet commença à s'élever en glissant le long de la paroi, vers l'ouverture où Peters, à plat ventre, attendait de s'en saisir.

À l'autre bout du hall, les autres passagers les regardaient, hébétés, sans proposer leur aide.

— Je n'ai plus de souffle, haleta Rosen.

— Manny, tu vas te faire mal ! cria Belle.

— Courage, amis, poussez ! dit Shelby qui se demandait comment des muscles de quinquagénaire, qui n'avaient jamais fait plus que balancer un club de golf, supporteraient cet effort.

Scott tourna la tête et ordonna : « Maintenant, soulevez ! » et il hissa le tronc au-dessus de sa tête.

— Je l'ai, cria Peters qui avait attrapé la cime arrivée au niveau de l'ouverture.

— Bravo ! cria Scott. Tirez, nous poussons.

Ils travaillaient à l'unisson, poussant et tirant, jusqu'à ce que Scott s'écrie : « Ça y est ! » Ils se dégagèrent des branches en soufflant. La robe de Susan avait une manche déchirée.

L'arbre s'était immobilisé à un angle de quarante-cinq degrés. Ils le contemplèrent un instant avec fierté. Martin se releva.

— Pardon, dit-il, je ne me sentais pas bien. Je viens vous aider.

— Vous voulez que nous grimpions à cela ? demanda Belle Rosen.

— Ce n'est pas tellement difficile, dit Scott. On peut se tenir aux branches. Je vais essayer.

Malgré sa grande taille, il remonta le tronc avec l'agilité d'un singe, en levant haut les pieds.

— Ça va ! cria-t-il en se laissant retomber au sol.

Le tronc ressemblait un peu à une échelle flanquée de branches où s'appuyer et s'accrocher. Scott se retourna vers Martin :

— Ça va, maintenant. Vous pensez pouvoir venir ?

— Certainement, dit Martin.

Il tenait surtout à écarter de son esprit les images concernant Mrs Lewis. Un point final était mis à leur aventure. Il n'aurait pas à courir le risque des visites promises à Chicago. Il était tranquille. Il n'y avait plus aucun danger qu'Ellen apprenne quelque chose. S'il continuait à penser à Wilma, il allait fondre en larmes devant tout le monde.

— Bon, dit Scott, grimpez. Là-haut, vous vous pencherez et tendrez la main aux femmes.

Martin monta adroitement, en écartant les branches devant lui et s'en faisant un appui. Mais il s'arrêta au milieu. Scott le conseilla : « Ne regardez pas en bas continuez. Vous vous débrouillez très bien. » Mais ce n'était pas en bas que Martin regardait ; il imaginait, là-dessous, une certaine cabine. L'action n'effaçait pas les images. Pourquoi n'avait-il pas insisté pour que Wilma descende dîner ? Pourquoi n'était-il pas allé la rejoindre ? Mais Peters l'attrapa par la main et le hissa par l'embrasure : « Et voilà, monsieur. Vous serez tous là dans une minute. »

Scott regarda successivement Linda Rogo et Pamela Reid.

— Il faut enlever les robes longues. Pour les courtes, ça va, mais vous n'y arriverez jamais entravées comme ça. Enlevez aussi vos souliers ; que les hommes les mettent dans leurs poches, vous pourrez en avoir besoin plus tard.

— Qu'est-ce qu'il veut ? demanda Linda.

— Que tu enlèves ta robe. Comment penses-tu monter là-haut saucissonnée dans cette pelure ? répondit Rogo.

— C'est ce que tu veux ? lui cracha-t-elle à la figure. Du strip, devant tout le monde !

Les grossièretés lui montaient aux lèvres comme des bulles sur l'eau qui bout.

— Ma poulette... commença son mari.

Mais elle l'interrompit. Ses lèvres et son nez restaient enflés après le coup reçu et sa figure de poupée se crispa, venimeuse.

— Ce type-là, c'est juste qu'il veut me voir nue. Je connais le genre, ça prêche le dimanche et toute la semaine ça baise. Il n'a pas cessé de me reluquer pendant tout le voyage.

— Allons, poupée, faut pas dire des choses comme ça. Là, que je te défasse ta fermeture.

— Enlève tes sales pattes de moi, dit Linda en lui griffant le dos des mains.

Du sang suinta. L'assistance faisait le gros dos en attendant l'orage. Cette fois, il fut moins violent, car Rogo se contenta de secouer la tête d'un air chagrin. Puis, d'un de ses mouvements fulgurants, il lui arracha sa robe. Elle se retrouva en slip et soutien-gorge, les bras croisés sur la poitrine.

— Tu vois, chérie, dit-il, tu me fais toujours faire des choses que je voudrais pas.

— Oh là là, ça me gêne tellement, devant tout le monde ! larmoya Linda.

Elle n'écarta les bras de sa poitrine que lorsqu'elle constata qu'elle n'intéressait personne.

— Miss Reid ! appela Scott.

La jeune Anglaise se tenait à côté du Réjoui. Sa robe de satin bleu ne seyait ni à son genre ni à sa personne. Elle n'avait rien dit depuis qu'elle avait appris le sort de sa mère, mais elle avait réfléchi. C'était une fille de bon sens ; elle n'y pouvait rien, il serait temps plus tard de pleurer. Elle se tourna vers le Réjoui et demanda :

— C'est vrai, pour Maman ?

— Oui, Pam, j'en ai peur.

— Elle est vraiment morte ?

Le Réjoui eut un air traqué ; son regard se porta sur la surface maintenant immobile de la mare du grand escalier. Que dire de plus à la pauvre petite ? Elle avait suivi ce regard, elle comprit sa signification et ne demanda plus rien. Elle porta la main à ses épaulettes, sa robe tomba à ses pieds et elle s'en dégagea sans manifester d'embarras. Elle portait une courte combinaison de nylon blanc. En rejetant sa robe, elle semblait dire adieu à quelqu'un, ou à quelque chose, qu'elle avait été. Sans un mot, elle glissa sa main dans celle du Réjoui.

Celui-ci se dit : « Ô mon Dieu ! que vais-je devenir ? » car ce geste évoquait un mariage Elle était mal faite, et pas plus gracieuse en combinaison qu'en robe. Elle s'était montrée un bon compagnon de beuverie, mais il n'était pas amoureux d'elle et ne la désirait pas. Il ne désirait rien d'autre que la liberté de boire en paix. Il avait découvert l'alcool quelques années plus tôt, à la mort de sa femme, et depuis rien ne pouvait lui interdire de s'enfoncer dans la brume continue du whisky où il se sentait en sécurité. Qu'avait-il à faire de cette jeune fille sans mère qui venait de se donner à lui ? Il lui tapota le bras sans même s'en apercevoir.

— Bien. Maintenant, Susan, dit Scott. Vous êtes prête ?

— Voilà !

Elle rejeta ses souliers qu'elle tendit à son père. Elle était jeune, fraîche et vigoureuse. Après le naufrage, elle avait tremblé de tous ses membres, mais pas une fois l'idée de la mort ni du danger ne lui avait traversé l'esprit. Elle comprenait ce que Scott avait dit de l'action opposée à l'apathie. Dès qu'on fait quelque chose, on cesse d'avoir peur. Elle était contente qu'il l'ait choisie pour donner l'exemple aux autres et elle espérait s'en tirer à son honneur.

En effet, comme Scott l'avait prédit, cela se révéla moins difficile qu'il n'y paraissait. Soutenue par la poigne du pasteur, elle fut conduite fermement jusqu'à mi-hauteur, où elle n'avait plus que deux branches à franchir avant que Martin, penché sur elle, l'attrape par la main et la hisse triomphalement près de lui.

— Puis-je y aller ensuite ? demanda Belle Rosen de façon inattendue.

— Tu te sens d'attaque, Maman ? dit son mari.

— Si je n'y vais pas maintenant, je n'irai jamais. Ça me fait tellement peur !

— C'est parfait, Mrs Rosen, déclara Scott pour l'encourager. Vous avez vu comme Susan y est arrivée facilement.

— Elle ne pèse pas aussi lourd que moi. Est-ce que ça me portera ?

— Ça m'a bien porté, moi. Donnez-moi la main.

— Faut-il que j'enlève ma robe ?

— Non, dit Scott, elle est courte, elle ne vous gênera pas.

— Prends mes souliers, Manny.

— T'en fais pas, Maman, dit-il en venant à son aide.

Appuyée sur Scott, elle se hissa péniblement entre les branches, mais elle fut momentanément arrêtée par l'espace où personne ne pourrait l'aider. Elle rappelait à Shelby un ourson noir qu'il avait vu, une fois, pris à mi-hauteur d'un arbre, incapable de monter ou de descendre, et il se demanda si elle allait tomber.

Manny Rosen la héla : « Avance, Belle ! Tu y es presque ! » Mais Scott la rassura plus efficacement en disant tranquillement : « Prenez la main de Mr Martin et le reste ira tout seul. » Presque sans y penser, elle obéit, grimpa sur les deux branches suivantes et fut tirée en sûreté, aux grandes acclamations de ceux qu'elle avait laissés en bas. Elle leur fit signe en souriant, aussi fière d'elle-même qu'un enfant. « Un vrai Peter Pan », dit-elle.

Peu après, ils étaient tous en haut. Debout tout au bord, Scott demanda, sa voix portant jusqu'au fond de la salle :

— Encore quelqu'un ? Nous allons tenter d'atteindre la coque, au cas où l'on essaierait de nous secourir. Il y eut un certain remous parmi les passagers. Un homme cria : « Nous avons décidé d'attendre ici. » Un steward s'avança dans les décombres, une serviette tachée de sang autour de la main droite. Son bras gauche pendait bizarrement. Du bas de l'arbre, il demanda à Scott :

— J'aimerais bien rejoindre les copains, si possible. J'ai fait tout ce que je pouvais.

— Très bien, montez. Qu'est-il arrivé à votre bras ?

— Je ne sais pas, monsieur, je ne peux pas le bouger.

— L'autre vous fait mal ?

— Non, monsieur, c'est seulement que je me suis occupé des blessés.

En un instant, Scott était redescendu, avait saisi la bonne main du steward et le tirait avec précaution derrière lui.

— Salut, Jock, lui dit l'un des stewards, tu es mieux ici avec nous.

Peters demanda : « Faut-il encore tenir l'arbre ? » La cime était toujours appuyée au rebord. Scott jeta encore un coup d'œil sur le chaos de la salle à manger, sur les morts, les mourants et les vivants serrés comme un troupeau de moutons. Son expression était sans pitié : « Non ! » dit-il. Et il rejeta l'arbre qui tomba sur le sol dans un grand craquement de branches.

— Pourquoi avez-vous fait ça ? cria Jane. Les autres pouvaient encore changer d'avis !

Scott lui jeta un regard rapide, mais elle savait qu'il était loin d'elle, qu'il ne la voyait même pas. Il répondit sèchement :

— S'ils changent d'avis, ils savent ce qu'ils ont à faire.

Jane pensa que le mépris profond de cet homme pour les faibles n'aurait pu s'exprimer de façon plus catégorique. Est-ce ainsi que sont les chefs ? Aurait-elle aimé que son mari fût pareil ? Elle aurait aimé savoir ce qui arrivait quand Scott se fâchait pour de bon, et dans quelle mesure un cœur battait vraiment dans cette imposante poitrine. Et pourtant, avec quelle rapidité et quelle résolution mêlées de douceur avait-il fait monter le steward blessé... Elle l'admirait et le méprisait à la fois.

Ils se trouvaient maintenant dans la coursive qui desservait les cuisines. D'un côté se succédaient les offices, la sommellerie où l'on entreposait la provision des vins du jour, le comptoir à boissons. C'étaient les derniers points d'arrêt des stewards au sortir des cuisines, pour prendre l'argenterie, les verres de rechange, les couverts de service et les boissons.

— Prenez garde aux tuyaux, dit Peters. Vous marchez sur le plafond.

Cela leur fit lever les yeux sur ce qu'était devenu le plancher : sa brillante surface de vinyl était maintenant au-dessus de leurs têtes. Sous leurs pieds, se trouvaient des alignements de canalisations pour l'électricité, la plomberie, le téléphone, le chauffage à la vapeur, l'eau sous pression des milliers de bouches du système de protection contre l'incendie réparties dans tout le navire, et même les conduites qui amenaient la bière des tonnelets aux robinets du comptoir ; tous ces tuyaux, glissants et différemment espacés, rendaient difficile la station debout.

Rogo apostropha Scott :

— Dites donc, vous n'aviez pas pensé à ça ?

— Il y a probablement bien d'autres surprises qui nous attendent, dit Scott paisiblement. Plus nous serons haut, plus il y aura d'obstacles, j'imagine. Je n'ai jamais prétendu que ce serait facile, conclut-il en regardant Rogo avec un certain amusement.

Acre gisait toujours à l'endroit, où l'avait jeté le retournement du bateau, au milieu des restes de nourriture qu'il emportait alors sur un plateau. Il régnait une forte odeur de vin, de bière et d'alcools variés et cela monta à la tête du Réjoui. Mais il n'y avait plus aucune bouteille intacte ni au bar ni à la sommellerie. L'espace compris entre les canalisations était plein de vaisselle et ustensiles variés, la plupart en morceaux, dans un magma de soupe, de sang et de sauces qui rendait le tout glissant.

Peters s'était posté près d'Acre. Il avait réussi à réduire la fracture de jambe de celui-ci et l'avait immobilisée entre deux conduites comme dans une gouttière. Un marin barbu, en pantalon de toile et chemise à manches courtes marquée *Poseidon,* se tenait appuyé au mur, les mains à plat, terrifié.

À mi-chemin des cuisines se trouvaient deux jeunes chefs, coiffés de leurs toques blanches qu'ils avaient dû rattraper au vol et reposer machinalement sur leurs têtes. Ils étaient aussi pâles que les serviettes qui leur entouraient le cou et ils tremblaient de tous leurs membres.

La coursive continuait au-delà des cuisines installées au milieu du bateau. Une douzaine d'autres stewards se trouvaient là, certains blessés déjà pansés à l'aide de morceaux de nappes ou de serviettes. Ceux qui ne l'étaient pas demeuraient encore tout étourdis et la présence des passagers parmi eux achevait de les désorienter. Ceux-ci n'avaient rien à faire dans leur domaine. Tout avait cet air d'irréalité confondante qui suit immédiatement une catastrophe quand, le premier effroi calmé, les victimes essayent de s'adapter aux terribles changements survenus. Seuls, Peters et Acre semblaient avoir gardé un certain sens des responsabilités.

Miss Kinsale demanda à Acre, avec plus de curiosité que d'inquiétude : « Croyez-vous que nous allons être noyés ?

— J'espère que non, Miss », répondit-il. Le visage lisse de Miss Kinsale ne trahissait rien de sa peur, si elle en ressentait, et Susan se fit la réflexion qu'on ne savait presque rien d'elle, comme d'ailleurs des autres passagers qui suivaient le pasteur, celui-ci constituant lui-même un mystère.

Et ces simples mots de Miss Kinsale : « Allons-nous être noyés », faisaient soudain frissonner Susan ; elle espéra que cela se voyait moins que sur Linda Rogo.

Le mari de cette dernière avait enlevé sa veste de smoking pour la lui jeter sur les épaules. Linda était appuyée au mur, à côté du marin. Elle croisa les revers de satin sur sa poitrine. Ses fausses boucles lui pendaient sur l'œil. Sa joue enflée lui donnait un faciès un peu porcin. Elle claquait des dents et gémissait.

Les Rosen se cramponnaient l'un à l'autre pour ne pas glisser entre les tuyaux, dans la bouillie de détritus qui cachait des éclats de verre coupants. Les femmes avaient rechaussé leurs souliers. Le Réjoui regrimpa du cellier où il était descendu dans l'espoir de trouver à boire. Il avait l'air bouleversé. Il rejoignit Pamela et se pencha contre elle. Elle le sentit trembler.

— Tony, qu'y a-t-il ? lui demanda-t-elle.

— Le barman. Il a dû saigner à mort. Il n'y avait plus rien à faire. J'aurais besoin d'un verre, Pam !

Elle lui passa un bras autour de la taille et le serra contre elle.

— J'ai besoin de boire un verre, répéta-t-il sans prendre garde à sa sollicitude.

— Il faut parvenir jusqu'au fond de ce bateau, déclara Scott.

— Vous voulez dire la quille ? demanda Peters.

— C'est cela. Si l'on vient à notre recherche, c'est là-haut qu'il faudra se trouver.

— Vous n'y arriverez pas, monsieur, dit Acre. C'est une coque à double paroi.

— Je sais, intervint Robin, c'est là qu'il y a les réservoirs à mazout.

— Le commandant n'a pas pris de lest à La Guaira, dit Peters, je me demande bien pourquoi. Mais de toute façon, on ne passerait pas à cause des vapeurs.

— Y en a-t-il sur toute la longueur du bateau ?

— Sauf à l'avant et à l'arrière.

— Et on peut y aller ?

Peters considéra leur groupe. La grosse Mrs Rosen, sa dentelle noire déchirée par les branches ; Linda Rogo, terrifiée ; Miss Kinsale. Les jeunes filles passeraient, Mr Shelby et son fils aussi, mais pas la grosse dame. Certains des hommes ne paraissaient guère à la hauteur des difficultés. De plus, dans l'état où se trouvait le bateau, on ne pouvait prévoir tous les obstacles qui se dresseraient devant eux.

— Je ne sais pas, monsieur, mais on peut essayer, finit-il par répondre.

— Vers où iriez-vous, Peters ? Avant ou arrière ?

Peters réfléchit.

— Je dirais à l'arrière. Les ancres ont pu se détacher et tomber, c'est peut-être ce qui nous fait tenir tranquille. Dans ce cas, le logement des chaînes est plein d'eau, mais de toute façon, on ne pourrait pas les franchir. Donc on a plus de chances à l'arrière. Quelque part vers le bout de l'arbre de transmission des hélices.

— Peters, pourquoi flottons-nous toujours ? demanda Shelby, question que personne n'avait encore osé poser.

— Je ne sais pas, monsieur, répondit Peters. C'est mathématique, je pense, quelque chose à voir avec le cubage d'air et la flottabilité. Il paraît que les soutes à marchandises étaient presque vides. À la place, il doit bien y avoir de l'air, n'est-ce pas ? Je ne sais pas tout, je suis seulement steward.

— Mais ça fait longtemps que vous naviguez sur ce bateau, n'est-ce pas ?

— Vingt-cinq ans tout juste, dit Peters, mais je ne connais que mon secteur, les cuisines et les ponts inférieurs. En tout cas, on s'est stabilisés – il désigna la mare du grand escalier –, c'est pourquoi nous vous avons conseillé de monter.

— Bon, on y est, dit Rogo, et après ? Où ça nous mène, tout ce bla-bla-bla ?

Cela ramena le désarroi dans le groupe. On leur avait fait quitter la salle à manger, mais la coursive n'était qu'une autre prison, encore plus sinistre. Mais Scott ne se laissait pas démonter.

— On ne prend pas de décision sans en avoir examiné les points faibles. Quelles sont nos chances, à votre avis ? demanda-t-il à Peters.

Celui-ci baissa la voix, s'adressant seulement à Scott et à Shelby :

— Le bateau va se stabiliser entièrement peu à peu. Mais il peut faire une embardée soudaine et couler d'un seul coup, comme il peut flotter des heures sans sombrer, sauf changement de temps. Alors un avion pourrait nous repérer au matin.

— Ce sera trop tard, dit Shelby.

Robin avait écouté ; il intervint

— Ils peuvent aussi nous repérer de nuit, s'ils savent que le bateau est perdu. Il y a un centre aérospatial de recherches et de récupération aux Açores. Ils ont des Hercules HC 130. Si l'un d'eux descendait par-là, il survolerait la région et jetterait des fusées. Et puis, si la quille sort de l'eau, les radars pourront la repérer, même dans le noir, pas vrai ?

— Tenez, dit Peters, il sait tout ça ! Il est drôlement malin, on a pas mal bavardé, tous les deux.

Robin était lancé.

— Ils téléphoneront au Centre d'information de la marine, à Miami, qui relaiera au Centre électronique de la marine à Washington. C'est pour ça que les bateaux donnent leur position. Afin de pouvoir organiser au plus vite les secours en cas d'avarie majeure.

— Eh bien, mon garçon, dit le Réjoui, tu es drôlement calé. Ça nous ramène à cette sacrée question de temps. Le bulletin de position est-il parti, oui ou non ?

Susan Shelby regardait son frère avec admiration.

— Comment sais-tu tout ça ?

— Tout le monde le sait, maintenant. C'est même dans le magazine d'astronautique que Papa m'a acheté.

— Savez-vous combien de temps peut tenir l'éclairage de secours ? demanda Scott, poursuivant ses questions.

— Quatre heures à peu près, répondit Acre. J'ai un copain électricien. Si ce n'est pas endommagé, bien sûr. Il y a deux batteries d'accumulateurs de secours.

Scott consulta sa montre. Il était vingt-deux heures trente.

— Il faudrait faire le trajet en trois heures.

L'idée de voir les lumières s'éteindre et les laisser impuissants dans le noir inquiétait Rogo. Les mots fusèrent de sa bouche en coin :

— Alors, pourquoi qu'on se magne pas le train ? Vous voulez qu'on reste coincés dans le noir avec toutes ces femmes ?

— C'est vrai, dit le Réjoui. Ne devrait-on pas se mettre en route ?

— Non, répondit Scott d'un ton coupant. Vous m'avez passé le ballon, mais avant de courir, je veux savoir où est le trou.

Le Réjoui regarda Muller avec ahurissement. Celui-ci expliqua : « Football américain. Mais il a raison, il veut simplement dire qu'il faut savoir où nous allons. À propos, ajouta-t-il à l'intention de Peters, qu'est-ce qui se trouve directement au-dessous de nous, ou plutôt, maintenant, au-dessus ? » Ce qui lui valut un regard incendiaire de Rogo, toujours exaspéré, par sa voix douce et son langage raffiné.

— La piscine, répondit Peters.

— Quoi, avec de l'eau ? s'écria Rosen.

— Ah non ! gémit Martin en rentrant involontairement la tête dans les épaules.

Ils se regardèrent tous avec malaise. Un steward ricana en faisant : « Coin-coin ! »

— Ça ne risque rien, dit Peters. Le commandant la fait vider dès que ça bouge. Sans quoi, nous ne serions plus là, personne.

Jusqu'où s'étend-elle ? demanda Scott.

Jusqu'au bout des offices. Il y a une porte sur la coursive derrière les cuisines. Là, il y a une échelle et on peut descendre, pardon, je veux dire monter de deux ponts, ce qui conduit à la grande coursive de service.

— Broadway, intervint Acre en grimaçant.

— On appelle ça Broadway, expliqua Peters. C'est un large couloir sur toute la longueur des cabines de première. Par là, on a accès à tous les points du bateau. Cela permet à l'équipage, ou au personnel, ou aux équipes d'entretien d'aller d'un endroit à l'autre sans passer par les ponts ni le quartier des cabines.

— ... ou de faire peur aux passagers, ajouta le steward qui avait fait « Coin-coin ».

— Oh, Williams, la ferme ! dit Acre.

— Pappas peut vous conduire, dit Peters en frappant dans ses mains. Hé, là, Pappas ! Réveille-toi ! Arrête de penser à ta maman. Tu vas montrer le chemin de Broadway à ces messieurs dames.

Le Grec tourna un visage barbu, qui restait sans expression, comme s'il n'avait ni vu ni entendu.

— Après ça, continua Peters, il faudra vous débrouiller. Toujours vers l'arrière. Il y a un endroit où vous aurez à traverser la chambre des machines pour arriver au logement de l'arbre de transmission.

Il échangea un regard avec Acre et reprit :

— Nous ne savons pas si c'est endommagé.

— C'est à cinq ponts plus haut, ajouta Acre.

Le courage de Muller vacilla encore. Les « cinq ponts plus haut » évoquaient un spectacle dont il ne comprenait pas tout le sens sinon pour se dire qu'ils s'étaient embarqués dans une aventure impossible. Mais Scott restait imperturbable.

— Est-ce que nous trouverons des cordages quelque part ? demanda-t-il à Peters.

— Oui, il y a un cagibi au fond de l'office. Par gros temps, on tend des mains courantes pour gagner la salle à manger.

— Vous pouvez m'y conduire ?

— Laisse-le y aller seul, intervint Williams. On n'est plus de service, on est tous dans le même foutu pétrin.

— C'est vrai, dit Scott. Ça m'est égal, dites-moi simplement où c'est.

— Je vais vous montrer, répondit Peters, et ils partirent.

Toujours aussi élégant dans son smoking écossais, cravate assortie, les yeux vifs derrière ses lunettes, Martin chuchota à Muller : « Qu'en pensez-vous ? »

Muller répondit : « C'est un champion, n'est-ce pas ? C'est bien son genre. » La fermeté et le calme de Scott lui avaient rendu son courage et excitaient sa curiosité.

Le pasteur et le steward reparurent. Scott, l'épaule chargée d'un rouleau de fine corde de nylon, portait une lourde hache d'incendie rouge à long manche, munie d'une pointe acérée à l'opposé du tranchant.

— C'est pour quoi faire ? s'enquit Martin.

— Si nous avons à faire de l'escalade, autant être équipés, répondit Scott.

Une image idiote surgit dans l'esprit de Muller

Scott, en chapeau tyrolien, culottes de peau et souliers à crampons, encordé sur une corniche et brandissant un piolet. Mais Rogo éclata :

— De l'escalade ? Nom de Dieu, mais vous êtes fou ! Et si la lumière s'éteint, et les femmes ? Et les escaliers, alors ? Il doit bien y avoir des escaliers ?

— Ils risquent de vous surprendre, répondit Scott. C'est vous qui vouliez qu'on se magne. Nous perdons du temps.

Cela rappela à chacun la gravité de la situation, et son horreur. Le cœur de Muller défaillit de nouveau : Scott lui avait rappelé l'escalier de la salle à manger. Il lutta contre l'implacable clarté de cette vision, en se demandant combien de temps il supporterait ce partage entre le doute et la mort, la lâcheté et le courage.

Scott contempla son équipe.

— Êtes-vous toujours prêts à me faire confiance ?

En répondant pour eux, Shelby leva tous les doutes :

— Nous vous suivons, Frank.

— Mais Mrs Rosen saisit la main de son mari et lui murmura quelque chose. Elle s'était visiblement alarmée de l'équipement du pasteur. Rosen prit la parole :

— Dites, nous ne voulons pas vous encombrer. Belle dit qu'elle ne sera pas capable de grimper comme ça. Il vaudrait peut-être mieux que nous restions là, sans vous gêner.

— Oh non, Mr Rosen, répliqua aussitôt Miss Kinsale, il ne faut pas parler ainsi. Ce ne sera sûrement pas trop difficile, avec l'aide du docteur Scott.

Mais Rosen demeurait incertain et mal à l'aise.

— Venez aussi loin que vous pourrez, dit Scott, et continuez aussi longtemps que vous en aurez la force.

Scott avait le don de libérer l'âme de ses craintes, de stimuler la volonté de survivre face à tous les obstacles. Il reprit :

— Je pense qu'il faut nous donner un ordre de marche et nous y tenir, afin de savoir où est chacun. Ce sera difficile d'avancer sur ces tuyaux. Il faudrait se mettre deux par deux, les hommes aidant les femmes. Je vais prendre la tête avec...

Il chercha un instant :

— Miss Kinsale. Puis Mr et Mrs Shelby et les Rosen ; ensuite les jeunes, puis Mr Bates et Miss Reid, Mr Martin et Mr Muller, et je suggère que les Rogo ferment la marche.

— Pourquoi les derniers ? demanda Linda.

— Oui, ajouta Rogo, qu'est-ce qui vous fait croire que je vais jouer les lanternes rouges ?

— Parce que vous avez la tête sur les épaules et que vous serez appelé à vous en servir.

Le détective ne dit plus rien et lorsque sa femme se remit à protester, il lui secoua le bras en disant : « Tais-toi ! »

De nouveau, Jane Shelby eut un mouvement de colère intérieure. Si cette place était importante, pourquoi Scott n'avait-il pas désigné son mari plutôt que cet horrible petit homme violent qui le méprisait ouvertement ?

Pendant qu'il prenait ces dispositions, quelque chose avait attiré l'attention de Scott : une armoire suspendue à l'envers et d'où s'échappaient des nappes et des serviettes. Il en récupéra huit qui n'avaient pas été tachées par le bourbier du sol et il les distribua aux hommes :

— Mettez les nappes sur vos épaules et les serviettes dans vos poches.

Ce fut le Réjoui qui demanda :

— Mais bon sang, pour quoi faire ?

— Les nappes peuvent servir, sinon on les jettera. Quant aux serviettes, elles seront utiles si quelqu'un se coupe. Pas question de se blesser !

« Que Dieu nous vienne en aide, pensa Jane. Si l'un de nous s'estropie, on l'abandonnera. »

Scott secoua l'épaule du marin grec, toujours dans le vague.

— Allons, Pappas, en route ! Montrez-nous le chemin.

Williams lança tout à coup :

— C'est ça ! En route ! Et nous alors, on peut crever ?

Le pasteur se retourna.

— Vous voulez venir ? Je prends tous ceux qui veulent ou qui peuvent. Peters, les cuisiniers, n'importe qui et tout le monde.

— Je ne sais pas, monsieur, dit Peters. En cas d'accident, les consignes sont de rester à notre poste jusqu'à nouvel ordre, ou bien de gagner tout de suite nos postes de sauvetage si le signal est donné.

— Ben, y a pas eu de signaux et pas de haut-parleur, dit Williams, et à quoi bon des bateaux de sauvetage quand on a le cul dans la poêle ?

— Je suis sûr que vous pouvez vous considérer comme relevé de vos ordres, maintenant. Très bien, Williams, vous et qui d'autre ?

Le paisible assentiment de Scott jeta Williams dans une sorte de rage enfantine.

— Pas moi, cria-t-il. Vous n'y arriverez jamais ! Vous avez une idée de ce qu'il y a entre ici et la coque ? Vous ne réussirez qu'à vous tuer et les autres avec !

— Peters ? demanda Scott sans se troubler.

— Je ne peux pas quitter Acre. Nous travaillons ensemble depuis trop longtemps. Les choses peuvent encore s'arranger, si nous gardons notre sang-froid.

Puis il ajouta :

— En passant devant les cuisines, ne regardez pas.

— Pourquoi ? demanda Rosen sans réfléchir. Il y a des blessés ?

— Les fourneaux se sont détachés comme tout le reste. Ces deux gars-là – Peters désigna de la tête les deux cuisiniers – ont réussi à sortir. Pas les autres. Les fourneaux étaient allumés, ajouta-t-il après une pause.

C'était Hubie Muller, le dilettante, le mieux capable de se faire l'image la plus précise et la plus terrifiante de la scène. Sans doute parce que, comme beaucoup de ses semblables, c'était un grand cuisinier amateur : il savait ce que c'était, une cuisine. Toutes les plaques des cuisinières électriques devaient être chauffées à blanc ; détachées par le retournement, elles avaient dû être projetées avec le contenu brûlant des marmites et des casseroles sur les cuisiniers, les plongeurs et tout le personnel, les assommer, les mutiler ou les brûler à mort. C'était probablement de là que venait l'effroyable cri animal entendu au moment où le bateau s'était retourné.

— Allons-y, commanda Scott après s'être penché pour dire : « Merci, Peters, merci, Acre, et bonne chance à vous deux. »

Shelby se demanda s'il allait ajouter : « Je prierai pour vous », mais il s'en abstint.

— Bonne chance à vous aussi, monsieur, répondirent les stewards.

En se mettant en marche, ils entendirent Linda protester : « Je n'ai pas besoin de ton aide ; c'est ta faute si on est dans ce merdier. » À quoi répondit la voix attristée, presque toujours lénifiante, dont usait Rogo avec sa femme : « Allons, ma petite poulette, laisse-moi te tenir le bras avant que tu te casses une de tes jolies gambettes. »

— Miss Kinsale ! appela Scott.

— Ah, merci, docteur Scott, répondit-elle en glissant sa main sous le bras offert.

Il s'arrangea pour qu'elle soit à sa gauche, à l'opposé des cuisines. Les autres hommes prirent sa suite. Personne ne disait plus rien et on n'entendit plus que le bruit des pieds tâtonnant entre les canalisations.

Ils dépassèrent les cuisines béantes en détournant la tête. On respirait d'âcres relents de nourriture mélangés à quelque chose de sinistre qui soulevait le cœur. La vision déjà évoquée par Muller en donnait l'explication : c'était l'odeur de la chair brûlée. La plupart des ampoules électriques de la cuisine avaient été brisées ; la lumière vacillante des deux seules intactes ne laissait que deviner l'amas de ferraille, de cuivre et de nickel des cuisinières et des récipients renversés. Hormis le crépitement du métal en train de refroidir, tout était silencieux.

Muller éprouva le besoin irrésistible de savoir. Il décida d'entrer. Il y était presque lorsqu'il glissa et perdit l'équilibre. Il se rattrapa à une barre de métal, non sans avoir aperçu sur le sol quelque chose de rouge qui ressemblait à un morceau de viande. Il gémit : « Ô mon Dieu ! »

Martin, pour sa part, avait poursuivi son chemin, la tête résolument détournée.

— Venez, lui dit-il. À quoi cela vous sert-il d'y aller voir? Personnellement, je ne peux pas en supporter plus, après ce que j'ai vu en bas. Cela me rendrait de nouveau malade.

— Ô mon Dieu ! répétait Hubie Muller, tout en se demandant quel mauvais instinct l'avait poussé à entrer.

Il tremblait en suivant Martin, ses pieds dérapaient, un morceau de verre s'était fiché dans la jambe de son pantalon, lui éraflant la peau, sans qu'il s'en aperçoive.

Rogo jeta un coup d'œil au passage.

— J'aimerais pas mourir comme ça, dit-il lugubrement.

— Ça te ferait du bien, pourtant, lui jeta sa femme.

Pappas le marin et Scott en tête arrivèrent devant une porte. Le Grec s'arrêta et la considéra d'un air stupide. La poignée d'acier poli se trouvait à une hauteur bizarre, juste au-dessus de leurs têtes. Scott leva le bras et ouvrit. Ils avaient tous pris l'habitude de la barre de cuivre qui surélève le seuil des portes, sur les bateaux, et contre laquelle, au début, viennent buter les terriens ; mais là, cela faisait presque soixante centimètres de haut.

— Attention, avertit Scott en aidant Miss Kinsale à enjamber.

— Qu'est-ce que c'est que cette porte ? demanda Rosen.

— Elle est à l'envers, répliqua Shelby en aidant sa femme.

— Je n'y comprends rien, dit Belle Rosen. Est-ce que tout est à l'envers ?

— Hélas ! oui, dit Scott. Mais on se débrouillera.

Ils avançaient à présent dans un corridor long et étroit, une paroi lisse d'un côté et des cabines de l'autre. La tuyauterie du plafond, qu'ils avaient sous les pieds, était plus simple et plus espacée que dans le quartier des cuisines.

— Où sommes-nous ? demanda Martin.

— Toujours sur le pont R, dit Scott. Le D est juste au-dessus de nous et le E doit coïncider avec ce Broadway dont parlait Peters. Il vaut mieux aller lentement, on n'a pas besoin d'entorses.

Jane Shelby s'accrocha plus fort au bras de son mari, en pensant à ce que signifierait une cheville tordue ou cassée, ou toute autre blessure grave, puisque Scott abandonnerait le blessé. Il aurait fallu aller vite, mais on ne pouvait pas se le permettre.

Du moins avaient-ils pour eux l'éclairage de secours disposé régulièrement, et dont les ampoules, dressées entre les tuyaux, éclairaient leurs pas. Mais ils n'avaient pas franchi plus de dix mètres qu'elles s'éteignirent, si brusquement qu'ils en restèrent stupéfaits, au sein de ténèbres que rendaient encore plus profondes les feux d'artifice inscrits sur leurs rétines par la contemplation attentive des lampes qui venaient de disparaître.

À l'arrière, on entendait la voix de Rogo : « Jésus-Marie ! » et le hurlement hystérique de sa femme : « Mike, tiens-moi, ne me lâche pas ! »

Il y eut alors un autre bruit, celui de pieds frappant vite et lourdement le métal. Quelques personnes furent heurtées au passage par un corps qui sentait la sueur et l'ail. Puis, aussi brusquement qu'elles s'étaient éteintes, les lampes se rallumèrent, cette fois plus intenses et sans ces fluctuations qui caractérisaient les précédentes.

— Je parie que c'est le second jeu d'accus, chuchota Robin à sa sœur.

Quand leurs yeux furent accoutumés à la lumière, ils constatèrent que Pappas, qui était en tête à la demande de Scott, avait disparu.

— Le salaud, la sale petite ordure, dit Rogo. Il a mis les bouts !

VI

Entrée de Nonnie

L'explication de cette brève obscurité s'imposa peu à peu et les passagers se regroupèrent. Il faisait humide et chaud dans le corridor. Les hommes enlevèrent leurs vestes ; ils se les nouèrent autour de la taille.

La chemise de Hubie Muller avait un plastron plissé et bordé d'un volant, et il portait des bretelles noires à fleurs rouges. Rogo avait envie de dire : « Oh chochotte, comme ça vous va bien ! » mais il se retint. Lui, il paraissait net et musclé dans sa chemise au col ouvert d'où sortait un épais cou d'étalon. Les boucles artificielles de sa femme se détachaient des vraies. Elle les arracha de sa nuque et les jeta par terre, où elles allèrent se loger entre deux tuyaux comme un petit animal à fourrure.

Susan Shelby trouvait que Scott, avec son col ouvert, ses manches roulées, la hache et la corde passées à sa ceinture, avait l'air d'un héros de cinéma d'autrefois. Son père s'étonnait d'avoir été embarrassé par la vue du pasteur à genoux. C'était avant tout un homme.

Les beaux cheveux ondulés de Jane Shelby lui tombaient sur la figure, ce qui lui donnait un air très jeune ; mais pas une mèche du chignon serré de Miss Kinsale n'avait bougé et sa robe était à peine défraîchie. Elle jeta un coup d'œil à ses pieds : « Oh, mon Dieu, dit-elle j'ai abîmé mes souliers ! »

Avec sa bonne bouille colorée, son col rond et ses bretelles, le Réjoui ressemblait tout à fait à un jardinier. Pam, en combinaison, sa robe longue sur le bras, avec ses naïfs yeux bleus et son teint d'Anglaise, paraissait plus que jamais tombée de la lune.

— Ça va, Maman ? demanda Manny Rosen.

Sans sa veste, on pouvait constater que la ceinture de son pantalon lui passait sous le ventre. Ce qui lui restait de cheveux grisonnait. Il avait le regard soucieux et la bouche enfantine.

— Regarde, ma robe est toute déchirée, répondit-elle.

— Si tu n'as que ça comme soucis !... dit-il.

Elle souleva sa robe pour examiner les dégâts et dévoila des jambes épaisses qui tombaient directement, sans chevilles visibles, sur de tout petits pieds chaussés de ballerines de satin noir. Elle avait un visage maternel au-dessus de plusieurs mentons. Derrière des lunettes d'écaille, ses yeux bruns étaient toujours jeunes, bien qu'elle eût plus de soixante ans, et ils lui donnaient parfois une expression espiègle. Elle était très fière de ses cheveux, d'un noir bleuté, sans un fil blanc. « Tout le monde pense que je me teins, aimait-elle à dire, mais non. Ceux de ma grand-mère étaient comme ça encore à soixante-dix ans. » Elle les coiffait en deux tresses croisées sur le haut de la tête. Elle portait, piquée sur l'épaule gauche, une coûteuse fleur en diamants dont elle se souvint tout à coup et qu'elle détacha pour la tendre à Manny :

— Mets-la dans ta poche, je n'ai pas envie de la perdre.

— Qu'est-ce qui s'est passé pour la lumière ? demanda Martin.

— Il doit y avoir deux jeux d'accumulateurs, dit Shelby. Quand l'un est épuisé, l'autre prend automatiquement le relais.

— Tu vois, glissa Robin à sa sœur, qu'est-ce que je te disais ?

— Qu'est devenu notre guide ? demanda Martin.

— Il a filé, répondit Muller.

— Nous n'avons plus besoin de lui, déclara Scott. L'escalier doit être par là, sur la gauche. Allons-y.

Ils avaient à peine commencé à s'ébranler derrière Scott et Miss Kinsale quand ils entendirent à quelque distance le bruit de pas incertains.

— Holà ! s'écria le Réjoui. Je parie que c'est notre lascar qui revient.

Ils s'arrêtèrent et se retournèrent. Ce n'était pas le Grec, mais une jeune fille.

Quand elle fut plus près, ils virent qu'elle portait un déshabillé rose bordé d'une mousseline blanche vaporeuse. Comme elle essayait de courir, elle ne cessait de glisser et de déraper sur le sol inégal, mais parvenait miraculeusement à retrouver l'équilibre sur ses chaussons de danse de souple cuir noir. Elle sanglotait sur un rythme curieusement monotone, comme un enfant qui ne peut plus s'arrêter, répétant à l'infini la même note douloureuse. Quand ses pieds se prenaient entre deux conduites, le son montait, de même lorsqu'elle prenait une nouvelle inspiration. Les cheveux étalés sur ses épaules étaient d'un roux soutenu mais naturel. Elle n'avait pas encore découvert leur groupe ; elle fuyait, tête baissée, en proie à une panique aveugle.

Rogo la fit arrêter net à quelques mètres d'eux en l'interpellant « Hé, Nonnie ! Où diable courez-vous ainsi ? »

Ses sanglots se transformèrent en un cri de terreur et elle se figea, les yeux hors de la tête, ses deux mains serrant la robe de chambre autour de son cou. Elle s'était arrêtée juste au-dessus d'une des ampoules encore cachée par la dalle de verre, et ils virent son visage mortellement pâle, et ses yeux tout gonflés sans que cela réussisse à l'enlaidir. Son visage attirait particulièrement l'attention par l'auréole légère de ses cheveux couleur de renard, qui en accentuait la finesse. Tout y était menu, son nez, sa bouche, ses dents, son menton ovale.

Elle était d'âge adulte, mais gardait quelque chose d'enfantin, et ce fut avec une innocente candeur, comme un enfant blessé se jette dans les bras de son père, qu'elle se jeta dans ceux de Hubie Muller, à qui elle se cramponna en criant : « Oh, mon Dieu ! J'ai peur, j'ai peur ! Tenez-moi, ne me lâchez pas ! Je vous en prie, ne me lâchez pas ! J'ai tellement peur ! »

Comme elle l'en suppliait, Hubie Muller serra étroitement contre lui le corps mince qui tremblait comme une feuille. Il perçut l'odeur de la peur physique mêlée à un parfum bon marché, mais les cheveux, contre son visage, étaient doux et propres.

— Laissez-moi rester avec vous, je vous en supplie ! Il est arrivé quelque chose d'horrible, je ne sais pas ce que c'est. J'ai peur, je ne sais même plus où je suis.

— Ça va, dit Hubie doucement. Tout va bien, maintenant.

— Mais c'est Miss Parry ! La pauvre petite, elle est terrifiée, dit Miss Kinsale.

Seuls Miss Kinsale et Rogo la reconnaissaient, l'une parce qu'elle avait bavardé avec elle à plusieurs reprises, l'autre parce que, comme tout flic de Broadway, il aimait contrôler tout ce qui touchait de près ou de loin au monde du spectacle. Pendant la traversée, il avait fait non seulement sa connaissance, mais celle de toute la troupe. Elle dansait parmi les secondes danseuses du cabaret du bord. Les autres l'avaient probablement vue trois fois par semaine dans les représentations où elle levait la jambe du même mouvement que ses onze compagnes, mais ils ne l'avaient jamais réellement regardée.

Qu'elle se soit réfugiée dans les bras d'un type qui, sans être une tapette, ne valait pas beaucoup mieux à ses yeux, cela déplaisait souverainement à Rogo. Il lui lança :

— Tiens-toi bien, petite, tu es parmi les Blancs !

La jeune fille continuait à s'accrocher à Muller, le visage pressé contre sa poitrine comme pour se cacher. Elle ne parvenait pas à maîtriser son tremblement. Soudain, elle cria : « Où est Sybille ? Est-ce qu'on a vu Sybille ? Je ne retrouve plus personne ! J'ai peur, je ne sais pas ce qui est arrivé ! »

Muller serra plus fort les épaules osseuses pour essayer d'en arrêter le tremblement.

— Là, là, ça va, maintenant. Il y a eu un accident, mais nous allons nous occuper de vous. Qui est Sybille ?

— Ma… ma… copine de chambre, c'est ma copine, bégaya-t-elle. Mon Dieu, un accident !

Elle leva la tête et voyant pour la première fois où elle se trouvait, elle repoussa Muller et s'écria :

— Oh pardon, excusez-moi ! Qu'est-ce que je fais là ! Je ne vous connais pas, n'est-ce pas ? Je n'ai pas le droit de fréquenter les passagers, les messieurs. Timmy a dit que si jamais elle nous prenait à nous faire peloter, elle…

— Ne vous en faites pas, dit Muller.

Il contempla les traits délicats de la petite figure angoissée.

— Ça ne fait rien, continua-t-il, il n'y a plus de passagers, pour ainsi dire. On se tient tous les coudes, ici.

Ils entouraient tous l'étrange petite silhouette dont les cheveux roux juraient avec le rose de son déshabillé. Un brin de son absurde bordure blanche vaporeuse se détacha du col, flotta comme un plumet de pissenlit et tomba sur son chausson noir. Elle était sortie des bras de Muller et se drapait étroitement dans le vêtement.

— Seigneur, et moi qui n'ai rien là-dessous !

— Ne vous en faites pas pour ça, ma mignonne, dit le Réjoui, on ne peut pas dire qu'aucun de nous soit trop couvert.

— Nous venons de la salle à manger, expliqua Muller. Je m'appelle Hubert Muller et voici le docteur Scott qui essaye de nous conduire jusqu'à...

Ce furent surtout le ton rassurant de Muller et sa simplicité qui délivrèrent la jeune fille de sa panique. Elle leva les yeux sur le grand gaillard.

— Ah, mais oui, c'est monsieur le pasteur. Toutes les copines en sont folles... Oh, pardon, je veux dire...

— Ne vous frappez pas, dit Manny Rosen, il a l'habitude.

La jeune fille les considéra d'un air inquiet, pour voir si on se moquait d'elle, puis elle ajouta :

— Je suis Nona Parry, une des Gresham, mais tout le monde m'appelle Nonnie.

Muller enveloppa du regard la peau si blanche, les cheveux roux flamboyants, les yeux clairs. Qu'était-ce donc qu'une Gresham ? Puis il comprit bien sûr, une des girls de la troupe ! Il ne se souvenait pas d'elle ; le maquillage devait la transformer.

Nonnie s'adressa à Scott tout en restant près de Muller, toute prête à se réfugier de nouveau dans ses bras.

— Vous pouvez m'aider ? Avez-vous vu les autres ? Je veux dire la troupe. Nicky, le comique, ou Heather, ou Moira, la chanteuse. Et Timmy, Mrs Timker. C'est elle qui s'occupe de nous.

Les personnes de l'assistance échangèrent des regards pleins de gêne et Miss Kinsale porta ses mains fines à son visage.

— Oh, pauvre petite ! Ma cabine était tout près des leurs, sur le pont C. C'étaient des gens si charmants.

— Mais le pont C était juste au-dessus de la salle à manger ! dit Jane Shelby sans pouvoir se retenir.

— Non, dit Rosen, la petite n'est pas en état de…

— Quand avez-vous quitté votre cabine ? demanda Scott ? Où alliez-vous ? Pouvez-nous dire exactement ce qui s'est passé ?

Nonnie secoua doucement la tête en faisant un effort pour rassembler ses souvenirs. Ses cheveux luisaient dans la pénombre.

— C'était juste avant neuf heures, il me semble, dit-elle. Timmy avait dit qu'il n'y aurait pas de représentation ce soir et qu'on pourrait faire ce qu'on voulait. Je me suis fait servir dans ma cabine et je me suis lavé les cheveux. Sybille avait toujours le mal de mer et ne voulait rien manger. Je suis allée chez le coiffeur pour emprunter des rouleaux et acheter de la laque.

— Sur quel pont est le coiffeur ? demanda Scott.

Nonnie compta sur ses doigts.

— Le pont D. C'est un, non, deux ponts plus bas, à cause de la salle à manger. Je mélange tout.

Involontairement, plusieurs personnes levèrent les yeux. Nonnie s'en aperçut.

— Non, pas en haut, en bas. On descend du pont C au pont D, mais il faut passer par ici à cause de la salle à manger.

Personne ne répondit. Elle continua :

— Il était si tard que je me suis dit qu'il n'y aurait plus personne, mais la coiffeuse travaille tard quelquefois, alors j'ai essayé…

Elle hésita :

— J'ai pris le premier escalier et je passais par ici pour rejoindre l'autre quand j'ai eu l'impression que quelqu'un me poussait et je suis tombée. Je ne savais pas ce qui m'arrivait. J'étais sur le côté comme si on me tenait et je ne pouvais plus me relever. Ce que j'avais peur ! J'avais la tête qui tournait. Et puis, je suis tombée.

Elle s'arrêta brusquement et reprit, la panique dans le regard :

— Mais je ne pouvais pas tomber, puisque j'avais déjà été renversée dans la coursive ! Et pourtant je suis retombée sur le dos, mais je ne me suis pas cogné la tête. J'étais si étourdie qu'on aurait dit que tout tanguait autour de moi. Et puis il y a eu ce bruit terrible. Vous l'avez entendu ? Des hurlements, et des coups, et des craquements. Je ne savais plus où j'étais ni ce qui arrivait. Je crois que je me suis évanouie. Ce n'est pas mon genre, mais j'ai dû. Quand je me suis réveillée, c'était tout sombre, les lumières étaient bizarres et elles n'étaient plus au plafond. J'ai dû tomber dans un drôle d'endroit du bateau.

Linda marmonna : « Nous aussi, on tombe ! Quelqu'un ne pourrait pas la faire taire, cette gourde ? » Si la jeune fille l'entendit, elle n'y fit pas attention ; elle était lancée.

— Je me suis relevée et je ne savais pas dans quelle direction aller. J'ai essayé de retrouver Sybille. Je suis allée vers l'endroit où je croyais que c'était, par où j'étais venue, mais j'étais complètement étourdie, j'ai peut-être tourné en rond. Je ne pouvais pas retrouver l'escalier et il faisait très noir. Je suis arrivée à un endroit où je croyais qu'il y avait l'escalier, mais il n'y avait qu'un trou, j'ai regardé, et il y avait de l'eau. Quand j'ai vu ça, j'ai repris peur et je me suis dit que quelque chose était peut-être arrivé au bateau et qu'il fallait que je rentre dans ma cabine. Alors je me suis mise à courir et quand les lumières se sont éteintes, j'ai pensé que j'allais mourir et je me suis mise à pleurer comme une petite fille. J'ai fait l'idiote, je crois, c'est embêtant.

Elle s'arrêta comme un réveil en fin de ressort.

— Mais non, voyons, dit Hubie d'un ton réconfortant, il y avait de quoi terrifier n'importe qui.

— Il faut qu'elle sache, dit Scott. Vous le lui dites, Hubie ?

— Seigneur ! s'exclama Muller. Faut-il que ce soit moi ?

Nonnie les dévisageait l'un après l'autre, toujours étourdie, mais quand même un peu rassurée.

— Me dire quoi ?

À mi-voix, Jane Shelby dit : « Oh non ! Pas ça ! » Elle aurait voulu l'épargner, mais savait en même temps que c'était impossible. Tout ce que disait ou faisait le pasteur était juste, même si cela paraissait cruel.

— Il vaudrait mieux, reprit Scott. Il nous faut continuer tant qu'il y a de la lumière.

Muller prit les mains de Nonnie : « Écoutez, vous allez avoir un autre choc. » Posément et simplement, il lui raconta ce qui était arrivé. Les autres regardaient avec malaise, en se demandant comment elle réagirait. Les gens de cette sorte n'ont aucune tenue et font des tas d'histoires. Mais pas Nonnie. Elle pâlit un peu plus et sa figure parut encore plus petite, mais elle se contenta de murmurer : « Est-ce que je peux m'asseoir un moment », ce qu'elle fit. Ils s'attendaient à des larmes, mais elle n'en avait plus. Elle luttait, pour se reprendre face à tous ces gens. Elle se mit un instant les mains sur le visage, puis elle se releva.

— Ma mère est... était dans une cabine du pont B, dit Pamela Reid.

Nonnie vint lui mettre les bras autour des épaules.

— Oh, ma pauvre, ma pauvre ! Si c'était Maman ou Papa, je ne pourrais pas le supporter.

Puis elle regarda Scott :

— Je peux aller avec lui ? demanda-t-elle en montrant Muller.

— Oui, bien sûr, dit le pasteur, il vous aidera. Nous sommes tous très, très peinés.

— Ça fait que nous sommes quinze, constata Belle Rosen avec une certaine satisfaction.

— Toi et tes superstitions ! On était quatorze, dit son mari.

— Quinze, c'est encore mieux.

— Ah, on avait besoin de cette petite gourde ! remarqua Linda.

— Ne parle pas comme ça, poupée, plaida son mari. C'est qu'une gosse morte de peur.

La bouche enfantine de Nona Parry se crispa.

— Qui est-ce qui me traite de gourde ? demanda-t-elle.

— Personne, dit Muller, c'est une chipie. Personne ne fait attention à elle sauf le paillasson qu'elle a épousé.

— J'veux pas entendre de réflexions par là, sinon quelqu'un se fera casser la figure, menaça Rogo.

Ils se mirent en route. Nonnie se cramponnait à Muller, pressant contre lui son épaule maigre et osseuse. Ce contact émut celui-ci d'une façon extraordinaire, lui serrant la gorge. Il y avait quelque chose de touchant dans le désarroi si total de Nonnie, et de courageux dans sa reprise d'elle-même.

Mike Rogo se trompait sur le compte d'Hubert Muller, bien que son aversion pour ce genre d'homme fût peut-être justifiée.

Ce n'était ni un homosexuel ni une femmelette, seulement un homme riche, un oisif aux goûts cosmopolites, connu de toute la haute société internationale, célibataire idéal aux manières impeccables, qui ne s'enivrait jamais, jouait bien au bridge et n'engrossait jamais les filles à marier. Il préférait bien au contraire que ses compagnes de lit soient déjà mariées. La définition que Hubie donnait de lui-même était qu'il baisait souvent et bien, mais ne le disait jamais. Étant snob, il ne lui serait pas venu à l'idée de renverser la bonne apportant le petit déjeuner, ou l'une de ces innombrables petites roulures qui tournent toujours autour des hommes riches.

Il avait acquis à Harvard ses manières languissantes, sa voix douce et son accent mi-bostonien, mi-anglais. Mais il avait enduré deux ans d'armée, dont huit mois de Corée, et il était bien plus résistant que Rogo ne s'en doutait. Son expérience de la guerre l'avait confirmé dans sa résolution de ne plus jamais se laisser entraîner à quoi que ce soit de déplaisant ou d'inconfortable et, au premier chef, à travailler. Son célibat était dicté uniquement par l'égoïsme. Il n'avait pas encore trouvé de femme capable de supplanter Hubie Muller dans ses affections. Si bien qu'à quarante ans il glissait encore son mouchoir dans sa manche avec un charme séducteur. Il transportait ses jumelles d'Ascot à Auteuil ou à Saratoga ; on le rencontrait dans la société élégante de Palm Beach, Biarritz, Deauville, Saint-Moritz et Monte-Carlo.

Il s'était inscrit pour cette croisière dans un mouvement impulsif provoqué par un attachement sentimental à l'*Atlantis* devenu *Poseidon*. Nombre des traversées avaient été pour lui le cadre d'aventures d'autant plus agréables que passagères. Toutefois, sur ce plan, la croisière avait été un échec. Les femmes mariées étaient trop vieilles et la beauté du bord, après qui couraient tous les hommes, était visiblement une allumeuse. La seule jolie veuve, la blonde Mrs Wilma Lewis, devant ses discrètes tentatives, avait hissé le signal « pas libre ».

Il jeta un regard à la forme menue qui se tenait près de lui, en se disant qu'ils devaient être assez ridicules, bras dessus bras dessous, lui en bretelles à fleurs, chemise à volants et jambe de pantalon déchirée, elle dans cet abominable peignoir rose si vulgaire sous lequel, disait-elle, elle était nue. Et pourtant, dans cette étrange et dangereuse situation, il se sentait curieusement attiré par elle, comme si tout à coup elle était devenue sa propriété, ou tout au moins sa responsabilité personnelle. Dans cette troupe rassemblée par la catastrophe, chacun avait sa chacune, si l'on peut dire ; du moins tous allaient par couple, sauf lui et le terne petit chemisier. Et voilà que cette fille était sortie de l'obscurité pour lui tomber dans les bras comme un oiseau battu par la tempête jaillit de la nuit.

Il la serra étroitement pour conserver ce contact qui le remplissait d'un sentiment inhabituel de compassion. Il lui chuchota : « Courage, Nonnie. Vous êtes en sécurité, maintenant », tout en souriant intérieurement à l'emploi du mot, « sécurité », dans les circonstances où ils se trouvaient.

Elle leva les yeux. « Vous êtes gentil », murmura-t-elle.

Une vingtaine de mètres plus loin, Scott leva le bras.

— Stop, voilà l'escalier.

Mike Rogo résuma le sentiment général.

— Chic ! Et maintenant, qu'est-ce qu'on fait, chef ?

VII

L'aventure du premier escalier

Jamais aucun d'entre eux n'avait vu d'escalier à l'envers.

Dans la confusion de la salle à manger, ils n'avaient même pas compris ce que représentait le grand escalier, émergeant, à l'endroit de sa plus grande largeur, de la mare d'eau et de mazout, ses rampes dorées et ses marches tapissées s'incurvant vers le plafond. C'était une vision tellement différente de la normale que personne ne l'avait admise. Cela constituait simplement un élément de ce cauchemar où les meubles pendaient du plafond tandis que la lumière montait du sol. Aussi n'étaient-ils pas préparés à ce qu'ils découvrirent.

Les marches étaient suspendues à l'envers au plafond et l'impossibilité de s'en servir leur fit un choc presque aussi violent que la catastrophe elle-même. En un instant, un élément familier de leur vie quotidienne était entièrement remis en cause.

Les rampes d'acajou verni, les marches, le tapis retenu par des barres de cuivre, au lieu de leur offrir la montée facile à laquelle ils étaient habitués, se projetaient comme un dais au-dessus de leurs têtes. Le dessous de l'escalier, incliné selon le même angle, présentait le seul moyen de monter, et c'était une forte pente glissante de métal poli où les panneaux d'éclairage étaient parfaitement encastrés, de sorte qu'elle n'offrait aucune prise. L'extrémité des rampes se trouvait bien à la portée d'un homme de grande taille, mais seul un athlète entraîné pouvait espérer s'en servir.

Manny Rosen inspecta la cage d'escalier : « Vous voulez que nous montions ça ? C'est de la démence ! »

— Je crains que cela ne règle la question, ricana le Réjoui, tandis que Martin demandait :

— Je ne comprends pas. Est-ce qu'ils sont tous comme ça ?

Shelby murmura quelque chose à sa femme en lui désignant Belle Rosen. Puis il se tourna vers Scott : « Frank, vraiment je ne vois pas comment nous y arriverions. » Et, sans se l'avouer, il était presque heureux d'avoir rencontré un obstacle insurmontable. Son cadet s'était lancé avec trop d'assurance ; ils auraient dû examiner la situation de plus près.

« Ça ne devrait pas être trop difficile », déclara Scott, à quoi Rosen répliqua avec irritation : « Vous vous moquez de nous ? Vous oubliez qu'il y a des femmes ! » Il parlait d'eux tous, mais on comprenait bien qu'il faisait allusion à lui-même et à sa femme.

— Vous êtes sûr de savoir ce que vous faites ? demanda le Réjoui. Ne vaudrait-il pas mieux retourner vers Acre et Peters ?

— Oui, dit Martin, eux au moins connaissent le bateau.

Il était visible que l'idée de revenir en arrière les attirait tous. L'espoir, l'instinct de conservation les avaient poussés à s'embarquer dans cette expédition insensée, mais ils étaient prêts à renoncer au premier obstacle.

Nonnie demanda doucement à Muller : « Qu'est-ce qu'il y a ? Où veut-il nous emmener ? » Muller le lui expliqua. Elle jeta un coup d'œil à la cage d'escalier et reprit : « Vous ne croyez pas qu'on devrait essayer ? »

Muller la regarda avec étonnement. Puis il se rappela sa réaction violente à l'insulte de Linda. C'était une lutteuse !

Du haut de sa grande taille qui les dépassait tous, Scott contempla sa troupe sans un mot.

Jane Shelby cherchait ne fût-ce qu'une ombre de mépris sur ses traits, mais elle n'en trouva pas ; elle vit au contraire qu'il pesait avec sympathie ce que valait chacun d'entre eux et ses possibilités, et elle se sentit petite, inférieure et lâche. Elle s'écria : « Il faut continuer », et constata que son mari paraissait choqué. Mais Scott lui sourit avec reconnaissance, comme si c'était la perche dont il avait besoin, et dit avec simplicité : « C'est du gâteau. »

Cette stupide réflexion de gamin les laissa perplexes mais leur insuffla un nouveau courage. Porté à l'introspection,

Muller était tout à fait conscient d'avoir été sur le point d'abandonner. Martin déguisa son sentiment de honte sous une citation estropiée : « O.K., en avant Macduff ! » Le Réjoui demanda à Pam : « On risque le coup, ma vieille ? » Robin s'écria : « Je parie que j'y arrive ! » Et seule Linda gémit : « J'veux revenir », ce qui laissa Scott insensible.

— Vous savez que tout ce qui nous reste de l'univers a été renversé tête en bas. Si vous vouliez cesser d'espérer que les choses vont se présenter comme lorsqu'elles sont à l'endroit, elles vous paraîtraient bien moins difficiles.

— Toute ma vie j'ai marché sur mes pieds et maintenant vous voulez que je marche sur la tête ? demanda Rosen.

— Comme les astronautes, vous voulez dire ? intervint Robin. Quand ils s'habituent à l'apesanteur ?

— C'est à peu près ça, convint le pasteur. Essayez d'imaginer ce que ce serait si votre maison était soudain la tête en bas, que vous soyez en haut et que vous vouliez aller chercher quelque chose à la cave. Il vous faudrait trouver le moyen d'y grimper, et comme vous seriez chez vous, vous vous débrouilleriez.

Susan poussa un petit cri de surprise.

— Ah oui ! maintenant je me souviens de ce que j'ai pensé à la salle à manger. L'été dernier, je suis allée au Luna Park de Bannerman avec des amis. Il y avait une sorte de maison folle. On y entrait et tout se renversait, on se trouvait marcher sur le plafond et quand on regardait en l'air, on voyait toutes les tables, les chaises et les armoires et les tableaux suspendus. Ça donnait le frisson !

— Eh allez, avec vos discours, dit Belle Rosen. Parlez tant que vous voudrez, mais ne comptez pas sur moi pour grimper.

Le petit Rosen parut soudain alarmé.

— Maman, s'il le faut, écoute…

Richard Shelby se sentit appelé à prodiguer un appui moral, s'il n'était pas capable de faire plus :

— Écoutez-moi, dit-il, nous sommes arrivés jusqu'ici. Nous avons abandonné les autres et en quelque sorte nous nous sommes engagés, j'ai engagé ma famille et moi-même. D'après tout ce qu'on sait d'un bateau qui chavire, il devrait être au fond de l'eau depuis longtemps, et pourtant il flotte !

Tout en parlant, il avait de fugitives images de Scott agenouillé et de vagues souvenirs de publicité pour certains livres : *Le Pouvoir de la prière...* Est-ce que Scott possédait une ligne directe avec le Bon Dieu et obtenait assistance immédiate pour le champion d'Amérique de Princeton déguisé en prêtre ?

Cependant, Scott s'activait en préparatifs. Il avait enlevé ses souliers et ses chaussettes, les avait fourrés dans les poches latérales de sa veste, et posé la hache sur le sol. Il décrocha de son épaule le rouleau de corde, en attacha un bout à sa ceinture et tendit l'autre à Rogo :

— Tirez là-dessus, s'il vous plaît.

Le mauvais caractère de Rogo faillit prendre le dessus.

— Vous êtes complètement sinoque ! cria-t-il à Scott, et aux autres : Qu'est-ce que vous avez donc tous ! Il y a une minute, vous étiez tous prêts à aller retrouver ceux qui sont restés, et maintenant vous voulez de nouveau suivre ce toqué ! Comptez pas sur moi !

Mais il tenait ferme le bout de la corde. Le Réjoui tourna vers lui son regard maintenant dégrisé.

— Mon vieux, si on doit finir par couler, j'aime mieux y passer en essayant de m'en sortir.

— Moi aussi, dit Mary Kinsale, c'est plus digne.

Ils la regardèrent tous avec surprise.

— Oui, Miss Kinsale, vous avez raison. Avant tout, la dignité humaine, répondit le docteur en théologie Frank Scott avant de sauter comme un singe pour attraper la rampe au-dessus de sa tête.

Pour la première fois, Muller comprit ce qui le poussait à continuer. Dieu et ses saints étaient des mythes en train de disparaître, mais le pasteur brandissait un drapeau qu'il pouvait suivre. Il regarda avec une admiration silencieuse Scott saisir la rampe et, du même élan, jeter les jambes en l'air. Main après main, Scott se hissa sur le plan incliné et en quelques secondes il en atteignit le haut. Il attacha le bout de la corde à un barreau de la rampe et cria :

— Ça va, Rogo, vous pouvez lâcher.

Le policier était fort ébranlé : ce qu'avait fait le pasteur semblait si facile. Mais il dit sarcastiquement :

— Je voudrais bien voir Belle Rosen essayer !

— Ne faites pas la mauvaise tête, dit Scott. Allez, à Martin.

Et, à celui-ci :

— Servez-vous de la corde, pas de la rampe. Appuyez bien les pieds contre la pente et tirez-vous sur la corde. Lentement, n'essayez pas de faire tout d'un seul coup.

Peu après, Martin était en haut, fièrement campé à côté du pasteur.

— Robin, à toi.

Le petit garçon était parvenu à mi-hauteur quand les forces lui manquèrent. Il cria :

— Je n'en peux plus !

— Ça va, petit, cramponne-toi bien et laisse glisser tes pieds.

Il agrippa la corde et fit signe à Martin d'en faire autant. Ils se penchèrent en arrière et le petit garçon fut traîné à plat ventre jusqu'en haut en toute sécurité.

— Ouf, pardon ! dit-il, je me croyais plus fort.

— Ne t'en fais pas, dit Scott, tu t'en es bien tiré. Tu n'as pas perdu la tête et, de plus, tu as aidé les autres à garder la leur.

— Moi ? Comment ça ? demanda Robin tout surpris.

— En leur faisant comprendre que tous les bateaux, les avions, les stations de radio maritime et les cerveaux électroniques sont à notre recherche. Il y a des gens qui appellent ça l'espoir. Moi je dis un présent du ciel.

— Moi, je ne peux pas me permettre de couler, dit Martin, il faut que je rentre...

Il allait dire « au magasin », mais associer ces circonstances à sa collection de printemps était trop ridicule et il termina gauchement :

— ... auprès de ma femme.

Et aussitôt, l'image de Mrs Lewis revint le hanter. « Ne pensez qu'à ça », dit Scott, et Martin se demanda pourquoi il n'ajoutait pas : « Et priez » comme l'auraient fait tant d'autres pasteurs.

— Maintenant à vous, Rogo, dit Scott.

Linda cria d'une voix suraiguë :

— Ah non alors, pas toi ! Tu ne vas pas me laisser seule ici, comme tu voulais dans la cabine. Je serais morte comme les autres, si je t'avais écouté. Il a pas d'ordres à nous donner. Qu'un autre y aille.

— Vous n'avez pas besoin d'avoir peur, Mrs Rogo. Nous allons vous tirer ici.

Elle l'insulta. Blanche de colère, Jane Shelby l'apostropha :

— Vous ne pourriez pas vous tenir tranquille, espèce d'idiote ? Vous ne voyez pas que nous essayons tous de contenir nos nerfs ? Que nous pouvons tous être noyés dans une seconde ? Qu'il est le seul à essayer de faire quelque chose ?

Richard Shelby la regarda avec surprise, et une satisfaction mêlée d'un peu de peine. Ce qui le chagrinait, c'est qu'elle ait dit « le seul à essayer », parce que c'était vrai. Il s'était trop docilement soumis à la volonté de Scott, bien qu'il ne fût qu'à demi convaincu que cela servirait à quelque chose

— Tout ira bien, ma poupée chérie, dit Rogo. Tu vois, Mrs Shelby va t'aider.

Quand il le voulait, il avait une étonnante facilité à ne pas voir ni entendre. Il mit la nappe sur ses épaules, attrapa la corde et d'une seule traite se hissa en haut.

Ce fut ensuite le Réjoui qui eut du mal, mais il y arriva presque et Scott le tira en sécurité. D'en bas, Pamela appela :

— Est-ce que je peux me servir de la corde ? J'ai l'habitude d'y grimper, en gymnastique.

— Moi aussi, dit Susan.

Pam saisit la corde et cria : « Chronomètre ! », et l'instant suivant ses fortes épaules et ses jambes épaisses la portaient vers le haut.

— Seize secondes, cria Robin. À toi, Susan !

Susan était plus gracieuse, mais moins forte. En arrivant en haut, elle dit en riant :

— C'est vous qui avez gagné.

— Vive l'Angleterre ! s'écria le Réjoui.

Il se pencha pour tâter les muscles de Pam et murmura :

— Chapeau !

Cette petite compétition avait enchanté tout le monde, sauf Muller qui, en bas, contemplait ses mains. Rogo murmura :

— Jamais on ne fera monter ce gars-là. C'est pas un dur.

— Pourquoi ne le laisserait-on pas tenter sa chance ? demanda le Réjoui.

Rogo le regarda avec mépris. « Oh, dites donc, sportif à la manque ! » Il n'aimait pas plus les Anglais que les homosexuels et les femmelettes.

Muller monta, mais il faiblit au tiers de la course. Il se couvrit de sueur, devint rouge comme une tomate et tira désespérément sur la corde. À mi-hauteur, il lâcha les pieds.

— Tirons cette lavette de là avant qu'il se fasse du mal, dit Rogo.

— Il se fera encore plus mal s'il lâche, répliqua le Réjoui.

Scott regarda tranquillement Muller se débattre pendant quelques secondes, puis il conseilla :

— Tournez-vous et poussez-vous avec les pieds et les fesses.

Muller parvint à se mettre sur le dos et trouva assez de ressources pour soulager l'effort de ses bras ; il recommença à monter la pente et se hissa laborieusement jusqu'en haut, où Scott put le saisir par les poignets et le tirer d'embarras. Il s'écroula sur les genoux à la recherche de son souffle en contemplant ses mains pleines d'ampoules.

Pendant ce temps, Rosen avait conféré à voix basse avec Shelby. Celui-ci héla Scott.

— Frank, Mr Rosen ne pense pas être capable de monter. Et que pensez-vous pour les femmes

— On les fera glisser, en tirant.

— Avec la corde ?

— Non, les nappes. Cela ne leur fera pas mal. Bon, laissez Rosen en bas et nous le tirerons après les femmes. Vous, montez et apportez sa nappe. Rosen peut aider comme vous.

Shelby se demandait si, comme Muller, il raterait à moitié sa montée. Il avait entendu le « il n'est pas fort » méprisant de Rogo et il se disait qu'on est vraiment mal préparé, physiquement, à affronter ce qui requiert de la force. Juste avant d'empoigner la corde, il découvrit à quel point il était absurde, en danger de mort, de se demander quel effet il allait faire sur Scott, sa famille et un policier de New York !

Il réussit sa montée dans un style suffisant pour que son fils l'approuve : « Bravo, Papa ! » Les autres étaient affairés à rouler et nouer les nappes. Scott attacha la corde aux deux extrémités du rouleau de nappes, de façon à former une anse qu'ils laissèrent glisser le long de la pente.

— Qu'est-ce que vous voulez qu'elles en fassent ? demanda Rosen.

— Qu'elles se mettent à cheval, une jambe de chaque côté, et qu'elles se tiennent des deux mains. Mrs Rogo, voulez-vous venir la première ?

— Tu parles ! Essayez un autre cobaye pour voir si ça marche.

— J'y vais, annonça Nonnie.

Elle était en proie à un grand sentiment d'abandon et elle avait envie de rejoindre le refuge de bras d'homme. Elle retroussa sa robe de chambre et jeta par-dessus l'anse une jambe nue de danseuse.

— C'est parfait. Maintenant, soutenez-vous et mettez-vous le dos à la pente. Allez, les gars, tirez ! Lentement, qu'on soit sûr que ça tient.

Elle glissa facilement et sans heurt jusqu'au seuil où elle fut mise sur pied. Son peignoir s'ouvrit et dévoila un sein pointu, menu comme celui d'une fillette de quinze ans. Rogo, le Réjoui et Muller détournèrent les yeux, Scott n'y pensa même pas.

En bas de la pente, Linda dit à Miss Kinsale :

— Vous avez vu ? Le pasteur s'est rincé l'œil.

— Je ne sais pas de quoi vous parlez, répondit calmement Miss Kinsale qui se préparait pour l'arrivée de l'anse de toile.

Elle réussit à accomplir son ascension avec cette curieuse dignité effacée qui paraissait l'accompagner en toute occasion, comme si elle avait une grande habitude de ce genre d'activité. Par contre, Linda attira au maximum l'attention sur elle-même lorsqu'elle enfourcha l'anse et, avant de donner le signal, elle enfila la veste que Rogo lui avait jetée sur les épaules et la boutonna en disant : « Il mettra pas l'œil sur mes nichons. »

Après Jane Shelby, qui monta sans incident, il ne restait plus que les Rosen. Manny dit à sa femme : « Maman, j'ai honte.

— Et pourquoi ?

— Parce que je ne peux pas grimper à la corde comme ces autres types.

— Et qui es-tu, Manny Rosen ? répliqua sa femme. Un acrobate ou un charcutier en retraite ? Quel besoin aurais-tu de grimper ? Laisse-les tirer. »

Rosen maintint l'étoffe pendant que sa femme s'installait et s'accrochait à droite et à gauche. « Des couches, dit-elle, j'en ai bien besoin, à mon âge !

— Maman ! dit Rosen, comment peux-tu blaguer ?

— Et que faire d'autre », répliqua-t-elle.

Il sentait une vague d'admiration et d'affection pour elle. Pour lui, le cœur lui manquait et il avait peur.

— Tu es formidable, Maman ! dit-il, puis il appela :

— Ça y est !

— Je parie que je vais casser l'ascenseur, dit Belle.

— Et moi, je parie que non, répondit Scott qui dit plus bas : Lentement, ne forcez pas trop, c'est un poids.

Elle monta majestueusement, en se balançant. Derrière ses verres épais, ses yeux étaient de nouveau malicieux, comme si elle s'amusait. Ils l'attrapèrent et un petit cri d'admiration s'éleva de l'assemblée qui se referma autour d'elle pour s'assurer qu'elle n'avait aucun mal.

— Merci, merci, disait-elle. Si je ne l'avais pas fait, je n'y croirais pas.

D'en bas, on entendit la voix de Rosen.

— Hé là-haut ! Ne m'oubliez pas !

Rogo se planta au bord de la plate-forme.

— N'ayez pas peur, Manny.

Sans chercher à baisser la voix, Linda dit à son mari : « Laisse-le se débrouiller. Je peux pas blairer les juifs. » Ils se raidirent tous, sauf Belle qui plaisanta : « Vous ne pouvez pas ? C'est démodé, aujourd'hui, à moins que vous ne soyez Arabe. Je ne savais pas que vous étiez Arabe. »

Susan Shelby éclata de rire. Linda se tourna vers elle, vociférant des insultes tandis que son mari essayait de la calmer.

Rosen débarqua au milieu d'eux et sentit la tension.

— Me voilà, dit-il. Quelque chose ne va pas ? Qu'est-ce que vous regardez tous ?

— Mrs Rogo était en train de nous dire comme elle est contente que tu sois là, n'est-ce pas, chère madame ? répondit Belle d'un air innocent.

Scott cependant, tout occupé du stade suivant de leur ascension, ne paraissait pas avoir vu ou entendu ce qui s'était passé.

VIII

Il faut qu'elle ait sa perruque

— Je crois que je sais où nous sommes ! cria Robin Shelby. L'atelier du photographe est par là.

Ils étaient dans une seconde coursive, longue, étroite, déserte et toute semblable à celle qu'ils venaient de quitter, en moins luxueux. C'était un pont inférieur, très vivable pour une traversée rapide, mais impropre à une croisière d'hiver ensoleillé sous le chaud climat des tropiques.

Là se trouvaient, avec l'atelier du photographe, l'imprimerie qui produisait les menus quotidiens et le journal du bord, ainsi que la boutique du coiffeur pour hommes, et, un peu plus loin, celle de la coiffeuse pour dames.

Cette coursive paraissait courir sur toute la longueur du quartier des premières classes du *Poseidon*. À l'arrière, les lumières ne fonctionnaient pas ; la coursive disparaissait dans l'obscurité. Il devenait plus difficile d'avancer ; ce qui avait été le plafond était davantage encombré de canalisations et de tuyaux. Ils prirent conscience de grattements, de piétinements sur le métal au-dessus d'eux.

— Hé là ! dit le Réjoui. Il y a des types vivants, là-haut.

— Ça doit être le passage pour l'équipage, ce que Peters appelait Broadway, ajouta Shelby.

Rogo, jeta à Scott un coup d'œil en coin sous ses paupières tombantes.

— Alors, chef, où va-t-on ? demanda-t-il, plus ou moins goguenard.

Ils entendirent un bruit tout proche. À quelques mètres dans la coursive apparut une femme qui franchissait laborieusement le « seuil » d'une porte. Elle s'arrêta en clignant des yeux, à moitié étourdie, en apercevant le groupe. Elle portait une blouse blanche serrée à la taille et avait les bras nus. Sur son poing droit, elle tenait devant elle une perruque de cheveux mi-longs, qui avait été mise en plis et peignée. De l'autre main, elle tenait une brosse à cheveux.

— Excusez-moi, Mrs Gleeson, dit la femme, je vous demande pardon d'être en retard. Je vais vous la recoiffer en une minute. Je ne sais pas ce qui s'est passé, mais quelque chose l'a fait tomber.

Elle les dévisagea l'un après l'autre, les yeux hagards, le visage livide. Elle s'adressa à Jane Shelby :

— Ah, mais vous n'êtes par Mrs Gleason ! Je croyais que c'était elle qui venait chercher sa perruque, qu'elle était fâchée.

— Mais c'est la coiffeuse, s'écria Nonnie, c'est-elle que j'allais voir ! Marie, mon chou, où allez-vous ? Vous ne savez pas ce qui est arrivé ? Personne ne s'occupe plus de perruque à présent !

La coiffeuse ne pouvait détourner sa pensée de l'objet. Elle lui administra machinalement trois coups de brosse ; les mèches se remirent en place et bouclèrent.

— Elle a bon air, maintenant, n'est-ce pas ? Je l'avais terminée, quand elle est tombée, la tête à perruque et tout.

Elle eut l'air surpris.

— Moi aussi, d'ailleurs. J'ai dû avoir un étourdissement. Je ne me sentais pas bien depuis qu'on avait commencé à rouler.

Elle continua à brosser la perruque en murmurant :

— J'y vois mal. Pourquoi toutes les lumières sont-elles éteintes ? Est-ce moi qui n'y vois rien ?

Nonnie souffla à Muller

— Essayez de lui faire comprendre. Elle ne sait pas.

— Écoutez, dit-il, vous feriez mieux de rester avec nous.

La coiffeuse recula comme si elle croyait qu'ils essayaient de la retarder.

— Avec vous ? Pour quoi faire ? s'exclama-t-elle.

Elle examina de nouveau la perruque en la faisant pivoter ; vu de l'arrière, cela ressemblait singulièrement à une vraie tête de femme.

— Elle a dit neuf heures. Elle va faire toute une histoire si elle ne l'a pas. Elle est toujours après moi, rien n'est jamais comme elle veut. C'est encore une… il vaut mieux que j'y aille.

Avant qu'on tente de la retenir, elle fila en trébuchant dans le couloir vers l'arrière, et tenant devant elle le dérisoire objet. L'absurdité de sa préoccupation les prenait tellement au dépourvu qu'elle avait déjà disparu dans l'obscurité quand Nonnie lui cria :

— Attendez, Marie ! Revenez ! Il n'y a plus personne là-bas. Marie, revenez !

Elle lui aurait couru après, mais Hubie Muller la retint.

— Ça ne sert à rien, Nonnie, vous ne la rattraperiez pas. Vous pourriez vous faire mal. Elle reviendra quand elle verra comment c'est.

Ils furent momentanément distraits par un nouveau bruit de pas au-dessus d'eux. Mais Jane Shelby saisit le bras de son mari.

— Dick ! J'ai entendu crier par là-bas, où cette femme est allée. Elle était complètement déboussolée. Nous aurions dû la retenir.

— Ah, pourquoi m'avez-vous empêchée d'y aller ? s'écria Nonnie. Il lui est arrivé quelque chose.

— Je vais voir, dit Muller. Attendez-moi. C'est peut-être autre chose qu'a entendu Mrs Shelby.

Comme c'était lui qui l'avait retenue, il se sentait responsable de Nonnie.

— Soyez prudent, dit Scott.

— Ouais, vous faites pas de mal, ajouta Rogo.

On ne pouvait pas savoir si ce souhait était sincère ou non, mais le monde de Rogo était si éloigné de celui de Muller que ce dernier ne se posa même pas la question.

Il parcourut le corridor jusqu'à l'endroit où il cessait d'être éclairé. Là, il se sentit mal à son aise et regretta vivement de s'être porté volontaire. Pourquoi avait-il fait cela ? Parce que Nonnie s'était confiée à lui ? Pourquoi se sentait-il responsable d'elle ?

Il se mit à quatre pattes et avança centimètre par centimètre en se guidant sur une conduite ; le sol s'inclinait doucement. Quand la pente devint soudain abrupte, il s'arrêta. Il alluma son briquet et le tint au-dessus de sa tête. Il savait pourquoi elle avait crié. Il fit demi-tour, se traînant à plat ventre et ne se releva qu'une fois revenu en sécurité dans la zone éclairée. Et il revint lentement, en refoulant une envie de vomir. Il avait vécu trop longtemps loin de la destruction, de l'horreur et de la mort subite. Le mépris de Rogo était probablement justifié ; il était devenu un faible.

Quand il les eut rejoints, les autres attendirent en silence qu'il parle.

— Bon, dit-il, maintenant nous savons dans quelle direction aller. Cette pauvre femme a répondu pour nous. Par-là, il nous serait arrivé la même chose, à tous, peut-être, ajouta-t-il en frissonnant.

— Quoi ? demanda Shelby.

— C'est complètement effondré, répondit Muller, mais on s'en serait aperçu trop tard dans le noir. Comme elle. Ce doit être une grosse machine, quelque chose comme ça, qui est tombée. Il n'y a plus rien qu'un énorme trou rempli d'eau et de mazout. La perruque flottait. Aucune trace de la femme.

— Elle ne savait plus ce qu'elle faisait, dit Nonnie. Mon Dieu, pourquoi ne l'ai-je pas retenue !

Elle se mit à pleurer. Sa détresse émut jusqu'à Rogo qui se tourna vers elle et lui mit la main sur le bras en disant :

— Ne vous en faites pas tant, Miss, nous autres on n'a pas fait mieux.

— Ne touche pas à cette petite putain, cria Linda à son mari.

Nonnie sécha ses larmes et se tourna comme une furie contre Linda :

— Salope, qui es-tu pour m'appeler putain ?

Curieusement, alors qu'il était écœuré par la vulgarité de l'altercation, Muller sentait monter en lui une colère égale à celle de Nonnie.

— Voyons, voyons, dit Belle Rosen.

Mais son mari s'interposa aussitôt :

— Maman, ne te mêle pas de ça.

Le regard de Mike Rogo se durcit. Il s'adressa à Nonnie :

— Du calme, du calme. Personne ne s'injurie, vous avez mal entendu. Nous avons déjà assez d'emmerdements comme ça, hein ?

Et, à sa femme, il glissa du coin de la bouche :

— Tais-toi, ferme ça.

Avec la dextérité d'un policier arrêtant une rixe, il s'interposa de façon à les séparer. Hubie Muller se tenait d'un air protecteur auprès de la danseuse toujours folle de rage, la bouche pincée et dure. Elle avait le caractère coléreux des rousses et ce n'était pas fini : « Elle m'a traitée de putain ! »

La robe de chambre qu'elle tenait serrée sur elle et ses cheveux fous pour avoir été fraîchement lavés n'ajoutaient aucune dignité à son agitation. En fin de compte, Muller se sentit un rien amusé : en fait, elle aurait difficilement pu faire davantage putain, même en le voulant.

— N'y pensez plus, lui dit-il, ça doit être un cas de transfert.

La colère de Nonnie se calma aussi vite qu'elle avait explosé et elle regarda Muller avec curiosité.

— Je ne comprends pas ce que vous voulez dire. Je dois être idiote.

Les yeux porcins de Rogo interrogeaient aussi Muller. Lui non plus n'avait pas compris et il se demandait si l'autre avait dit quelque chose qui méritait des représailles.

— Non, dit Hubie, vous n'êtes pas idiote.

La jeune fille le regarda bien en face et déclara :

— Je ne suis pas une putain. Je travaille drôlement pour gagner ma vie.

Une fois de plus, Muller sentit une curieuse contraction de la gorge jointe à un sentiment de protection, comme s'il avait eu envie de la prendre dans ses bras pour lui faire un rempart. Il se souvint que sous son futile vêtement elle était nue, et cela parut la lui rendre plus vulnérable. Il se contenta de se rapprocher d'elle : « Oui, dit-il, je sais, très dur. » Elle lui répondit par un sourire et se rapprocha encore de lui, scellant ainsi leur association.

— Si ce qu'il y a au-dessus de nous est bien l'allée de service, remarqua Scott, il doit y avoir un escalier à chaque bout. Nous devrons donc utiliser celui de l'avant. Il faut quelquefois céder un peu de terrain pour en gagner davantage. Continuons.

— Oh mes pieds ! Et il faut marcher sur tous ces tuyaux !

Belle Rosen était au bord des larmes.

— Il faudrait que les femmes ôtent leurs souliers. C'est trop dangereux, avec les talons, dit aussitôt Scott.

Quand ils se mirent en route, Jane Shelby pensait à la rapidité avec laquelle Scott avait écarté de son esprit le malheureux épisode de la coiffeuse. Lui avait-il seulement accordé une pensée, une prière, maintenant qu'elle était morte ?

James Martin et Scott avançaient côte à côte en regardant soigneusement où ils posaient leurs pieds. Martin se demandait s'il n'aurait pas dû confesser au pasteur ce qui pesait sur sa conscience, si ce n'était pas le moment de se libérer de ce tourment en s'en ouvrant à quelqu'un. Il hésitait : ce colosse était si différent de tous les pasteurs qu'il avait connus. La vocation divine de Scott et son physique de champion se portaient mutuellement le plus grand tort.

Mais sa conscience tourmentait réellement James Martin. Si le bateau continuait à flotter, si l'on réussissait à atteindre la coque externe, si le reste du monde était au courant du désastre, si les hélicoptères de secours arrivaient à temps, il s'en serait toujours tiré trop facilement. Il avait péché. Il avait commis l'adultère avec une femme sensuelle qui aimait crûment l'amour. Il devait être puni. Comme baptiste, même peu pratiquant, comme négociant aussi, il savait qu'il existe toujours une note à payer. Mais Martin différait de beaucoup d'autres hommes en cela qu'il se tenait toujours prêt à payer sans maugréer.

Wilma Lewis n'était pas le genre de femme dont on se débarrasse à l'arrivée avec un petit cadeau et une tape sur le derrière. Veuve de quarante-huit ans, elle avait entrepris cette croisière à la recherche délibérée du plaisir des sens. Elle était prête à le donner comme à le recevoir mais non, l'ayant trouvé, à y renoncer.

Son origine suédoise lui allait bien. C'était une belle femme opulente, à la poitrine généreuse, fort bien dessinée. Elle avait la peau fine, des yeux bleu clair légèrement proéminents, d'épais cheveux blonds ondulant naturellement et que de discrets rinçages blondissaient encore. Lorsqu'elle dépouillait ses vêtements, elle apparaissait comme une Vénus rose, chaleureuse et sexy, en qui l'homme trouvait à la fois plaisir et confort.

Elle cachait tout cela sous une trompeuse réserve. Grande et toujours très bien habillée, sa bonne grâce et son sourire ne l'empêchaient pas de paraître inabordable. Il fallait un vrai mâle pour deviner avec quel empressement, quelle absence totale d'inhibitions, elle coopérait aux jeux de l'amour. Un fin connaisseur comme Hubie Muller n'avait pas manqué de déposer à ses pieds des hommages respectueux mais non équivoques. Mais ça n'avait pas marché : Mrs Lewis ne cherchait pas un gentleman.

Son infaillible instinct hyper féminin lui avait fait jeter son dévolu sur le personnage le moins susceptible de ravages : le petit chemisier d'Evanston, Mr James Martin sanglé dans ses complets un peu trop voyants sortis de son propre magasin. Il avait suffi de deux ou trois renseignements glanés au début de la croisière pour valider ses lettres de créance : commerçant dans une petite ville du Middle West, son épouse clouée par l'arthrite l'avait laissé prendre des vacances tout seul, pour la première fois depuis des années. Il était taciturne, gage de discrétion. Et sous son apparence terne, il promettait de se déchaîner en un volcan d'érotisme.

Au bout de huit jours de mer, Mrs Lewis avait préparé un piège bien simple : elle avait demandé à Mr Martin de se joindre à deux autres personnes pour venir prendre un cocktail dans sa cabine. Quand il arriva, il apprit que les Untel s'étaient décommandés. Deux verres plus tard, Mrs Lewis faisait mine de resserrer une barrette qui retenait ses cheveux. Dénoués, ils se répandirent en une cascade soyeuse et odorante sur une épaule nue, transformant d'un coup une dame assez imposante en une beauté consentante aux yeux noyés. Il n'était pas besoin d'autres explications : Mr Martin vivait depuis trop longtemps dans un désert sexuel.

Tout le reste du voyage. Ils prirent mieux que du bon temps. Ce fut aussi l'un des secrets les mieux gardés du bord. Ils ne se fréquentaient pas durant la journée. Les couche-tard eux-mêmes avaient disparu quand Mr Martin se glissait dans la cabine de Mrs Lewis.

Quant à la facture, elle ne tarda pas à se présenter inexorablement à l'esprit de Mr Martin, même en plein paradis.

Comme beaucoup de petits hommes insignifiants, Martin était un amant exceptionnel ; il fut victime de ses prouesses. On n'allait pas le laisser filer comme cela. Comme cette aventure ne devait rien à l'amour mais tout au plaisir, Mrs Lewis ne voyait pas pourquoi elle ne se prolongerait pas sur la terre ferme. Elle habitait un élégant appartement sur Lake Shore Drive, à Chicago. Evanston n'était pas bien loin et Mr Martin pourrait très bien prétexter un voyage d'affaires hebdomadaire. Elle lui avait exposé ses plans avec enthousiasme.

Et voilà, règlement à tempérament, avec tous les ennuis que cela implique : mensonges, manœuvres, sueurs froides, comédies et, pour finir, l'inévitable flagrant délit. Homme de devoir, Martin tenait à sa femme et voulait lui éviter de souffrir. Il s'était fait à une vie de continence, peu à peu. Maintenant qu'il avait renoué avec certaines choses, il ne se sentait plus la force d'y renoncer. Il n'avait pas envie de renoncer à Mrs Lewis. Mais avoir une maîtresse posait des problèmes. Surtout, il ne voulait pas d'histoires.

Il n'y aurait pas d'histoires. La cabine à l'envers, ses meubles plus ou moins suspendus au plafond, il imaginait cela sans effort. Il en connaissait si intimement la disposition et le décor : le couvre-lit rose et blanc, la commode moderne à deux tons de bois, l'estampe stylisée sur la paroi, l'épaisse moquette, le canapé et les chaises capitonnées. Ils s'y étaient ébattus, faunes avides. Maintenant la cabine était pleine d'eau comme un aquarium. Il y flottait une sirène aux longs cheveux, les yeux sans doute globuleux et fixes : Mrs Wilma Lewis.

Le garçon de nuit qui le voyait sortir au petit matin devait être mort lui aussi. Personne ne saurait jamais. Il n'y aurait aucune conséquence à redouter. Et c'est cela qui provoquait en lui un débat explosif. Il aurait dû pleurer la femme qui lui avait procuré tant de plaisir et de libération, mais il n'y parvenait pas. Il se reprochait de ne pas être allé la voir ce soir en dépit du mal de mer. Il serait mort avec elle. Et il était heureux d'être en vie. Pour tout châtiment, il avait la vie et la liberté, si toutefois il réussissait à sortir de ce bateau. Mais après tout, la punition consistait peut-être en cette illusion de survivre pour être enfin exterminé comme tout le monde. De toute façon, en homme positif qui avait fait son chemin dans la vie, il ne pouvait pas encaisser un Dieu qui, à seule fin de punir un pauvre bougre d'avoir soulagé sa libido hors mariage, noyait du même coup un millier de personnes.

Que dire à Scott ? Comment aborder le sujet ? Cela valait-il la peine ? Comment réagirait le pasteur, sinon par admonestations stéréotypées : repens-toi, va et ne pèche plus, tu seras pardonné. Il ne voulait pas être pardonné, mais qu'on lui fasse payer l'injustice faisant que Mrs Lewis était morte et qu'il était vivant.

Il lui apparut tout à coup avec certitude que Scott se montrerait très médiocrement intéressé par ses galipettes sexuelles et leurs conséquences sur son état de conscience. Le jeune gaillard avait bien autre chose en tête : il entrait sur le terrain en plein match. Martin serra les dents pour que ses lèvres minces ne laissent pas échapper des paroles qu'il regretterait par la suite. D'autant plus que le pasteur était considérablement plus jeune que lui.

Saisissante coïncidence, Scott tourna la tête vers lui avec un grand clin d'œil.

— Ce qu'on ne peut pas traverser, on le contourne ! dit-il.

— Et vous pensez que c'est possible ? demanda Martin.

— Qu'est-ce qu'on parie ?

Dieu avait peut-être besoin de types comme ça.

Le Réjoui glissa sur un tuyau en jurant tout ce qu'il savait. Il se serait étalé si Pamela ne l'avait retenu d'une main ferme. Cette énergie, ce soutien l'irritèrent au point de lui faire prendre encore davantage conscience de cette stupide privation d'alcool. S'il s'était payé cette croisière, ce n'était pas pour chercher un appui physique ou moral. C'était pour connaître un mois de beuverie tranquille dans un cadre agréable. Il buvait aussi à Londres, naturellement, mais avec la gêne des heures de bureau. D'autre part, ce navire était un merveilleux bar mobile, exempt des ridicules lois sur la consommation d'alcool des établissements britanniques de terre ferme. Cela permettait de boire jusqu'au moment exact où l'on ne ressentait plus du tout les inexplicables nostalgies et souffrances que l'on traîne après soi. De quoi souffrait-il au juste ? Que regrettait-il ? Il ne savait plus. Simplement, il lui avait toujours semblé ressentir un vide à l'intérieur que l'alcool, seul, pouvait colmater.

Il était content d'avoir trouvé la compagnie de cette grosse fille à qui sa mère cherchait un mari. Boire à deux, c'est agréable. Pamela convenait à merveille avec ses yeux clairs dénués de tout reproche, ses cheveux courts, son corps épais et ses étonnantes jambes apparemment creuses, où disparaissait le whisky. Elle ne lui demandait rien et elle ne prenait pas garde aux autres. Elle se mettait à côté de lui et buvait. Elle ne parlait quasiment jamais. Tout ce qu'il savait d'elle, c'est qu'elle était très forte en gymnastique, dans une école…

Le Réjoui glissa de nouveau ; elle le soutint de son bras vigoureux. Il cacha son déplaisir sous un rire : « Voilà ce qui arrive quand on est trop à sec. C'est dangereux ! Lâchez-moi, ça ira. » Elle parut blessée et il reprit : « Non, tenez-moi, ça vaut mieux. » Il ne fallait pas le croire insensible. Ce perpétuel sentiment de détresse demandant à être arrosé s'y opposait. Il n'aimait pas qu'on le dérange, voilà tout. Il domina son agacement et ajouta : « Vous êtes une brave fille. »

Quand elle buvait avec le Réjoui, cela ne se voyait pas, mais elle était non seulement aussi ivre que lui intérieurement, mais encore éblouie d'adoration. À présent, le choc causé par la mort de sa mère et par tout ce qu'elle avait vu lui remettait les idées en place.

— Tony, pourquoi buvez-vous ? lui demanda-t-elle.

D'abord étonné, il soupira. On le lui avait déjà demandé.

— Pour rien, répondit-il machinalement. J'aime la sensation. J'aime tout le monde quand je suis ivre.

— Et quand vous ne l'êtes pas ?

Il la gratifia d'un sourire radieux.

— J'ai oublié !

— Je comprends pourquoi on vous appelle le Réjoui ! s'exclama-t-elle.

— On m'appelle comme ça ? Je dois avoir l'air idiot, perché toute la journée sur un tabouret de bar. Tout le monde a pourtant l'air si gentil, de là-haut…

— Et moi, vous m'aimez quand vous êtes ivre ?

— Follement ! Vous êtes la lumière de ma vie, la femme rêvée du buveur. Pas vrai ?

— Et quand vous êtes à jeun ?

Bates répondit dans un rire : « Comment le saurais-je ? C'est la première fois que cela nous arrive. » Cela lui avait échappé comme une plaisanterie mais il s'aperçut aussitôt de la cruauté de sa réaction. Cependant, la contrariété était plus forte que le remords. Il se trouvait dans la situation redoutable de l'homme qui va trop loin avec une femme dont il n'est pas épris. Il se rassura lorsqu'elle remarqua avec simplicité : « Ça m'est égal. » Là-dessus, un vague regret bien masculin l'envahit : pourquoi cela lui était-il égal ?

Elle lui prit le bras encore plus fermement.

— Attention ! Encore un de ces stupides robinets sur ces tuyaux de malheur !

Tout le cortège s'arrêta brusquement. On entendit la voix de Rogo :

— Nom de Dieu ! Ça, c'est le bouquet !

Ils étaient arrivés à l'escalier, au bout de la coursive.

IX

L'aventure du second escalier

Ils se rassemblèrent avec consternation, dans un silence angoissé, au fond de la cage de ce second obstacle. L'ingéniosité et l'adresse avec lesquelles ils avaient réalisé leur première ascension leur avaient donné espoir et confiance dans le jeune pasteur. Un escalier à l'envers ne leur semblait plus un problème. Chaque pas qui les éloignait des spectacles inconcevables et inexprimables qui gisaient au-dessous d'eux en amoindrissait l'horreur.

Ici, il n'y avait aucun plan incliné permettant de haler les femmes. La cage d'escalier qui terminait cette coursive était très différente : elle comportait une double volée dont les marches de fer et les rampes d'acier poli pendaient hors d'atteinte. En face d'eux se trouvait une cloison d'environ trois mètres de haut.

« Un cul-de-sac », pensa Muller dont le courage céda. Nonnie dut sentir le relâchement soudain de ses muscles car elle le regarda avec anxiété. Il essaya de lui adresser un sourire d'encouragement mais n'y parvint pas.

— On ne peut pas passer, n'est-ce pas ? demanda Jane Shelby à son mari.

— Je ne vois pas comment, répondit-il.

— Mon vieux, je crains que cela ne règle la question, dit le Réjoui à Scott, tandis que Rogo s'exclamait avec un mépris rageur :

— Encore une de vos brillantes idées ?

Son insolence agressive était voulue : à la moindre trace d'irritation, il mettrait en jeu ses poings redoutables, seul moyen qu'il connût de prendre les commandes. Mais Scott refusa de se laisser entraîner. Il se contenta de remarquer, après un bref examen : « Vous savez, le suivant sera probablement encore pire. »

Muller ne put réprimer un gloussement devant la façon dont Scott minimisait le problème et jugulait la panique naissante. Nonnie le regarda avec appréhension et chuchota :

— Il est fou ?

— Complètement dingo.

Rogo restait agressif.

— Qu'est-ce que vous voulez dire, le suivant ? On peut même pas passer par celui-là !

— D'abord, dit Scott, nous avons encore de la lumière. Ce qui ne durera pas.

Ils avaient oublié qu'ils dépendaient d'un jeu d'accus qui se vidaient rapidement. L'idée de la nuit totale où ils pouvaient être plongés d'un moment à l'autre leur emplit le cœur de nouvelles terreurs, à l'exception peut-être de Miss Kinsale qui rompit le silence : « Oui, nous devrions compter nos bénédictions. »

— De plus, continua Scott, si l'on se dit que le suivant sera plus difficile et qu'il fera noir, cela rend celui-ci moins effrayant, n'est-ce pas ?

À cet instant, un visage barbu aux yeux terrifiés apparut au-dessus d'eux.

— Eh là-haut, l'ami, va chercher quelqu'un ! Nous voulons monter, cria Rogo.

La tête disparut et ils entendirent l'homme s'éloigner. Ils attendirent en tendant l'oreille. Rien ne se produisit. Personne ne vint.

— Ah ! le cochon, le salaud, l'ordure ! hurla Rogo.

— Vous n'avez pas vu qu'il est mort de peur ? dit Scott. Sans doute les autres sont-ils tous dans le même état, incapables de faire quoi que ce soit. Nous ne pouvons compter que sur nous-mêmes.

— Pour sûr, ricana Rogo. On va monter au mur comme des singes.

— Ou comme des hommes.

Scott leur montra ce que, uniquement préoccupés par l'escalier, ils n'avaient pas remarqué : la cloison était, comme le plafond sur lequel ils venaient de marcher, parcourue de canalisations, à la différence que celles qui les prolongeaient verticalement étaient non seulement plus épaisses, mais équipées de volants de valves de tailles variées. Les joints étaient enveloppés de lourdes protections d'amiante et, par endroits, les tuyaux étaient fixés au mur par des colliers reliés à la paroi, ce qui était suffisant pour faire prise, en plus des valves.

L'espoir revint et l'expression favorite de Scott, « C'est du gâteau », leur rendit courage.

— Pas pour moi, dit Linda Rogo.

Le visage de Rogo redevint triste, il secoua la tête :

— Voyons, bébé, tu te sentirais terriblement seule, ici sans personne.

— Va te faire... dit-elle. Je ne serai pas seule : tu ne crois pas que la vieille dondon va grimper là !...

Jane Shelby se demanda si c'était le prélude d'un nouvel éclat, mais Rogo fit signe à Scott : « Elle viendra ». En tout cas, cela redonnait la vedette à Mrs Rosen que, dans leur euphorie, ils avaient oubliée.

— Regardez ça, dit Belle, vous ne devriez pas me demander quelque chose d'aussi insensé. Je ne peux pas. Manny ira, lui, mais je n'essaierai même pas. Ce n'est même pas la peine d'y penser.

— Les nappes, suggéra Muller.

Scott l'arrêta sans le laisser terminer.

— Ça ne marcherait pas, ici. Ce sera plus simple de grimper.

— Moi, je te laisserais, Maman ? dit Manny. Es-tu folle ? Qui te dit que je pourrais grimper là ? Il faut qu'ils nous laissent tous les deux. Nous ne devons pas être une charge.

— Il n'est pas question de vous laisser ni l'un ni l'autre, déclara Hubie Muller de sa voix distinguée au pseudo-accent anglais. Nous sommes partis tous ensemble et nous resterons ensemble.

— Pourquoi ? jeta Linda. Si c'est leur idée de ne pas suivre !... Qu'ils restent là. Et vous autres aussi, tous ! ajouta-t-elle en ressentant leur aversion.

Scott s'adressa à Belle :

— Là-bas, dans la salle à manger, auriez-vous cru que vous iriez aussi loin ?

— Non, reconnut Belle. Mais être poussée et tirée est une chose, grimper en est une autre. Vous êtes terrible, ajouta-t-elle, je crois que je dois essayer.

Il lui sourit affectueusement.

— Voilà qui me plaît. En fait, nous allons vous faire grimper la première et vous n'aurez plus qu'à admirer nos efforts.

Il examina de nouveau la paroi et demanda :

— On aura besoin de la hache, ici. Qui l'a ?

Manny Rosen poussa un grognement lugubre.

— Manny, qu'est-ce qui ne va pas ? demanda Belle. Tu es malade ?

— Malade ! Je suis le dernier des derniers. Je l'ai oubliée !

— C'est bien d'un youpin ! s'écria Linda, comme si elle était décidée à les exaspérer à chaque occasion.

— Qu'est-ce que ça a à voir avec être youpin, oublier quelque chose ? demanda Rosen. Je n'aurais pas dû, mais il arrive qu'on oublie quelque chose quand on est préoccupé.

— Bien sûr, Manny, dit Belle. Pourquoi personne ne t'a-t-il rappelé de la prendre ?

Puis, avec une surprenante mansuétude, elle ajouta :

— Mrs Rogo. Ça ne sert à rien d'insulter les gens. Nous sommes ce que nous sommes, vous êtes ce que vous êtes et personne n'en est responsable.

Linda était prête à se battre avec Mrs Rosen quand Rogo s'interposa : « Je vais la chercher », dit-il. Il comprenait que son obstruction aux ordres de Scott lui avait fait perdre la face et il voulait compenser.

— Ah non alors ! s'exclama Linda. Il l'a oubliée, qu'il y aille !

— Bébé, ne sois pas comme ça. Il n'y arriverait pas. C'est un ami à moi.

Et en effet, l'inspecteur se souvenait des quantités de jambon fumé et de club-sandwiches qu'il avait consommés dans la charcuterie aux frais du patron, avec une bouteille de bière en prime. Il se tourna vers Scott :

— Donnez-moi la corde.

Scott lui tendit le rouleau.

— Vous vous débrouillerez ?

Rogo le regarda en face, l'air dur.

— C'est pas parce qu'il faut être crétin pour être flic qu'il faut vous faire des idées, dit-il avec une insolence délibérée.

Ils regardèrent sa silhouette épaisse s'enfoncer dans la coursive d'où ils étaient venus. Scott proposa de se reposer et il s'allongea le long des tuyaux.

— Essayez de vous installer aussi confortablement que possible.

— Ça m'a fait plaisir, ce que vous avez dit à propos des Rosen, murmura Nonnie à Muller. Ils sont si gentils. Ils pensent tout le temps l'un à l'autre.

Elle s'agenouilla, ce qui fit s'ouvrir son peignoir qu'elle resserra rapidement autour d'elle.

— Oh mon Dieu, je suis si gênée de n'avoir rien dessous !

C'était la première fois que Muller était témoin de la pudeur paradoxale d'une artiste de music-hall et, d'une certaine façon, il en était ému. Il sentait bien que sa gêne était sincère. Quoi qu'elle fût, elle avait le respect d'elle-même.

— J'ai une idée, lui dit-il en souriant.

Il enleva ses bretelles et les lui tendît en disant :

— Tenez, nouez ça autour de votre taille.

— Oh, dit-elle, mais votre pantalon ? Il va tomber.

— Pas avec cette panse de gourmand, dit Muller en se tapotant l'estomac. Je les porte à titre de symbole.

— Qu'est-ce que c'est, un symbole ? demanda-t-elle.

— Dans ce cas, c'est me faire croire que j'ai besoin d'en porter.

— Que vous êtes drôle ! murmura-t-elle en lui pressant le bras, geste qui lui procura un frisson de plaisir.

Inconfortablement étendue sur les conduites et hors de portée de voix. Belle demandait à son mari :

— Qu'est-ce qu'elle a, cette Linda, qu'est-ce qu'elle se croit ? Pourquoi est-ce qu'il la supporte ? Je croyais que les flics étaient des durs.

— Elle se croit plus qu'elle n'est, dit Manny.

— Plus que quoi ?

— Elle allait devenir une vedette de cinéma. Elle a brisé sa carrière et s'est abaissée en l'épousant.

— Qui dit ça ?

— Rogo.

— Et il y croit ?

— Je me rappelle, dit Manny, qu'il est venu, une fois, au magasin, avant son mariage, avec un numéro de *Life Magazine;* il m'a montré une photo. On voyait quatre ou cinq filles et la légende disait : « Starlettes aujourd'hui, stars demain... ». Elle, je crois qu'elle était à la Paramount. Elle était bien, à ce moment-là, pas encore gâtée. De toute façon, Rogo m'a dit : « Manny, je ne me tiens plus, nous allons nous marier. Un lourdaud comme moi épouser une star de cinéma ! » Tu vois, pour lui c'était déjà une star. « J'en suis fou, m'a-t-il dit. Qu'est-ce qu'un pauvre flic comme moi peut faire avec une belle femme comme ça, qui aura son nom écrit au néon ? » Je lui ai dit : « Elle aussi, elle doit être folle de vous » ; et il a dit : « Je peux à peine y croire. Moi qui n'ai jamais eu d'éducation, qui suis juste sorti de la Première Avenue. »

— Peuh, dit Belle en reniflant avec mépris, on allait la ficher dehors, ou elle était enceinte.

— Je crois qu'elle était dans un spectacle à Broadway, mais que ça a fait un four, quoique Rogo n'en ait rien dit.

— Et c'est ça qui nous crache dessus, ou sur une petite aussi mignonne que Nonnie !

— Est-ce que c'est pas toujours comme ça ?

— En tout cas, elle mériterait une bonne gifle.

Mais après cela, elle se mit à réfléchir en tortillant la dentelle déchirée de sa robe. Elle avait mal aux pieds. Elle regardait distraitement le gros diamant qui brillait à son doigt.

— C'est stupide de dire des choses comme ça dans un moment comme celui-ci. Qu'est-ce que ça peut faire ? Nous sommes dans une triste situation, n'est-ce pas ?

— Je ne peux pas te mentir, Belle.

— On peut sombrer ?

— Oui, on peut.

Elle médita en silence, puis elle dit :

— Tu m'as fait une bonne vie, Manny.

— Je n'aurais rien été sans toi, Maman.

— À quoi bon grimper comme ça ?

— S'il y a une chance, il faut la saisir, tu ne crois pas ?

Elle ne répondit pas.

Miss Kinsale n'était pas allongée, mais assise sur les tuyaux ; sa robe grise trop courte tirée sur ses genoux, les mains bien à plat, elle regardait droit devant elle.

Scott ouvrit les yeux et s'assit.

— Tout va bien, Miss Kinsale ?

Elle sortit de sa rêverie avec un léger frisson et lui adressa un petit sourire chaleureux et doux qui rajeunissait de dix ans son visage peu séduisant.

— Oh oui, très bien, merci.

— Vous êtes si calme, dit-il.

C'était exprimer ce que pensaient d'elle à peu près tous ceux qui l'avaient côtoyée pendant la croisière. Miss Kinsale parlait peu. Elle était comptable dans une banque d'une ville appelée Camberley, près de Londres. Elle avait fait des économies pour cette croisière hivernale. Le matin, le pont-promenade résonnait du clic clac de ses souliers plats quand elle faisait les vingt tours qui représentaient deux kilomètres. L'après-midi, elle prenait le thé avec un groupe de dames, mais écoutait plus qu'elle ne parlait. Elle assistait à toutes les séances de cinéma et, lors des excursions à terre, on la voyait, petite personne avide de s'instruire, porter carnet, crayon et appareil photographique. Elle achetait aussi d'innombrables cartes postales pour compléter le récit de tout ce qu'elle avait vu. Mais de ce qu'elle pensait, éprouvait, on ne savait rien.

Elle médita un moment la remarque du pasteur.

— Il n'y a pas grand-chose à dire, n'est-ce pas ? finit-elle par répondre.

Puis, baissant les yeux et la voix, elle ajouta :

— Nous sommes dans la main de Dieu. J'ai confiance en Lui. Merci de m'avoir laissée prier avec vous, vous m'avez donné des forces.

— Ah… oui, dit-il, comme quelqu'un à qui on rappelle quelque chose d'oublié.

Puis il lui demanda :

— Et vous avez confiance en vous-même ?

Les yeux gris de Miss Kinsale s'illuminèrent soudain.

— Oh oui, dit-elle, quand je suis avec vous, je n'ai pas peur. Je sens que vous êtes très près de Dieu.

D'en haut leur parvint un nouveau bruit. Cette fois, deux têtes se penchèrent sur eux ; ils les regardèrent avec espoir, croyant que le premier homme avait envoyé du secours. Mais ces visages étaient encore plus étranges, avec une bouche bizarrement tordue d'où s'écoulait de la salive, et des yeux fixes et vitreux qui ne paraissaient pas voir. Ils disparurent.

Hubie Muller essaya de les retenir :

— Hé là, parlez-vous anglais ? français ? *deutsch ? parla italiano ?*

Ils ne reparurent pas.

— Si vous voulez mon avis, dit Martin, ils sont complètement bourrés.

— Quoi ! s'écria le Réjoui plein d'espoir, ivres ?

Mike Rogo arriva alors, la hache sur l'épaule, le rouleau de corde sur l'autre. Il était échevelé et paraissait soucieux. Ses souliers et le bas de son pantalon étaient trempés jusqu'à mi-mollet.

— Bravo, mon vieux ! applaudit le Réjoui.

— C'est rien, dit Rogo.

— Hé là ! Comment vous êtes-vous mouillé ? demanda Scott, alerté par l'état de ses pieds. Où était la hache ?

— Sous trente centimètres d'eau. On ferait mieux de se dépêcher de grimper là-haut, ajouta-t-il en tournant les yeux vers la paroi.

Shelby eut au cœur le froid de l'inquiétude.

— Mon Dieu, le bateau s'enfonce ! Et alors que sont devenus ceux du pont C, Acre et Peters ? Et ceux qui sont restés dans la salle à manger ?

Rogo le regarda sans expression.

— Ouais, que sont-ils devenus ?

— Alors, ils sont sous l'eau comme les autres ? laissa échapper Pamela Reid. Notre cabine était sur le pont B.

Nonnie se mit à claquer des dents.

— Ah mon Dieu ! gémit-elle. Toutes mes copines ! Nicky, Moira, Sybille, Heather, Jo et Timmy, elles sont toutes mortes ?

— Chut, dit Muller, ne pensez pas à ça.

Il l'attira à lui et elle se cacha le visage sur son épaule.

— L'eau montait-elle encore pendant que vous y étiez ? demanda Scott.

— Non, dit Rogo. J'ai attendu un moment pour voir. J'avais attaché la corde en haut de l'escalier, pour être sûr de revenir.

— C'est peut-être seulement que le bateau s'équilibrait, hasarda Shelby.

— Il peut se remplir d'un coup et sombrer d'un moment à l'autre, murmura Muller plus réaliste.

Ils échangèrent des regards alarmés. Leur fugitif sentiment de sécurité s'évanouit. Ils commençaient à comprendre que chaque minute pouvait être la dernière.

— Merci, Rogo, dit Scott qui ordonna : Allons-y !

Et cette fois personne ne discuta son ordre. Il prit la hache des mains de Rogo et la planta fermement par le pic dans le coude d'un tuyau. Il tira sur le manche.

— Ça donne une bonne prise. Montrez ce que vous savez faire, dit-il à Pamela.

La jeune Anglaise alla se poster au pied de la paroi, dans une attitude pleine d'assurance et de confiance en soi. Elle confia ses souliers au Réjoui et commença à grimper. Des orteils et des doigts, elle s'agrippait à la moindre saillie. Quand elle atteignit le manche de la hache, elle se hissa d'un seul mouvement balancé jusqu'en haut, puis bascula en avant sur le plafond-plancher de ce nouveau pont inférieur-supérieur. Elle se releva sur les genoux, pivota et regarda au-dessous d'elle.

— Pas si mal, estima-t-elle.

— Bon Dieu ! s'écria le Réjoui, je me suis associé à une mouche humaine !

Il y eut quelques rires et un notable accroissement de confiance. Muller se dit que, quel que puisse être Scott par ailleurs, il avait une solide connaissance de l'effet psychologique de l'athlétisme. Il avait envoyé une femme pour commencer ; elle avait réussi et ainsi tout paraissait plus facile aux autres.

— Pam, cria Scott, y a-t-il quelqu'un en vue ?

Elle se mit debout.

— On n'y voit pas très clair. On dirait qu'il y a des gens qui errent à l'autre bout, mais je ne peux pas dire combien, ni ce qu'ils font. Voulez-vous que j'aille voir ?

— Non, dit Scott. Si Martin a raison, qu'ils aient trouvé de l'alcool et qu'ils soient saouls, ça ne servirait à rien. Maintenant, nous allons aider Mrs Rosen.

Le Réjoui releva la tête.

— Ai-je bien entendu le mot alcool ? Ah ! si j'avais les ailes d'un ange ! chanta-t-il.

Scott ne faisait pas attention à lui.

— Non, une minute. Dick, grimpez d'abord pour pouvoir l'aider d'en haut.

Shelby se mit en devoir d'obéir. Il n'avait aucune inquiétude cette fois. Scott avait créé une atmosphère hypnotique, comparable au souvenir que gardait Shelby de ses années d'études.

— Décontracté, dit Scott. Allez ! et il lui donna une tape sur l'arrière-train, comme un capitaine de rugby catapultant l'un de ses avants première ligne lors d'une sortie de mêlée.

Shelby se sentait aussi fort, alerte et déterminé qu'au temps où, bouclant son casque, il entrait sur le terrain comme remplaçant. Cette euphorie fut durable et il atteignit le sommet en quelques secondes. Scott lui cria :

— Mettez-vous à genoux sur le bord, vous aurez plus de force pour tirer. Allez, Mrs Rosen, droit là-haut !

— Droit là-haut ! répéta Belle Rosen amèrement.

Elle se tourna vers son mari :

— Manny, il faut que j'y aille ?

— Essaie.

Elle se leva pesamment et se dirigea vers la cloison. À chaque pas, la difficulté lui paraissait plus évidente et, quand elle fut au pied, elle se retourna avec des larmes d'humiliation dans ses yeux noirs.

— Regardez-moi ce ventre ! Je ne peux même pas me mettre contre. Ne me forcez pas, je vous en prie !

Scott avait fait un geste vers les hommes. Muller, le Réjoui, Martin et Rogo se joignirent à lui.

— Vous voyez, dit-il, nous sommes tous là. Nous ne vous laisserons pas tomber. Vous n'êtes pas aussi grosse que vous croyez. Mettez vos pieds ici et vos mains là. Vous n'aurez qu'à attraper le haut. Allez ! poussez et tirez.

Belle Rosen s'éleva de vingt centimètres et là poussa un cri : « Hou là ! je ne peux pas, je vais tomber ! » Ce qu'elle aurait fait si les quatre hommes ne l'avaient plaquée contre la paroi.

— C'est très bien, Mrs Rosen, dit Scott qui souffla aux autres : – Allez, les gars, levez !

L'énorme masse s'éleva encore de vingt centimètres et Belle se mit à hurler : « Non, non ! Reposez-moi ! Reposez-moi ! Je ne veux pas le faire ! » mais cependant ses doigts tâtonnaient à la recherche d'une prise.

— Maman, Maman, ne t'affole pas, cria Manny. Tu te débrouilles très bien !

Elle était maintenant à soixante centimètres du sol, et continuait à crier : « Reposez-moi ! Manny, arrête-les ! »

Celui-ci tournait autour du demi-cercle des hommes en gémissant : « Vaudrait peut-être mieux pas, elle va se faire mal ! »

Ils levèrent encore une fois et elle monta dans un bruit de déchirure, sa robe s'étant prise dans un tuyau.

— Attrapez le manche et cramponnez-vous un moment, dit Scott.

Belle avait trop peur pour crier davantage. Le manche la soutint assez longtemps pour que Scott puisse se pencher et glisser son dos sous les pieds de la grosse dame, tandis que les autres la soutenaient à bras levés.

— Maintenant, Mrs Rosen, lâchez et levez les bras, ordonna Scott. Vous atteindrez juste le rebord.

Il banda ses muscles et poussa, mais elle s'accrochait tenacement. Sa figure ruisselait de sueur. Linda Rogo éclata de rire. Jane Shelby se retourna vers elle, furieuse.

— Espèce d'horreur !

— Houhouhou ! lui cria Linda.

Jane levait les bras pour la gifler, mais Rogo intervint.

— Ça va, les filles ! du calme. Vous pourrez vous disputer plus tard.

Scott s'arc-bouta de toutes ses forces.

— Oh ! gémit Belle, je ne tiens plus, je tombe !

Maintenant qu'elle se trouvait à mi-hauteur, Martin, Rogo, le Réjoui et Muller n'étaient plus assez grands pour pouvoir la plaquer contre le mur. Elle eut un vacillement et la pyramide parut prête à s'effondrer. Dans un effort désespéré, Shelby se pencha et l'attrapa par les cheveux.

— Non ! non ! hurla Manny, qui sautillait d'angoisse. Pas par les cheveux, pas par les cheveux, laissez-la !

Mais, réagissant machinalement à la traction, Belle Rosen leva les bras pour se libérer et Pamela Reid, penchée, elle aussi, l'attrapa avec sang-froid par un poignet et ordonna à Shelby : « Je tiens un poignet, attrapez l'autre ». Il le fit et dit :

— Doucement, Mrs Rosen n'ayez pas peur. Vous allez être en haut en un éclair.

En la tirant, ils avaient un peu diminué le poids sur les épaules de Scott qui se redressa prestement, plaça rapidement les pieds de Mrs Rosen de part et d'autre de sa tête et ainsi incroyablement chargé, entreprit de grimper lui-même.

La tête renversée, la figure blanche, sa petite bouche se mouvant lentement tandis qu'elle pleurait et gémissait, Mrs Rosen s'élevait, ce qui permettait à Shelby et Pam de glisser leurs mains plus loin sur ses bras et de la tirer par-dessus bord, où ils l'étendirent le dos au sol, haletant et sanglotant, les membres agités de soubresauts, comme un énorme bébé.

Scott se laissa retomber.

— Rosen à votre tour.

Curieusement, le petit homme ne protesta pas, bien que ses bras et ses jambes fussent tremblants et que sa tête oscillât d'un côté à l'autre.

— Oui, j'y vais, dit-il. Faut que je rejoigne Maman, faut que j'y aille. Comment on fait ?

Muller reconnut les symptômes de la peur. L'adrénaline devait se répandre dans tout son corps. « Allez-y comme ça, dit-il, n'ayez pas peur. On va vous pousser. » Et c'est ce qu'ils firent. Manny progressa jusqu'en haut sans se retourner ni hésiter.

Scott eut un large sourire quand ses pieds disparurent par-dessus bord.

— Je parie que vous n'allez pas tous vous en tirer aussi bien, dit-il. Au tour du petit singe, maintenant. Arrive, Robin. On te lance ou tu y vas par tes propres moyens ?

— J'y arriverai bien, dit le jeune garçon qui grimpa en un instant et cria Maman, arrive ! Viens Susan ! C'est facile.

— C'est facile quand on a dix ans, répondit Jane Shelby.

Néanmoins, elle fit l'ascension avec beaucoup de grâce, suivie par sa fille.

Scott demanda

— Qui ensuite ?

— Moi, dit Nonnie.

— Imaginez que vous jouez dans une féerie où la fée sort en volant.

Nonnie alla se camper devant la cloison pour l'examiner. Elle était si petite que cela paraissait plus haut que jamais.

— Ah ! dit-elle, cette sacrée robe de chambre !

— Pourquoi vous ne l'enlevez pas ? demanda Linda.

Nonnie ne répondit pas, mais on vit deux petites dents mordre sa lèvre inférieure ; et sans plus tergiverser, elle monta. Bien qu'elle eût attaché le peignoir autour de sa taille avec les bretelles de Hubie, les pans s'écartèrent. Linda gloussa :

— Le vieux Shelby a de quoi se rincer l'œil, cette fois-ci. Quoique c'est pas qu'elle ait grand-chose à montrer.

Nonnie fit un signe à Muller.

— La fée Bonbon en sécurité attend le jeune premier.

— Mrs Rogo, voulez-vous prendre le tour, maintenant ? demanda Scott.

— Moi ? Oh, j'ai peur. Il faut qu'on m'aide. Pouvez-vous me donner le bras ?

Rogo fit un pas.

— Non, lui, pas toi !

Elle posa le pied sur le premier échelon, saisit une saillie de la canalisation. En soutien-gorge et slip – elle avait jeté sa veste à son mari – elle faisait penser à une acrobate de cirque montant à son trapèze. Scott saisit son bras libre et la souleva.

— Mon vieux ! s'exclama Linda, quels muscles !

Elle s'éleva de presque un mètre et s'arrêta, ses reins au niveau de la figure de Scott.

— Houhou ! dit-elle, j'ai peur d'aller plus loin. Poussez-moi.

« La petite garce, se dit le Réjoui. Elle le provoque. »

Sans la moindre hésitation, Scott lui appliqua son énorme main sur les fesses et poussa. Linda s'enleva comme un chat sur un mur. « Hé ! cria-t-elle, vous me faites mal ! » mais elle était déjà arrivée.

— Puis-je essayer ensuite ? demanda Miss Kinsale.

Les hommes rassemblés au pied de la paroi sursautèrent : ils l'avaient complètement oubliée.

— Vous y arriverez, seule ? demanda Scott.

— Oh oui, quand j'étais jeune, nous grimpions aux arbres, chez nous à la campagne. C'est tout à fait comme un arbre. Et le docteur Scott a si habilement fait une branche... Non, non, merci beaucoup, je n'ai pas besoin qu'on m'aide, pas du tout. Simplement, si l'un de vous veut bien prendre mes souliers, s'il vous plaît...

Elle accomplit la grimpée avec la tranquillité réfléchie et délibérée qui marquait toute sa conduite.

Restaient Rogo, Muller, le Réjoui et Martin. Scott leur dit alors : « Et voilà, mes amis. Allez-y, nous avons perdu assez de temps. » Dès qu'ils furent arrivés, il grimpa à mi-hauteur, se balança pour s'accrocher à la rampe de l'escalier qui le surmontait, libéra la hache, s'en servit pour établir une nouvelle prise un peu plus haut et rejoignit en une minute tout le groupe étalé sur l'ex-plafond d'une coursive large, longue et obscure.

Belle Rosen était assise, son mari à genoux à côté d'elle l'entourant de ses bras comme pour la protéger, et elle sanglotait à perdre haleine.

— Là, là, Maman, disait-il, ne te mets pas dans ces états. C'est fini, tu y es arrivée.

— J'ai tellement honte, gémissait-elle, j'ai tellement honte !

— Honte ? mais de quoi ? Tu as été formidable. De quoi as-tu honte ?

— J'ai fait pipi, dit-elle, je n'ai pas pu me retenir. Je ne pourrai plus regarder les gens en face. Comme un bébé, je n'ai pas pu me retenir. Qu'est-ce qu'ils vont penser ?

— Mais rien du tout, Maman ! Quelle bêtise ! Et puis quoi, qu'est-ce que ça leur fait ? Tu étais formidable, je te dis, formidable ! Elle l'était, hein ? demanda-t-il à la ronde. Vraiment formidable !

À la surprise générale, ce fut le petit Mr Martin, terne comme la poussière et qui ne disait jamais un mot, qui donna la réponse.

— Oui, dit-il, c'est vrai. Vous avez été vraiment formidable, Mrs Rosen.

X

Broadway

Broadway n'était pas seulement la large voie de communication souterraine qu'Acre avait décrite, mais aussi le débouché de chambres froides, boucheries, boulangeries et réserves alimentaires de toutes sortes. De nombreux corridors et escaliers en rayonnaient.

Normalement, on aurait dû y rencontrer les magasiniers, capitaines d'armes, boulangers aux bras enfarinés, mécaniciens, graisseurs et machinistes prenant ou quittant leur quart, circulant en bon ordre. Seulement, le navire naviguait quille en l'air. Il s'était produit une catastrophe, des explosions, des morts, et les survivants essayaient d'en réchapper.

Ils se connaissaient tous plus ou moins, ou s'identifiaient par le costume, mais ils ne connaissaient pas les passagers qui surgissaient dans leur domaine, en un groupe étrange conduit par un grand homme en chemise blanche à col ouvert, accompagné du plus singulier assortiment de femmes en robes déchirées, d'une jeune fille en déshabillé rose et d'une autre en slip et soutien-gorge. Et même en tant que passagers, ces gens ne concernaient en rien les habitants de cet empire, dont la tâche était de s'occuper d'eux hors de leur vue. Ils avaient à cuire leur pain, à transformer les agneaux en côtelettes à papillotes ou en gigot à l'ail, à monter des blancs en neige pour leurs soufflés et à fournir whisky, bière ou vin contre reçus. Dès que, l'ancre levée, on renvoyait cordages et amarres aux dockers, dès qu'on avait senti la première pulsation des machines, ils cessaient de voir les passagers dont ils se souciaient comme d'une guigne. En cet endroit, le pasteur Scott et son troupeau étaient aussi étrangers que Gulliver à Lilliput.

Après la solitude du pont D et la tension de la grimpée, la présence des habitants de Broadway aurait dû constituer un soulagement. Au contraire, elle devint vite un cauchemar. En effet, lorsque Scott entraîna son équipe vers l'arrière, la coursive leur apparut comme un purgatoire peuplé d'ombres hébétées qui erraient sans but. Beaucoup, tout à fait ivres, titubaient sur le sol inégal, car ici les conduites d'acier couvraient toute la largeur du passage. Elles étaient plus grosses et portaient plus de valves, de coudes et de protubérances.

Parmi ces gens se trouvait un unique officier. Son visage était couvert de sang séché provenant d'une blessure à la tête et son épaule, dont la manche avait été arrachée, saignait aussi. Sur l'autre manche, il portait les trois galons de second officier, mais il s'avéra incapable de répondre à leurs questions. Il avait le regard vide et, quand il ouvrait la bouche, aucun son n'en sortait. Le mieux que purent faire Jane Shelby, Miss Kinsale et Susan fut de l'asseoir, d'étancher ses blessures avec les serviettes de table et de calmer sa vaine agitation.

Ils entrèrent brièvement en contact avec deux femmes de chambre moins paniquées que les autres et qui, les reconnaissant, recouvrèrent un instant le maintien britannique qui leur avait été inculqué. L'une d'elles adressa la parole à Jane Shelby :

— Oh, madame, c'est terrible ! Nous ne savons pas ce qui est arrivé, ni où nous sommes, ni combien il y a de tués. Il y a une quantité de blessés graves. Et vous, madame ? Désirez-vous quelque chose ?

Cela broyait le cœur. Dans leur épouvante, ces malheureuses avaient besoin de bien davantage que ce qu'elles pouvaient offrir.

— Non, je vous remercie, dit Jane. Occupez-vous de vos camarades.

Le soulagement de cette femme fut émouvant.

— Oui, madame, c'est ce que nous tâchons de faire. Mais un officier va venir certainement. Il vous indiquera votre poste de sauvetage ; les canots doivent être à la mer, maintenant.

À quoi bon leur dire que les canots de sauvetage, toujours arrimés à leurs daviers, devaient être sous dix mètres d'eau et que, si l'un d'eux s'était détaché, ou si les canots pneumatiques avaient fait surface, ils flottaient au hasard avec un ou deux matelots survivants, catapultés du pont supérieur, à demi assommés, impuissants à faire plus que s'y cramponner.

— Mais oui, il va venir, répondit Jane, émerveillant son mari par son empire sur elle-même.

— Nous devrions être à nos postes, ajouta la femme de chambre, mais impossible de les trouver. Et elle s'éloigna avec sa camarade.

Shelby lui-même dut se secouer pour ne pas céder au fantasme quasi enfantin de ne plus être en vie, d'être mort en enfer. Car les hommes qu'ils croisaient n'avaient pas l'air de les voir et les heurtaient comme des ombres. En fait, s'il n'avait pas été aussi terrifié, il se serait aperçu que la lumière des ampoules de secours avait beaucoup baissé.

Un groupe d'hommes de pont et de manœuvres passa à proximité. Hubie, qui persistait à essayer toutes les langues qu'il savait, tomba cette fois sur deux Italiens.

— Muller a mis la main sur deux macaronis... dit Rogo. Tâchez donc de savoir où ils croient aller comme ça, Bon Dieu !

— Que disent-ils ? demanda Scott.

— Que ce n'est pas la peine d'aller par là, dit Muller en pointant le doigt vers l'arrière, que c'est complètement bloqué. *Punto di fermata. Caotico.* Une des chaudières a sauté, deux autres ont été arrachées et ont coulé. Même chose dans la chambre des machines. On ne peut plus la traverser. Il dit que les turbines et les générateurs ont été arrachés. Il y est allé voir et c'est plein de morts. Ils essayent de gagner l'avant.

Scott ne se laissa pas impressionner.

— Dites-leur que nous continuons vers l'arrière.

— Ah oui ? s'écria Rogo en colère. Et qui nous demande notre avis ? Vous avez entendu ce qu'ils ont dit, ces types ? Ils ont l'air de savoir ce qu'ils font !

Peu avant, il avait paru se résigner à voir commander Scott, mais l'atmosphère lugubre de la coursive obscure et la confusion qui y régnait l'avaient de nouveau rendu irritable.

— Si vous voulez les rejoindre, ça vous regarde, répondit Scott d'un ton uni. Mais depuis quand acceptez-vous les on-dit sans chercher plus loin ?

— Rogo, ne te laisse pas faire par son baratin ! Je veux aller de l'autre côté, cria Linda.

— Non mais ! Tais-toi une minute, ordonna-t-il.

Son accès de mauvaise humeur se calmait. Il en voulait à Scott, mais il s'en voulait aussi à lui-même, car il savait qu'au fond le pasteur avait raison. Aussi répondit-il :

— Ça va, ça va, vous fâchez pas.

— Demandez-leur s'ils veulent venir, dit le pasteur à Muller.

Cela provoqua une discussion, puis un homme se détacha tout à coup pour rejoindre le groupe de Scott. Bâti comme un lutteur, trapu, musclé, à demi chauve avec une petite moustache raide, ses yeux noirs étaient étrangement doux et bienveillants. Il était torse nu dans une salopette de grosse toile bleue, la poitrine couverte d'une épaisse toison noire. Se campant auprès de Scott, qui le dépassait d'une tête, il annonça : « Moi venir avec. »

Cela déchaîna une harangue accompagnée de gesticulations, à laquelle l'homme ne prêta guère attention. En interrogeant les Italiens, Muller apprit que c'était un Turc, un graisseur qui avait échappé au massacre de la chambre des machines parce qu'on l'avait envoyé chercher à boire. Il s'appelait Kémal et parlait turc et grec, mais à peine quelques mots d'anglais. En entendant son nom, l'homme hocha vigoureusement la tête et sourit, découvrant plusieurs dents en or.

L'un des Italiens dit à Muller : « Il est timbré ! Vous l'êtes tous ! Mais qu'est-ce que ça fait ? Nous allons tous mourir. »

Le groupe des Italiens s'éloigna. Linda fit mine de les suivre ; Rogo allongea le bras et, de deux doigts en crochet, il la retint par la ceinture de son slip qu'il aurait déchiré si elle avait avancé. Elle fondit en larmes, se retourna et frappa à deux poings la poitrine de Rogo. Il n'opposa aucune résistance et ne parut pas sentir les coups. Elle se lassa.

La lumière avait nettement faibli. Tantôt la fantomatique population de Broadway les entourait, tantôt elle se fondait dans le néant, à la recherche d'une issue, explorant les corridors attenants, incapable de se faire à la nouvelle position du navire. La force de l'habitude infirmait tout raisonnement.

Robin Shelby dit tout à coup :

— Maman ! J'ai besoin d'aller aux cabinets.

— Allons bon ! s'exclama son père.

— Il faut bien, dit Jane.

— Mais où ?

— Il devait y en avoir pour l'équipage, par-là, dit Muller. Ils seront marqués W.-C., mais n'oubliez pas que les lettres seront à l'envers.

— Oui, c'est vrai, dit Scott. Je suggère, si d'autres parmi vous ont le même besoin, qu'ils y pensent maintenant. Je vais vers l'avant, voir de quoi ça a l'air. Je ne sais pas combien de temps la lumière va tenir. Si elle s'éteint, ça va être la panique. Dans ce cas, rangez-vous contre le mur et couchez-vous, protégez-vous la tête avec les bras et restez exactement où vous êtes. Je vous retrouverai à la voix.

Il se tourna vers le nouveau membre de l'expédition :

— Venez avec moi.

Sans poser de question, le Turc grogna « Ok-ay ! »

Scott approuva de la tête et remarqua :

— Nous avons de la chance, il connaît la chambre des machines.

« De la chance ? se demanda Muller, ou bien le dynamisme de Scott s'était-il communiqué au Turc ? Qu'est-ce qui avait subitement poussé cet animal du désert à joindre son sort au leur ? C'était un primitif, un paysan. Qu'avait-il flairé ? Était-il, par cette décision, destiné à vivre ou à mourir ? Quoi qu'il en soit, jusque-là, Scott marchait gagnant. »

— Robin, viens avec moi, dit Jane. On va voir.

L'absurdité de ce « on va voir », par rapport à la catastrophe où ils demeuraient suspendus entre la vie et la mort, frappa Jane. La raison aurait voulu qu'elle trouvât un recoin sombre et ordonnât à son fils de s'y accroupir. Elle se savait victime de la tendance humaine à se conformer aux usages ou aux habitudes quotidiennes. Même à la guerre, sous le feu, on creuse des latrines où les hommes, qui par ailleurs vivent comme des bêtes, peuvent s'isoler. Et c'est pourquoi ils étaient là, tous les deux, dans la coursive d'un bateau entièrement chaviré, resté à flot par Dieu sait quel miracle, à la recherche d'une plaque de cuivre portant W.-C., le vieux sigle de ce que, du temps de la reine Victoria, on appelait *water-closet.*

Ils étaient redevenus des gens raisonnables, déjà familiarisés avec leur nouvel environnement, et pourtant chaque découverte leur infligeait un nouveau choc et ramenait la même sensation de nausée et d'impuissance.

— Oh ! Maman ! cria Robin.

Ils considérèrent les six urinoirs inversés faisant saillie sur le mur, près du plafond, comme une ridicule frise moderne. Il en allait de même pour les cuvettes, vidées de leur eau, couvercles pendants. Ce qui en achevait le ridicule, c'étaient les festons de papier hygiénique déroulé jusqu'au sol en larges rubans.

— Maman ! gémit le petit garçon, je ne peux pas…

— Allons, dit Jane, tu n'es plus un bébé. Il faut apprendre à te débrouiller. Tu sais, les gens faisaient par terre bien longtemps avant l'invention de tout ce qui pend là, au plafond. C'était bien meilleur pour la santé, d'ailleurs.

— Mais, Maman, je ne peux pas, protesta Robin. Pas ici. C'est plein de… (Il y avait déjà eu des gens avant lui.)

— Bon, alors là, dehors. Ça n'y change rien. Mais dépêche-toi, je rejoins les autres.

Miss Kinsale vint à sa rencontre d'un air préoccupé :

— Vous avez… trouvé ? Le docteur Scott suggérait que… Jane réprima un sourire :

— Oui, j'ai trouvé. Mais ce n'est plus utilisable. Tout sens dessus dessous, vous comprenez.

— Ah, mon Dieu ! J'avais oublié.

— C'est… grave ? demanda Jane.

— Non, juste… vous savez.

— Dans ce cas, dit Jane, je propose de nous retirer dans ce couloir sombre et de relever nos jupes pour faire pipi, comme quand nous étions petites.

À sa surprise, Miss Kinsale ne parut pas du tout démontée.

— Comme vous avez raison, dit-elle simplement.

Scott n'était pas revenu. Laissés à eux-mêmes, ses compagnons avaient tendance à explorer le secteur.

— Fions-nous à notre odorat et à notre vue, proposa le Réjoui. Ça sent le vin et on entend des rires caverneux.

— D'accord, dit Pamela, bien qu'elle n'ait jamais eu si peu envie de se saouler.

Elle était maintenant hantée par sa mère morte qu'elle voyait dans des poses indécentes ou grotesques qui lui faisaient horreur. Elle connaissait le but de cette croisière : rencontrer des gens, se faire des amis si possible épousables, élargir leur cercle limité de propriétaires d'une petite mais prospère teinturerie de la banlieue londonienne.

Elle ne savait même pas comment manifester son deuil. Les habitants des villes connaissent la mort à l'hôpital ou chez soi, le silence inaccoutumé, les pas assourdis, « la chambre » où l'on va et vient, selon une coutume dont on ne s'avoue pas le dérisoire, en faisant le moins de bruit possible. Mais là, elle était perdue dans la confusion ambiante. Son désarroi était accru par la présence masculine à son côté : si le Réjoui n'était pas venu frapper à sa porte, elle serait restée avec sa mère. Sa capacité, jusque-là insoupçonnée, de supporter la boisson s'était révélée dès le début du voyage, quand elle avait résisté plus longtemps que quiconque à une réception organisée un soir au fumoir par le Réjoui. Tony Bates était, paraît-il, difficile et n'aimait pas les ivrognes femelles, mais cette jeune fille qui pouvait lui rendre whisky pour whisky était une découverte. C'est ainsi qu'avait commencé leur curieuse amitié. Mais, à présent, ce n'était pas le moment de boire.

Et pourtant, envers et contre sa véritable nature, elle souhaitait que le Réjoui fût de nouveau ivre afin de le retrouver entièrement à elle. À jeun, il y voyait trop clair et il y avait dans son attitude un désagréable soupçon de moquerie. Elle se souvenait de ces deux courtes phrases qui l'avaient blessée : « Nous venons juste de faire connaissance », et « Mon Dieu, je me suis associé à une mouche humaine ! » Ivre, il se penchait vers elle et lui posait une main moite sur le bras, dans un geste presque affectueux, en murmurant : « Ma vieille, voilà que je recommence à entendre ce que disent les gens. Il vaudrait mieux en prendre un autre, n'est-ce pas ? » C'était ainsi qu'il comprenait leur association.

— Je crois que cela vient de là, lui répondit-elle en montrant le côté droit, l'ancien bâbord, où se trouvaient la plupart des magasins à provisions communiquant avec les cuisines par des escaliers intérieurs.

Il y avait aussi des monte-charges et, dans l'une des pièces, d'énormes tonneaux de bière reliés directement aux six bars réservés aux passagers.

Le Réjoui la prit par le bras : « Allons-y, ma fille. »

Cela réchauffa le cœur de Pamela. Déjà, à la seule idée de trouver à boire, il la traitait autrement. Elle était de nouveau son compagnon ; il comptait sur elle.

Ils longèrent la coursive dans la direction indiquée et explorèrent l'un des corridors. D'un côté, il y avait une succession de portes blindées dont la partie maintenant inférieure était faite d'un solide treillis métallique, ce qui permettait de voir les caisses de bois éparses portant des étiquettes : bourgogne, bordeaux, rosé, côtes-du-rhône ; un vrai supplice de Tantale, car ces portes étaient solidement verrouillées. Ils restaient plantés là devant comme des enfants devant une cage de zoo.

— Seigneur ! soupira le Réjoui, quel spectacle ! Ce qu'il nous faut, c'est la hache du pasteur. L'ivresse par le vin est la plus délicieuse. On comprend pourquoi les Bacchantes portent des feuilles de vigne entrelacées dans leurs cheveux.

Il frappa l'acier de ses poings et cria :

— Quel supplice chinois !

— Oh, Tony ! dit la jeune fille compatissante.

En face se trouvait le cellier à champagne. Là, les caisses empilées jusqu'au plafond n'avaient pas été éparpillées par le naufrage et exhibaient simplement, à l'envers, leur identité : Roederer, Lanson, l'étiquette jaune de la Veuve-Clicquot, Mumm, Pommery, Dom Pérignon, Cristal.

— Pfuit ! de la limonade, dit le Réjoui. Une boisson pour femmes, recommandée par les médecins chic contre le mal de mer ou en début de grossesse.

Puis, avec une grimace, il ajouta :

— Les raisins sont trop verts, sans jeu de mots. Je boirais même ça. Mais que disait votre nez ?

— Ça doit être plus loin, je suppose.

Guidés par l'odeur, ils arrivèrent à la réserve de spiritueux. Elle était ouverte, caisses et bouteilles répandues à la ronde. Le gardien en uniforme bleu et un matelot à demi nu gisaient devant la porte, serrant chacun une bouteille, inconscients.

— Formidable, cette fille, un nez terrible ! s'écria le Réjoui. Le paradis ! Whisky, rhum, gin, vodka, cognac ! Nous y sommes ! Qu'est-ce que vous prenez ?

— J'ai faim, annonça Nonnie. Je n'ai pas mangé grand-chose à dîner.

— Nous devrions trouver à manger par là. Venez, on va chercher, dit Muller.

Non seulement la vaste coursive connue sous le nom de Broadway était la principale voie de communication, mais elle passait au centre de tout un réseau de chambres froides à divers degrés de température selon leur usage, ou de magasins bien protégés contre les rongeurs. Chaque jour, des chargements de toutes les provisions imaginables, conserves, viandes, laitages, épicerie et même légumes et fruits frais, en étaient extraits pour les besoins de la cuisine. Moins entassés et compressés que les conserves, la plupart de ces comestibles avaient été projetés par le retournement du bateau en monceaux peu appétissants. Le sol de la pièce où l'on préparait les petits déjeuners était une masse gluante de café, de farine, de lait, de bacon et de saucisses agglomérés par des centaines d'œufs cassés. Nonnie fit la grimace et frissonna :

— Ben, mon vieux ! dit-elle, quelle saleté ! Une fois, j'ai joué dans une revue où il y avait une scène comme ça. Deux comiques avec de l'eau, de la farine et un tas d'œufs. Après, on avait six minutes devant le rideau pendant qu'on nettoyait par-derrière. Est-ce que ça va être tout comme ça ? Je me mettrais bien quelque chose sous la dent.

Muller rêvait du spectacle évoqué par Nonnie : la fameuse bataille de tartes à la crème adorée des enfants, et Nonnie, dans quelque costume absurde, levant la jambe devant le rideau tandis que les accessoiristes s'affairaient avec des pelles et des balais.

— Venez, dit-il, je crois que je vois le salut par là-bas.

Ils rencontrèrent des quartiers de viande qu'on avait dû acheminer vers la boucherie, puis un monceau de boîtes de conserve inviolables pour qui n'avait pas d'ouvre-boîtes. Enfin, avec un petit cri de ravissement, Nonnie s'arrêta plus loin : « Des biscuits ! Des tas ! »

D'un vaste placard suspendu, dont la porte avait été arrachée, sortaient les ingrédients des fades et inévitables thés complets attendus avec tant d'impatience par les Britanniques, ponctuellement servis à quatre heures sur des plateaux d'argent par les stewards immaculés du grand hall. Là, à côté de boîtes d'orange pekoe, d'oolong et de pointes blanches, étaient stockés les pains de mie, les tubes de pâte de poisson, les gelées et confitures, les cakes, les petits-fours et les paquets de biscuits variés, bref toutes les denrées non périssables nécessaires au rite.

Le tout avait été jeté à bas en tas qui n'avaient rien de répugnant mais ressemblaient plutôt à des piles de cadeaux sous un arbre de Noël. Des paquets intacts de biscuits de toutes sortes se mélangeaient aux petits cakes dans leur papier à fronces et aux multicolores petits-fours glacés.

Pour Nonnie, c'était un spectacle extatique.

— Oh, chouette ! cria-t-elle, les yeux écarquillés, l'air impatient. Par quoi on commence ?

— Attendez, dit Muller, autant être à son aise, à la mode des Romains.

Il fourragea dans la pile, la repoussant de part et d'autre de façon à libérer un espace suffisant pour s'y étendre, toutes ces délectables provisions à portée de la main. Il dévissa le couvercle de plusieurs boîtes de fruits au sirop, qu'il répartit entre Nonnie et lui.

— Désolé qu'il n'y ait pas de thé, dit-il, mais on devrait trouver une fontaine à soda quelque part.

— Ça ne fait rien, dit Nonnie, la bouche pleine.

Elle s'empiffrait à deux mains. En réalité, c'était exactement le même assortiment que servaient les stewards, mais cette profusion lui donnait une sorte de frénésie.

Appuyé sur un coude, Muller plongeait délicatement une moitié de petit pain au lait dans un pot de confiture de fraise, avec autant de distinction que s'il s'était trouvé à une table du Claridge. Cela fit rire Nonnie.

— Vous êtes un véritable gentleman, n'est-ce pas ?

— Comment définissez-vous un gentleman ? demanda-t-il, amusé. J'en ai rencontré des tas tout autour du monde, dont une quantité surprenante avaient réussi à devenir vulgaires.

Nonnie avait encore la bouche pleine d'un petit-four au chocolat surmonté d'une cerise confite ; d'une main elle tenait un cake et de l'autre un paquet de crackers. Elle se borna à essayer de dire « gentillesse », ce qui devint quelque chose comme « ventieffe ». Quand elle eut avalé, elle demanda :

— Qu'est-ce que vous voulez dire, à la mode des Romains ?

— Oh, vous savez bien, les Romains mangeaient couchés.

— J'ai été à Rome, dit Nonnie, mais personne ne mangeait comme ça.

— Je veux dire les anciens, du temps de Néron.

— Ah ! vous voulez dire quand ils faisaient des orgies ? Une fois, je suis allée à une orgie, mais c'était à Londres. Ce que c'était ennuyeux ! Ils n'ont fait que se saouler et puis après on a dit qu'il fallait tous nous déshabiller.

— Vous l'avez fait ?

— Pas complètement. Après ça, on est tous restés à rigoler avec de l'œuf sur la figure. Qu'est-ce qu'ils peuvent être moches, les hommes, sans leurs pantalons ! Il y en a tellement qui ont de vilaines jambes.

— Et puis, qu'est-ce qui s'est passé ? demanda Muller.

— Les hommes étaient trop ronds pour faire quoi que ce soit. Ils se sont mis d'un côté et ils ont essayé de jouer à saute-mouton et ils se cassaient la figure. C'était en hiver et il faisait salement froid. Sybille et moi, on s'est rhabillées et on est rentrées.

Elle lui tourna le dos et Muller entendit un bref sanglot. Quels souvenirs cette scène absurde avait-elle réveillés ? Puis il comprit. Il lui toucha l'épaule :

— Sybille ? demanda-t-il.

— Ou… i, dit Nonnie en se retournant, les larmes aux yeux.

Puis elle demanda :

— Est-ce qu'il y a de la confiture d'abricot ?

— Elle arrive, dit Muller.

Il dévissa le couvercle d'un pot qu'il lui passa. Elle y plongea le doigt, le lécha, recommença et se sentit réconfortée.

— Vous êtes gentil, dit-elle. Vous pensez aux autres. C'est ça que j'appelle un gentleman.

Muller éprouvait le plus étrange contentement tout en se disant qu'il se trouvait dans la plus dangereuse et en même temps la plus ridicule des situations, revêtu des restes d'un smoking, couché dans un navire renversé, au milieu d'une montagne de pâtisserie, à côté d'une petite danseuse de music-hall bien commune qui ne portait qu'un vulgaire peignoir rose retenu par ses bretelles, et dont le visage et les mains étaient couverts de confiture et de miettes de biscuits. Elle était allongée sur le flanc, appuyée sur un coude, et le contemplait avec un plaisir enfantin. Il était entièrement sous le charme.

XI

Que faut-il penser du pasteur ?

L'équipage recommençait à se manifester. Les marins semblaient sortir des murs alors qu'en réalité ils venaient des pièces et des corridors adjacents. La longue coursive résonnait de leurs appels et de leurs respirations rauques. Certains pleuraient, s'affolaient, allaient et venaient. Ils restaient sans réaction devant les escaliers inversés. La plupart avaient la topographie normale du bateau si solidement ancrée dans leur souvenir qu'ils ne la voyaient même pas telle qu'elle était devenue. Ils pensaient toujours en termes de postes et de bateaux de sauvetage à rejoindre. Personne pour les renseigner ou les conseiller. Ils étaient perdus dans un monde qui ne distinguait plus la gauche de la droite ni le haut du bas.

Dans la pénombre, ils pouvaient encore reconnaître et éviter les puits qui remplaçaient les cages d'escalier. Sur l'arrière, une bonne partie de la cloison avait été soufflée et découvrait un gouffre obscur apparemment sans fond.

— Scott a raison, dit Shelby. Si la lumière manque, ça va être l'enfer. Les gens vont perdre la tête. Il vaut mieux ne pas être là.

Ses compagnons et lui étaient restés où Scott les avait laissés.

— Pour aller où ? aboya Rogo.

— Sur le côté, comme il nous a dit, répondit Martin. Là, contre le mur. Ce gros tuyau nous protégera un peu. Je ne serai pas fâché de me reposer un peu.

— C'est une bonne idée, dit Rogo. Linda, couche-toi là et ne te fais pas piétiner.

Comme d'habitude, elle l'insulta, mais personne ne l'entendait plus. Ses injures, comme celles d'un marin, avaient perdu toute efficacité.

Une grosse conduite de trente centimètres offrait d'autant plus de protection qu'elle était hérissée de volants de valves qui saillaient comme de gros champignons.

Un vieil homme chauve en bleu de travail, qui avait du vent dans les voiles et portait une bouteille carrée de Johnnie Walker dont il avait tout bonnement cassé le goulot, s'arrêta au niveau des Rosen et leur tendit la bouteille.

— Non, merci, dit Manny, je ne bois pas. Ordre de la Faculté, ajouta-t-il pour ne pas le froisser.

Le chauve ne comprit pas un mot, mais sourit. Il renversa la tête et but une longue goulée. Il partit en titubant, s'empêtra les pieds et tomba à plat ventre en cassant la bouteille dont il ne tint plus que le côté portant la risible étiquette : l'homme en haut-de-forme, redingote et monocle. Il jeta un regard à la bouteille et se mit à pleurer.

— Oh, le pauvre homme ! dit Belle Rosen. À quoi faut-il s'attendre quand tout est sens dessus dessous !...

Au bout d'un instant, elle ajouta :

— Tu sais ce que je voudrais bien savoir, maintenant, juste par curiosité ?

— Non, quoi ?

— Ce que Rogo fait ici. Après qui est-il ? As-tu fini par le savoir ?

— Il dit qu'il est simplement en vacances comme tout le monde.

— Et tu le crois ? Tu crois qu'un flic peut faire une croisière d'un mois comme celle-là ?

— Chut, tais-toi, chuchota Manny. Pas si fort, il pourrait t'entendre. De toute façon, sa femme est avec lui, alors...

— Manny, ne sois pas stupide. C'est pour qu'on ne se doute de rien. Chaque fois que tu vois un policier quelque part, c'est qu'il y a une raison.

— C'est ce que je pensais, mais qui ça pourrait être ? Personne n'a même jamais proposé qu'on joue à plus d'un quart de *cent* le point. Donc, c'est qu'il n'y a pas de tricheur à bord. De toute façon, ce n'est pas la brigade de Rogo.

Belle baissa la voix sur un ton de conspirateur.

— Manny, écoute : et si c'était le pasteur ?

— C'est toi qui es folle.

— Veux-tu que je te dise ? Chaque fois que Mr Scott allait en excursion, les Rogo le suivaient partout.

— Et environ deux cents personnes avec, nous compris. Trouve mieux, dit Manny en riant.

— Ça va, monsieur le Malin. Alors, tu veux que je t'apprenne autre chose sur son compte ?

— Oui. Quoi ?

— Il a été remercié de son travail.

— Ah bon ! Comment le sais-tu ?

— Je l'ai lu dans *The News*. Je m'en souviens parce que je cherchais quelque chose dans les petites annonces et à côté il y avait : « Le pasteur F.B. Scott a cessé ses fonctions au Club des Jeunes de la paroisse de la Dixième Avenue », et puis ils disaient que dans les années où il s'en occupait, ses jeunes gens avaient gagné des championnats de basket, de base-ball et de course à pied.

— Cessé ses fonctions ? Ça veut dire qu'il a démissionné.

— Manny, tu as encore des choses à apprendre. Dans les journaux, cesser ses fonctions veut dire renvoyé. Peut-être est-ce quelque chose avec une choriste, comme on voit toujours dans les journaux avec les pasteurs. Tu sais, violée ou mise enceinte.

— Maman, tu as trop d'imagination. C'est pour les gens comme toi qu'on publie les journaux à sensation. La Dixième Avenue est dans un quartier malfamé. S'il y entraînait les garçons, il n'avait pas le temps de s'occuper des filles. Peut-être qu'il réussissait trop bien et que ça faisait des jalousies.

— Bon. Il y a quelque chose de sûr, en tout cas, c'est que Rogo ne l'aime pas.

Manny haussa les épaules.

— Rogo est comme tous les gars élevés dans l'East Side : il déteste tous les gens qui ont de l'instruction. Il n'aime pas non plus Mr Muller. Peut-être a-t-il l'œil sur lui.

— Mr Muller est un monsieur, répondit Belle. La femme de Rogo en plus n'aime pas Mr Scott.

— Tu crois ça ? Si tu veux mon avis, Linda en pince pour le beau mâle et lui n'en veut pas. C'est pour ça qu'il voudrait arrêter Mr Scott ?

— Demande à Rogo, dit Belle à haute voix, peut-être qu'il te le dira.

— Me demander quoi ? dit Rogo, non loin de là.

— Demande-lui, chuchota Belle.

Rosen se laissa glisser près de lui.

— Après qui étiez-vous sur le bateau ?

— Personne, répondit Rogo.

Mais Rosen ne se laissa pas démonter

— Allons, Mike, depuis quand un grand détective de Broadway va-t-il en croisière autour de l'Afrique et de l'Amérique du Sud ? Qu'est-ce que ça peut faire, maintenant vous pouvez le dire. Si c'est vrai que tout le monde a été noyé, il est mort. À moins que ce soit l'un de nous ?

Rogo tourna vers lui son regard le plus impénétrable.

— Pourquoi diable serais-je après l'un de vous ?

— Je ne sais pas, dit Rosen. Vous me connaissez et je vous connais. Mais quelqu'un d'autre ? Mr Muller, Mr Martin ? Les Shelby sont des gens très bien, mais Belle dit que ça pourrait même être – il baissa la voix – le pasteur...

Le regard de Rogo ne changea pas.

— Qu'est-ce qu'elle a lu récemment ?

— C'est ce que je lui ai dit, mais elle a de l'imagination. Vous savez comment sont les femmes, et elle dit qu'il a été remercié de son poste à la paroisse de la Dixième Avenue.

Rosen étudiait attentivement le visage du policier en lui communiquant cette information, mais celui-ci resta dénué d'expression.

— Ah oui ? dit-il.

— C'était dans *The News,* mais on ne disait pas pourquoi.

— Comment le saurais-je ?

— C'est peut-être pour ça qu'il est en vacances, en ce moment.

— Ça se pourrait.

— Tout comme vous.

— Ouais, tout comme moi. Et si vous n'y pensiez plus, Manny ?

Celui-ci renonça et rejoignit Belle.

— Tu lui as demandé ? Qu'est-ce qu'il a dit ?

— Rien. Quand un type comme Rogo ne veut pas parler, c'est comme un sphinx.

— Tu lui as dit, pour le pasteur ?

— Oui. Il voudrait savoir ce que tu viens de lire, comme moi.

— Il doit y avoir quelqu'un qui se trompe, dit Belle, mais je n'ai jamais vu un pasteur comme lui. Il a peut-être été un gros gangster ?

— Belle ! Tu ne sais pas ce que tu dis. Tout le monde a entendu parler du grand champion Buzz Scott.

Mais Belle s'obstinait.

— Un grand champion qui peut se mettre dans un mauvais cas, dit-elle.

— Rogo a dit de ne plus y penser.

— Ce n'est pas une réponse.

Un peu plus loin, aussi loin que possible du passage dangereux et du peuple de zombies qui errait dans la lueur de l'éclairage faiblissant, on discutait un sujet analogue. Shelby demandait à Martin : « Que pensez-vous de notre ami le pasteur ? » Autant qu'il s'en souvint, c'était la première fois qu'il posait une question au chemisier. Bien que voisins de table, leurs regards ne s'étaient pas croisés de toute la traversée et ils en savaient peu l'un sur l'autre. À la vérité, Martin était si discret et taciturne que personne ne se préoccupait de savoir ce qu'il pensait. Pourtant, il se montra disert :

— Eh bien, puisque vous me le demandez, déclara-t-il, je dirais que c'est un homme, oui, monsieur, un homme ! Il en a, je vous le dis ! Qui se serait attendu qu'un pasteur prenne la situation en main, comme ça ? Pensez, chez nous, nous avons un pasteur, un baptiste, qui ne vaudrait pas un clou dans un pétrin pareil. Mou comme une chique. Il peut vous enguirlander comme Jérémie soi-même mais il n'est pas capable de soulever la grosse Bible de son pupitre. C'est le sacristain qui la lui transporte. Quand j'y pense, je me demande s'il vaut un clou, même chez nous ! Il est contre le péché et il peut vous faire dresser les cheveux sur la tête en prêchant sur les feux de l'enfer. Hosey

Feux d'Enfer nous l'appelons, mais il a un côté regardant, pour ne pas dire avare, gros comme ça...

— Oh, Mr Martin, vous ne parlez pas sérieusement ? intervint Susan Shelby. Un pasteur ne peut être vraiment avare ?

Il la regarda d'un air un peu moqueur, mais sans méchanceté :

— Miss Susan, dit-il, quand vous serez un peu plus âgée et devenue la jolie femme que vous promettez, vous vous apercevrez que l'avarice n'est pas réservée à telle ou telle espèce de gens. C'est universel. Savez-vous ce qu'il a fait l'autre jour ? Enfin, pas l'autre jour, mais une quinzaine avant que je parte. Il y avait un baptême collectif le dimanche soir au temple baptiste d'Evanston. Et Ed Bailey, qui tient l'agence Ford, voulait se faire baptiser. Feux d'Enfer l'a enfoncé dans la piscine et l'a tenu dedans qu'il s'en est presque noyé. Il disait qu'Ed lui avait vendu une Ford avec une paille, et qu'il devait la lui reprendre. Et Ed disait que le pasteur conduisait comme un manche et avait grillé le moteur en pas même mille kilomètres, et il ne voulait pas la reprendre. Quand Ed est ressorti tout bleu et suffoquant, sœur Stoll, qui attendait son tour, a entendu Hosey chuchoter : « Vous la reprenez, ou je vous baptise de nouveau, pour de bon cette fois ? » Alors elle a entendu Ed répondre : « D'accord, espèce de... » et il l'a traité d'un nom que je ne peux pas répéter devant une demoiselle, mais qui a trait à la mère de Feux d'Enfer, si vous voyez ce que je veux dire. Vous imaginez ? Et là-dessus, sur quoi il prêche ? Sur : « Ne faites pas à autrui ce que vous ne voudriez pas qu'on vous fît ! » Et il en remettait et il en remettait, et tout le temps il avait l'œil sur Ed Bailey. Eh bien, ce type, ici, c'est un peu du même genre. Il nous a remis entre les mains du Tout-Puissant, et puis c'est à nous de nous débrouiller.

— Permettez, dit Shelby, ce n'est pas exactement comme ça qu'il l'entend. Nous avions un entraîneur, à Michigan, qui disait toujours : « Les gars, remerciez le Seigneur d'avoir le droit de pénétrer sur ce terrain et de porter le ballon pour votre école. »

Martin eut un sourire. Ses lèvres étaient si minces et si appliquées contre ses dents que lorsqu'il souriait il avait plutôt l'air de les serrer.

— Où est la différence, si ça marche ? demanda-t-il.

— Savez-vous quelque chose sur son compte ? demanda Shelby. À votre avis, qu'est-ce qui fait qu'un garçon qui a tout pour lui – son père, c'est la Middle Atlantic Food Processing, ça vaut des millions – entre dans l'Église ?

— Qui peut savoir ? répondit Martin. Qu'est-ce qui fait qu'un type comme Hosey devient pasteur ? Il déteste tout et tout le monde. Sa femme n'ose pas ouvrir la bouche chez elle et il traite ses enfants comme s'il dirigeait une maison de redressement. Avec ça, c'est un petit avorton qui ressemble à un singe, et pourtant toute la congrégation le suit comme un seul homme et le prend pour l'oncle de Jésus-Christ. Scott a de drôles d'idées sur les rapports entre Dieu et lui-même.

— Je ne suis pas sûre qu'il me plaise, dit tout à coup Susan.

— Susan ! s'exclama son père, tu m'étonnes. Je l'admire beaucoup. Il m'a toujours paru aimable et poli avec toi. Robin le trouve terrible.

— Oh, les mômes ! dit Susan. C'est peut-être qu'il est trop beau garçon.

Martin eut un petit rire.

— Je ne savais pas qu'un homme pouvait être trop beau pour une jeune fille. Qu'est-ce que vous aimez donc, Miss Susan ?

Elle réfléchit un peu.

— Eh bien, pas le genre champion américain, si vous voyez ce que je veux dire. Et puis, il a un drôle de regard quand il vous fixe droit dans les yeux.

— C'est ainsi qu'un honnête homme doit regarder, dit Shelby.

Martin se mit à rire.

— Frère Hosey ne lève jamais les yeux plus haut que le troisième bouton du gilet. C'est une chance de ne pas l'avoir ici. On serait encore dans la salle à manger et il serait en train de nous menacer de son index osseux en clamant : « Pécheurs, repentez-vous, le jour du Jugement arrive ! »

Son sourire s'effaça et sa bouche se ferma. « Pécheurs, repentez-vous » lui avait tout à coup rappelé sa femme infirme, son opulente maîtresse, le corps chaud, doux et excitant, l'adultère, le cadavre flottant. Le secret que personne ne devait partager. Comment pourrait-il jamais soulager sa conscience inquiète ? Il se souvint d'une illustration ancienne de personnages de la Bible dans les tourments de l'enfer, se frappant la poitrine et lacérant leurs vêtements, et pour la première fois il les comprenait. Il aurait voulu s'arracher les entrailles de ses propres mains. Quand et à qui pourrait-il se confesser ? Sûrement pas au macaque qu'il venait de décrire et qui ne saurait que se lécher les babines et insister pour avoir tous les détails. Enfer et damnation !

Scott et le Turc n'étaient pas encore revenus. Les Rogo se disputaient comme d'habitude. Ils ne trouvaient rien d'extraordinaire à continuer leurs perpétuelles querelles conjugales dans des circonstances qui pouvaient se terminer tragiquement par leur mort à tous deux. Injurier et tempêter était dans la nature de Linda ; aimer et implorer dans celle de Rogo.

En réalité, ni l'un ni l'autre ne comprenait vraiment la précarité de la situation. La mer et la topographie interne du *Poseidon* leur étaient aussi étrangères que la lune. Pour Linda, ce n'était qu'un hôtel, qu'elle avait pris en grippe dès le premier jour.

À New York, ils vivaient aussi à l'hôtel, mais c'était un de ces établissements un peu délabrés de la Huitième Avenue, appelé le Westside Palace. L'ascenseur brimbalait en tous sens, le col du liftier noir n'était jamais boutonné, son uniforme rarement nettoyé, et le standard ne répondait guère. Ils y avaient deux pièces et une salle de bains qui servait de champ de course aux cafards.

Linda préparait le petit déjeuner sur un réchaud à gaz, un point c'est tout. Il y avait une vague femme de chambre et Linda ne faisait aucun ménage. L'hôtel était commodément situé pour Rogo ; le standard ne lui posait pas de problème car une ligne directe reliait leur appartement au poste de police. Il ne tenait pas absolument à une cuisine familiale et ils mangeaient tous les jours dans l'un ou l'autre des cent et un restaurants de son secteur. Cette vie leur convenait. Ils avaient des billets de faveur pour les music-halls et les meilleures places aux combats de boxe. Mike Rogo était une personnalité fréquemment citée dans les potins des journaux, qui passaient parfois sa photo.

Il y a beaucoup de Linda à Broadway : actrices ratées réfugiées d'Hollywood, pas même bonnes à faire des call-girls. Quand Linda finit par s'exhiber dans une comédie musicale, un des pires fours de la saison, les critiques qui en avaient assez des petites amies des riches commanditaires l'avaient déchirée à belles dents. Elle avait épousé Mike Rogo dans l'espoir de profiter de l'instant de célébrité dont il avait joui après la mutinerie de Westchester Plains.

« Le héros de Westchester épouse une beauté d'Hollywood », titraient les journaux, oubliant en faveur du romanesque sa désastreuse apparition à Broadway. Elle avait cru que cela lui ferait une bonne publicité ; à son grand désappointement, elle s'aperçut qu'elle ne faisait que refléter la célébrité du petit policier qui ne craignait rien ni personne. Les directeurs de salles n'oublièrent pas qu'elle ne savait ni chanter, ni danser, ni dire une réplique, ni traverser une scène sans tortiller du derrière comme une danseuse de revue de deuxième classe.

Elle transféra son ressentiment sur son mari. Il était aussi fier d'elle que si elle se fût appelée Doris Day ou Julie Andrews. À l'entendre, il n'avait jamais cessé de trouver miraculeux que Linda ait condescendu à l'épouser. Depuis trois ans qu'elle s'ingéniait à le persécuter, sa résistance s'avérait inépuisable. Quand ils avaient fini de se battre, il la soignait tendrement et continuait à l'aimer de tout son cœur.

La croisière sur le *Poseidon* était la goutte qui fait déborder le vase. Son itinéraire couvrait l'Afrique noire et l'Amérique café-au-lait. Pour Linda, tous les ports étaient pareils et tous leurs habitants de sales nègres. Le liftier au col déboutonné de son hôtel en était un, de même que le standardiste toujours endormi ou parti acheter un paquet de cigarettes ou boire un coup. Le portier, la femme de chambre étaient des nègres. À quoi bon aller en voir d'autres en croisière ?

Elle n'avait réussi à s'intégrer à aucun groupe, malgré la diversité des passagers ; il en allait de même pour Rogo, secret et solitaire de tempérament comme tout policier. De plus, les gens se méfiaient, ou étaient intimidés. Pour les uns, un flic était toujours un flic. Pour les autres, c'était un policier redoutable, tireur d'élite. Et bien que cela n'ait jamais dépassé le ton de la plaisanterie, personne ne doutait vraiment qu'il était en service commandé, sur la piste de l'un ou l'autre passager.

Linda l'en avait même accusé en face : « Dis donc, salaud, est-ce que tu ne m'aurais pas emmenée pour ton travail ? Sinon, où c'est que t'es allé chercher cette foutue croisière ? » Sans autre résultat que de faire apparaître sur son visage l'expression butée et offensée habituelle, et de s'entendre répondre : « Allons, poupée, est-ce qu'on n'a pas le droit de voyager ? On n'a jamais été nulle part, tous les deux. Pourquoi tu ne cherches pas quelqu'un de gentil pour parler et t'amuser ? » Elle n'avait jamais rien pu en tirer. D'ailleurs, Rogo ne parlait jamais de son travail. Qu'il ait opéré une arrestation, corrigé une bande de voyous ou laissé sur le pavé l'auteur d'un hold-up, elle ne l'apprenait que par le journal du lendemain.

Elle avait un autre grief : dès que, descendant du charter qui les avait menés de New York à Lisbonne, elle avait mis le pied sur le *Poseidon,* ce transatlantique de luxe, même légèrement défraîchi, elle avait touché du doigt le contraste entre le deux-pièces-salle de bains de Westside Palace et le décor dont elle se croyait digne.

Pour le moment, elle entretenait Rogo du sujet qui préoccupait toute la compagnie :

— Tu n'es qu'un imbécile, Rogo. Soi-disant, tu es un excellent policier qui sait y faire, mais tu laisses ce gros tas de viande qui se prétend pasteur te prendre la place.

— Et qu'est-ce que tu veux que j'y fasse ? répondit sombrement Rogo.

Elle s'assit en secouant la tête pour remettre ses cheveux en ordre.

— Que tu te conduises comme un homme. Tu ne vois pas qu'il attend l'occasion de me faire du plat ?

— Allons donc, Linda, où prends-tu des idées comme ça ? Peut-être qu'il a le cerveau fêlé, mais on ne peut pas être plus respectueux.

— Oh, dis donc, répondit-elle en riant, t'as pas vu comme il a regardé les nichons de la petite putain !

— Pourquoi tu la traites de putain ? Elle est danseuse comme n'importe qui. Et puis, même s'il lui regarde les roberts, c'est un homme, après tout, qu'est-ce que ça a à voir avec te faire du plat ?

— Tu crois qu'une dame sait pas distinguer une putain, non ? dit Linda avec mépris. Et je sais quand un type va me faire du plat. Naturellement, si tu t'en fiches...

— Qu'il essaye, et je lui tords le cou d'une seule main.

Linda secoua la tête et ses mèches lui balayèrent la figure.

— Je parierais pas là-dessus. Je les connais ces gars éduqués qui jouent au foot comme des brutes.

— Bof, des jeux d'enfants, ricana Rogo. Fous-leur un coup dans les couilles et ils s'allongent tous tout pareil.

Il s'aperçut qu'il était en train d'attiser la violence qui explosait si facilement en lui sans raison, et il reprit la manière conciliante :

— Dis, Linda, pourquoi tu laisses pas tomber avec ce type, et avec moi aussi ? En tout cas, il fait quelque chose, pas vrai ?

— C'est bon, et où est-il, maintenant ?

— T'as pas entendu ? Parti voir de quoi ça a l'air.

— Tu sais ce que je pense ? Qu'il a pris la tangente ! Il ne fera jamais passer la grosse juive par un endroit comme tout à l'heure. Il sauve sa peau à lui.

Elle se souvint tout à coup d'autre chose et cracha :

— La façon dont cette Shelby me regarde, comme de la merde, et qu'elle m'insulte ! T'es même pas capable de défendre ta femme, après tout ce que j'ai fait pour toi.

— En tout cas, il ne nous a pas lâchés. Le voilà !

Scott était si grand qu'on le voyait errer dans la coursive au-dessus des têtes, toujours accompagné du Turc qui gesticulait comme pour mimer quelque chose.

À cet instant, les lumières jetèrent un dernier éclat et s'éteignirent, les laissant dans l'obscurité totale.

XII

Broadway dans le noir

Toujours en équilibre, le navire ne bougeait pas. Mais pour l'équipage, la fin de l'éclairage de secours constituait le signal que le *Poseidon* allait couler. L'obscurité qui les engloutissait leur fit perdre leur dernier sang-froid. Ne pouvant plus voir comment ils allaient mourir, ni même conserver un dernier lambeau de dignité humaine, précipités à l'aveuglette dans le néant, ils devinrent un tourbillon d'êtres fous de peur, jetés çà et là dans le noir vers une mort qu'ils attendaient. Et, redoutant cette mort, ils la rencontraient partout. Dans leur panique, ils frappaient quiconque se trouvait sur leur chemin, mort ou vif. Chacun devenait l'ennemi de chacun. Qu'ils se renversent en se heurtant ou glissent sur ce sol inhabituel, ils tombaient et se faisaient piétiner. Nombreux furent ceux qui finirent ainsi.

La coursive devint un enfer de cris, de hurlements, de jurons, de hululements de fous, de gémissements et de sanglots, du bruit sourd des coups et de la lourde rumeur de fuite : piétinements, déplacements d'air, choc des souliers sur les canalisations et grognements de douleur. L'odeur de la peur montait des corps baignés de sueur ! Ceux qui restaient debout étaient emportés par le torrent comme des hordes de lemmings courant à leur destruction. Ils tombaient dans les puits des escaliers inversés, pour continuer leur fuite dans les coursives inférieures, ou trouvaient la fin en franchissant la rive béante du gouffre ouvert au centre du navire.

Cependant, malgré la panique ambiante, le petit groupe de passagers réfugié contre la paroi gardait une certaine discipline en se souvenant des paroles de Scott.

Quand la lumière s'était éteinte, celui-ci avait prévu en une fraction de seconde la fuite désordonnée qui allait suivre. Il avait violemment poussé le Turc de côté en criant : « Kémal, ne bougez pas ! » et il lui avait fait barrière de son corps. Les marins le heurtaient, il les détournait ou les jetait à terre, et, s'il risquait d'être lui-même emporté par leur flot, il cognait de ses gros poings ou de ses coudes massifs pour les écarter. On aurait dit saint Michel combattant les démons.

Rogo avait, lui aussi, été entraîné par surprise. Mais, vite ressaisi, ayant noué les doigts de sa main gauche dans les cheveux de sa femme afin de ne pas perdre contact avec elle, il mit en action sa redoutable droite, se libéra et réussit à se jeter sur Linda qui pleurnichait : « Tu me fais mal, tu me fais mal ! »

Jane Shelby et Miss Kinsale qui revenaient du couloir où elles étaient allées se soulager, furent épargnées car la lumière s'était éteinte avant qu'elles n'aient rejoint Broadway. L'horrible fantasmagorie passa devant elles ; elles sentirent le vent de folie et la puanteur de la foule, entendirent les cris, mais, cramponnées l'une à l'autre au bord de l'abîme de ténèbres, ne subirent aucun mal.

Shelby avait eu le temps de voir Scott revenir et cela désamorça la panique qui naissait en lui et le poussait, lui aussi, à vouloir courir comme un fou dans le noir à la rencontre de sa chute dans l'éternité. « Couchez-vous ! » hurla-t-il à Susan et à Martin, et il se posta contre sa fille pour la protéger. Hormis une main écrasée par un gros soulier, il ne fut pas écharpé. Il entendit le petit Martin pousser un cri de douleur et lâcher un chapelet de jurons sur un ton haut perché très différent de sa voix habituelle. Ce torrent ravageur d'êtres qui déferlaient, invisibles, dans cet espace confiné, était pire que le premier moment de la catastrophe, celui où, en une fraction de seconde, leur monde tout entier s'était retrouvé tête en bas. Le purgatoire n'était plus qu'un euphémisme, un concept dépassé, une dérision.

Dans la réserve, Nonnie Parry tâtonnait à la recherche de Muller en gémissant : « Nous allons tous mourir, n'est-ce pas ? »

Hubie Muller en était convaincu. D'une façon ou d'une autre, c'était la fin. Il sentit les lèvres de Nonnie chercher les siennes ; elles étaient douces et pleines de confiture d'abricot, avec un goût de biscuit. Mais Nonnie se donnait à lui jusqu'à la mort. Dans l'instant même, ils s'étreignirent.

Jamais Hubert Muller, discret et cynique champion des chambres à coucher, challenger d'innombrables combats érotiques, détenteur de milliers de cris et de gémissements de plaisir, n'avait rien connu de pareil. Pour la première fois, à son désir se mêlaient la tendresse et la compassion. Il n'avait encore jamais éprouvé la richesse de sensations qui envahissaient son être grâce à cette petite créature épouvantée qui s'accouplait à lui dans ce qu'elle sentait être le dernier moment de sa vie, lui faisant d'elle-même un cadeau d'adieu.

Quand l'éblouissante douceur de cet instant, qu'ils ressentirent ensemble, se dissipa, Muller conserva un profond sentiment d'attendrissement et le besoin de protéger ce corps auquel il était encore uni.

Dans son esprit passa la discrète dénomination de son monde pour ce qui venait de se passer. Ils « s'étaient aimés ». Et il savait que là, dans le noir, avec cette inconnue, pour la première fois de sa vie c'était vrai. Quelque chose qu'il ne connaissait pas, l'amour, avait été accompli, et cela l'enveloppait, l'envahissait, l'étouffait et lui faisait monter les larmes aux yeux.

Tremblants, chuchotants, ils se serraient dans les bras l'un de l'autre, se caressant doucement le visage de leurs doigts. Et il leur apparut lentement que, sous quelque forme que la mort fût en train de rôder, ils étaient toujours vivants.

De leur côté, les Rosen se protégeaient de leur mieux, lui répétant indéfiniment : « Couche-toi, Maman, reste couchée comme il a dit, n'aie pas peur, je suis là ! » Se souvenant que Scott avait recommandé de se protéger la tête, il couvrit celle de sa femme de ses mains. Il n'était hanté par aucune vision de l'enfer, le gouffre sans fond, ni des démons arpentant les régions infernales, pour la bonne raison que la religion juive n'ajoute pas foi à de pareilles sornettes. Il savait simplement qu'ils étaient dans une affreuse cohue de marins affolés hurlant, gesticulant et courant dans le noir, et il essayait de protéger Belle de son mieux. Si un corps le heurtait ou tombait près de lui, il le repoussait en criant : « Allez, filez, hors d'ici ! », tandis que Belle répétait : « Manny, Manny, ne fais pas l'imbécile, couche-toi pour qu'on ne te fasse pas de mal. Viens derrière moi. Qu'est-ce que c'est encore, toute cette folie ? »

Le fracas diminuait, commençait à s'éloigner. Dominant le bruit, on entendit la forte voix de Scott :

— Restez où vous êtes ! Ne bougez pas, c'est presque fini. Êtes-vous blessés ?

— Je ne sais pas, répondit Manny. Comment savoir, dans cette obscurité ?

Les bruits cessèrent tout à fait. Puis il y eut encore deux ou trois hurlements isolés et le silence retomba sous la chape des ténèbres épaisses.

La voix de Scott s'éleva de nouveau :

— Quelqu'un a-t-il un briquet ?

— Moi, répondit Shelby.

— Allumez-le.

Il y eut un déclic et la lueur minuscule jaillit. La flamme, qui éclairait une partie de la figure de Shelby comme un illusionniste, apaisa les nerfs des autres et leur rendit conscience de faire partie d'un groupe, de n'être plus isolés. Martin, Rogo et Rosen allumèrent chacun leur briquet et signalèrent leur position. On entendit aussi des frottements d'allumettes.

— Épargnez-les, épargnez-les ! reprit Scott. Nous ne savons pas combien de temps nous en aurons besoin. Ne gardons que le briquet de Shelby. Dick, voulez-vous le lever ? Rejoignez Dick, tous, pour qu'on se compte.

Hubie Muller et Nonnie avaient entendu et cherchaient leur chemin lentement et prudemment, en se tenant par la taille. Elle pressait doucement la tête sur son épaule comme pour atteindre, à travers ses vêtements et sa peau, jusqu'à son cœur. Elle ne pouvait supporter de ne plus faire partie de lui.

Les Rosen arrivaient pas à pas le long de la paroi, vers le fanal. Belle grognait :

— Oh, mes pieds !

— Enlève tes chaussures, dit Manny.

— Je suis mieux avec, mais c'est les talons.

— Attends, donne-moi ça.

Il tâtonna dans le noir, lui ôta les souliers, et l'on entendit deux craquements brefs quand il brisa les talons pour aplatir les semelles.

— Je devrais me faire examiner la tête, dit-il, j'aurais dû y penser plus tôt.

Belle remit ses souliers.

— Voilà une bonne idée, dit-elle. Ce que je me sens mieux !

Jane Shelby et Miss Kinsale avaient à traverser la grande coursive en diagonale. Elles se tenaient fermement par la main et s'épaulaient mutuellement. Pour Jane, le fait que la petite lumière fût celle de son mari constituait un réconfort supplémentaire. La famille était intacte.

Tout à coup, elle sentit Miss Kinsale lui tirer le bras en trébuchant avec un petit cri.

— Que se passe-t-il ? demanda Jane.

— J'ai marché sur quelqu'un.

— Ah, mon Dieu ! dit Jane.

Miss Kinsale s'accrocha plus fort et ajouta

— Elle ne bougeait pas.

— Elle ? demanda Jane. Comment savez-vous que c'était une femme ?

— Ça se sent, dit Miss Kinsale. Faut-il faire quelque chose ?

— Dans ce noir ? Nous ferions mieux de rejoindre le docteur Scott. Ensuite...

— Oui, c'est vrai. Il veut que nous soyons tous réunis. Et la pauvre femme est probablement morte.

Elle avancèrent avec précaution, heurtant en chemin plusieurs corps dont l'un émit un gémissement de douleur. Miss Kinsale se contenta de dire

— C'est un homme.

Jane admira son empire sur elle-même et se dit que quelque chose d'extraordinaire devait lui venir en aide. Elle-même se sentait au bord de l'effondrement.

Quand il jugea que tous étaient réunis, Scott ordonna :

— Dick, économisez la lumière.

Puis il fit l'appel :

— Mrs Rosen ?

— Présente, dit Belle.

— En bon état ?

— Oh, oui. Manny m'a arrangé mes souliers, il a ôté les talons.

— Mr Rosen ?

— Ça va. On m'a marché dessus, mais ça va.

Dans le noir, on l'entendait exercer ses articulations.

— Vous avez eu une bonne idée pour ces souliers, dit Scott. Que toutes celles qui ont des talons fassent de même. Hubie ? Nonnie ?

— Nous sommes là, répondit Muller.

Il sentit que désormais il ne pourrait jamais plus répondre autre chose que « nous », s'ils étaient sauvés, bien qu'ils n'aient encore échangé aucun mot d'amour.

— Mr Bates ? Miss Reid ?

Il n'y eut pas de réponse, sinon la voix sans inflexion de Rogo dans l'obscurité :

— Ils ont dû découvrir où était la boisson. Ils doivent être ivres morts.

— Mr Bates ! Miss Reid ! M'entendez-vous ?

Dans le silence complet qui suivit, Jane Shelby cria soudain :

— Dick, Robin est-il là ? Robin, es-tu là ?

— Robin ? dit Shelby, mais il était avec toi !

La réaction de Jane fut couverte par Scott qui hurlait une fois de plus :

— Mr Bates ! Miss Reid ! M'entendez-vous ? Où êtes-vous ?

De quelque part, à l'écart de la coursive, arriva la voix de Pamela, identifiable bien que peu assurée :

— Nous sommes ici !

— Je savais bien qu'ils étaient noirs, ricana Rogo.

— Jane ! s'écriait Shelby, alarmé. Robin devrait être avec toi, tu l'as emmené !

— Non, il n'y a que Miss Kinsale. Je l'ai laissé revenir avec toi.

— Et qui s'occupe de nous ? demanda Linda.

Scott s'exécuta :

— Tout va bien, Mr et Mrs Rogo ?

Rogo répondit pour eux :

— Vouais !

— Je suis là, dit Martin à tout hasard.

— Maman, tu es sûre ? cria Susan. Robin était avec toi, il n'est pas là !

Jane Shelby luttait contre la panique qui commençait à lui broyer la poitrine, tandis que Shelby appelait : « Robin ! Robin ! Où es-tu ? » Puis il s'adressa à Scott : « Frank, Robin n'est pas là ! » Il ralluma son briquet et d'autres flammes s'élevèrent autour de lui, impuissantes à combattre les ténèbres et permettant seulement de discerner, à quelques pas, une forme étendue dans une immobilité sinistre – celle d'un homme adulte.

D'une voix qui déraillait, Shelby hurla : « Robin ! Robin ! Où es-tu ? Réponds-moi ! » Jane joignit sa voix à la sienne et ils étaient tous deux au bord de la panique quand le policier se réveilla en Rogo : « Pardon, madame. Où et quand l'avez-vous vu pour la dernière fois ? »

Cette question sensée permit à Jane de se ressaisir malgré de terribles appréhensions. Elle se rappela le corps souple et immobile sur lequel avait marché Miss Kinsale et qui n'avait pas bougé. « Près du W.-C., dit-elle, il fallait qu'il y aille. Mais il ne voulait pas que je reste, ça le gênait. C'était tout sens dessus dessous et horriblement sale. Alors Miss Kinsale et moi... je pensais qu'il était revenu ici depuis longtemps, avant que les lumières s'éteignent. Oh, mon Dieu ! Je vais le chercher, il a dû lui arriver quelque chose. »

Elle était sur le point de s'éloigner quand Scott la retint :

— Non, Jane, non ! dit-il. Pas encore. Il ne faut pas nous séparer. Attendez.

— Laissez-moi ! hurlait Jane, la voix de plus en plus aiguë. Laissez-moi ! Laissez-moi ! Laissez-moi !

— Non, Jane ! criait son mari en se cramponnant à elle malgré ses gesticulations. Calme-toi ! Écoute Frank. On ne peut rien faire dans le noir.

— On ne peut rien faire dans le noir, confirma Scott. Il y a un poste d'incendie un peu plus loin. Kémal me l'a montré juste avant que la lumière s'éteigne. Il devrait y avoir des lampes. Donnez-moi deux briquets, je vais y aller avec Kémal. Quelques minutes, Jane, et nous aurons une chance de pouvoir le retrouver. Je vous en supplie, ne commettez pas d'imprudences.

— Il a raison, dit Shelby.

Avec une amertume coupante, Jane gémit : « Frank a toujours raison », et, cédant à ses nerfs, elle hurla de toute la force de ses poumons : « Mon fils, je veux mon fils ! Vous ne comprenez pas que je veux mon fils ! »

Susan la prit dans ses bras en criant : « Maman, Maman ! On le trouvera, sain et sauf, il ne petit pas être loin », mais au fond d'elle-même, elle était terrifiée.

La voix tremblante, Shelby déclara : « Il vaut mieux épargner la lumière », et il éteignit la sienne. Les allumettes avaient achevé de brûler et ils se retrouvaient dans l'obscurité.

Les lumignons de Scott et de Kémal s'enfonçaient vers l'arrière. Enfin, la petite flamme du gaz se refléta dans une barre d'appui d'acier poli et une plaque de cuivre fixée à une porte qui portait l'inscription inversée : « Poste d'incendie ». Scott marqua une pause pour s'orienter. La pièce était plus bas que le plafond sur lequel ils marchaient ; on devait y accéder par un petit escalier montant de la coursive.

Il fit comprendre à Kémal que celui-ci devait rester sur place, puis il prit les deux briquets, mit l'un dans sa poche et de l'autre éclaira la barre d'appui pour bien se souvenir de sa position, de sa forme et de son utilité. Puis, ayant refermé le briquet, il s'élança et, moitié glissant, moitié rampant, descendit.

Il ralluma les deux briquets et les tint à bout de bras pour repérer les différents appareils de secours, tous suspendus à l'envers : extincteurs, masques à gaz, combinaisons d'amiante, haches, casques, manches à incendie, et le panneau électronique qui s'illuminait si la température, à quelque endroit que ce fût du bateau, s'élevait au-dessus du point critique. Enfin, près de la porte, il aperçut un cylindre de caoutchouc noir. Il le saisit, mais ne put le détacher aussitôt, car il oubliait qu'il fallait le soulever dans la direction inverse de celle où il pendait. Il pressa un bouton sur le côté de l'objet, et le rayon jaune de la torche étanche perça l'obscurité.

D'en haut, le Turc cria : « Hoï ! Très bien ! Encore, encore, beaucoup encore ! »

Grâce à cette lumière, Scott trouva ce qu'il cherchait et espérait, un vrai trésor : six grosses et puissantes lanternes de secours et tout un stock d'autres torches caoutchoutées. Les lanternes jetaient un faisceau aussi puissant que celui d'un petit projecteur. Leurs grosses piles les alourdissaient mais elles étaient équipées, non seulement de poignées, mais de courroies qui permettaient de les fixer au dos du pompier, lui laissant ainsi les mains libres.

— Kémal, ça va ! cria Scott. Nous sommes sauvés !

Le poste contenait aussi des cordages, ce qui permit à Kémal de hisser les lanternes, puis les paquets de torches. Le pasteur jeta un dernier regard circulaire ; à part une dernière corde de nylon qu'il suspendit à son cou, il ne vit plus rien d'utile. Il s'accrocha à la barre d'appui et, d'un rétablissement, rejoignit son compagnon. Ils se partagèrent la charge, allumèrent deux torches et repartirent.

Trente mètres plus loin, le groupe qui les attendait aperçut la lueur des torches.

— Merci, mon Dieu, dit Shelby, ils ont trouvé de la lumière !

— Amen ! souffla Miss Kinsale.

XIII

Susan

Le pasteur était surexcité, ravi, triomphant.

— C'est gagné, maintenant, dit-il. Si nous en sommes économes, ça durera longtemps.

— Coup de chance, murmura quelqu'un.

La voix de Scott se fit tout à coup violente :

— Nous y serions quand même arrivés, même sans cela. Croyez-vous que j'allais lâcher ?

Puis il ajouta, comme s'il s'en souvenait enfin :

— Et le gosse, il est revenu ?

— Non, dit Martin.

— Vite, vite ! s'écria Jane, tremblante, je vous en prie ! Donnez-m'en une, donnez-m'en une tout de suite !

Scott alluma une nouvelle torche. Sa lueur le frappa sous le menton, mettant ses traits en relief, et il parut à Muller un peu irrité.

— Oui, oui, répondit Scott à Jane, nous le retrouverons. Nous allons nous diviser : une équipe pour le rechercher et une autre qui restera ici au cas où le petit reviendrait tout seul. Il peut n'avoir été que momentanément étourdi.

— Ne comptez pas sur moi, protesta Linda. Je suis fatiguée et mes jambes me font mal.

— Donnez-moi une torche, dit Rogo. J'y vais.

— Boy-scout ! aboya sa femme.

— Prenez une des lanternes, dit Scott. Je sais que vous verrez ce que d'autres ne savent pas voir.

— Trop aimable, dit Rogo.

— Bon, c'est décidé. Jane, Dick et Susan, Rogo, Martin et le Turc, vous venez avec moi. Hubie, Nonnie, Miss Kinsale peuvent rester ici avec Mr et Mrs Rosen. Vous avez tous les deux besoin de vous reposer.

Il distribua des lanternes à Rogo, Shelby et Kémal, en garda une pour lui, et munit Jane, Susan, Martin et Kémal de torches. Le Turc ne comprenait rien à ce qui se passait. Scott essaya de le lui expliquer par signes. Une fois de plus, Muller nota sur son visage le même éclair d'irritation. Le pasteur n'était pas content. Muller le vit jeter un coup d'œil à sa montre avant de dire :

— Allez, en route. Jane, pouvez-vous nous montrer l'endroit exact où vous l'avez quitté ?

— Je crois que c'était par là, dit Jane en hésitant.

Elle montrait la direction de la proue.

— Je suis sûre que je retrouverai. Mais après l'avoir laissé, je n'ai pas fait attention à quelle distance j'étais quand j'ai rencontré Miss Kinsale. Nous étions ensemble lorsque la lumière s'est éteinte et…

Sa respiration s'arrêta, puis elle reprit :

— Il y avait une femme, par là.

Scott orienta sa lanterne. Il fit quelques pas et s'agenouilla auprès d'un corps de femme. C'était une femme de chambre en blouse blanche, à plat ventre, la tête encastrée entre deux tuyaux. Il l'examina rapidement et revint en secouant la tête.

Rogo parcourut le corridor du faisceau de sa lanterne et s'écria :

— Seigneur ! regardez ça !

Ils découvrirent le corps d'un magasinier, la gorge écrasée, et celui du gros ivrogne qui était tombé avec sa bouteille de Johnnie Walker : il avait la colonne vertébrale brisée. Un homme gémissait, une jambe cassée et une main déchiquetée ; un autre, le bras tordu sur lui-même, la paume en l'air, était évanoui. On n'apercevait aucun autre survivant dans la grande coursive.

— Je regrette, je ne peux pas attendre, dit Jane, sans se souvenir de ce qu'elle avait pensé du pasteur et de sa façon impitoyable d'abandonner les blessés.

— Bien sûr, approuva Scott, le temps passe. De plus, nous ne pouvons rien pour eux.

Cela prit plus de temps que Jane ne s'y attendait. N'ayant qu'une notion confuse des distances, elle avait oublié qu'il fallait diriger sa lumière vers le bas, et non vers le haut, pour trouver la plaque W.-C. À un moment donné, elle entendit Martin s'exclamer : « Oh là là ! » ce qui fil bondir son cœur de mère, à la fois de peur et d'espoir, et elle cria : « Qu'avez-vous trouvé ? »

Il avait éclairé le cellier à liqueurs où, parmi les caisses en désordre de cognacs célèbres, Pamela Reid était assise, la tête du Réjoui sur les genoux. Elle avait les yeux ouverts, fixés droit devant elle. Le Réjoui était comateux. À l'odeur, on se serait cru dans une distillerie. La jeune fille ne leva pas les yeux, ne dit pas un mot quand le faisceau lumineux la balaya. Les doigts d'une de ses mains remuaient lentement, doucement, dans les cheveux rares du Réjoui.

— Paralysée, dit Rogo.

— C'était là, appela Jane.

Ils descendirent le corridor où elle désigna les W.-C.

— J'en suis sûre.

Il n'y avait personne. Le couloir des toilettes était un cul-de-sac sans escalier, dont tout un côté était occupé par les réserves de produits de nettoyage.

Jane fit un effort pour se contrôler.

— Que peut-il lui être arrivé ? Où est-il ?

Son mari tenta de la réconforter.

— N'aie pas peur. Il ne peut pas être allé bien loin.

Il se tourna vers Kémal et demanda :

— Où sont les escaliers, les autres ? Où est-ce que ça mène ? Que sont devenus les autres ? Où peut-il être allé ?

Mais le Turc ne comprenait pas.

— La foule allait dans les deux sens, dit Rogo. C'est un miracle qu'il n'y ait pas plus de morts et de blessés.

— Quelqu'un a-t-il entendu quelque chose ? demanda Martin. Le petit n'a pas appelé ?

— Dans tout ce bruit ? dit Shelby. Dieu seul le sait, il peut très bien avoir appelé sans que personne l'entende.

« Tout le monde ici pense ou prononce le mot "Dieu", sauf le pasteur », pensa Muller.

— C'est de votre ressort, dit Scott à Rogo. Prenez le commandement.

— Que faut-il faire, demanda Jane. Où faut-il chercher ? Vers où ?

— Dispersez-vous, répondit Rogo, écartez-vous. Pas tous ensemble.

Il se souvenait de battues dans les parcs ou les environs de New York à la recherche d'enfants enlevés ou disparus, les hommes déployés en ligne sur une centaine de mètres, marchant lentement, les yeux baissés, chacun espérant et craignant à la fois d'être le premier à découvrir un petit corps mutilé.

Mais ici, cette tactique n'était d'aucune utilité. Si le garçonnet avait été piétiné à mort, ils auraient déjà retrouvé son cadavre ; s'il était toujours en vie et avait été entraîné par la foule paniquée, cela exigeait une inspection minutieuse de chaque voie d'accès.

— Dépêchons-nous, dit Scott. Il ne nous restera plus beaucoup de temps, si nous ne nous dépêchons pas.

— Vous parlez sérieusement ? demanda Jane. Plus beaucoup de temps pour retrouver mon fils ?

Il ne répondit pas et Shelby s'interposa.

— Ce n'est pas ce qu'il veut dire. Il ne faut pas que nous perdions la tête.

— Tu garderas la tienne, si on ne retrouve pas notre enfant ?

Elle était grelottante. Son visage portait un tel masque de fureur que son mari recula.

— Qu'y a-t-il, Jane ? dit-il.

— Madame, ne vous affolez pas, dit Rogo. Il a pu avoir peur quand toute cette cavalcade a commencé, s'être caché quelque part et s'y être endormi. On ne sait jamais, avec les mômes. On va partir de là, au milieu, et avancer de chaque côté. Vous regardez dans tous les couloirs de côté, sans exception. Si une porte est fermée, ne vous en occupez pas, il n'est pas assez grand pour l'ouvrir. Mais partout où la porte est ouverte, il peut être entré. Faites attention aux escaliers. Appelez. Fort. Il est malin, le gosse, il ne sera pas descendu, il savait que nous allions en montant.

— Supposez qu'il ait été renversé ou entraîné demanda Susan Shelby. Où tous ces gens sont-ils allés disparaître dans le noir ?

— Oui, oui, répondit Rogo, mais pas besoin de parler de ça encore.

Entraîné par l'habitude, il recourait au tact maladroit de l'agent de police à peu près certain qu'une tragédie est survenue.

— Je vais voir par-là, dit Susan.

Son père la regarda anxieusement.

— Par où ? Toute seule ? Il faudrait quelqu'un avec toi.

— Je n'ai besoin de personne. Je sais le chemin. Laisse-moi y aller, Papa.

Elle voulait être la première à trouver Robin.

Rogo lui jeta un coup d'œil incisif. Elle était tenace et pleine de sang-froid.

— Ça va, dit-il, ça ne peut pas nuire d'y aller voir. Elle a raison. Inspectez toutes les coursives latérales. Martin et Shelby, voyez les deux côtés dans cette direction. Scott, vous feriez bien de faire de même dans l'autre direction avec ce macaque – il indiquait Kémal –, au cas où l'enfant aurait été entraîné dans l'autre sens.

Puis il s'adressa à Jane :

— Madame, nous deux nous allons inspecter très soigneusement par ici, au cas où nous trouverions… – il hésita – enfin, un indice, quelque chose que vous reconnaissiez, et si quelqu'un le retrouve ou a besoin d'aide, nous serons là. C'est d'accord ?

Scott fit oui de la tête et jeta un nouveau coup d'œil à sa montre. Avec une insistance qui donnait froid dans le dos, Jane Shelby demanda :

— Quelle heure est-il, Mr Scott ?

— Minuit moins le quart, répondit-il.

— Et combien de temps nous accordez-vous pour retrouver mon enfant ?

Sans répondre directement, Scott déclara :

— Nous ferons ce que Rogo dira. Il connaît son métier et si votre fils est par là, nous le trouverons sûrement.

Il avait accepté sans discussion les instructions de Rogo et, tapant sur l'épaule de Kémal, il s'éloigna avec lui vers l'arrière.

Susan avançait en pointant méthodiquement sa torche devant elle et de part et d'autre afin de s'assurer qu'aucune petite forme ne gisait coincée entre ces rangées de tuyaux qu'elle considérait déjà comme un sol à peu près normal. Elle avait dépassé le puits central et la grande cheminée d'aération : elle s'arrêtait au coin de chaque couloir adjacent, y envoyait le faisceau de lumière, mais n'entrait pas encore explorer.

Son agitation était grande. Un spectacle imaginaire l'obsédait : son frère étendu mort au pied de la paroi qu'ils avaient escaladée dans le pont inférieur. Elle le voyait renversé par la foule hystérique, piétiné et laissé sans vie. C'est cette vision qui l'avait obligée à aller en vérifier la vraisemblance.

Une autre chose encore, qu'elle soupçonnait à peine, s'ajoutait à sa détresse, mais n'avait rien à voir avec la peur de la mort. Elle était encore trop jeune – dix-sept ans seulement, et d'une jeunesse heureuse – pour méditer sur la mort, sur la disparition de l'être vivant qui, jouissant de ses cinq sens, participait à cette chose merveilleuse qu'était l'existence. Non, ce qu'elle ressentait c'était comme une prémonition de la désintégration de sa famille.

Que se passerait-il si l'on ne retrouvait pas Robin et qu'eux-mêmes fussent sauvés ? Que fait-on quand quelqu'un comme Robin est effacé de votre vie ? Que deviendrait sa mère ? Et son père ?

Elle disait, elle pensait qu'elle aimait son frère ; elle aimait ses parents. Mais elle ne savait pas de quoi l'amour est fait. Parfois, Robin se conduisait comme une petite brute ; ils se disputaient et essayaient de se faire mal ; une fois il avait failli lui casser un doigt. L'amour qu'elle éprouvait pour sa mère était en partie fait d'admiration, en partie de ce qu'elle souhaitait elle-même devenir, une femme calme, douce, élégante, affable et désirable. Elle admirait son père et ses traits rudes.

Le garçon qui, une ou deux fois, l'avait embrassée et caressée dans l'obscurité, sur le divan, et dont les mains avaient pour la première fois touché ses seins, éveillant en elle à la fois le désir et la peur, était un sportif maigre, au profil d'aigle. Il était nerveux, impatient et survolté, et elle revoyait comment, lors de réunions sportives, il s'élançait au coup de pistolet avec un tel influx d'énergie qu'au cinquième mètre, il avait pratiquement gagné la course. Dans le mouvement de sa main sur sa poitrine, elle avait ressenti la même impétuosité et elle l'avait refusée, jugulée, écartée, car elle ne voulait pas que cela se passe ainsi. Peu après, ils s'étaient disputés et elle avait rompu. Bien que séduisant, il était profondément égoïste. Mais il avait éveillé quelque chose et souvent, par la suite, elle s'était demandé comment cela serait, quand cela arriverait et avec qui...

Frère, mère, père, amour, affection, habitudes... qu'est-ce qu'une émotion ? Qu'est-ce qui pouvait être préférable à la sécurité, à la cohésion de sa famille et à la vie agréable qu'ils menaient ensemble ?

Et pourtant la disparition de Robin avait fait naître chez sa mère, outre l'anxiété, une sourde agressivité que Susan ne comprenait pas, pour ne lui avoir jamais vu jusque-là une attitude aussi corrosive.

La jeune fille laissa les autres derrière elle. En se retournant elle voyait bouger leurs lumières. L'une des grosses lanternes de secours portées par Scott ou Rogo illumina la coursive dans toute sa longueur, la captant elle-même au passage et projetant son ombre sur la paroi qui la terminait : une jeune fille en robe courte, les cheveux remontés sur les oreilles. Quand l'intense lumière se détourna d'elle pour la replonger dans l'obscurité, elle vit, dans le faisceau de sa propre torche, qu'elle avait atteint le bord de la cage d'escalier par où ils étaient montés, et elle se demanda si elle aurait le courage d'y regarder.

Elle dirigea la torche vers le pont inférieur et n'aperçut personne, aucun être humain, vivant ou mort ; rien qu'une couche d'eau huileuse. Ce que cela signifiait ne la frappa pas, elle était trop soulagée de constater que son image intérieure était fausse : où que son frère pût se trouver, il n'était pas mort là.

La chose à faire, maintenant, conformément aux instructions, était d'inspecter soigneusement tous les corridors. Elle ne savait pas exactement ce qu'elle pensait de Rogo car celui-ci et sa femme lui étaient totalement étrangers. Elle méprisait la vulgarité de Linda et son évidente petitesse d'esprit ; elle reprochait à Rogo le curieux mélange de brutalité et de faiblesse dont il témoignait à son égard. Mais le fait même qu'ils fussent tellement éloignés de son univers les lui rendait moins surprenants. Peut-être était-ce ainsi que se comportaient toutes sortes de gens avec qui elle n'entrait jamais en contact. D'un autre côté, quand il s'agissait d'organiser une battue pour retrouver un disparu, ce petit homme vulgaire aux paupières tombantes et au langage grossier paraissait savoir ce qu'il faisait ; et il l'avait appuyée dans son désir impératif de retrouver elle-même son jeune frère.

Elle entra avec précaution dans le premier couloir à sa gauche : deux portes fermées et une troisième ouverte, tout au bout. Elle projeta sa lumière tout autour de la pièce et crut mourir d'effroi.

À l'intérieur, juste au-dessus de sa tête, une chose, indescriptible et terrifiante était enroulée, comme prête à lui fondre dessus. Il lui sembla voir une blanche figure de mort, un corps noir d'insecte et non seulement deux bras tendus vers elle, mais des tentacules ondulant comme des serpents et luisant de façon menaçante dans le faisceau de lumière. C'était si inattendu, si monstrueux, si incroyable et si proche que ses membres se paralysèrent et que sa gorge se contracta pour étouffer un hurlement.

Alors, elle fut saisie par-derrière dans une étreinte implacable qui la paralysa de terreur. La torche lui échappa des mains mais, avant de s'éteindre, balaya le monstre du plafond, toujours immobile, et elle comprit que c'était une autre paire de bras qui l'avait enlacée. Elle n'avait entendu ni pas ni souffle derrière elle, mais ce qui l'empêcha de s'évanouir, c'était la certitude qu'il s'agissait d'un être humain. Il la saisissait, la retournait et lui ligotait les poignets. Une main se posa sur sa bouche.

Elle se sentit tomber violemment sur le dos et, la main toujours fortement appuyée sur sa bouche pour prévenir ses cris, un corps, quelque chose, quelqu'un s'étendit sur elle de telle manière qu'elle ne pouvait plus bouger.

Curieusement, elle était maintenant capable de séparer les deux horreurs : la « chose » du plafond et ce qui l'écrasait, emprisonnait ses membres et sa volonté. Elle se sentait immobilisée sans recours, non seulement par celui qui la tenait, mais par le poids de l'obscurité qui l'enveloppait. Une main arracha ses sous-vêtements et ce ne fut que lorsqu'elle ressentit une brève douleur interne qu'elle comprit qu'elle avait été forcée, souillée.

Curieusement, le mot « viol » ne lui vint pas à l'esprit. Elle savait seulement que quelque chose d'irrémédiable était arrivé et qu'elle ne pouvait ni bouger ni crier, rendue impuissante par la douleur et l'affreuse indécence de ces convulsions. La main pressait si fort sa bouche qu'elle sentait ses dents entailler ses lèvres. Ténèbres, souillure et douleur.

Son angoisse se prolongeait. Elle aurait voulu fondre en larmes comme un enfant battu, mais ne pouvait pas. Son oreille enregistrait des sons comme elle n'en avait encore jamais entendus ; à peine humains mais terrifiants par leur intensité.

Les sons et les mouvements cessèrent, mais le corps restait toujours étendu sur elle. La douleur physique diminuait pour se transmuer au plus profond d'elle-même, en une affliction désespérée. La main avait quitté son visage, mais cela ne lui importait plus ; elle ne pensait plus à appeler, ni même à laisser échapper une plainte. Elle était perdue. L'obscurité était un puits sans fond où elle tombait indéfiniment et d'où elle ne se relèverait plus jamais. Elle ne se rendait même pas compte que ses membres étaient libérés et que le corps qui la couvrait avait relâché sa tension. Elle bougea inconsciemment sa main, qui entra en contact avec la torche. Ses doigts se replièrent dessus et, sans même savoir ce qu'elle faisait, elle en pressa le bouton et éclaira le visage qui la surmontait.

C'était presque celui d'un enfant, d'un jeune garçon blond qui n'avait pas plus de dix-huit ans, et ce fut là peut-être le plus grand choc. Car pendant toute cette épreuve infligée dans l'obscurité, elle n'avait pu imaginer à quoi ressemblait son agresseur, hormis une impression de bestialité complète. Et voilà qu'elle voyait un adolescent rougissant, aux cheveux blonds et aux yeux bleu clair, avec un attendrissant petit nez, les joues roses et la bouche presque féminine.

« Comment ! se dit-elle avec une totale surprise, mais c'est seulement un gosse ! »

— Oh ! s'exclama celui-ci. Non pas ça. Me regardez pas ! J'ai pas pu faire autrement !

Il se souleva, se mit à genoux et tâtonna pour trouver la torche, dont il dirigea le faisceau sur elle. Aveuglée, Susan entendit un chuchotement horrifié :

— Oh mon Dieu ! une passagère, j'ai fait ça à une passagère ! Mon Dieu, mon Dieu ! Moi je croyais que vous étiez une femme de chambre !

Il répéta :

— J'ai fait ça à une passagère ! Ils vont me pendre !

Il était visiblement terrifié.

— Oh, nom de Dieu ! Une passagère ! Je vous ai déjà vue, en faisant les cuivres sur le pont. Je ne voulais pas vous faire du mal ! Je croyais que j'allais mourir, J'ai vu une robe et je me suis dit que je pouvais bien faire ça encore une fois. Quand on se dit qu'on va mourir, on sait pas ce qu'on fait. Mais je vous aurais pas fait ça si j'avais su.

Et tout à coup, il posa la torche, s'enfouit le visage dans les mains et se mit à sangloter, non comme un homme mais comme Susan aurait pu elle-même pleurer.

Il avait tellement l'air d'un enfant qu'elle se mit à le consoler :

— Chut, ne pleurez pas comme ça. C'est arrivé, vous n'avez pas fait exprès. Je ne dirai rien, personne n'a besoin de savoir. Ne pleurez pas comme ça.

Il ne pouvait plus s'arrêter. Il était plein de remords, de peur et d'horreur de ce qu'il avait fait, cette épouvantable et impardonnable infraction aux règles – non pas tant dans le viol que le franchissement de la ligne de démarcation.

— Là, là, ne le prenez pas comme ça. Tenez, mettez votre tête là un moment.

Elle l'attira et lui prit la tête au creux de son bras. Elle n'était plus la Susan qu'elle avait connue. Elle regardait les larmes sourdre des yeux bleus, rouler sur les joues, trembler sur les lèvres aux courbes harmonieuses. Il était si jeune, et elle si subitement vieille ! Elle le serra contre elle, lui caressa les cheveux, le berça et le cajola jusqu'à ce qu'il cessât de pleurer, niché contre elle.

L'autre Susan, l'inconnue, demanda :

— Comment vous appelez-vous ?

— Herbert.

— Et quel âge avez-vous ?

— Dix-huit ans.

— Et qu'est-ce que vous faites ?

— Matelot de pont, madame... heu, mademoiselle.

Ses réponses étaient à demi étouffées par l'étoffe de la robe de Susan : il avait le visage enfoui contre sa poitrine. Ce dialogue ne leur paraissait pas plus singulier à l'un qu'à l'autre. Pour le moment, il était rassuré.

— D'où venez-vous ?

Susan ne savait même pas pourquoi elle le questionnait ainsi.

— De Hull.

— Hull ? Où est-ce ?

— Ben, vous savez, sur la Humber, sur la côte nord-est.

— Vous avez toujours vos parents ?

— Papa et Maman ? Bien sûr ! Ils tiennent une baraque à frites. Moi, je pouvais pas supporter l'odeur.

— Alors, vous vous êtes sauvé pour vous faire marin ?

— Oh non ! Papa est pas comme ça. J'ai fait mon apprentissage réglo. Je rentre toujours à la maison pour mes congés. Y sont champions, mes vieux,

Cette pensée lui fit apparaître à la fois l'énormité et l'absurdité de ce qu'il avait fait, et l'incongruité de la situation où il se trouvait présentement. Il s'assit, la regarda et cria une fois de plus :

— Doux Jésus ! Une passagère !

Il se leva et s'enfuit en courant.

Susan lui cria :

— Non, non, Herbert ! N'ayez pas peur, je ne le dirai pas.

Mais elle l'entendit trébucher sur les conduites, puis il y eut un cri, un jaillissement d'eau, un autre cri, et elle comprit que, tombé dans le gouffre béant de l'escalier, il devait s'être blessé. Se souvenant de la couche d'eau huileuse, elle se demanda si celle-ci était assez profonde pour qu'il se noie. En fait, cela ne devait faire que quelques centimètres car elle entendit d'autres bruits d'eau alors que, fou de terreur, il courait au hasard dans l'obscurité de la coursive, jusqu'au moment où il n'y eut plus que du silence.

Le corps meurtri, Susan se remit sur ses pieds, retrouva sa torche, arrangea ses vêtements. Elle ne se souciait pas de ce dont elle pouvait avoir l'air. Une nouvelle Susan était née de ce moment de ténèbres, il fallait s'y accoutumer. Elle marcha péniblement jusqu'à l'entrée du couloir principal et quand sa torche y jeta son faisceau, celui d'une lanterne l'éclaira elle-même.

Elle entendit la voix de son père retentir dans la coursive :

— Hou hou ! Susan ? Tu es là ?

— Oui, ici !

— Il y avait quelqu'un ?

— Oui.

— Qui ça ?

— Un marin.

— Qu'a-t-il dit ? A-t-il vu Robin ?

— Non. Il a eu peur, il s'est enfui.

La lumière s'éteignit. La voix de son père poursuivit :

— Continue à chercher. Nous venons dans ta direction.

Elle s'assit sur un des gros volants de valves et se pencha, les mains nouées entre les genoux, fixant l'obscurité. Élevée dans une famille conformiste elle savait qu'elle avait des idées démodées. La nouvelle révolution américaine, le malaise et l'inquiétude des années soixante étaient passés à côté des Shelby.

Malgré la hardiesse croissante des garçons à qui il était permis davantage, elle avait été protégée, pendant ses années scolaires, par ses propres craintes et ses exigences. Ses camarades portaient des contraceptifs dans leur sac, ou prenaient la pilule, mais l'étrange obscénité qui semblait liée à ces objets l'en détournait. Elle avait compris la valeur de sa jeunesse et de son corps et ne voulait pas qu'on prît des libertés avec elle.

Mais elle n'ignorait pas l'élévation de la température sexuelle de son époque. Elle aurait dix-huit ans l'année prochaine, elle irait à l'université puis, plus tard, à, l'école des Beaux-Arts de Chicago. Souvent elle s'était demandé si, tombant amoureuse d'un garçon, elle coucherait avec lui, ou s'ils se mettraient en ménage pour se marier plus tard ; ou bien attendrait-elle démodée jusqu'au bout, d'être épousée timide et virginale, initiée par un mari compréhensif ?

Elle ne donnait pas une valeur particulière à la virginité. Elle ne savait même pas si, avec tous les sports qu'elle pratiquait, elle l'était encore, techniquement parlant. Il lui arrivait quelquefois d'avoir une prescience intuitive de ce qu'est l'amour, qu'elle imaginait comme une musique suave et lointaine. C'est pourquoi elle n'allait pas laisser n'importe quel adolescent boutonneux s'amuser d'elle pour son propre plaisir. Si un jour cette musique devenait assez intense pour l'envelopper et la priver de ses sens, elle se donnerait sans regret et sans honte. Il y aurait l'excitation d'être faite femme au sein de la beauté. C'était là, ou plutôt cela avait été le secret de Susan.

Alors seulement, elle se mit à pleurer tout doucement. Ses rêves, ses incertitudes et ses espoirs ; tout cela s'achevait brutalement dans la douleur, la peur et l'humiliation qui, contrairement à ce qui aurait été naturel, s'étaient muées en pitié. En une seconde, elle avait été détruite, et pourtant elle comprenait et pardonnait à son destructeur.

Une sensation de froid glacial l'envahissait du sommet du crâne à la pointe des pieds. En même temps elle s'engourdissait, comme par un effet à retardement du choc subi. Mais ce qui l'affectait le plus, c'était le souvenir de ce garçon épouvanté, réfugié entre ses bras, et d'elle-même le berçant comme on peut bercer un amant après l'amour.

Elle entendit approcher les autres qui exploraient la longue coursive, elle vit leurs lumières briller çà et là. Elle secoua ses larmes et se remit machinalement à la recherche de son frère. Mais d'abord, ramenée à la scène récente et à ses premiers instants de terreur, elle voulut être certaine de ce qui s'y était passé. Elle en trouva le courage dans la certitude que rien désormais ne pouvait plus la blesser.

Une fois de plus, le faisceau de sa torche éclaira la « chose » mystérieuse qui pendait au plafond, mais cette fois elle la vit et comprit tout en lisant la plaque inversée qui signalait la pièce : CHIRURGIE DENTAIRE-ÉQUIPAGE. Les tentacules n'étaient rien d'autre que les cordons des fraises du dentiste ; et les bras blancs, le fauteuil à l'envers. Comme il était difficile de se rappeler que le monde était à l'envers, et d'y croire ! Serait-il aussi difficile de reprendre son équilibre personnel ? Qui était-elle maintenant ? Qui avait-elle été ? Que restait-il de l'ancienne Susan Shelby ? Comment serait la nouvelle après le passage d'un pauvre matelot épouvanté qui s'était servi de son corps et avait pris la fuite ?

Et, tandis qu'elle éclairait des portes ouvertes ou fermées, explorait des magasins et de petits bureaux ayant appartenu à des chefs de cuisine ou des maîtres d'hôtel, elle se disait : « Ce n'est pas croyable, on finit par se conduire comme si de rien n'était. »

Elle ne trouvait pas la moindre trace de son frère et, à un tiers de la distance de la cage d'escalier, elle rejoignit sa mère, son père, Rogo et Martin. Elle et ses parents se regardèrent sans poser de question, mais en secouant tristement la tête, tandis que Rogo et Martin leur montraient un embarras apitoyé.

XIV

Froid dans le dos

L'expédition revint sur ses pas, réexplorant, regardant derrière les caisses et les ballots écroulés, à la recherche cette fois d'une jeune main de mort dépassant sous un amoncellement, craignant de la découvrir, effrayée de ne rien trouver, de plus en plus envahie par l'appréhension de devoir constater qu'il n'était nulle part.

Ils se retrouvèrent au centre de Broadway, où attendaient les autres.

— Avez-vous trouvé… commençait Manny Rosen quand sa femme lui administra un coup de coude.

— Ne demande rien. Ils l'auraient déjà dit, s'ils l'avaient trouvé. C'est épouvantable !

— Je suis désolé, Jane, dit Scott, il n'est nulle part. Nous ne pouvons pas l'avoir manqué, nous sommes allés jusqu'au bout.

Il ne dit rien de la fente dans le mur interne de la coursive ni du trou noir au fond duquel les lanternes avaient révélé des débris qui flottaient. Kémal avait tendu le bras en disant : « Chaudière, boum ! » La deuxième à droite n'avait pas explosé, mais s'était coincée dans la cheminée. Il n'y avait aucune chance que l'enfant ait pu l'atteindre.

Ils restèrent silencieux jusqu'à ce que Nonnie dise :

— Ce n'est pas possible, il ne peut pas avoir disparu. Il était tellement vivant…

Et elle cria :

— Oh pardon ! quand Muller lui pressa le bras pour la faire taire car, à une seule exception près, ils savaient tous que rien n'était plus probable.

— Et dans les escaliers ? demanda Rosen.

— Il y en a plein, dit Rogo, de chaque côté.

— Il ne pourrait pas y avoir monté ?

— Quoi ? dit Martin, dans ce noir ?

Belle chuchota à son mari :

— Chut, ne parle pas tant, ne pose pas toutes ces questions. Tu ne trouves pas ça assez terrible comme ça ?

— J'ai regardé à l'endroit par où nous sommes venus, dit Susan. Il n'y avait personne. Il y a à peu près vingt centimètres d'eau, maintenant.

Elle se rappelait que l'eau recouvrait presque les canalisations et qu'elle avait entendu Herbert y patauger en s'enfuyant.

— Oui, dit Scott, dans le corridor du pont D, là-dessous. Le bateau s'est enfoncé.

— Seigneur ! dit Rogo. Il peut couler d'une minute à l'autre, alors. Qu'est-ce qui le soutient ?

— Peut-être les soutes et les réservoirs à lest à chaque bout, dit Muller. Acre a dit qu'ils étaient vides. Il peut prendre l'eau par le milieu, mais…

— Alors faudrait se dépêcher de sortir de là, dit Linda d'un ton hargneux. C'est pas notre faute si le gosse est parti. J'ai pas envie de me noyer. S'il était quelque part par là, il aurait appelé, vous croyez pas ?

— Oui, dit Jane Shelby, oui, il faut que vous continuiez, bien sûr.

Elle parlait de façon extraordinairement calme.

— Vous tous, je vous le demande. Moi, je resterai jusqu'à ce que j'aie retrouvé mon fils…

Dans un sursaut, Susan dit :

— Mais Maman… tu ne peux pas ! et elle s'aperçut que ce qu'elle voulait dire était : « nous » ne pouvons pas.

Tout l'égoïsme de la jeunesse l'envahit. Elle n'avait aucune envie d'être laissée dans cette coursive obscure et impressionnante avec le souvenir de ce qui lui était arrivé. Elle voulait s'échapper en grimpant, en allant vers le haut, à la recherche de la lumière et de la vie qui lui fournirait peut-être d'autres rêves. Elle était trop jeune pour se condamner à l'éternel cauchemar de cette quête, dans les ténèbres d'où était venue si rapidement la destruction de la personne qu'elle avait été. Elle n'avait pas envie de mourir.

— Jane, vous ne pouvez pas..., dit Scott. Nous retrouverons votre fils, je vous le promets...

— Vous, vous le promettez ! Pourquoi ? Comment ? Comment le savez-vous ? Vous l'avez vu ? Vous savez quelque chose et vous ne me dites rien ! Qu'est-ce qui vous fait parler comme ça ?...

— Parce qu'il ne sera pas permis qu'il soit perdu !

Muller se rendait compte que le pasteur élevait la voix et il se demanda si, en lui envoyant la lumière de sa torche sur le visage, il ne verrait pas dans ses yeux l'étrange éclat qu'il y avait déjà remarqué.

Scott répétait comme une litanie : « Épargnez la lumière », et ils avaient tellement pris l'habitude de lui obéir qu'on entendit le claquement simultané des interrupteurs, sauf des lampes de Jane et de Scott, et toute l'équipe fut de nouveau plongée dans la pénombre.

— Nous avons gaspillé l'éclairage, ajouta Scott. Désormais, nous économiserons chaque seconde, sans quoi nous sommes perdus. Je ne sais pas quand les piles ont été renouvelées. Sur un transatlantique de cette catégorie, la brigade d'incendie doit les tenir toujours en bon état mais ce bateau était mal entretenu, on ne peut pas savoir. Donc je conseille de ne se servir des torches qu'en cas de nécessité absolue.

— Je suis navrée que vous jugiez que nous avons gaspillé l'éclairage, dit Jane. Que voulez-vous faire maintenant ? Comment retrouverez-vous mon fils sans lumière ?

Si Scott avait été moins obnubilé par le futur, il aurait pris garde au ton de la voix de Jane, à l'expression tendue de ses traits et au désordre provoqué en elle par les récentes difficultés ajoutées à son angoisse.

Le pasteur ne comprit pas plus que les autres, à l'exception de Nonnie qui murmura à Muller :

— Il ne voit donc rien ? Elle va exploser !

— Ma pauvre Jane, j'ai grand-peur qu'il ne faille nous en aller. Nous ne pouvons pas rester là plus longtemps si nous voulons nous en sortir. Chaque minute compte. Vous avez vu que l'eau monte, et il y a une autre raison.

— Laquelle ? demanda Manny Rosen.

— L'air, répondit Scott. Nous sommes enfermés à l'intérieur de la coque. Nous ne savons pas combien d'oxygène elle contient, combien de temps ça durera. N'avez-vous pas remarqué qu'il fait plus chaud ? Il faut continuer.

— Comment ose-t-il ? chuchota Nonnie à Muller. Il n'a donc pas de cœur ?

— Chut, répondit-il en la serrant plus fort contre lui, dans l'ombre qui environnait le cercle jaune des torches.

— Et mon fils ? demanda Jane.

— Nous le trouverons en route, dit Scott.

— Mon vieux, dit Rogo, je n'en suis pas tellement sûr.

Pour la première fois, il sembla qu'une remarque anodine du policier irritait le pasteur, car d'une voix de nouveau perçante, il répondit :

— Où donc est votre foi ? Je vous l'ai dit, il sera retrouvé.

— Je vais rester là et le chercher, déclara Jane.

— Susan et moi resterons avec toi, naturellement, dit Richard Shelby. Nous ne te laisserons pas seule…

Il n'était pas sincère, pas du tout. Il n'avait pas envie que Susan ni lui restent dans cet horrible tunnel qui sentait déjà la mort. Scott avait promis qu'on retrouverait le petit garçon. Shelby le croyait parce qu'il avait envie de le croire. S'il y avait une chance que son fils fût encore vivant dans le voisinage, il ne serait pas parti ; mais ils avaient exploré minutieusement toute la coursive avec l'aide du policier. Cependant, si sa femme persistait dans sa décision pour le cas où, par une faible chance, il reparaitrait tout à coup, il était de leur devoir de rester avec elle. Mais il ne pouvait s'empêcher de trouver le sacrifice affreux et injuste : trois vies de plus, celle de Jane, celle de Susan et la sienne.

Jane savait ce qu'il pensait. Comme toujours il agirait bien pour de mauvaises raisons, l'homme parfait, le mâle, l'*Homo sapiens americanus*, qui ne commettait jamais un faux pas, l'esprit clair dans un corps sain, et un cœur de la taille d'une cacahuète dans la poitrine.

Il aimait son fils de la même façon qu'il l'aimait, elle, par des signes extérieurs ; il jouait au football avec Robin, il lui faisait faire des randonnées et du camping ; il faisait tout ce qu'un père doit faire avec son fils, sauf l'aimer et le comprendre. À l'amour il substituait la fierté : il était fier de ce qui, physiquement et intellectuellement, faisait de son fils une petite reproduction de lui-même.

« Ou plutôt que fierté, vanité », se disait Jane. Vanité que lui inspirait sa femme, sa fille, son fils, son travail, son succès, sa carrière, sa maison, ses amis, sa situation de notable... Personne ne pouvait prendre Dick Shelby en défaut. C'était un type formidable avec une famille formidable. Et tout ça, c'était lui qui l'avait créé. Elle savait qu'au-dedans il était aussi creux que ce ballon de football avec lequel il aimait tant jouer avec son fils, en attendant le jour où celui-ci éveillerait autant d'applaudissements que ceux qui avaient naguère retenti à ses oreilles, ce qui accroîtrait encore sa fierté. « C'est Robin Shelby, le fils de Dick Shelby. Vous vous rappelez le Dick Shelby de 49 ? Drôlement fort, le gars. Son fils est pareil. »

Jane avait découvert tout cela un an après leur mariage célébré à Detroit avec toute la pompe due à la fille d'un magnat de l'automobile. On parlait du jeune Dick Shelby comme d'un homme d'avenir et son père, Howland Cranborne, président de Cranborne Motors, investissait sa fille sur cette assurance.

Quant à Jane, parmi tous les jeunes gens qui lui avaient plu une fois ou l'autre, tous plus ou moins coulés dans le même moule, elle s'était éprise de Shelby et l'avait épousé parce qu'elle avait senti en lui quelque chose de vaguement pathétique, bien dissimulé, qui l'avait émue.

L'amour qu'elle recevait en retour était composé de toute la gamme des clichés de Madison Avenue qui tournent autour de ce mot. En termes de manuels *Comment faire...*, elle ne pouvait se plaindre de son comportement au lit. Il s'attachait à la satisfaire par point d'honneur, non par amour. Souvent, après, alors qu'elle se sentait envahie par la chaleur de sa tendresse, elle était refroidie en sentant que Dick, à côté d'elle, se tenait comme s'il s'attendait à voir la porte s'ouvrir et son entraîneur venir lui serrer la main, ou le proviseur lui décerner un diplôme.

Mais la vraie désillusion s'était produite quand elle avait découvert que le besoin un peu anxieux qu'elle avait pris pour quelque chose de pathétique n'était que la crainte de ne pas se montrer en tout point « comme il faut ». En tout, il était dominé par le souci de se comporter, toujours et partout, conformément aux idées reçues. Il ne demandait rien de plus ni de moins à la vie. Tout ce qu'il faisait était bien, mieux que suffisant, mais jamais très bien. C'est ainsi qu'il pouvait à la fois traiter un Scott sur un pied d'égalité et en faire son héros. Ils faisaient partie de la même classe. À lui aussi, Dick, il était arrivé de marquer le but vainqueur. Il avait terminé la guerre comme capitaine d'artillerie, après un an de conduite exemplaire dans le Pacifique. Il était rentré sans décorations mais sans le moindre blâme, bien vu dans sa compagnie, suffisamment calme sous le feu, ayant fait tout ce que doit faire le soldat moyen, parce qu'il n'osait faire ni plus ni moins.

Jane avait compris que, en l'épousant, il était convaincu d'avoir gagné la coupe du conformisme. Comme elle était elle-même bien dressée et qu'elle avait bon cœur, elle avait joué le jeu et bâti un mariage pas trop malheureux. Son plus grand exploit était d'avoir caché pendant vingt ans à Richard Shelby qu'elle l'avait jugé.

Mais à présent, ces vingt ans de ressentiment refoulé étaient sur le point d'éclater sous la pression des événements. Si Dick proposait de rester avec elle, ce n'était pas parce qu'il était écrasé par la disparition de son fils, mais parce que c'était là le geste attendu.

Dans son angoisse, elle était comme un récepteur qui vibre et s'accorde à la longueur d'onde de chaque émotion. Elle percevait l'impatience de repartir des autres membres du groupe. Son sort, son problème, sa personne, ce qui lui arrivait ne les intéressaient pas réellement. Elle était devenue un obstacle et, comme la grosse Mrs Rosen, une gêne qui menaçait leurs chances de survie. Et elle savait que son mari avait envie de se conformer à leurs désirs et aux ordres de Scott.

— Il ne faut pas partir sans le petit, dit Belle. Pour ma part, ça m'est égal qu'on reste ou non. Tout ça me paraît de la folie : en haut, en bas, en haut... Quand le bateau coulera, nous irons bien tous au même endroit.

— Je ne comprends pas ce qui a pu arriver au gamin, dit Manny. Je nai rien entendu dans le noir, quand il y a eu cette ruée, s'il a appelé. Mais s'il a été écra... je veux dire renversé, peut-être que nous aurions dû...

Il s'embrouillait, conscient que chaque mot ne faisait qu'empirer les choses.

Ah ! ne pas savoir ! Si elle l'avait trouvé mort, Jane l'aurait pleuré comme le seraient un jour tous ceux qui, là-dessous, avaient déjà été écrasés, mis en pièces, noyés. Mais s'il était toujours parmi les vivants, seul, terrorisé, se heurtant aux murs d'un couloir ou d'une chambre à provisions sens dessus dessous, dans d'épaisses ténèbres, ou au fond d'un de ces horribles puits...

Nonnie s'approcha d'elle et lui prit la main :

— Oh, Mrs Shelby, nous ne voulons pas vous laisser là.

Et Muller ajouta :

— Nous comprenons bien ce que vous ressentez.

— Il faudrait peut-être chercher encore, dit Martin.

— Oui, je le pense aussi, confirma Miss Kinsale.

— Je ne vois pas où chercher, dit Rogo, à moins qu'il n'ait été emmené par des gens qui allaient vers l'avant. Ils n'auront pas voulu revenir en arrière et lui n'aura pas été capable de le faire tout seul.

— C'est sa faute à elle, dit Linda. Pourquoi qu'elle est pas restée avec lui ?

Malgré la méchanceté de la remarque, Jane se rendait compte qu'elle avait raison.

À la torture, Jane sentait la fausseté de leurs protestations. La petite danseuse était peut-être sincère, mais les autres ne souhaitaient que se remettre en route. Elle l'avait ressenti elle-même, ce besoin urgent de grimper et de sortir alors qu'il était encore temps, de survivre là où tant d'autres avaient déjà péri ; elle avait connu le triomphe de chaque petite victoire, l'attente anxieuse de tout le navire blessé. Mais envers son mari, elle était pleine de rage.

Scott fut franc.

— C'est à vous de vous décider, Dick. Je me suis engagé à conduire ces gens-là, ils me font confiance. Nous vous laisserons les torches et une des lanternes, mais rappelez-vous qu'elles ne dureront pas éternellement. Si je ne pensais pas que l'enfant est en sécurité ou que nous finirons par le retrouver, je n'aurais jamais...

— Naturellement je reste avec ma femme, dit Shelby.

La Susan adulte qu'elle était devenue les observait. Robin perdu, sa mère ravagée, son père qui se sacrifiait ! Et elle, qui lui demandait si elle voulait vivre ou mourir ? À ses narines montait l'odeur de l'explosion, de l'affrontement final des oppositions intérieures qu'elle avait devinées.

Cette explosion se produisit quand Jane Shelby se tourna vers son mari et lui dit :

— Oh non, tu ne resteras pas ! d'une voix où tremblaient la haine et le dégoût.

Pour Susan, qui s'y attendait, c'était plutôt un soulagement. Quant à Richard Shelby, complètement inconscient des griefs de son épouse enjouée et gracieuse, il la regarda comme si elle devenait subitement folle, et bredouilla :

— Mais Jane ! Que veux-tu dire ? Pourquoi ?

— Parce que je ne veux pas ! Parce que je ne veux pas de ta présence. Parce que je te déteste ; tu me fais horreur. Parce que tu n'es rien d'autre qu'un automate programmé pour parler, marcher, agir comme un pantin en contreplaqué.

Shelby se mit à trembler.

— Jane, enfin, tu sais ce que tu dis ?

— Je le sais très bien, tu es un faible, un être sans colonne vertébrale, qui a tout essayé sauf de devenir un être humain. Pas une fois tu n'as osé, pas même en pensée, faire quelque chose qu'on n'avait pas déjà fait avant toi. C'était horrible de vivre dans ta maison, horrible d'être dans ton lit.

Cette sortie stupéfia tout le monde, sauf Scott qui se tenait un peu à l'écart, partageant les lanternes et les rouleaux de corde entre Kémal et lui-même. Ils faisaient tous semblant de regarder ailleurs, sauf Linda qui éclata de rire et dit à Rogo :

— Tiens, voilà une dame, comme tu dis ! Et moi, tu me disputes !

Avec une consternation croissante, Shelby voyait s'écrouler les fondations mêmes d'un mariage qu'il croyait à l'abri de tout et, maladroitement, il eut recours au cliché dont use tout homme confronté à l'improviste avec une femme en colère :

— Mais Jane, je t'ai toujours aimée…

— Toi ! mais tu ne sais même pas ce que ça veut dire ! J'exécrais ta façon d'aimer dans les moments même où j'aurais dû t'aimer le plus, je méprisais ta lâcheté et ta façon de te conformer au portrait du bon mari. Tu n'as même pas eu le courage de prendre une maîtresse ou de te glisser au lit avec la femme d'un autre, histoire de t'amuser ! Je t'aurais presque respecté si tu l'avais fait, mais là encore tu voulais être comme il faut. Seulement, quand tu sortais avec tes copains, tu courais les filles pour qu'on ne te prenne pas pour une pédale !

Tout l'édifice s'effondrait : comment était-elle au courant de ses escapades, au cours des congrès à New York, Chicago ou Atlanta ?

— Tu ne sais même pas de quoi je parle, poursuivit Jane. Tu te demandes comment je sais, pour les putains ? Tu crois que ça me fait quelque chose ? T'es-tu jamais dit que j'étais un être humain doué de compréhension ? Chaque fois que j'ai essayé de t'ouvrir les yeux sur la vie que nous menions, tu te mettais la tête dans un sac. Tu vas essayer de me faire venir avec toi pour sauver ma vie, la tienne et celle de Susan, et tu prétends rester parce qu'un homme ne doit pas abandonner sa femme même quand il la juge égoïste et folle. Mais dans ta poitrine, ton cœur n'est pas brisé parce que tu as perdu ton fils. Il a pu être piétiné, étouffé, noyé ; ou bien c'est juste un pauvre petit garçon terrifié, perdu dans le noir !

Elle tomba à genoux, la tête dans les mains et sanglota : « Je ne saurai jamais, jamais, jamais ! »

Une fois de plus Nonnie fut la première à son côté ; elle s'agenouilla et la prit dans ses bras : « Là, non, ma chérie, non, je vous en prie. »

Miss Kinsale tournait autour d'elle, s'agitant et produisant de menus bruits de sympathie. Quant à la pratique Mrs Rosen, elle déclara : « Écoutez, Mrs Shelby, vous ferez ce que vous penserez juste, et Manny et moi on va rester avec vous… »

Le coup dur que Shelby avait reçu en quelques secondes le laissait raide et paralysé, sans la force de rejoindre sa femme. Susan, elle non plus, n'était pas capable d'aller au secours de sa mère, mais restait plantée là à regarder ses parents, comme on regarde deux étrangers, presque aussi stupéfaite que son père. Comment sa mère avait-elle pu vivre en épouse aussi accomplie pendant tout ce temps, en cachant ainsi ses sentiments ? Comment son père avait-il été aussi aveugle sur la vraie personnalité de celle qui partageait sa maison ? Comment elle-même, Susan, avait-elle pu à ce point ignorer ce que sa mère était en réalité, et son père aussi, d'ailleurs. La « chute de la maison Shelby » la laissait partagée entre sa mère au désespoir et son père effondré ; une pensée ridicule la traversa : « Pauvre père, s'il savait ce qui m'est arrivé ! »

Aussi vite qu'elle avait craqué, Jane reprit possession d'elle-même et écarta les mains de son visage. À la lumière des lanternes, on voyait qu'elle ne pleurait pas.

— Non, dit-elle d'une voix soudain atone, j'irai avec vous.

Elle montra Scott du doigt :

— Ce monstre a raison. Son devoir est d'être avec les vivants. Le mien aussi, je pense. Je vous ai retenus trop longtemps. En route !

Le monstre répondit sans marquer d'émotion :

— Jane, je suis sûr que vous avez pris la bonne décision.

De tous, ce fut peut-être Muller le plus satisfait : cette situation, qui lui déplaisait souverainement, n'avait que trop duré. Se tournant vers Nonnie, il chuchota : « Vous êtes bonne. » Du fond du cœur, il aurait bien aimé savoir de quoi Scott était fait, ce qui le faisait marcher.

Susan vint prendre sa mère dans ses bras en disant :

— Oh Maman, je ne sais que dire.

Jane frissonnait toujours, sensible à la moindre radiation.

— J'espère que tu ne sauras jamais ce que c'est que d'abandonner son enfant, dit-elle à sa fille.

Le reproche fit mouche, mais non où il était dirigé, autre part, dans la nouvelle Susan qui se dit : « Oh mon Dieu, et si j'en avais un ! »

Scott prenait déjà des dispositions.

— J'irai en tête avec une des grosses lanternes. Rogo fermera la marche avec une autre. Cela devrait suffire. Nous allons traverser... – il hésita un instant – ce qui reste de la seconde chambre des chaudières. Nous aurons besoin de toute notre énergie pour aller jusqu'à la salle des machines.

— Et de celle de Dieu, ajouta Miss Kinsale.

Scott la considéra de toute sa hauteur.

— Dieu compte sur nous. Je ne crois pas qu'il soit nécessaire de l'importuner. Il nous a donné la force de nous fier à nous-mêmes, nous ne devons pas le décevoir, ne croyez-vous pas ?

Miss Kinsale cligna des paupières comme un enfant grondé qui retient ses larmes.

— Oh oui, sûrement vous avez raison, docteur Scott. Si vous le dites comme ça...

Muller fut tenté de demander à Scott ce qu'il pensait du petit garçon, si intrépide, si courageux, et si jeune. Où donc la perte de cette première victime, dans leur tentative pour sauver leurs vies, se situait-elle dans la théologie du pasteur ? Mais il se retint : on avait assez parlé comme ça.

L'interruption vint d'un autre côté. Rogo remarqua :

— Le Réjoui et sa gosse ne sont pas là.

Avec toutes ces préoccupations personnelles, on les avait oubliés.

Scott parut ennuyé.

— Où sont-ils ?

— Ivres morts ! gloussa Linda.

— Ils ont dû trouver la réserve de spiritueux, dit Martin.

— Oh, mon Dieu ! fit Shelby, s'il est saoul, il...

— Vous les avez vus ? demanda Scott.

— Ouais, répliqua Rogo.

Martin et Scott se détachèrent du groupe et, conduits par le détective, gagnèrent le magasin où leurs lanternes découvrirent les formes du Réjoui et de son amie dans la même position qu'un peu plus tôt, excepté que Pamela s'était endormie.

Scott les secoua par les épaules, mais seule la jeune fille se réveilla. Elle était de ces gens qui, à peine réveillés, savent où ils sont et ce qui se passe.

— Oh, dit-elle, j'ai juste fait un petit somme.

— Et lui ? demanda Martin.

Elle sourit.

— Oh lui, il ne se réveillera pas avant des heures. Il a bu presque toute une bouteille de whisky.

Scott les considéra avec colère et jura. Il demanda à Pamela :

— Comment avez-vous pu le laisser faire ? Vous ne vous rendez pas compte qu'il est fichu ? Il va falloir que vous le laissiez là ! On ne peut pas le traîner dans cet état et on ne peut pas l'attendre ; on a perdu assez de temps comme ça.

La jeune fille ne prêta aucune attention à ce qu'il disait ; elle regarda tendrement le Réjoui et finit par répondre :

— Je ne le quitterai pas. Il faut que je sois là quand il se réveillera ; il aura besoin de moi.

— Voyons, Miss, la raisonna Martin, vous ne voyez pas le pétrin où il s'est mis et où il nous met ? Vous allez vous sacrifier pour ce type ?

Pamela le regarda comme si elle ne comprenait pas ce qu'il disait :

— Me sacrifier ? répéta-t-elle.

— Pourquoi ne l'avez-vous pas empêché de boire ? demanda durement Scott.

— Parce qu'il en avait besoin, répondit-elle. Cela le rendait heureux.

Elle n'ajouta pas : « Et de nouveau gentil et tendre et affectueux avec moi. »

Avec moins de tact, Rogo éclata :

— Voyons, Miss, ce type n'est qu'un pochard ! Vous êtes jeune ! Peut-être bien qu'on va couler avec ce rafiot ! Mais, sinon, vous avez le droit de vivre votre vie ! Venez avec nous ! Lui, c'est son affaire !

— Mais je vis ma vie ! répondit Pamela avec une telle conviction qu'on ne pouvait en douter. Continuez. Nous vous suivrons quand il se réveillera.

Les hommes échangèrent un regard.

— Elle est comme lui, je connais le genre, dit Martin. Il y a des filles qui aiment les ivrognes.

— Nous allons vous laisser cette torche, décida Scott. C'est tout ce dont je peux disposer. Nous ne pouvons pas attendre.

En levant les yeux sur lui, la jeune fille fit un signe d'assentiment, prit la lampe et l'éteignit aussitôt.

— Il vaut mieux que je l'économise. Merci d'être venus nous chercher.

Les trois hommes s'éloignèrent.

— La petite dinde ! dit Rogo avec dégoût. Elle sait pas qu'ils vont mourir, tous les deux, s'ils restent là ?

— Si, répondit simplement Scott, elle le sait.

« Seigneur ! pensa Martin, et moi qui trouvais dur notre Hosey ! »

Quand ils rejoignirent les autres, Rosen demanda :

— Eh bien, où sont-ils ? Qu'est-ce qui se passe ?

— Il n'était pas en état de bouger, se força à répondre Scott, La jeune fille reste avec lui. Je leur ai laissé une lampe.

Il donna le départ. Son visage avait une expression cruelle et, une fois de plus, la lumière se reflétait dans le vide de son regard. Personne n'avait envie de discuter ni même de penser à ce que cela signifiait.

Jane Shelby déclara :

— Je l'envie, cette petite !

XV

Belle Zimmerman

Les deux premières chaudières, chauffées à blanc, s'étaient arrachées de leurs fixations et, plongeant par la cheminée dans la mer, avaient explosé. Les deux autres, plus à l'arrière, n'avaient pas été entièrement détachées ; mais disloquées et maintenant refroidies, elles composaient un inquiétant paysage lunaire de montagnes et de vallées de fer convulsé.

Renversée et éventrée, cette pièce de trois ponts de haut avait perdu toute ressemblance avec son aspect primitif presque aseptique. Les rangées de foyers étalaient leurs scories derrière les portes émaillées dont les fenêtres de mica avaient permis aux chauffeurs de surveiller leur éclat orange vif. Les débris des thermomètres, des injecteurs et des panneaux de contrôle, naguère impeccablement propres, ressemblaient aux façades de stuc et de papier mâché grossièrement peintes qui, devant les baraques de foire, prétendent représenter les régions infernales.

L'expédition était entrée par une étroite porte de Broadway, tout à fait à son extrémité où Kémal venait de les conduire. Là commençait le terrain qui lui avait été familier et, pour la première fois, son langage par gestes resta incompréhensible à Scott et son entourage. La main tendue paume en dessous, il fit une série de mouvements ondulants, puis regarda Scott d'un air inquiet et interrogateur.

— Qu'est-ce qu'il essaye de dire ? demanda Muller. Je ne comprends pas. Les autres types ont dit que de ce côté-ci, c'est bouché. Croyez-vous que c'est ça qu'il veut dire ?

Et, se tournant vers Kémal :

— Okay ? Okay ?

Cette fois le Turc se contenta de hocher la tête.

— Il veut que nous allions de ce côté, dit Muller.

L'entrée était si étroite que Belle Rosen annonça :

— Si ça se rétrécit, je ne pourrai pas passer.

— Ça va, au contraire ça s'élargit, répondit Scott de l'avant. Restez ensemble. Rogo, éclairez le sol.

En effet, le passage ondulait comme s'il avait été plissé par un tremblement de terre et, à un endroit, le sol en était fendu, de sorte qu'il leur fallut enjamber une faille de plusieurs dizaines de centimètres. Des liquides s'écoulaient en bouillonnant de tuyaux rompus.

Un tournant brusque donnait sur une cage d'escalier où les marches en échelle paraissaient monter presque normalement au lieu de pendre du plafond. Intrigué, Muller demanda :

— Comment n'est-il pas à l'envers, comme les autres. Nous ne nous sommes pas redressés, pourtant !

Ils allumèrent un instant toutes les lampes pour l'examiner.

— Il a été seulement retourné d'avant en arrière, dit Shelby. Mon Dieu, quelle force il a dû subir !

C'était la première fois qu'il parlait depuis la scène de Jane et le son de sa propre voix parut l'inquiéter car il regarda autour de lui d'un air soupçonneux.

— C'est une chance, dit Muller.

— On fabrique sa chance, dit Scott.

C'était une véritable échelle, sans rien entre les marches, de sorte qu'au contraire des précédents escaliers elle ne présentait pas grande difficulté.

Scott envoya les hommes se poster à différentes hauteurs pour aider les femmes à passer. Le haut aurait dû être au niveau du pont F, au lieu de quoi ils aboutirent dans ce qui restait de la chambre de chauffe. Les morts gisaient en tas à l'endroit où la gîte du navire les avait projetés.

— Oh mon Dieu ! ils sont morts ! Je ne veux pas aller par là ! hurla Linda.

— Et de quoi avez-vous peur ? demanda Belle. Ils ont peut-être plus de chance que nous. Il y a des fois où il vaut mieux être mort que vivant.

— Peut-être pour vous, mais moi, j'ai toute ma vie devant moi.

— Ils ne te feront pas de mal, lui dit Rogo.

C'était une des choses que son métier lui avait apprises. Quand une balle a arrêté le cœur d'un homme, il ne fait plus ni le bien ni le mal.

— Ne devrions-nous pas prier pour eux ? demanda Miss Kinsale.

— Plus tard, dit Scott en explorant les alentours faits d'un amoncellement de débris.

— Je pense que Kémal est venu ici avant que les lumières ne s'éteignent et qu'il connaît un peu le chemin. Suivons-le.

Il fit signe au Turc de prendre la tête. Ils se remirent à la queue leu leu, dans le même ordre : Scott et Miss Kinsale, Martin, Shelby, Susan et Jane, les Rosen, Muller et Nonnie, Linda et Mike Rogo fermant la marche.

Cela montait lentement. Sous leurs pieds, le sol était couvert d'aspérités dangereuses, comme une pente volcanique faite de pointes de lave refroidie. À l'avant, Kémal éclairait la marche avec une des grosses lanternes et indiquait les passages les plus commodes. Ils avançaient lentement par un itinéraire sinueux.

Shelby aurait voulu offrir son bras à sa femme, mais il n'osait pas. Il était à la fois anéanti, mis hors de lui et effrayé par elle. Après tant d'années de paix et d'harmonie, se voir apostropher avec cette haine, se voir humilier devant des étrangers, se voir reprocher d'être un amant médiocre et un raté !... Néanmoins, il se retourna pour chuchoter à sa fille :

— Sue, fais attention à ta mère. Je... je me demande ce qui lui a pris, ajouta-t-il gauchement.

Si Jane avait entendu, elle n'en donna pas signe ; mais quand, à un passage difficile, Susan lui prit la main, elle la lui serra fortement.

Belle Rosen poussa un cri, glissa et tomba. Son mari se pencha pour essayer de la remettre sur pied. Elle gémit :

— Manny, tu tiens à ce que je continue ? Combien de temps crois-tu donc qu'une vieille femme comme moi peut tenir ? Je ne suis qu'un fardeau pour tous ces gens. Ils iraient bien plus vite sans nous.

Aidé de Rogo, Manny l'avait relevée. Nonnie vint lui passer le bras autour de la taille.

— Il ne faut pas dire ça, Mrs Rosen. Nous sommes tous comme vous.

Muller entendit Linda murmurer : « Dans la merde ! »

— Encore un petit effort, Maman. Ce n'est plus très loin, n'est-ce pas, Frank ?

— Je ne sais pas, répondit Scott. Je ne peux encore rien dire. Nous devons progresser aussi longtemps que nous le pourrons.

— Je crois que vous avez raison, dit Belle. Vous me faites honte à me plaindre tout le temps. Je suis bien d'accord.

Soudain, le passage choisi et éclairé par Kémal se mit à descendre, doucement d'abord, puis très escarpé.

— Hé ! cria Rogo de l'arrière-garde, est-ce qu'il sait ce qu'il fait, ce type ? On descend ! Vous savez ce qu'il y a là-dessous ? Pas question ! Je croyais que vous vouliez monter jusqu'en haut !

Ils avaient déjà redescendu plus qu'ils n'avaient grimpé par la dernière échelle ; on devait se retrouver à peu près à la hauteur du pont E.

Scott se retourna et les arrêta.

— Nous y monterons. Pourquoi croyez-vous que ce garçon ait quitté ses camarades pour se joindre à nous ?

Personne ne répondit mais Rogo, qui se trouvait le plus haut, dirigea sa lanterne sur le visage de Scott comme un électricien, du balcon, braque son projecteur sur un acteur. Le regard du pasteur ne bougea pas ; il ne battit même pas des paupières. Dans cet éclairage dramatique, on voyait qu'il ne regardait personne. Il se retourna et se remit en marche.

Il n'y avait rien à faire que de le suivre. Avec une pointe de nausée au creux de l'estomac, Muller estimait qu'ils avaient perdu au moins trois mètres sur l'altitude gagnée à si grand-peine. La pente devenait de plus en plus abrupte. Ils abandonnaient sans le moindre effort les étages pour lesquels ils s'étaient si péniblement battus. Ils en étaient tous conscients ; mécontents à chaque pas, ils perdaient un peu plus courage.

— Scott ! cria Rogo. Espèce d'imbécile ! Nous retombons dans la mélasse ! C'est par là que les autres ont dit que c'était bloqué !

— Ne vous en faites pas, répondit Scott. Kémal n'en avait pas l'air convaincu. N'oubliez pas que c'est la partie du bateau qu'il connaît.

Ils descendirent encore péniblement quelques mètres et se trouvèrent dans un cul-de-sac. Le sol de la chaufferie disparaissait dans une de ces mares d'eau sale désormais trop connues, recouvertes d'une pellicule irisée de mazout. Celle-ci faisait environ huit mètres carrés et s'étendait jusqu'à une solide paroi de métal luisant.

Épuisés, découragés, consternés, ils se laissèrent tomber sur la rive de la mare. Jane Shelby murmura : « Oh non, oh non ! » Miss Kinsale se mit à prier : « Seigneur, qu'avons-nous fait pour T'offenser ? »

Martin murmura : « Oh, doux Jésus ! », car chaque fois qu'il voyait cette eau noire, il revoyait la silhouette de Mrs Lewis. Ils avaient dû atteindre quelque bouche d'air aboutissant dans la chaufferie et que la mer avait envahie.

Seuls Scott et Kémal étaient restés debout. Le pasteur contemplait silencieusement la scène. Il avait l'air d'attendre quelque chose. Kémal tendait la main vers le mur, comme s'il essayait de l'atteindre et d'y enfoncer le doigt. « Machine », dit-il. Puis, désignant le puits noir, il refit son bizarre mouvement ondulant comme s'il nageait.

— Qu'est-ce qu'il essaye de nous dire ? demanda Rogo. Pourquoi diable nous a-t-il emmenés ici ?

— La salle des machines doit se trouver de l'autre côté, dit Muller.

Il interpella Kémal :

— Écoutez, dit-il très fort, qu'est-ce qu'il y a sous cette eau ? Un autre passage ? Où va-t-il ? Est-il profond ?

L'homme ne comprenait pas les mots, mais de ses yeux attentifs et intelligents, devinait leur sens. Il se remit à faire des gestes. Avec ses mains, il dessina une sorte de boîte, puis écarta les bras à plusieurs reprises, et ensuite mima quelqu'un montant une échelle ou un escalier très raide. Puis il refit son imitation d'explosion accompagnée d'un « Boum ! » éclatant, et il leva les épaules.

— Il doit y avoir un passage là-dessous. Minute ! Remis dans le bon sens, ça doit relier la chaufferie et la chambre des machines, pour permettre aux officiers mécaniciens d'aller de l'une à l'autre. Maintenant, c'est sous l'eau.

Il montra la mare et fit le geste de nager en regardant Kémal. Le graisseur sourit et fit non de la tête.

— Il n'y va pas, dit Muller. Dieu sait ce qu'il y a là-dessous, et à quelle distance. Je ne lui en veux pas.

— Hé, hé, fit Belle Rosen. Nager sous l'eau, je sais le faire.

Mais personne n'y prêta attention. Ils étaient réunis autour d'une sombre mare de désespoir qui conduisait Dieu sait où.

Rogo recourut à sa phrase favorite.

— Okay, Patron, vous nous montrez ce qu'il y a à faire. Vous allez descendre dans ce trou ?

Scott illumina la flaque d'eau.

— Oui, dit-il.

La vague de soulagement qui courut entre les hommes était presque tangible et Jane Shelby essaya rageusement de refréner son admiration pour Scott. Quels que puissent être ses défauts, en tant que chef il avait du courage.

— Y a pas moyen, dit Rogo.

Il exprimait ce que ressentaient tous les autres. Kémal avait refusé. Rosen, pas question. Si Scott n'avait pas accepté, cette tâche difficile serait revenue à Martin, Muller ou Shelby ; et bien que tous fussent bons nageurs, aucun d'eux ne se sentait le courage de plonger dans le pétrole à la rencontre de toutes sortes d'obstacles et d'horreurs. Cependant, ce fut Muller qui reposa le poids sur les épaules :

— Il n'en est pas question, Frank. Nous ne pouvons vous laisser faire ça.

— Pourquoi pas ?

— Parce que, dit Muller laconiquement, vous êtes le panier où nous avons mis tous nos œufs.

Le petit Rosen fut le premier à le comprendre.

— Mon Dieu c'est vrai ! Si quelque chose arrivait à Frank…

— N'y allez pas, je vous en prie, n'y allez pas ! murmura Nonnie à Muller.

— N'ayez pas peur, je ne risque pas d'en avoir le courage.

— Il ne m'arrivera rien, dit Scott.

Mais Shelby relança la balle :

— Muller a raison, nous ne pouvons pas courir ce risque ! Il va falloir retourner. Peut-être aurions-nous dû tenter d'aller à l'avant, au départ.

L'ancien Shelby se serait porté volontaire, du moins l'aurait-il proposé pour se montrer à la hauteur, mais l'ancien Shelby avait éclaté en morceaux.

Miss Kinsale frissonna.

— Je ne pourrais pas supporter de retraverser ce Broadway.

— Ce n'est pas possible, trancha Martin. Nous avons déjà trop investi pour changer de politique. Songez que nous avons déjà misé deux heures.

Mais il ne se proposa pas pour autant.

— Joli travail, mon petit Frankie, dit Rogo, lourdement sarcastique.

Muller se demandait combien de temps le pasteur supporterait son tourmenteur sans lui tomber dessus, mais il paraissait impossible de le faire réagir. Muller en voulait à Scott de son impassibilité, et à lui-même de son manque de courage pour aller voir si cette cuve obscure cachait quelque voie de salut, si improbable que cela parût.

Scott déclara d'un ton sans réplique :

— Je ne vois pas d'autre possibilité. À moi d'y aller.

— Tant de chichis pour un peu d'eau, dit Belle Rosen. Si vous me laissez faire, j'aurai vu ça en cinq minutes. Comme je disais, je sais nager sous l'eau.

Ils la regardèrent tous avec stupéfaction.

— Vous ne parlez pas sérieusement, Mrs Rosen ! dit Martin.

Elles étaient tellement incongrues, ces paroles venues de cette femme à la robe de dentelle noire lacérée, le fard effacé de la bouche et des joues, la peau grise tachée par la sueur, les yeux cernés derrière les verres épais de ses lunettes... Ses membres étaient marbrés de bleus. Elle les regardait tranquillement.

— Je suis devenue grosse, alors vous ne vous doutez pas que j'ai été une sportive, moi aussi, dans ma jeunesse. Demandez à Charlotte Epstein, de l'Association sportive féminine. Paix à son âme, elle est morte, maintenant. J'ai été championne de nage sous-marine pendant trois ans.

— Seigneur, qu'est-ce que cette vieille folle raconte ? murmura Linda Rogo.

Belle Rosen l'entendit. Comme toujours. Elle tourna son regard mélancolique sur la jeune femme.

— Des choses que vous ne pouvez pas connaître. Parce que vous n'avez jamais entendu parler d'Eleanor Holm. Ou d'Helen Meany, d'Eileen Riggin, d'Ethelda Bleibtrey ou de Gertrude Ederle. Toutes des championnes. Je pouvais retenir ma respiration sous l'eau pendant deux minutes. Une fois, même, deux minutes et trente-sept secondes. Le record du monde alors. Eppie – Charlotte Epstein la présidente de l'Association des nageuses de New York – a été la plus grande nageuse qu'ait connue notre pays. Notre entraîneur, c'était Handley, celui qui a entraîné Gertrude Ederle pour la première traversée de la Manche. Une fois, Trudy a dit que j'aurais pu faire la traversée de la Manche sous l'eau, si j'avais voulu.

Elle parlait avec volubilité. Personne ne pensait ni ne tenait à arrêter cette litanie de noms dont ils n'avaient jamais entendu parler. Sans y croire, ils commençaient à entrevoir la lueur d'espoir qu'elle leur apportait.

J'étais terrible, continuait-elle, je faisais peur aux gens. Je restais si longtemps, on ne savait pas quand j'allais ressortir ; une fois j'ai presque donné une attaque à Eppie elle-même en nageant deux longueurs et demie de piscine, un jour que j'étais en forme.

— Mais, dites-moi, demanda tout à coup Martin, n'êtes-vous pas Belle Zimmerman ?

— Si c'était Belle Zimmerman ? dit fièrement Manny. C'est ce qu'elle vous dit, non ? Vous devriez voir toutes ses coupes et ses médailles et tout son album de coupures de presse. Quand elle a battu le record du monde, elle a eu la première page du *Daily News*. Si vous ne le croyez pas, on a l'album à la maison, pour vous montrer.

— Mais Manny, il est trop jeune pour s'en souvenir. C'était il y a longtemps.

— Je suis plus vieux que vous ne pensez, dit Martin. Quand j'avais six ou sept ans, mon père m'a emmené à une compétition de natation à l'ancien Club athlétique de l'Illinois, à Chicago. Il y avait une nageuse – maintenant ce nom de Belle Zimmerman me revient – qui nageait sous l'eau et j'avais eu une peur bleue qu'elle ne se soit noyée et ne remonte pas. J'ai poussé des hurlements, il a fallu m'emmener, tout le monde me regardait.

— C'était moi, dit Belle avec satisfaction. Nous avons gagné le championnat national. J'ai battu le record américain. Après m'être arrêtée et mariée, j'ai beaucoup grossi.

— Tout ça, c'est vrai ! confirma Rogo. Je me rappelle que j'ai vu vos photos, au magasin. Vous étiez belle môme !

Linda glapit tout à coup :

— Et alors, et alors ? et pia pia pia ! J'veux sortir de là !

Sa voix montait en flèche.

— Il ne faut pas vous exciter comme ça, Mrs Rogo. Donnez-moi une de ces lampes et je descends voir comment c'est. Aucun d'entre vous ne peut retenir sa respiration comme moi. Si c'est ouvert, nous le saurons. Si ça ne l'est pas…

Sa proposition galvanisa les hommes.

— Nous ne pouvons vous laisser faire ça, Mrs Rosen, s'écria Shelby. C'est trop dangereux. Nous ne savons pas ce qu'il y a là-dessous. Il faudrait d'abord connaître la profondeur.

— Oui, intervint Muller, l'un de nous devrait d'abord essayer.

— Je pense que si c'est comme ça… commença Martin qui ne termina pas sa phrase de peur qu'on ne la prît pour une proposition ; puis, gêné, il ajouta :

— Je ne sais pas très bien nager.

À la surprise générale, Manny déclara catégoriquement :

— Si ma femme dit qu'elle peut, c'est qu'elle peut.

— Ce n'est pas si difficile, quand on a l'habitude, ajouta Belle avec simplicité. Le tout est d'avoir une bonne paire de poumons, et moi, je les ai toujours.

Sa proposition était si humiliante pour les hommes qu'ils se tournèrent vers leur chef dans l'espoir qu'il saurait leur épargner cette épreuve.

Le pasteur Scott regarda la petite femme rondouillarde et finalement déclara :

— Entendu, Mrs Rosen, vous allez essayer.

Ils le regardèrent tous avec étonnement, non sans quelque indignation. Les hommes avaient espéré qu'il insisterait pour y aller lui-même malgré leurs objections. Il reprit de sa voix profonde et impérative :

— Vous avez tous entendu ce qu'elle a dit. Mrs Rosen a été championne. Les champions sont des gens différents des autres, une autre race.

Belle Rosen s'épanouit de fierté et parut tout à coup beaucoup plus grande.

— Oui, poursuivit Scott, depuis le début vous la considérez comme une gêne, un poids mort et, qui plus est, certains d'entre vous se sont arrangés pour le lui faire sentir. Elle a proposé de nous aider de bonne foi. Pourquoi lui refuser cet honneur ?

Une fois de plus, Jane Shelby fut irritée par les contradictions du pasteur. Un cri montait en elle : « Comment pouvez-vous me forcer à abandonner mon fils et à admirer ce que vous faites pour cette femme ? »

— Puisque vous voulez essayer, Mrs Rosen, dit Scott, nous allons prendre toutes les précautions possibles.

— Les précautions, c'est moi qui les prends, dit Belle. Je ne suis pas folle. Éteignez les lumières, ordonna-t-elle.

Dans l'obscurité totale qui les entourait de nouveau, Muller murmura pour lui-même :

« Voilà encore une fois Buzz Scott qui gagne. »

— Quoi ? demanda Nonnie.

— Peu importe, répondit Muller.

On entendait la respiration de Belle, puis il y eut un bruit de froissement. « Ça va, dit-elle, vous pouvez rallumer. » Elle n'avait pas voulu qu'ils la voient se déshabiller. Ensuite, elle ne parut plus se préoccuper de pudeur, sinon pour remarquer : « Sans mes vêtements, je ne suis plus aussi bien faite qu'avant. »

Elle avait enlevé sa gaine et ne portait plus qu'une culotte et un soutien-gorge noirs. Elle était assez grotesque avec ses bourrelets de peau blanche, et en même temps pleine de courage et de dignité. Ses mouvements avaient repris leur précision et leur vitalité. Elle enleva ses lunettes et les tendit à son mari. « Au nom du ciel, ne les perds pas ! Où est la torche ? » Scott la lui tendit. Elle l'alluma et montra bien qu'elle n'était pas folle en la plongeant sous l'eau pour s'assurer qu'elle était étanche et vérifier son intensité. « Voulez-vous me l'attacher sur le dessus du poignet ? » demanda-t-elle en tendant le bras. Il restait assez de serviettes et Muller fixa solidement la torche. « La corde, vous pourriez la nouer autour de ma taille, le nœud dans le dos. » Scott prit une des plus longues cordes de nylon et l'attacha comme elle le demandait.

— Maintenant, écoutez-moi, dit Belle. Il ne s'agit pas de battre des records du monde, aujourd'hui. Je dois encore pouvoir retenir ma respiration pendant deux minutes. Si je réussis à passer, je tire un coup sur la corde. Si au bout d'une minute et demie je n'ai pas tiré, c'est vous qui me tirez. Souhaitez-vous bonne chance.

— Vous voulez dire que nous vous souhaitions bonne chance, dit Hubie Muller.

— Non, dit Belle. Je n'ai pas besoin de chance. Vous oui, pour que j'y arrive en moins d'une minute. Parce que, deux minutes, aucun de vous n'est capable de retenir sa respiration aussi longtemps.

Ils n'y avaient pas pensé.

— Mr Scott et Mike, vous êtes les plus forts, peut-être pourriez-vous prendre l'autre bout de la corde. Avant une minute et demie, ne vous inquiétez pas. Mr Muller, surveillez l'heure à votre chronomètre.

Elle resta un moment assise au bord du puits, ses jambes grasses trempant dans l'eau. « Elle n'est même pas froide », dit-elle et, un instant, Hubie Muller la vit comme une de ces vulgaires cartes postales de bains de mer, où de grosses dames posent en costumes de baigneuses. Les autres la contemplaient avec fascination.

Belle Rosen commença à respirer profondément du diaphragme : une, deux, trois, quatre, cinq, un peu plus profondément chaque fois, puis, les poumons remplis au maximum de leur capacité, elle plongea. Ils virent sa lumière sous-marine et son corps blanc s'enfoncer comme une otarie, puis elle disparut à leur vue.

— Dix secondes, dit Muller.

La corde défilait entre les doigts de Scott et de Rogo. Au bout de quelques mètres, elle s'arrêta et Rogo souffla : « Doux Jésus ! »

— Ne vous en faites pas, dit Manny, ne vous en faites pas. Je vous dis que, sous l'eau, Mrs Rosen est comme un poisson. Sinon, vous pensez bien que je ne l'aurais pas laissée faire.

— Vingt secondes, dit Hubie.

La corde se remit à filer, d'un mouvement uniforme. Elle s'arrêta, s'amollit, puis se retendit.

— Oh Dieu ! dit Hubie, quarante cinq secondes.

— Ne vous affolez pas, dit Manny.

La corde se remit à glisser.

— Vous voyez !

Le poignet de Hubie Muller tremblait si fort qu'il avait peine à fixer la trotteuse.

— Une minute ! Elle a dit que si ça prenait plus d'une minute, aucun de nous n'en serait capable, rappela-t-il.

— Pour l'amour de Dieu, ramenez-la avant qu'elle se noie ! s'affola Shelby.

Mais Manny Rosen était d'un calme et d'une confiance incroyables.

— À mon avis, il faut faire comme elle a dit. Sans ça, si quelque chose tourne mal, ça sera votre faute.

— Le temps, Hubie, dit Scott qui surveillait la corde.

— Une minute vingt secondes, dit Hubie, la voix altérée.

Plus que tout au monde, il souhaitait que cette courageuse grosse femme ne meure pas là, dans cette obscurité puante, parce qu'il était lui-même un lâche.

— Je vais compter à rebours, dit-il. Dix, neuf, huit, sept, six, cinq, quatre, trois, deux, un : tirez !

Rogo et Scott halèrent la corde et faillirent tomber à la renverse, car il n'y avait aucune résistance.

— Tirez, tirez ! hurla Hubie, et Martin empoigna la corde à son tour.

— Oh, mon Dieu, si la corde a cassé et qu'elle ne trouve plus son chemin là-dedans !...

Ils ramenèrent des mètres de corde molle puis la sentirent se tendre comme s'ils venaient d'attraper un gros poisson. Au fond du puits, on aperçut une lueur, puis un corps blanc vint crever la surface ; l'air des poumons torturés de Belle s'échappa avec bruit et elle reprit sa respiration à petits coups rapides. Les hommes la hissèrent et elle s'assit sur le rebord. Jane Shelby, Susan et Nonnie s'agenouillèrent à côté d'elle et la dévisagèrent anxieusement.

— Ne soyez pas si agités, vous tous. Je vais bien. Il faut seulement retenir sa respiration pendant trente-cinq secondes et on ressort de l'autre côté. S'il y a eu une porte à cet endroit, il n'y en a plus. À un endroit, faut faire attention, il y a quelque chose qui pointe, mais ce n'est pas grave.

— Mais s'il ne faut que trente-cinq secondes, pourquoi êtes-vous restée si longtemps ? demanda Hubie Muller. Nous avons tous risqué un arrêt du cœur !

— Je suis incorrigible, dit-elle. Du moment que j'y étais, j'ai voulu voir à quoi ça ressemblait.

— Et qu'avez-vous pu voir ? demanda Scott.

— Pas grand-chose, il ne faisait pas assez clair. Il y a une sorte de plate-forme comme ici, mais plus haute et toute plate. De toute façon, j'ai pris une bonne goulée d'air avant de revenir. Maintenant, je vais vous montrer. Pour être tranquille, il faut arriver à rester au moins quarante-cinq secondes sans respirer. Une minute, c'est long quand on n'a pas l'habitude, mais un peu moins vous devez pouvoir ; et comme ça, on n'aura pas d'ennuis.

— Expliquez-nous ce qu'il faut faire, dit Scott.

— Je vais aller attacher la corde de l'autre côté et vous pourrez vous y tenir pour traverser. Tout ce que vous aurez à faire sera de vous y cramponner. Je ne nageais même pas vite. Retenez votre respiration, fermez les yeux, et vous y serez en une demi-minute.

— Alors, vous le croyez, maintenant, que Mrs Rosen a collectionné les coupes et les médailles ? demanda Manny.

— Vous avez été magnifique, Mrs Rosen ! dit Richard Shelby.

— Des prunes ! répliqua Belle. Ce qu'on peut faire on le fait, et ce qu'on ne peut pas, on ne le fait pas.

— Et nos habits ? demanda Muller.

— Vous les enlevez, comme moi. Qui porte des vêtements pour nager ?

— Et de l'autre côté ? demanda Miss Kinsale.

— C'est à vous de voir, dit Belle. Vous pouvez les emporter ou les laisser ici. Je ne pense pas que vous en aurez besoin. Il fait plus chaud là-bas qu'ici. Demandez à Mr Scott.

Ce disant, elle lui rendait le commandement.

— Je crois qu'il vaut mieux garder nos souliers, dit le pasteur. Nous en aurons besoin pour protéger nos pieds en grimpant. Quant au reste, Mrs Rosen a raison. Moins nous serons chargés et encombrés, mieux ça vaudra. À quoi serviraient des vêtements mouillés ? Rogo, Muller, Shelby, Kémal, Martin et moi, nous allons fixer les lanternes sur notre dos ; nous pouvons aussi bien y accrocher les chaussures. Que chacun de vous attache sa torche, et puis nous ferons exactement ce que Belle a dit.

— Ça ne vous inquiète pas ? demanda celle-ci.

— Avec vous, dit Scott en riant, je nagerais sous les glaces arctiques.

— C'est un grand compliment, Maman, remarqua Manny.

— Vous voulez que nous enlevions tout ? demanda Miss Kinsale.

— Vous pouvez garder ce que vous avez dessous, comme moi. C'est comme un bikini. À la plage, on porte souvent moins.

— C'est que je n'ai rien là-dessous, dit Nonnie.

— Bâtie comme vous êtes, ça ne devrait pas vous troubler, ma mignonne. Et l'étoffe pourrait s'accrocher quelque part.

— Voulez-vous éteindre, s'il vous plaît ? demanda Nonnie. Dans l'obscurité, on l'entendit déchirer du tissu et, quand elle demanda de rallumer, la lanterne révéla qu'elle avait confectionné une imitation satisfaisante de bikini avec les restes de sa robe de chambre. Elle en paraissait encore plus enfantine.

Linda l'inspecta des pieds à la tête avec un visible mépris :

— Le prêcheur n'a pas manqué grand-chose. J'ai hâte de voir comment il va se déshabiller !

— Ça va, ça va, poupée, tu ferais mieux de m'enlever ma veste.

Linda regarda l'eau sérieusement.

— Ah, mon Dieu, et qu'est-ce que ça va faire à mes cheveux ?

— Peut-être bien qu'il y a un coiffeur de l'autre côté, répondit Rogo sans changer d'expression, et Linda l'insulta.

Ils entreprirent d'enlever leurs vêtements. Jane se demandait si Miss Kinsale se débrouillerait comme ça ou si elle demanderait qu'on éteigne. Mais la seule manifestation de la vieille fille fut de se mettre un peu à l'écart pour enlever sa robe et elle apparut sans gêne apparente en culotte et soutien-gorge.

Ils s'étaient équipés comme Scott l'avait recommandé, leurs lampes et leurs chaussures attachées. Scott avait une mine imposante en caleçon blanc. Martin eut un petit sourire intérieur en pensant au pasteur Hosey : « J'aimerais qu'il nous voie tous à moitié à poil ! »

— Belle, dit Scott, maintenant il vaudrait mieux que vous nous disiez exactement ce qu'il faut faire.

— Bon, on y va ? dit-elle. Le principal est de ne pas avoir peur. Vous savez tous nager ? Bon, ça va. La première chose est de garder votre souffle. Essayez d'inspirer profond, à plein ventre, pleins poumons, je veux dire, mais par en bas, et gardez l'air. Ne pensez à rien et surtout ne comptez pas ! Ça ne sert qu'à s'énerver. Mr Muller nous dira quand ça fera quarante-cinq secondes.

Muller fixait sa montre et leva le bras quand le temps fut passé. On entendit tout le monde souffler, et Martin s'exclamer :

— J'aurais pu me retenir plus longtemps !

— Moi aussi, dit Susan.

— Vous voyez, dit Belle, trente secondes, ce n'est rien. J'y vais la première avec la corde attachée à moi.

— Vous aviez dit qu'il fallait faire attention, à un moment ?... demanda Muller.

— Au milieu, il y a quelque chose qui fait saillie, il faut passer dessus ou dessous. Je passerai par-dessous parce que c'est plus large. Quand je serai de l'autre côté, j'attacherai la corde et je tirerai deux coups. Vous saurez que c'est prêt.

Envoyez les dames l'une après l'autre quand je donnerai deux fois le signal. Vous savez, tous, que vous êtes capables de retenir votre souffle le temps suffisant, alors pas de panique. N'essayez pas de nager ; tirez-vous sur la corde, ça ira plus vite et vous n'userez pas vos forces. Si quelque chose ne va pas, je redescends vous chercher.

Belle était redevenue professionnelle. Elle s'assura que la corde était solidement attachée et sa torche bien arrimée. Elle se tourna vers son mari

— Tu n'as pas peur, Manny ?

— À t'entendre, Maman, c'est du gâteau. À tout à l'heure !

Elle pencha la tête et se laissa descendre comme un plomb, sa lampe allumée.

La corde se déroula sans accroc. Hubie Muller avait compté trente-cinq secondes quand elle mollit et s'immobilisa. Une demi-minute plus tard, il y eut deux brefs soubresauts.

— Elle y est, fit Hubie.

XVI

Bienvenue en enfer

Les femmes passèrent sans difficulté, Miss Kinsale d'abord, puis Susan et Jane Shelby. Nonnie cacha sa peur sous une plaisanterie. « Le grand ballet aquatique en scène ! » Elle regarda tristement son costume de bain : « Je vais être affreuse en ressortant de là. »

Deux secousses annoncèrent son arrivée à bon port.

Ce fut Linda qui fit le plus de complications et prit le plus de temps.

— Je ne veux pas aller dans cette saleté. Comment on sait ce qu'il y a de l'autre côté et si on peut arriver quelque part ? Vous êtes tous toqués. Ça va complètement abîmer mes cheveux.

— Tiens, dit son mari en sortant un mouchoir de sa veste jetée sur le sol, noue-toi ça autour de la tête

Elle s'en fit un fichu.

— Tu viens juste après moi, Rogo, tu entends ?

— Voyons, chérie, tout ira bien. Il vaut mieux que j'attende ici jusqu'à ce que tout le monde soit passé.

— Tu joues encore au boy-scout. Un de ces jours, tu te repentiras de m'avoir embringuée dans cette histoire.

Elle se mit à l'eau prudemment et maladroitement, en tâtant d'abord du pied.

— Mon Dieu, que ça pue ! dit-elle.

— Je t'en prie, ma poulette, implora Rogo, et n'oublie pas de bien te remplir d'air.

Le morceau de la corde que tenait Muller s'anima, mais pas selon le signal convenu ; il ne reconnut pas tout de suite le rythme : ta-ta-ta-tata, puis il comprit que le sens de l'humour de Belle se donnait libre cours : elle savait que Linda était la dernière des femmes. Il ne put s'empêcher de sourire tout seul, et il ressentit un brusque élan d'affection pour Mrs Rosen. Jusque-là, son côté un peu vieux jeu ne lui avait pas permis de l'apprécier, mais elle venait de se révéler tout à fait remarquable à ses yeux.

— Ils voudraient savoir qui ralentit le passage, remarqua-t-il.

Linda l'informa qu'il pouvait aller se faire… se boucha le nez d'une main, s'agrippa à la corde de l'autre et se résigna à descendre sous l'eau. Elle dut en mettre un coup, car le signal arriva beaucoup plus vite que pour les autres.

— Ouf ! quel soulagement, dit Shelby. Si elles y arrivent aussi facilement, je pense que pour nous ça ira aussi.

Mais ils restèrent un moment silencieux, peu pressés de savoir qui passerait le premier.

Scott résolut le problème.

— À vous l'honneur, dit-il à Manny Rosen. Vous avez une femme merveilleuse, elle sera heureuse de vous revoir.

En caleçon à damier rose et blanc, le ventre proéminent, Manny avait l'air grandement désemparé. Une large toison de poils noirs grisonnants lui recouvrait la poitrine. Ses genoux tremblaient.

— Je ne sais pas si j'y arriverai en tenant la torche, dit-il. Et les lunettes de Maman ! Et les miennes aussi, d'ailleurs !

Rogo vint à son secours, une expression singulièrement affectueuse au visage.

— Manny, on va vous faire tout beau. Quelqu'un a des mouchoirs ?

Avec l'un il attacha la torche au bras de Rosen. Avec un second, il enveloppa les lunettes de sa femme et les lui enfonça à l'intérieur de son caleçon.

— Gardez les vôtres. Belle a enlevé les siennes parce qu'elle ne savait pas ce qu'elle allait trouver là-dedans… Ça y est, Johnny Weissmuller, n'oubliez pas de retenir votre respiration.

Rosen regarda à la ronde d'un air intimidé.

— Tous ceux qui croient que je suis taillé pour faire un héros sont bons pour l'asile, dit-il avant d'empoigner la corde et de plonger.

L'un après l'autre, Shelby, Kémal et Scott le suivirent.

— Vous avez un sacré courage de rester le dernier, dit Muller à Rogo.

— Ouais, répliqua ce dernier pour tout commentaire.

Il s'activait à fixer la grosse lanterne sur son dos et à disposer le reste de la longue corde de façon qu'elle ne risque pas de s'embrouiller ou de se coincer quelque part quand il la tirerait derrière lui.

Muller se demandait s'il n'allait pas être le seul à rater le passage. Comment réagissait-on, là-dessous, dans le noir, avec juste une dernière goulée d'air dans les poumons ? Il se savait peu armé pour faire face au danger et aux difficultés. Même Rosen était plus courageux que lui et semblait avoir vécu d'une façon qui le poussait énergiquement à faire le nécessaire pour survivre. Mais à l'autre bout de ce passage il y avait Nonnie, la pauvre Nonnie terrifiée, qui avait essayé de prendre l'épreuve comme une plaisanterie. Elle devait être mouillée, sale, les cheveux pleins de mazout, nue et frissonnante. Elle avait besoin de lui.

Rogo parut deviner ses pensées. Il était de nouveau sans expression en disant :

— Vous feriez mieux d'y aller. La môme doit vous attendre.

Muller sentit son mépris, mais il ne pouvait pas lui en vouloir. Il fit de son mieux pour sauver la face.

— À tout de suite.

— Bien, répondit Rogo, cette fois sans aucune intonation.

Quarante-cinq secondes. Le puits était profond d'environ deux mètres cinquante. Rempli d'air, le corps de Muller ne voulait pas descendre ; il dut tirer fort sur la corde. La torche n'éclairait pas bien loin et le passage se rétrécissait brusquement, comme s'il avait été compressé par une force gigantesque. Muller aperçut une protubérance, à temps pour ne pas s'y cogner la tête ; la corde tournait et entrait à l'intérieur de ce qu'il comprit avoir été une corniche d'acier primitivement proche du plancher et maintenant à l'envers. Combien de secondes s'était-il écoulé ? Il ne se sentait pas encore la poitrine oppressée. Il éclairait la corde et fixait son esprit sur la plus absurde des pensées : « Hubie Muller, si l'on te voyait en ce moment ! », « on » étant la haute société internationale dont il faisait partie.

Il eut un frisson d'angoisse quand il faillit se cogner à une forme noire surgie devant lui. C'était arrondi et cela tenait presque toute la largeur du passage. En fait, c'était un morceau de pompe hydraulique éclatée. Muller n'eut pas le temps d'admirer davantage le courage de Belle Rosen quand elle avait rencontré cet obstacle et avait décidé de passer par-dessous sans savoir ce qu'il y avait de l'autre côté, ni si elle en sortirait jamais vivante.

Il commençait à sentir l'effort de ses poumons. Quarante-cinq secondes ne pouvaient pas avoir passé aussi vite. Quand il tenait la montre, cela paraissait beaucoup plus long. En réalité, il ne s'en était pas écoulé plus de vingt, mais il savait pertinemment qu'il risquait de céder à la peur qui lui ferait perdre ses moyens et le tuerait. L'obscurité, l'eau, ces formes menaçantes... Dans quelle mesure était-il courageux, livré à lui-même ? Comment combat-on la peur quand on est seul ? Sur quoi les hommes s'appuient-ils pour être des hommes ? Il sentait son cœur battre à grands coups, et sa poitrine, et sa gorge essayer de le contraindre à lâcher ces quelques précieux centimètres cubes d'air...

Au-dessus de lui, le dos de sa main ne raclait plus la surface. La corde remontait brusquement. Il s'y hala et jaillit, la tête hors de l'eau dans l'éclat des lanternes. Il aperçut ce qui lui parut un rassemblement de démons issus tout droit de l'enfer – des corps blancs à demi dévêtus, couverts d'huile et de mazout, les cheveux en désordre ; des visages étranges qui semblaient méconnaissables. Des mains l'attrapèrent sous les aisselles et il fut hissé hors de l'eau sur une sorte de plateforme. Sans avoir jamais entendu parler de la *Divine Comédie,* le petit Martin lui lança : « Bienvenue en enfer ! »

Shelby lui tendait la corde, dont le bout était noué à une barre de fer recourbée.

— Vous êtes passé, c'est à vous, deux coups.

Mais, imitant Belle, Muller envoya « ta-ta-tata » à Rogo, à l'autre bout. Trente secondes plus tard, le policier sortait du puits, comme quelque être préhistorique émergeant des profondeurs.

Muller chercha Nonnie. Elle lui tournait le dos.

— Oh, non, ne me regardez pas. Je vous en prie, ne me regardez pas !

— Qu'est-ce que c'est que ces histoires, dit Belle. Personne n'a exactement l'air de sortir du salon de beauté.

Mais Muller l'avait vue, en nymphe complètement barbouillée. Les deux bouts d'étoffe collaient à son corps frêle, et ses cheveux roux, foncés par l'eau, à ses épaules. Sous la saleté, sa figure paraissait encore plus petite. Tout ce qu'elle avait pu avoir de raffinement était parti. Elle paraissait, comme tous les autres d'ailleurs, avoir rampé dans un égout. Mais les autres femmes réussissaient à conserver sous la crasse et le désordre une certaine dignité. Nonnie avait perdu la sienne et Muller avait envie de l'entourer de ses bras pour la réconforter. Plus que jamais, sa drôle de petite personne lui procurait ces étranges battements de cœur qu'il ne pouvait justifier en rien. En lui tout commandait de la prendre dans ses bras, pour qu'elle puisse cacher ce qu'elle appelait sa honte contre lui. Mais il ne pouvait pas le faire devant tout le monde. Pas sous les yeux de Linda, il attendit que Scott ordonne d'éteindre les lampes.

Pour le moment, ayant repris sa respiration, Rogo demandait :

— Où diable sommes-nous ?

— Dans la chambre des machines, répondit Scott.

— Et où allons-nous ensuite ?

Scott leva la grosse lanterne dont le halo de lumière délaya l'obscurité pour montrer, cinq mètres au-dessus, l'arbre de transmission d'acier poli, luisant doucement.

— Vous vous foutez de nous ? demanda Rogo.

— Non. Là-haut, mais pas juste au-dessus de nos têtes, se trouve la coque externe du bateau. Mais il y a toujours le double fond dont Acre a parlé. Une fois que nous y serons, nous devrons aller encore plus à l'arrière.

— Vous n'avez pas encore vu le pire, dit Shelby. Martin savait ce qu'il disait en parlant de l'enfer.

Du plafond, vint un écho caverneux : « Enfer... »

Martin et Rogo promenèrent leurs lanternes sur l'épouvantable spectacle de catastrophe, paysage montagneux d'acier déchiré, de tuyaux tordus, de filins d'acier et de courroies en festons, de dynamos mises à nu, avec les falaises des corps de turbines, les pics et les ravins composés de générateurs éclatés à demi arrachés de leurs supports, éventrés et laissant couler leurs entrailles de métal.

— Les femmes ne regarderont pas, ordonna Shelby.

— Moi non plus, dit Martin. C'en est trop pour moi. Ça me rendrait malade.

Partout, des corps écrasés, coincés entre des fragments de machines, des échelles et des passerelles tordues. Un bras arraché s'était logé dans une crevasse. Un buste humain pendait du rebord tranchant d'un appareil hydroélectrique. On ne voyait pas le visage. Le cadavre était depuis longtemps vidé de son sang. Des morceaux d'étoffe et de cuir, qui n'avaient plus rien de vêtements humains, restaient accrochés çà et là, et c'était presque pire que les cadavres. Une main implorante dépassait sous des tonnes de métal effondrées. Il était impossible de dire combien de morts il y avait là.

Les lumières révélèrent qu'il n'y avait plus de vivants dans la vaste caverne. Ni le moindre bruit, sauf celui de l'eau faiblement agitée de l'étang noir sur lequel flottaient des débris difficiles à reconnaître ; des blocs de ferraille encore fixés aux parois n'avaient pas suivi au fond de la mer le reste de la machinerie et émergeaient par endroits. Les rescapés étaient sur une sorte de péninsule avancée qui avait dû constituer le dessous d'une passerelle d'inspection, tout en haut de la chambre des machines.

— Oh, mon Dieu, mon Dieu ! dit tout à coup Miss Kinsale.

— Qu'est-ce qu'il y a ? lui demanda Shelby.

Elle était assise tout au bord de la plate-forme, une jambe repliée sous elle dans la pose d'une belle nageuse en bikini au bord d'une piscine. Elle était extraordinairement changée par la longueur de sa chevelure. La nage avait défait son chignon et les mèches lui arrivaient à la taille. Dans l'obscurité, le passage occasionnel d'un rayon de lumière la faisait ressembler à une naïade estivale.

— Ces deux pauvres gens, le monsieur que vous appelez le Réjoui et la jeune fille qui était toujours avec lui…

— Mon Dieu, c'est vrai ! s'exclama Jane Shelby.

— Oh, Maman, ils disaient que... ajouta Susan.

— Qu'ils nous suivraient quand ils le pourraient, acheva Muller.

Miss Kinsale écarta ses longs cheveux de ses yeux.

— Mais ils ne peuvent pas. Comment passeraient-ils tout seuls par où nous avons passé ?

— C'est pas possible, les pauvres cons, dit Rogo d'un ton convaincu.

— Et alors, cracha Linda, c'est elle qui a voulu rester. On avait dit qu'on les emmènerait, je veux dire elle.

— Oui, dit Jane. Mais voyez-vous, c'est une femme. Elle n'a pas pu le quitter.

Son mari frémit. Ils n'avaient même pas osé appeler Robin dans cet horrible antre plein de machines éventrées d'où pendaient des débris de cadavres.

— Ne soyez pas trop dure pour elle, dit Miss Kinsale à Linda.

— Faut-il retourner les chercher ? demanda Shelby.

— Et si le type est toujours ivre mort ? dit Linda.

Il n'y avait rien à répondre à cela. Aucun d'eux n'avait envie de repasser par le tunnel immergé. De plus, comment un homme ivre pourrait-il retenir sa respiration le temps nécessaire ?

« Bienvenue en enfer », avait dit Martin ; le chaos, l'écho fantastique des voix, un sentiment d'abandon total, c'était bien ça, le seuil du domaine des damnés.

Tant qu'ils se frayaient un chemin sur le sol inégal des plafonds des coursives, qu'ils se battaient contre les escaliers renversés, et même durant le cauchemar de leur passage dans la grande allée de service, ils s'étaient peu à peu accoutumés à ce nouveau monde à l'envers où demeuraient cependant certaines choses qui ressemblaient à ce qu'ils connaissaient. Les écriteaux la tête en bas sur les portes confirmaient qu'ils étaient encore sur un navire. Tandis que leur entrée sous-marine dans la chambre des machines leur faisait laisser derrière eux tout ce qu'ils connaissaient, comprenaient ou pouvaient comparer. Ils auraient aussi bien pu émerger sur une autre planète. La désolation de tout ce métal torturé, creusé, empilé, et, par-dessus tout, le lac infect, couvert de mazout, au bord duquel ils se trouvaient, avaient drainé tout leur courage. Sauf Scott. Armé de sa lanterne, il explorait la montagne d'acier qu'il se proposait de leur faire escalader ; il en repérait consciencieusement chaque saillie et chaque crevasse.

Cela ne ressemblerait à aucune des ascensions qu'il eût jamais faite. Là, il n'y aurait pas moyen de tailler des marches, et aucun détour possible. La chambre des machines avait déversé ses entrailles quand l'inclinaison du bateau avait soumis les turbines et tout l'appareillage annexe à des pressions pour lesquelles leurs fixations n'avaient pas été prévues.

Pour empirer les choses, tout était glissant du mazout qui s'était écoulé des réservoirs ménagés dans la double coque, maintenant au-dessus de leurs têtes. Combien d'eau salée entrée par les cheminées dans le lac noir et combien de mazout ?... Impossible de l'estimer. L'immense poche d'air formée par la caverne devait contribuer à faire flotter le bateau. Mais il était évident qu'il s'enfonçait lentement et que l'eau montait dans les coursives inférieures. Il n'existait aucun moyen de deviner combien d'air, et par conséquent de flottabilité, restait dans les soutes à marchandises avant et arrière.

— Vous voulez dire qu'il va falloir monter là-dessus ? demanda Shelby.

— Oui, dit Scott.

Il fit courir la lumière le long du cylindre luisant de graisse, au-dessus d'eux.

— Ce doit être l'arbre des hélices. Mais vous voyez, juste derrière, je veux dire juste dessus, ce long truc moins épais. Ce doit être la passerelle qui permettait de longer tout l'arbre, en cas d'ennui, jusqu'à son collier.

— Mais c'est à l'envers, objecta Shelby. On ne peut pas s'y accrocher comme des mouches.

— Il faudra essayer de passer par-dessus, alors on pourra marcher.

— Et où allez-vous en trouver la force ? demanda brusquement Shelby qui s'attendait à ce que le pasteur réponde : « Dans la foi. »

Mais Scott se contenta de préciser :

— En sachant comment faire. Je crois que j'ai trouvé un passage. Nous allons nous encorder, hommes et femmes alternés. Nous avons assez de cordages. Il faudra poser les pieds exactement au bon endroit. Vous vous placerez de façon à pouvoir aider Jane et Susan. Rogo pourra rester à l'arrière encore une fois. Il est solide.

— Il ne vous aime pas, remarqua Shelby.

— C'est réciproque. Mais on peut se fier à lui. La vie l'a rendu solide.

« Pas la mienne », pensa Shelby avec honte. Comment Jane avait-elle pu vivre toutes ces années, sereine et calme, alors qu'elle le détestait ? Personne n'avait parlé de Robin. S'il avait été quelque part par là, s'il avait réussi à monter et à entrer par un autre moyen, il les aurait entendus et aurait appelé.

— Si ça ne vous ennuie pas, éteignez tout, dit Scott. Ménageons les piles. Nous avons déjà franchi quelques passages difficiles. Il y en a d'autres à venir. Nous allons nous reposer un peu. Si vous pouvez dormir, ne vous gênez pas. Ne rallumez pas, nous aurons besoin des lampes à chaque instant, ensuite. Je vous préviendrai quand il sera temps de repartir. Dormez si possible...

Aucun d'eux, à l'exception de Shelby et peut-être de Rogo, ne se doutait de ce qui les attendait. Ils savaient qu'il fallait aller plus loin, mais quand et comment ? Cela dépendait de Scott. Sa voix les apaisait.

Ils se séparèrent en petits groupes et s'étendirent sur le sol huileux. Il était préférable que l'obscurité fût complète, cela leur épargnerait de voir. Et si cette obscurité devait devenir perpétuelle... eh bien, ils ne s'en apercevraient peut-être même pas.

Pourtant, un autre phénomène les troublait, auquel ils n'avaient pas pensé avant d'atteindre ce lac noir baptisé « Enfer » par Martin. Ils s'étaient vus sur ses eaux sombres comme dans un immense miroir. Or, s'ils étaient tous devenus des sauvages à demi nus, sales et déguenillés, chacun se croyait volontiers préservé du triste sort que ses compagnons lui donnaient en spectacle, avant de se voir lui-même dans le lac. En chemin, contraints par la nécessité, ils avaient abandonné peu à peu les vêtements qui les différenciaient et les distinguaient des primitifs. Mais ils ne s'étaient pas débarrassés en même temps du souvenir de leurs complets ou de leurs robes. La lumière des lanternes leur avait déjà révélé la rotondité du ventre de Rosen débordant de sa ceinture, le pasteur devenu Tarzan, le corps maigre de Miss Kinsale voilé, comme celui de Lady Godiva, par ses longs cheveux, ou les morceaux d'étoffe qui couvraient les reins et la poitrine de la danseuse comme dans un mauvais film de jungle. Mais chacun s'était trompé dans l'idée qu'il se faisait de sa propre apparence.

Dans un sens, cela contribuait à leur garder courage et dignité, à leur permettre de faire ce qui leur était demandé sans trop y réfléchir. Mais cela fut balayé quand la surface miroitante du lac d'Enfer refléta les épouvantails qu'ils étaient devenus, caricatures de ce qu'ils avaient été.

Jane Shelby sentit le ridicule de ses sous-vêtements qui ne servaient qu'à souligner ce qu'ils étaient censés cacher. Le reflet de son slip triangulaire et de son soutien-gorge artistement dessiné l'agaça tellement qu'elle faillit les déchirer afin de se sentir libre comme Ève.

Parmi les hommes, seul Scott, en caleçon mi-long, avait l'air à l'aise et sans honte. Les autres se rendaient compte soudain de la fragilité de ce qui recouvrait leur sexe et ils se sentaient moins gênés que vulnérables, à l'idée de tous les dangers qu'ils devaient courir en petite tenue.

Pour Muller, si soucieux de son confort, le plus surprenant était de constater combien son monde habituel tenait peu de place dans son souvenir. Il pouvait se rappeler des lieux ou des visages, mais sans aucune réalité. N'existait plus que le présent : une grotte obscure, fétide, horrible. Ils étaient naufragés sur une planète sans vie, ils se démenaient dans un paysage lunaire, aussi totalement séparés de tout ce qui leur était familier que s'ils avaient été projetés dans l'espace.

C'était peut-être la proximité de la mort, l'approche du néant, qui faisaient que la terre ferme et toute la vie qu'ils y avaient connue leur paraissaient à des milliers d'années-lumière.

Alors, pourquoi l'espoir subsistait-il ? Pourquoi cet effort vers le haut, cette interminable grimpée de gens mal assortis, abandonnés dans un tombeau flottant et dont les chances de salut étaient pratiquement nulles ?

Soudain, la mort était imminente. La flottabilité du bateau ne pouvait durer et ce qui était déjà arrivé aux autres serait aussi leur sort. Cette reptation était ridicule, un fourmillement stupide. Et pourtant, obstinément, ils continuaient. Un instant, Muller ressentit presque un mouvement d'orgueil et de joie en pensant à lui-même et à ses compagnons, mais il céda vite de nouveau au sentiment de la précarité de leur position et de la solidité de leur prison. Il ne lui restait plus que Nonnie. Le reste de l'univers se situait désormais hors de portée de sa pensée.

Ils s'étaient installés, Nonnie et lui, un peu à l'écart des autres, plus près de l'endroit où ils avaient émergé. Il l'avait prise contre lui comme il le désirait – il l'enveloppait de ses bras – et elle se blottissait aussi étroitement que possible.

— Serre-moi bien fort, dit-elle.

Il fut un peu étonné par le tutoiement, mais ne réagit pas.

— Je t'aime, je t'aime, chuchota-t-elle. Tu m'aimes un peu ?

— Oui.

— Jamais je n'ai rien ressenti de pareil pour personne. C'est terrible, ce que je peux t'aimer !

L'étrange émotion qu'éprouvait Muller ne pouvait pas se traduire en banalités. Il n'avait pas envie de l'entendre en parler, ni lui dire ces lieux communs qu'il avait si souvent récités, phrases toutes faites, sans signification, qui tombaient alors de sa bouche comme les formules sortant d'un ordinateur à un signal donné.

Il la sentit trembler en dépit de la température croissante.

— Chut, dit-il. Reste tranquille, je te réchauffe.

Des lèvres glacées cherchèrent les siennes, les trouvèrent et s'y attachèrent. Dans leur toucher passaient toute sa jeunesse, toute sa peur et toute sa confiance : une petite bête pourchassée qui se glissait à l'abri. Dans cette nuit, son vernis d'assurance un peu méfiante, son côté impertinent et indépendant disparaissaient complètement.

— Tu veux encore ? demanda-t-elle tout doucement.

Muller, qui ne faisait jamais l'amour sans avoir bien déblayé le terrain, posé ses conditions et s'être assuré que la porte était fermée à clef, fut presque scandalisé.

— Comment, ici ? Avec tout le monde autour ?

— Ils ne le sauront pas. Je ne bougerai pas, je te promets. J'ai envie de toi.

— Et si quelqu'un allume une lampe ?

— On me verra dans tes bras. Peut-être qu'il y en aura d'autres qui feront la même chose. Hubie, s'il te plaît...

Quand ses lèvres implorantes touchèrent de nouveau les siennes, il oublia tout sauf elle. Un besoin naissait en lui qu'il ne reconnaissait pas : la faim d'une personne à l'exclusion de toute autre, et la joie exquise de s'unir à elle.

Au sommet d'un plaisir délicieux, il souhaita de ne jamais s'en réveiller, et que le navire blessé ait pitié d'eux et les entraîne dans le néant.

Le murmure de Nonnie, son souffle sur son oreille le rendirent à l'instant présent.

— J'ai été une bonne petite fille, hein ?

— Oui, c'est vrai.

— Je n'ai pas bougé, je n'ai pas fait de bruit ?

— Non.

— J'avais envie. Tu me fais quelque chose. Jamais, je n'ai aimé quelqu'un comme ça. Je ne sais pas ce qui m'arrive.

Elle se tut et il comprit qu'elle attendait qu'il lui dise qu'il l'aimait lui aussi, et qu'il se joigne à ces murmures d'après l'amour qui, pour une raison quelconque, sentiment de culpabilité, esprit conventionnel ou manque de profondeur sentimentale, étaient pour elle une nécessité, voire une habitude. Jamais il ne serait capable de lui faire comprendre à quel point il était épris d'elle, à quel point ce qui se passait était incompréhensible. C'était comme tourner une page ou ouvrir une porte. Le renversement complet de tout ce qu'il avait pensé jusque-là. Tout était sens dessus dessous, mais où que fût Hubie Muller dans ce désordre, la jeune fille lui était devenue aussi indispensable que l'air à respirer.

Et elle était tellement commune !...

De nouveau, elle chuchotait :

— Je suis folle de toi, Hubie. C'est quelque chose d'autre, pour de vrai. On se connaît à peine. Tu m'aimes ?

— Tu ne le sens pas ? murmura-t-il presque avec colère.

— Oh ça !... répondit-elle, comme désappointée de voir quelque chose de si banal se glisser là.

Il comprit ce dont elle avait besoin : de mots.

— Oui, je t'aime.

— Beaucoup ? Plus que les autres ?

— Oui. Plus que les autres.

— Il y en a une autre ?

— Non.

— Tu es marié ?

— Non.

— Chic !

La brièveté de l'expression et son ton d'étonnement joyeux disaient tout ce qu'il y avait à savoir d'elle, mais Hubie avait conscience qu'elle brûlait d'être interrogée, qu'elle avait sa confession à faire et que, s'il l'aimait vraiment, il devait se soumettre à la règle.

— Et toi, tu as un...

Il était certain qu'elle n'avait pas remarqué le quart de seconde où il s'était retenu de dire « amant » pour y substituer « ami ». Mais elle hésita avant de répondre, espérant peut-être qu'il le remarquerait.

— Non... pas en ce moment.

— Mais tu en as eu ?

— Seulement deux, dit-elle tout près de son oreille, si bas qu'il entendit à peine sa confidence.

Il était bien certain que ce n'était pas vrai ; il l'aima encore plus de se montrer si bêtement et puérilement sotte. Tout ce qu'elle faisait de maladroit, de contraire à ce que la nature et l'éducation avaient créé en lui, le ravissait. Il avait entendu parler de la surveillance qui entourait les Gresham Girls, mais il y avait probablement eu toute une série d'hommes mariés.

Elle était satisfaite. Elle changea de sujet avec une facilité tellement évidente que cela en devenait pathétique.

— Pauvre Moira, dit-elle, elle n'aura plus à s'en faire : elle était tombée enceinte à Rio.

— Est-ce que ça arrive souvent ?

— On ne devrait pas. On est très strict avec nous.

— Tu l'as été ? demanda Hubie qui le regretta aussitôt : après tout, cela lui était égal.

Elle hésita plus longtemps pour décider si oui ou non elle lui mentirait. Elle décida que non : les gens comme Muller finissent toujours par découvrir ce qu'ils veulent savoir. Elle baissa encore plus la voix

— Oui. Ça te fait quelque chose ?

Hubie était pris dans l'engrenage. Pour préserver les émotions qu'elle soulevait en lui, il fallait rester dans les platitudes.

— Qu'est-ce qui a de l'importance maintenant ? Est-ce que c'en a jamais eu, d'ailleurs ? Et qu'as-tu fait ?

Il se demandait si elle avait un enfant confié à des grands-parents ou à quelqu'un de sa famille, là-bas, à Bristol.

— J'ai été trouver un docteur. Tu sais, un de ceux qui vous aident. C'était à Rome. Ces Italiens, ils parlent si bien qu'ils vous feraient faire n'importe quoi.

— Et moi, je t'ai fait faire n'importe quoi ?

— Non. Toi, c'est différent. Tu m'as prise dans tes bras quand j'avais si peur. Lui, je ne l'aimais pas, toi oui.

Mais elle ne pouvait pas s'en tenir longtemps au même sujet :

— Les autres, qu'est-ce qu'elles sont devenues ? Est-ce qu'elles sont toutes en train de flotter dans leurs cabines comme des poissons rouges dans un bocal ?

— Ne dis pas des choses comme ça, Nonnie. N'y pense pas.

— Je ne peux pas faire autrement. Nous avons été ensemble si longtemps. Depuis trois ans. Et on dirait qu'il y a à peine une minute que j'ai demandé à Sybille si elle descendait dîner, et qu'elle m'a dit : « Va-t'en, espèce de vache. Je voudrais mourir. » Tu comprends, elle avait encore le mal de mer. Et elle est morte. Et sans doute la garde-chiourme aussi, et toutes celles qui sont restées dans les cabines.

— La garde-chiourme ?

— Mrs Timker. Celle qui dirigeait la troupe, qui tenait tout en ordre ; les répétitions, les costumes propres, et qui surveillait l'heure où nous rentrions. Mais elle était brave. Elle fermait les yeux. Elle avait été dans la troupe, avant d'épouser Bert Timker, l'assistant de l'imprésario. La seule chose qu'elle disait, c'était : « Amusez-vous, mais dès que vous avez un petit pain dans le four, c'est la porte. »

— Un petit pain dans le four ?

Nonnie eut un petit rire près de son oreille et chuchota :

— Oh, tu sais bien… ce qu'on disait tout de suite.

Muller rit à son tour et la serra sur son cœur.

— Pourquoi tu me serres comme ça ?

— Demande un peu.

De l'obscurité tranquille, dont le silence n'était troublé que par des chuchotements ou un ronflement occasionnel, monta une voix dure, froide et impersonnelle, et ce qu'elle disait était tellement surprenant qu'au premier abord personne ne reconnut celle de Scott :

— Ôtez votre main de là, ou je vous casse le bras !

À la suite de quoi il y eut un mouvement et une aspiration étranglée typiquement féminine. James Martin en eut le frisson et s'écria intérieurement : « Saperlipopette ! Qui essaye de peloter qui ? » Et il pensa à la main douce et potelée de Mrs Lewis.

À Susan Shelby, cela apporta un souvenir très net sur la balancelle du jardin, derrière la maison, sa propre voix disant : « Toby, enlève ta main, ça suffit ! » Mais, curieusement, elle n'eut pas une pensée pour Herbert ni pour ce qui lui était arrivé.

Manny Rosen se réveilla en disant :

— Quelqu'un s'est cassé le bras ?

Et ce fut Mike Rogo qui alluma sa lanterne et demanda :

— Qu'est-ce qui se passe par là ?

Scott était étendu sur le côté, appuyé sur un coude, Linda assise à proximité, rouge de colère. Elle désigna Scott :

— Ce cochon essayait de me peloter !

— Qui ? quoi ? lui ? dit Rogo.

Scott l'interrompit d'un ton glacial.

— Tirez vos conclusions vous-même, Rogo.

À ce moment-là, Rogo en voulut surtout au pasteur d'avoir mis tous les autres sur la même piste. S'il était exact que Scott avait pris des libertés avec sa femme, pourquoi aurait-il attiré l'attention ? Rogo savait tout ce qu'il y avait à savoir sur les hommes et les femmes, et cela faisait déjà un bon moment qu'il suspectait Linda d'avoir plus qu'un faible pour le pasteur. Il était évident qu'elle avait profité de l'obscurité pour lui faire des avances non déguisées. Et tout aussi évident qu'elle avait été repoussée.

Il dit de sa voix la plus officielle :

— Pas de grabuge là-dedans, hein ? Le premier que je prends, je lui casse la gueule ! Alors qu'est-ce qu'on fout ici, on va y rester toute la nuit ? Je croyais qu'on devait monter là-haut pour qu'on puisse nous entendre…

Scott se leva.

— Oui, dit-il, vous avez raison. Il est temps de repartir. Si trois d'entre vous veulent bien éclairer ensemble par ici, je vais vous montrer par où il va falloir passer.

XVII

Le mont Poseidon

La salle des machines d'un grand transatlantique à quatre hélices consiste en une série de plates-formes étagées sur cinq ponts, desservies par des échelles reliant des passerelles métalliques à claire-voie. Ces plates-formes surplombent d'énormes turbines à vapeur et des coffrages contenant les engrenages de démultiplication. La machinerie accessoire – turbo-générateurs, condensateurs, compresseurs, compresseurs de secours, ainsi que toute une batterie de pompes – est disposée tout autour, reliée par ce qui apparaît comme un véritable méli-mélo de tuyaux et de câbles qui apportent la vapeur à différents degrés de pression, le mazout, l'huile de graissage, l'électricité.

Tout cela est fixé sur les réservoirs à combustible et à lest constituant le fin fond du bateau ; les fixations sont conçues pour tolérer l'effort d'une gîte de quarante-cinq degrés au maximum. De lourdes poutrelles entrecroisées supportent les échelles, passerelles et grosses conduites.

Quand le *Poseidon* avait chaviré, à l'exception des principaux arbres de transmission, tout ou presque avait été tordu, déboîté, arraché, soit jeté directement à la mer par l'ouverture béante de la bouche d'aération de la salle, soit amoncelé sur les côtés en une cascade de métal enchevêtré. Les dynamos avaient échappé à leurs fixations, l'acier se déchirant comme du papier, ce qui laissait des fragments déchiquetés, acérés comme des rasoirs, dressés vers le ciel comme des aiguilles dolomitiques.

Entremêlés avec les débris de machines, il y avait des sections de plates-formes enroulées, des échelles tête en bas, une partie de leurs marches emportées, et des parois courbes de grosse tuyauterie, les unes écrasées, les autres fendues dans le sens de la longueur comme des peaux de saucisses. Tout était couvert d'une bonne couche de mazout venu des réservoirs : les lourdes turbines avaient entraîné le sol blindé qui en formait la paroi supérieure.

Quelque part, un démultiplicateur géant et son logement s'étaient entièrement détachés de leur turbine ; mais au lieu de tomber dans la mer, ils avaient été projetés par la force centrifuge contre la paroi où ils s'étaient incrustés, la roue d'engrenage de travers et soutenue par les restes du logement. La lanterne de Scott montrait les dents carrées, taillées avec une énorme précision, et qui formaient un arc de cercle saillant de plusieurs mètres, en surplomb vertical sur le désordre général.

Des morceaux de cette montagne de débris descendaient jusqu'à proximité de la plate-forme sur laquelle ils se reposaient. On distinguait une pente semblable de l'autre côté du lac infernal. Scott en étudia les ressauts. S'il l'avait jugée plus facile à gravir, il n'aurait pas hésité à se transporter avec toute sa suite de l'autre côté de l'eau. Mais elle avait l'air encore plus rébarbative ; un surplomb incliné à trente degrés, à environ deux mètres cinquante du bas, en rendait l'ascension impossible.

— Que cherchez-vous ? demanda Muller.

Un passage, dit Scott qui ramena la lumière de sa lanterne de leur côté.

— On n'a pas le choix, ajouta-t-il.

Il examina l'éboulis de métal de leur côté.

— Où vous croyez qu'on va maintenant ? demanda Rogo.

— Là-haut, répliqua simplement Scott.

Shelby était horrifié.

— Vraiment, Scott, vous perdez l'esprit ! C'est impossible. Jamais ma famille…

L'éclat fanatique des yeux de Scott avait reparu ; sa voix résonna dans la vaste caverne :

— Nous sommes mis à l'épreuve. Vous avez foi en Dieu ; c'est en se montrant digne de Lui qu'on L'adore !

L'écho répéta faiblement «… dore », puis Scott ajouta sur un ton normal :

— Ne pensez pas à ce que vous avez vu. Dites-vous que ce n'est qu'une montagne à grimper. Il y a tout ce qu'on y trouve : des crevasses, des surplombs, des contreforts, des aiguilles, des falaises, des marches, des prises. Il n'existe pratiquement plus aucun pic au monde que quelqu'un n'ait réussi à conquérir.

« Quelqu'un ! » marmonna Martin. Et Muller ajouta : « Expédition mont Poseidon. »

— Exactement, dit Scott. Vous avez tous vu des photographies d'alpinistes encordés. La cordée est disposée de façon que le poids total ne tombe jamais sur une seule personne, mais soit réparti. Est-ce clair ? En fait, c'est beaucoup plus simple pour nous. Nous n'avons que quinze mètres d'escalade à faire. Nous sommes...

Il compta rapidement comme s'il avait oublié :

— Treize. Nous allons nous encorder à, disons, un mètre, un mètre vingt d'intervalle.

— Mon Dieu, murmura Hubie Muller, on croirait qu'il s'apprête à emmener une bande de touristes en promenade sur la Jungfrau !

Scott considéra le groupe.

— Je prends la tête, suivi par Miss Kinsale. Rien ne semble lui faire peur. Puis Martin, Susan et vous, Dick, suivis par Jane et Kémal. Ensuite Mrs Rosen, Manny, Nonnie et Hubie, Mrs Rogo et son mari. Rogo, il faut encore que je vous mette à la fin ; il y a peu de chances que vous perdiez la tête si quelque chose tournait mal.

— Merci, dit Rogo.

— Le succès ou l'échec d'une ascension, quelle qu'elle soit, repose sur deux choses : son guide et la façon dont on le suit. Le guide trace le chemin, les autres suivent. En pratique, c'est exactement ce jeu d'enfants, à la queue leu leu, où il faut faire exactement tout ce que fait le premier, ou bien on sort. Rappelez-vous, s'il se gratte l'oreille, il faut se gratter l'oreille, etc.

— Manny, tu comprends de quoi il parle ? demanda Belle. Tout ce que j'ai entendu, c'est qu'on est treize, et je n'aime pas ça. J'ai toujours dit qu'on était treize !

— Il explique ce qu'on va faire.

Elle était toujours couchée. Sa triomphale traversée sous-marine aurait dû l'enchanter et la stimuler, mais curieusement, cela semblait au contraire lui avoir retiré tout son courage. Peut-être, plus qu'à la fatigue imposée à un cœur et à des muscles déshabitués de l'effort, était-ce dû à l'espèce de voyage mental qu'elle avait accompli quarante ans en arrière.

— Chaque pas que je fais, poursuivait Scott, chaque endroit où je pose le pied ou la main, chaque chose que je fais doit être observée par le grimpeur qui me suit et exactement copiée. Ce sera vous, Miss Kinsale. Puis Martin vous imitera, Susan, et ainsi de suite. Vous avez tous bien compris ?

— Vous croyez vraiment que nous arriverons à faire tout ça ? demanda Martin.

— Certainement, dit Scott, et en tout cas il faut essayer. Il s'agit simplement de reproduire ce que fait celui qui vous précède. Si vous vous bornez à cela, nous arriverons en haut sans histoires.

— Arriver où ? demanda Belle.

— Regarde, là-haut, répondit Manny.

Péniblement, Belle Rosen se mit sur les genoux et, pour la première fois, regarda la lointaine surface graissée de l'arbre de transmission.

— Jamais je ne pourrai y arriver, déclara-t-elle. Pas en un million d'années pour un million de dollars.

— Voyons, Belle. Comme dit Frank, on sera attachés les uns aux autres…

— De sorte que si un tombe, tous les autres tombent. Très peu pour moi.

— Vous serez aussi en sécurité que si vous montiez à l'étage, chez vous.

— Quand je monte chez moi, je prends l'ascenseur. Pas pour deux cent mille millions de dollars. Vous ne me convaincrez pas.

— Mais, Maman, tu ne peux pas rester ici ! Je monterai juste derrière toi.

— Si, je reste ! Vas-y, Manny, allez-y tous. Laissez-moi. Vous ne voyez pas que je suis fatiguée, que je n'ai plus de forces ?

— Mais, Maman, tu mourras, nous allons mourir tous les deux. Tu n'imagines pas que je vais te laisser ?

— Ou nous ! cria Nonnie.

Belle les regarda de ses yeux noirs, aux paupières lourdes, remplis de fatigue, de désespoir, de souvenirs.

— La vie est-elle si belle ? demanda-t-elle.

— Tu me fais honte, Maman ! dit son mari. Tu as envie de mourir ?

— Je n'ai pas envie d'être encore obligée de grimper. Je ne sens plus mes pieds, après tous ces tuyaux. Je suis vieille. Je suis trop lourde pour me lever d'ici.

Susan Shelby se pencha sur Belle et lui prit la main, tout à coup habitée d'une tendresse dont elle ne se savait pas capable.

— Chère Mrs Rosen, supplia-t-elle, je vous en prie, essayez. Nous… – elle était sur le point de dire « Nous vous aimons », mais n'osait pas. Nous vous trouvons merveilleuse. Regardez comme vous avez traversé toute seule cet horrible tunnel où personne n'osait aller. Nous n'aurions jamais pu, sans vous !

— Et alors ? dit Belle. Merci pour ce que vous dites, mais nager et grimper, ce n'est pas pareil. Si vous voulez que je retraverse ça, d'accord, mais monter encore, jamais ! De toute façon, mon cœur me fait mal. Tu m'étonnes, Manny, ajouta-t-elle, toi qui connais l'état de mon cœur.

— Belle, Belle, ton cœur ! (On voyait que c'était une vieille querelle de famille.) Voyons, Maman, tu sais bien que tu n'as rien. La dernière fois que nous avons vu le docteur Metzger et qu'il t'a auscultée, il a dit que du temps pouvait passer avant que ça lâche !

— Le docteur Metzger ne sait pas ce que je sens. Ça me tuera de grimper, ça me tuera de rester. Mais ici, c'est plus facile.

Linda la prit à partie :

— Et merde alors ! Restez donc ici ! Si elle préfère rester mourir ici, qu'elle le fasse ! Mais elle n'a pas le droit de nous retarder plus longtemps.

Belle répondit lentement :

— Mrs Rogo, personne ne préfère mourir. Quand la mort vient, elle vient et il n'y a qu'à l'accepter. J'ai soixante-quatre ans. Vous êtes jeune. Je vous comprends. Personne n'a à rester pour moi, s'il vous plaît. Je n'avais jamais pensé que quelque chose de pareil puisse nous arriver, mais puisque c'est ainsi, chacun doit voir les choses de son propre point de vue.

— Maman, supplia Manny, comment peux-tu parler ainsi ? Tes soixante-quatre ans, mais ce n'est rien ! Regarde, tu nages encore comme une championne. Tu n'as donc pas envie de revoir Irving ? Et Sol et Sylvia ? Et Hy et Myra ? Tes enfants et tes petits-enfants ?

Shelby et Muller remarquèrent que la colonne vertébrale affaissée de Mrs Rosen se redressait.

— Sol et Sylvia, je peux m'en passer, dit-elle. Depuis le temps qu'ils se servent dans le magasin !... La langue ou le salami, c'est jamais assez bon pour elle. Il lui faut du saumon fumé et de l'esturgeon. Ou comme elle dit : « Belle, justement, je commence à avoir faim, peut-être qu'un peu de caviar sur du pain blanc me ferait du bien. »

Le ventru petit Mr Rosen, planté dans son caleçon, prit l'air d'un enfant offensé.

— Allons, Maman, ne recommence pas à critiquer ma famille. Nous avons déjà discuté de tout ça. Sol m'a aidé en bon frère, il a prêté de l'argent quand...

— Ouais, et Sylvia se l'est remboursé en mangeaille, au double. Elle a un appétit de vautour. C'est peut-être ma belle-sœur, mais elle est pire qu'un flic pour ce qui est de se servir à l'œil. Tous les jours, tous les jours, un sandwich par-ci, un cornichon à la russe par-là, et « Je n'ai plus de moutarde, Belle, est-ce que je peux t'emprunter un pot ? Hou là là ! ce que cette salade de hareng a l'air bonne, tu permets que je goûte ? » Ta Sylvia, tu peux te la garder !

— Belle, Belle, tu n'as pas le droit de parler comme ça, surtout devant les gens !

Il se demandait comment Mike Rogo ou Linda réagiraient à son allusion aux flics. Quant aux autres assistants, ils étaient gênés et faisaient semblant de ne pas écouter. Rogo le surprit.

— Laissez-la vider son sac, Manny. Après, elle ira mieux.

— Un vrai garde-manger, pour eux, notre boutique, et Sol est encore pire ! Y a la moitié que tu ne sais pas, parce que, quand j'étais petite, à Wadleigh High, une des choses que j'ai apprises, c'est à ne pas cafarder. Tu sais d'où venait la moitié du buffet, quand Simon a fait sa bar-mitsva ? De notre arrière-boutique ! Mais je n'ai rien dit pour que tu ne saches pas les propres-à-rien qu'il y a dans ta famille. Et qu'est-ce qu'ils ont jamais fait pour nous ? Tu sais ce que Sylvia a donné aux petits le dernier Noël ? Un mouchoir chacun, avec leurs initiales, de Woolworth ! Une grasse dépense, hein, quand Sol a vendu son affaire un demi-million ! Si je ne faisais pas attention à chaque sou, je me demande où nous serions maintenant.

Rosen regarda autour de lui avec un pauvre sourire. Il avait l'habitude, mais que tout ce déballage ait lieu devant les Shelby, et Scott, et Muller... Du regard, Jane tentait de lui dire : « Ne vous en faites pas, Mr Rosen, nous comprenons. » Quant à Scott, il lui envoya un grand clin d'œil. Manny sentit monter en lui une grande bouffée de soulagement.

— Maman, Maman, pardon. Comme tu dis, je n'en savais pas la moitié, sinon...

— Pardon, pardon... Tu regrettes maintenant que c'est trop tard et que nous avons pris notre retraite !...

— Tu as raison ! Mais nous avons tout ce qu'il nous faut. Nous avons encore de bonnes années devant nous.

Il hésita, puis décida de courir le risque. Peut-être Rogo avait-il raison, peut-être avait-elle besoin de ressortir toutes ses rancœurs.

— Veux-tu venir maintenant, Maman ? Tu vois bien que nous retenons Mr Scott et tout le monde.

Elle le regarda, sur le point de sourire, les yeux pleins d'affection. Elle soupira.

— Je pense que oui, Emmanuel Rosen. Comme je l'ai toujours dit, tu es un type terrible. Qu'est-ce que je dois faire, maintenant ?

Elle se releva. Ce fut Martin qui déchaîna les applaudissements : « Bravo, Belle ! Que le diable emporte Sol et Sylvia ! » Cela déclencha une vague de rires dans l'assemblée. Gêné d'avoir attiré l'attention, Martin s'excusa :

— Oh, pardon, Mrs Rosen, je ne voulais pas...

— N'en parlez pas, dit-elle. J'ai jacassé comme une vieille folle. Allez, montrez-moi, je vais essayer.

Scott lui expliqua soigneusement la façon de s'encorder qui, en raison de la brièveté et de l'inclinaison prononcée de la pente, ainsi que du nombre de participants, serait différente de la technique traditionnelle. Ils auraient deux cordes, une les attachant les uns aux autres, l'autre servant de câble de guidage que Scott accrocherait et déplacerait au fur et à mesure de la montée.

— Et comment va-t-on faire piger tout ça au Turc demanda Muller. Je n'ai pas tellement envie qu'il me tombe dessus !

— C'est un garçon intelligent, dit Scott. Il a été assez avisé pour se joindre à nous. Il comprendra dès que je ferai une démonstration. Miss Kinsale et Martin, vous d'abord. Eh, Kémal, regardez !

Tenant les deux cordes provenant du poste d'incendie, Scott noua le bout de l'une d'elles autour de sa taille, la passa en biais autour de la poitrine de Miss Kinsale en lui faisant un nœud particulier, dans lequel il passa l'autre corde.

— La corde qui vous entoure est celle qui vous assure. Quant à l'autre, vous pouvez vous y tenir pour vous hisser. Vous avez compris comment ça marche ? Kémal, compris ?

— Okay ! dit le Turc en grimaçant un sourire. Okay !

— Pourquoi avez-vous mis les Rosen au milieu ? demanda Muller. J'aurais pensé que...

— C'est ce qu'il vous semble. La partie la plus difficile du trajet est au milieu. Au moment où les Rosen l'atteindront, je serai en haut, j'aurai fixé la seconde corde et je pourrai les tirer avec celle qui les encorde, s'ils en ont besoin.

Avec lui, tout paraissait si facile, étudié, préparé... Et, curieusement, la façon dont il leur avait présenté cette épreuve comme un acte de foi les avait tous stimulés, même les incroyants et les sceptiques comme Muller ou Martin. Cette ascension tenait tellement du miracle que leurs efforts devaient être récompensés à coup sûr. Ils avaient hâte de l'entreprendre.

— Allons-y, s'écria Scott. Montrons-Lui de quel bois nous sommes faits.

Shelby pensa de nouveau à l'entraîneur surexcité de sa jeunesse, qui le poussait à grands coups en disant : « Allez, vas-y, et montre à ces salauds de quoi sont faits les gars du Michigan ! »

Mais Scott avait encore une recommandation à faire.

— Nous y arriverons si vous vous rappelez bien une chose. Ne déviez pas d'un pouce de ce que fait la personne qui vous précède. J'aurai essayé toutes les marches, toutes les prises, toutes les possibilités. C'est le seul moyen. Ne regardez jamais en bas, mais seulement ce que fait la personne au-dessus de vous. Ne parlez pas, ménagez votre souffle. De temps en temps, je prendrai un peu de repos. Restez alors où vous êtes, faites une boucle avec le mou de la corde et servez-vous-en d'appui si nécessaire, et faites bouger et reposer vos doigts. Quand vous aurez repris votre respiration, on continuera. Tout le monde a remis ses chaussures ? Rogo, veillez à ce que la corde de sécurité glisse normalement. Tout va bien ? En route !

Il avança avec précaution sur l'éboulis déposé sur la rive du lac, qui s'élevait doucement vers la première falaise presque verticale.

Avec beaucoup de délicatesse, Miss Kinsale suivait ses pas, la tête penchée pour bien s'assurer qu'elle posait le pied au bon endroit, ses longs cheveux pendant de chaque côté de son visage. Muller se disait que Scott avait exactement décrit le jeu : filles et garçons, l'un derrière l'autre, suivant sans dévier une ligne de marée sur une plage déserte.

— Ça va, Miss Kinsale ?

— Très bien, docteur Scott.

— C'est ici que ça commence réellement à grimper. Faites bien attention à ce que je fais.

La corde se tendit entre elle et Martin qui la suivait, devant Nonnie et Muller. Les petites torches étaient toujours attachées à leurs avant-bras, ce qui leur laissait les mains libres tout en dirigeant sur les points difficiles un éclairage supplémentaire.

Bien que l'œil exercé de Scott eût discerné un itinéraire possible, les ombres et les trompe-l'œil laissaient place au doute et à l'improvisation. Cependant, une fois embarqué avec ces gens fatigués et non entraînés qui se fiaient à lui, il n'était plus possible de reculer. Arrivé au pied de la partie la plus difficile, il tendit les bras, enroula la corde de sécurité sur un morceau de rampe et s'assura sur une première marche.

— Est-ce que je dois faire quelque chose de la deuxième corde ? demanda Miss Kinsale.

— Non, mais cela peut vous aider. Je l'emmène de plus en plus haut, mais elle sera toujours fixée pour votre pas suivant. Vous n'avez pas peur ?

— Non. Pas avec vous.

— Bien. Prenez garde à poser la partie arquée de votre plante de pied sur quelque chose d'étroit, si possible. Vous risquerez moins de glisser.

Scott avança, trouvant prise sur un barreau d'une rampe échouée là, et un appui solide pour le pied sur la surface interne d'une canalisation éventrée. Il appela :

— Martin, vous suivez ?

— Oui.

— Nous avons de la chance. J'ai trouvé un morceau d'échelle tourné du bon côté. Cinq marches comme dans un escalier et nous serons sur un bout de plate-forme, là-haut, où nous pourrons nous reposer.

À leur tour, les Shelby commençaient à monter. La seule difficulté qu'ils éprouvaient à suivre les instructions de Scott était l'état glissant des morceaux de métal enduits de mazout. Mais Scott progressait si lentement et méticuleusement qu'ils avaient le temps de s'agripper solidement.

En regardant derrière lui, Shelby vit Kémal et les Rosen franchir la première pente. Il cria à Belle : « C'est très facile ! Kémal vous donnera la main. Scott choisit le plus facile. »

Ils ne répondirent pas. Shelby se retourna pour se concentrer sur le prochain pas. Il était plein d'admiration pour l'organisation et la prévision de Scott. Kémal avait compris pourquoi on l'avait placé où il était : après chacun de ses mouvements, il se retournait pour s'assurer que Belle suivait au bon endroit, et il lui tendait sa grande main pour la tirer.

Au-dessus, Scott atteignait son premier obstacle réel : une paroi de métal d'un peu moins de deux mètres de haut, qui barrait le chemin et surplombait le bord du lac, au-dessous. Le métal avait été endommagé par la chute, qui y avait provoqué une faille en forme de V, dont la partie la plus au-dessus de l'eau constituait une sorte de fer de lance d'un bon mètre de long, redressé vers le haut. Juste au-dessus de la tête de Scott, un contrefort formé de tuyaux et d'un large fragment d'acier incurvé bloquait complètement le passage. S'il avait été seul, Scott y aurait jeté un rappel et aurait franchi l'obstacle en un rien de temps. Avec les autres, c'était impossible. Menaçant, le fer de lance coupait la voie sur la droite et il n'était pas question de déplacer quoi que ce soit.

— Ne bougez pas, ordonna-t-il.

Il étudia la situation sur la gauche, où deux pompes de graissage avaient terminé leur chute en répandant leur contenu.

Miss Kinsale leva les yeux et demanda :

— Vous avez des difficultés ?

— Momentanées.

— Certainement, avec l'aide de Dieu, notre Père...

— Ce serait de l'impertinence, répliqua Scott sévèrement. Ce n'est que du travail de montagnard. Il y a toujours un passage.

Il venait de le découvrir : un marchepied assez risqué fourni par un éclat de métal, large d'une trentaine de centimètres et heureusement incliné vers le haut, permettait de contourner l'obstacle. Ensuite, les pompes cassées se transformeraient en une sorte de cage d'escalier verticale par où l'on pourrait gagner un large morceau de plate-forme intacte. Tout ce qu'il fallait, c'était que chacun, après avoir prudemment tourné le coin de la paroi, s'arrête et prête la main au suivant.

Scott sourit avec satisfaction. Le vilain fer de lance menaçant s'était transformé en flèche indicatrice. « J'ai trouvé ! » annonça-t-il. Il suivit l'étroite corniche, jeta la boucle de la corde de sécurité sur la plus proche saillie au-dessus de sa tête.

— Donnez-moi la main pour passer le coin, dit-il à Miss Kinsale. Ensuite, attendez et faites la même chose pour Mr Martin et dites-lui de passer les instructions aux suivants. Ce qui vient ensuite sera du gâteau.

— J'ai prié, dit Miss Kinsale.

Pendant qu'elle attendait Martin, Scott entreprit la phase suivante de la grimpée. Tout à coup, il cria :

— Arrêtez un moment ! N'avancez plus !

Ils attendirent. Il sembla à Miss Kinsale que Scott luttait avec quelque chose qui se détacha et on entendit un bruit de chute dans l'eau du lac.

— Qu'est-ce que c'était ? demanda Shelby.

— Rien, répondit Scott.

Mais Rogo venait justement de se détourner, et le halo de la grosse lanterne fixée sur son dos avait éclairé l'objet au passage : une jambe arrachée portant une botte de caoutchouc. Cela lui donna une nausée fugitive et ne lui inspira pas plus d'amitié pour Scott.

La cordée s'étendait. Belle et Manny Rosen étaient arrivés au pied de la paroi verticale, guidés par Kémal. Nonnie et Muller étaient sur la pente. Seuls Linda et Rogo demeuraient encore sur le plat, attendant leur tour.

— Pourquoi tu l'as de nouveau laissé nous mettre à la queue ? dit Linda. Si quelqu'un reste bloqué, on sera bons, ou si quelqu'un nous tombe dessus.

— C'est de la psychologie, dit Rogo.

— Psychologie mon cul ! Tu laisses cette espèce de salaud te commander. C'est du propre de ne pas défendre ta femme quand un type essaye de lui jouer à touche-touche sous ton nez.

— C'est ça, bien sûr, dit Rogo de sa voix inexpressive. Il te met la main au panier et il crie au secours ! Ne me raconte pas d'histoires.

— Espèce d'ordure !

— Je te croyais plus maligne que d'aller chercher un type comme ça. J'ai pigé ce qu'il est, monsieur le pasteur, maintenant. Il est tordu comme une pédale.

— *Lui !*

Cette accusation froissait son orgueil.

— Eh pardi ! Il ne peut pas aller avec les femmes, alors il s'est mis le col à l'envers. Et il t'a envoyée paître.

La corde se tendit à la taille de Linda.

— Avance, ordonna Rogo, et pour l'amour de Dieu, n'essaye pas un tour de ta façon. Fais ce qu'il dit et sortons de là. Tu as Muller devant toi. Il ne fait pas le poids, mais au moins il est dans le coup. Je l'ai entendu sauter la petite. Je suis derrière toi et il ne t'arrivera rien, ma poulette. Te tracasse pas.

Ils commencèrent l'ascension.

— Tu y arrives, Belle ? appela Manny.

La lueur jaune de sa torche errait sur l'énorme arrière-train blanc, luisant de sueur et de mazout.

— C'est ma respiration, répondit-elle. Chaque fois que je fais un pas, je perds le souffle.

— Mais tu n'as pas peur ?

— Non, je n'ai pas peur. J'ai regardé en bas une fois ou deux, mais je n'y vois rien. Le Turc est gentil. Il m'aide. C'est encore loin ?

— Je ne sais pas. Pas trop, sans doute. Il faut continuer comme ça jusqu'à ce qu'on y soit tous. Tu te débrouilles magnifiquement.

— Manny, si nous sortons de là, tu ne me traîneras jamais plus loin que le coin d'Amsterdam Avenue, sur la Quatre-vingt-neuvième Rue.

— C'est ça, Maman. Pense à la maison, comme elle est agréable.

Elle ne put résister.

— Avec Sol qui met ses pieds sur nos plus belles chaises et Sylvia qui fourre son nez dans ma penderie pour voir ce que j'ai de neuf ! Oui, oui, Mr Kémal, j'arrive.

Muller attendait Linda sur l'étroite corniche contournant le mur d'acier. Il lui tendit la main.

— Oh, oui, Mr Muller, tenez-moi bien, j'ai si peur !

— Tenez, prenez mon bras.

Quand elle y glissa le sien, il n'y avait pas à se tromper. Muller s'y connaissait en pressions significatives. « Quelle garce ! pensa-t-il. Pauvre Rogo. »

Ils peinaient tous.

— Pourquoi qu'il va par là ? Moi, je vois un meilleur endroit par là-bas, regarde, dit Linda à son mari.

Rogo la retint en tirant sur la corde pour l'empêcher d'essayer.

— Nom d'un chien, ne fais pas de bêtises ! Ce type a tout combiné et ça marche. N'oublie pas que je suis à l'autre bout de la corde.

— Comme toujours, dit Linda. Le dernier des derniers.

Ils avaient atteint le morceau de plate-forme intact que Scott avait repéré à mi-hauteur. Il les attendait avec les autres. Il y avait juste assez de place pour tout le monde.

— Asseyez-vous si vous le pouvez et éteignez les lumières, dit Scott. Nous allons nous reposer quelques minutes.

XVIII

Et il n'en resta plus que douze

Dans l'obscurité, on entendit la voix de Belle :

— Qu'est-ce que nous faisons là ?

Personne ne répondit. On ne savait pas si cette question exprimait son sens de l'humour ou le désespoir. Mais elle répéta :

— Je sais ce que je veux dire. Que faisons-nous tous ici ? Comment une chose pareille peut-elle arriver de nos jours ? Il y a six heures, nous étions assis à table en pensant à aller ensuite au spectacle ou à faire une partie de cartes, et nous voilà pratiquement nus, à grimper comme des singes pour échapper à la mort.

— Ce que vous dites est vrai, Mrs Rosen.

Curieusement, après toute cette aventure qui aurait dû les rapprocher, ils continuaient à s'appeler par leurs noms de famille. Jamais les Shelby et les Rosen n'avaient fraternisé ni échangé plus que des salutations polies. Shelby trouvait impossible de l'appeler Belle, surtout alors qu'elle était presque nue. Il continua :

— Un navire moderne, équipé de tous les moyens de sécurité, chavirer comme un canoë…

— Rappelez-vous ce qui est arrivé à l'*Andrea-Doria*, dit Muller. Deux bateaux équipés de radar qui entrent en collision directe.

— C'était très bien quand on allait s'asseoir dans la cabine du commandant pour un cocktail, intervint Manny, en mangeant des sandwiches au caviar et buvant du champagne, mais maintenant qu'on a besoin de lui, où est-il, le commandant ? Et tous les autres officiers qui dansaient avec les passagères ?

Personne ne répondit à cette question en suspens dans l'obscurité. À la faveur de leur dur effort, il avait été si facile d'oublier ce que pourtant ils savaient tous... Nonnie se mit à pleurer doucement.

— Oh, mes copines !...

Jane Shelby, qui était près d'elle, la prit gentiment par les épaules.

— Moi, j'ai perdu mon fils.

— Ne dites pas ça, madame, intervint Rogo. Quand on recherche une personne disparue, on ne renonce jamais avant d'avoir trouvé...

Il faillit dire le corps, mais il se corrigea :

— une indication précise qu'il n'y a plus aucune chance. Nous le retrouverons peut-être quand nous serons en haut.

— Merci, Mr Rogo, dit Jane, je comprends. Mais il aurait dû nous entendre, voir nos lumières...

— C'est un très grand navire, madame. Il est peut-être allé dans une autre direction.

« C'est ce que je ne peux supporter, se dit Jane. De penser à la direction où il est allé, dans les ordures et la puanteur. De l'avoir laissé parce que je le gênais... un petit garçon honteux de ses fonctions naturelles en présence de sa mère. Il était trop jeune pour disparaître comme ça, et jamais je ne saurai ni où, ni comment, ni quand, ni quelles ont été ses dernières pensées. »

— Je ferai tout pour le retrouver, madame, poursuivit Rogo. Peut-être aurais-je dû rester en arrière et chercher encore.

Son cœur de policier était plein de sympathie pour la mère de la victime.

— Merci, Mr Rogo. Ce n'était pas la peine, il n'y était pas.

La voix de Scott intervint : « On le retrouvera. C'est un garçon courageux, il jouait le jeu. » Le pasteur s'exprimait avec tant de confiance et d'autorité qu'un instant le cœur de Jane se remplit d'espoir, jusqu'au moment où elle se dit qu'il parlait peut-être plus pour lui-même que pour elle.

Il répéta : « Allons ! » et ralluma la lanterne qu'il portait sur le dos, et dont le faisceau alla frapper l'enchevêtrement d'acier qui les attendait plus haut.

— Je ne vais pas vous raconter d'histoires, poursuivit-il. La dernière partie sera la plus difficile, la plus fatigante et la plus dangereuse.

Un peu avant le sommet se trouvait la partie en surplomb remarquée par Scott, sorte d'échelle bombée formée par les dents rectangulaires d'une roue de démultiplication encastrée dans la paroi. Elle offrait prise pour les mains et les pieds mais, sur presque deux mètres, le grimpeur serait penché à la renverse, le corps faisant un angle dangereux au-dessus de l'abîme.

C'était le problème qu'ils avaient déjà rencontré deux fois : celui des escaliers à l'envers, qu'ils avaient résolu en l'évitant. Pour celui-ci, on ne pouvait passer à côté. Il faudrait tenir jusqu'à l'endroit où les dents se redressaient pour mettre le corps dans une position où le poids porterait vers l'avant, soulageant la traction sur les bras et les cuisses. Ni d'en bas, ni du point où il se trouvait maintenant, Scott ne voyait le moyen de passer ailleurs. La seule chose à faire serait que Martin, Shelby et lui soient au sommet au moment où les autres membres de l'expédition arriveraient à l'endroit dangereux. On pourrait alors les soutenir et les aider avec les cordes.

— Quelqu'un sait-il l'heure ? demanda Martin. Ma montre s'est arrêtée à deux heures et quart.

— La mienne aussi, dit Muller. C'est cette saleté où nous avons nagé.

— Il a dû passer au moins une demi-heure depuis, dit Shelby. Il doit être presque trois heures.

— Ça fait six heures que nous marchons, dit Martin. Mon Dieu, qu'est-ce qui fait flotter le bateau ?

Miss Kinsale arrangeait ses cordes.

— Vous venez de le nommer, dit-elle, Dieu.

— Avec l'assistance du pasteur Scott, murmura Muller entre ses dents.

— Tu disais quoi, chéri ? demanda Nonnie.

Le « chéri » agaça Muller, mais il la regarda et se sentit de nouveau amoureux.

— Ça ne peut durer longtemps, dit Rogo.

— Alors, à quoi bon continuer à grimper comme ça ? demanda Manny.

Scott était prêt à partir, mais il se retourna vers eux.

— Parce que nous sommes des êtres humains responsables de nous-mêmes.

Ce devait être là la pierre angulaire de la religion de Scott, ou de sa foi, ce besoin de se justifier en tant qu'homme. Qu'il croie ou non à l'heureux résultat de leurs efforts, jusqu'à leur dernier souffle ils auraient défendu cette dignité humaine que son Dieu leur avait accordée. Muller pensa que si Scott ne s'était pas proposé pour guide dès le premier instant, ils seraient sans doute tous morts dans les eaux ténébreuses ; car auraient-ils de leur propre chef fait l'effort de s'adapter à ce monde à l'envers pour se mettre en route dans la bonne direction ?

— Bon, dit-il tout haut, allons-y.

Scott opéra un changement dans leur ordre de marche. Il intervertit Kémal et Manny Rosen, de sorte que Manny précédait Belle et que Kémal la suivait. Puis il prit ce dernier à part et lui montra le passage dangereux en faisant des gestes.

Kémal fit oui de la tête et dit : « Okay ! Okay ! » avec un regard qui allait de ses énormes mains à l'ample poitrine de Belle Rosen.

— On passera, assura Scott en plaçant ses mains et ses pieds pour prendre le départ.

Il avait vu juste. C'était plus difficile et plus dangereux ; les muscles commençaient à s'engourdir et à se relâcher. Il fallait s'arrêter de plus en plus souvent, surtout à cause de Belle qui grognait, gémissait et se lamentait presque à chaque mouvement, et qui pourtant continuait comme eux tous. Ils subissaient l'hypnose d'obéissance et de discipline provoquée par Scott, chacun observant le précédent pour l'imiter avec une concentration qui les empêchait de penser à leurs forces déclinantes.

La roue dentée était maintenant juste au-dessus du pasteur. Bien que son angle fût faible, il se demanda comment Mrs Rosen arriverait à passer. Beaucoup reposait sur Kémal. Il dit à Miss Kinsale :

— Laissez filer votre corde de façon qu'il y ait trois mètres entre nous. Regardez bien comment je m'y prends, puis faites de même, mais je vous soutiendrai. Vous voyez ? Faites passer à Martin et ainsi de suite.

XIX

On ne peut pas toujours gagner

À la lueur des lanternes le sang s'écoulait, noir, de la poitrine de la marionnette ployée en arrière comme si on l'eût jetée là au hasard. Quelques membres du groupe eurent des pensées dont ils auraient dû rougir.

Nonnie murmura avec mépris :

— Bien fait pour elle. Elle était toujours après tout le monde.

— Chut, dit Muller. Il ne faut pas parler comme ça de cette pauvre malheureuse.

— C'est vrai, pardon ! répondit aussitôt Nonnie. C'est dégoûtant de ma part.

Mais Muller avait aussi à lutter contre lui-même, car une petite phrase insidieuse s'imposait à son esprit : « On n'aurait pas pu mieux choisir. »

Miss Kinsale se disait : « Elle était vraiment idiote. Désobéir au docteur Scott ! » Quant à Martin, il se répétait : « Il ne faut pas médire des morts. »

— Qu'est-il arrivé ? demanda Belle.

À quoi Manny répondit :

— Elle est tombée, Linda Rogo. Je crois qu'elle est morte.

— La pauvre petite ! dit Belle, mais elle pensa « C'est la punition de Dieu. »

Susan se demandait si son cœur était devenu de pierre, car, en face de cette mort si rapide et si terrible, elle ne ressentait aucune émotion.

— La sotte fille, dit Shelby, c'est bien sa faute.

Mais il n'osa pas regarder sa femme dont le visage, penché vers le cadavre était froid et impénétrable. Or, Jane souhaitait que cela lui fût arrivé à elle. Linda ne méritait pas la paix de la mort.

Rogo fut d'abord trop stupéfié pour lâcher sa prise, au pied de la roue. Pas encore pénétré par la réalité de ce qui venait de se passer, il se demandait : « Mais pourquoi elle a fait ça ? » Puis tout à coup il poussa un cri :

— Linda, Bon Dieu, Linda ! et il avançait d'un pas sur la poutre dangereuse lorsque la voix de Scott l'arrêta :

— La corde, Rogo ! Suivez la corde de sécurité. Je vous rejoins.

Suivant le conseil, le policier saisit la corde et se laissa glisser, se blessant sur les aspérités auxquelles il se heurtait, et se brûlant les paumes. Il était à peine arrivé au mur d'acier et à l'étroite corniche dont ils s'étaient servis pour le contourner que Scott se dressait à ses côtés.

Linda était renversée en arc, les membres mous, ses boucles blondes pendant de son front blanc, le sang jaillissant encore de son cœur transpercé. Il n'y avait plus aucune lueur de vie dans ses yeux bleus grands ouverts. Ses lèvres étaient écartées comme pour former un dernier mot.

Rogo, lui qui avait vu la mort sous toutes ses formes, sanglotait. Il ne la toucha pas, comme s'il eût risqué de lui faire mal, de la fixer plus fort encore sur la pointe aiguisée.

— Pourquoi elle m'a appelé comme ça avant de mourir ? demanda-t-il. Je l'ai attrapée, mais j'ai pas pu la retenir. Mes mains étaient pleines de mazout. Vous êtes sûr qu'elle est morte ?

— Laissez-moi voir, dit Scott en lui passant devant.

Il ne la toucha pas non plus, c'était inutile. Il contempla le cadavre et, sans que Rogo le remarque, son visage exprima la colère.

— Il n'y a rien à faire, dit-il.

— Elle m'a traité de salaud, dit Rogo. Elle ne voulait pas faire ce foutu voyage. Je l'ai obligée. Ça doit être ce qu'elle voulait dire, vous croyez pas ? Elle ne peut pas avoir cru que je l'ai lâchée exprès ?

— Non, dit Scott, sûrement pas.

— Dites une prière pour son âme, padre, demanda Rogo.

Puis, gêné d'avoir, lui catholique, demandé ça à un non-catholique, il ajouta :

— N'importe quelle prière.

Il s'attendait que le pasteur fit un signe de croix sur le corps, mais il ne le fit pas. À la place, le visage plus sombre que jamais, il cria vers le ciel :

— Pourquoi as-Tu voulu cela ? Pourquoi ?

Du haut, Shelby répondit :

— Qu'est-ce qu'il y a, Frank ?

— Je ne vous parle pas, gronda Scott. Sortez-vous du chemin et laissez passer ma voix. Toi, quel besoin avais-Tu de cette pauvre créature ? Je les aurais tous mis en sécurité si Tu n'étais pas intervenu !

— Qu'est-ce que c'est que cette espèce de prière-là ? dit Rogo.

— Que dois-je prier ? cria Scott. Que Dieu sauve une âme arrachée dans un nouveau meurtre dépourvu de sens ?

— Qu'est-ce qu'il y a, vous êtes fou ? dit Rogo en le regardant avec ahurissement. Si vous ne pouvez pas, laissez-moi.

— Pardon, dit Scott qui paraissait perdu dans un brouillard. Prions ensemble. Que Dieu accorde le repos éternel à l'âme de cette femme et l'accueille auprès de Lui. Au nom de Jésus-Christ notre Sauveur, Amen.

Rogo répéta la formule après lui,

— Maintenant, il faut la remonter.

— Où ? Pourquoi ? demanda Scott.

Les nerfs de Rogo commençaient à céder.

— Où ? Où ?... Où diable pensez-vous ? Là-haut, avec nous !

— Et comment ferez-vous ?

— On la portera, on la tirera, on la poussera. Mais qu'est-ce que vous comptez faire ? La laisser là piquée comme un morceau de viande ? Jamais je ne pourrais plus fermer les yeux sans la voir comme ça.

— Ni l'entendre, dit Scott.

— Salaud ! dit Rogo d'un ton calme. Ses yeux brillants de méchanceté. Pour un gars soi-disant pasteur, vous êtes le plus grand salaud que j'aie jamais...

— Je vais la porter, dit Scott.

Rogo ouvrit de grands yeux.

— Vous ? dit-il.

— Oui. Vous êtes fort, mais pas assez bon grimpeur.

— Et comment vous la monterez ?
— En la liant sur mon dos.
— Et il est capable de le faire, dit Rogo à mi-voix.
— Oui, si c'est ce que vous désirez.
— Mais vous trouvez qu'on ne devrait pas.
— Et vous ? Tout du long, nous avons dû abandonner des morts, des blessés, des faibles, quand on ne pouvait plus rien faire pour eux, afin de sauver les vivants.
— Comme vous avez fait pour ce poivrot et la fille, cracha Rogo. Ils n'étaient pas morts ni blessés.
— Vous auriez voulu mourir pour un ivrogne qui n'avait même pas assez de cran pour tenter de s'en sortir avec la jeune fille ? Chaque minute que nous passons ici peut faire la différence entre la vie et la mort.
La voix de Rogo fut aussi proche du désespoir que cela lui était possible.
— Et elle, elle est morte pour quoi ?
Celle de Scott s'éleva jusqu'au cri :
— Pour rien ! Au diable tout ! Rien n'est juste !
— Alors vous voulez que je la laisse là comme ça ?
— C'est à vous de savoir.
— Dieu du ciel ! Qu'est-ce que vous avez à l'intérieur ?
Le regard de Scott alla de Rogo à la morte et revint à Rogo.
— Ce bateau ne va pas flotter indéfiniment. Je me suis engagé à vous tirer de là avant qu'il sombre. Nom d'un chien, Rogo, décidez-vous !
Rogo se souvint tout à coup d'un film d'actualités où il avait vu Scott, encore étudiant, franchir dix mètres, quatre hommes cramponnés à lui sans arriver à le retenir pour finir par en renverser un cinquième en passant la ligne de but. Peut-être était-ce un moyen énergique d'attirer les gens vers l'Église, ou Dieu, ou le paradis, ou de les faire sortir vivants d'un bateau blessé à mort. Et il se souvint que, depuis que le pasteur s'était relevé dans la salle à manger, rien n'avait arrêté sa progression. Belle Rosen avait bien dû lui apporter son concours, mais comme investie d'un pouvoir divin. Mike Rogo détestait cordialement le pasteur, mais il fallait reconnaître que Frank Scott avait quelque chose pour lui : il était de la race des vainqueurs.

Quant au policier, qu'il s'agisse de courage, d'audace ou de décision, il était de celle des solitaires ; mais il savait reconnaître les chefs. Que ce soit ou non une tapette, ce type avait le pouvoir de galvaniser les autres.

— C'est bon, dit Rogo en montrant de la tête la montée qui les attendait, allons-y.

Mais en voyant Scott contourner le mur une fois de plus, et retrouver les prises déjà connues, Rogo se dit que quelque chose maintenant lui manquait une sorte d'élan, de rapidité. Il avançait moins vite, comme s'il était réellement chargé du cadavre de Linda. Le policier se demanda si Scott n'était pas allé de l'avant pour lui permettre de rester un instant seul avec ce qui restait de sa femme, ou s'il était simplement indifférent et laissait Rogo se débrouiller seul pour trouver son chemin.

Il jeta un dernier regard à sa femme. Il avait vu trop de morts pour être frappé par la mort en soi, ou par les violences qu'il faut faire subir à un corps humain pour le transformer en ce qu'on appelle précisément un cadavre. La douleur qui continuait à lui faire jaillir les larmes des yeux était d'une autre nature, qui trouva son expression dans les derniers mots qu'il adressa à la poupée éventrée, au corps sali par la sciure qui s'en échappait : « Ma poulette, si seulement tu savais comme j'ai pas été un salaud… »

Puis, lui aussi entreprit la difficile remontée vers les autres.

Les survivants étaient précairement installés à plat ventre au sommet de la hauteur qu'ils venaient de conquérir, sur l'étroite passerelle renversée qui s'étendait au-dessus de l'arbre de transmission. Ainsi suspendus dans la pénombre au-dessus du gouffre insondable d'eau et de mazout, ils étaient tellement épuisés que leurs membres tremblaient irrépressiblement ; et, comme tous avaient détesté, méprisé, abhorré Linda, leur nervosité était accrue par un sentiment de culpabilité. Personne n'osait regarder Rogo. La lumière de la lampe de Scott passant sur son visage le montra aussi inexpressif que jamais. S'il savait ou soupçonnait quelque chose de leurs sentiments à l'égard de la mort de sa femme, il n'en manifestait rien.

— Qu'est-ce qu'on fait ? Vous savez où on va ?

— On traverse, on va de l'autre côté, dit Scott. Il y a une plate-forme sur laquelle on pourra respirer un peu.

— Frank, on ne peut pas traverser dans ces conditions, dit Shelby. Vous ne voyez pas que nous sommes tous à bout de forces ? Nous n'en avons plus du tout. Vous perdriez tout le reste de nous.

À la surprise de tous, pour la première fois, Scott répondit rudement.

— Cessez de vous plaindre, Dick. Nous n'avons fait qu'une partie du chemin. Il faut traverser. Vous pourrez vous féliciter quand nous y serons. Ce n'est pas le bon endroit pour s'arrêter.

Était-ce les mots de Shelby : « Vous perdriez tout le reste de nous », ou la mort de Linda ajoutée à la disparition de Robin, un changement s'était produit dans l'attitude de Scott : il était fâché. Disparu la sérénité qui avait caractérisé ses décisions, sa manière de s'attaquer à ce qui paraissait d'insurmontables obstacles.

— Ce n'est pas de force que vous avez besoin, dit-il, c'est de volonté. Si vous saviez qu'il y a un plancher à cinquante centimètres là-dessous, vous avanceriez les yeux bandés. Moi, je vous assure qu'il y a un plancher. Pensez-le, croyez-le, et il ne vous arrivera rien. Je vous ferai traverser chacun à votre tour.

Ce qu'il fit, sans défaillance. Il avait l'équilibre et la totale indifférence à la peur d'un charpentier en fer sur sa poutrelle, soixante étages au-dessus du sol. Pour un homme qui avait passé une nuit de tempête déchaînée, sur une corniche rocheuse verglacée et enneigée, au flanc d'une montagne des Andes, au-dessus de 2 300 mètres de pente presque à pic, il n'y avait là rien à craindre. L'un après l'autre, il les remit sur leurs pieds, plaça ses mains de part et d'autre de leurs épaules, le faisceau de la lanterne fixée à son dos éclairant le fer de la passerelle, et il les conduisit de l'autre côté, hommes et femmes. Pour les empêcher de chuter, il leur disait à chacun : « N'essayez pas de marcher. Avancez vos pieds en glissant. Regardez droit devant vous. Une fois de l'autre côté, le pire sera passé. »

Il les hypnotisait et ils avançaient comme des somnambules, sans plus penser au lac noir qui s'étendait au-dessous. Leur esprit était fixé sur le havre qui les attendait et les mots dont Scott avait lié le sens à la plate-forme – sécurité, repos, le pire sera passé.

Il complimenta Miss Kinsale : « Vous êtes une femme remarquable. » À Susan, il dit : « Vous deviendrez une femme charmante, comme votre mère », et elle se demanda : « Est-ce vrai ? Ce que je n'arriverai jamais à oublier me rendra-t-il meilleure ou pire ? »

— J'aimerais mieux que vous ne me touchiez pas, dit Jane Shelby. Je peux y aller seule, je n'ai pas peur.

Scott lui posa les mains sur les épaules : « Jane, Jane », murmura-t-il. Ils avancèrent et elle fut contente de sentir la sécurité de son appui, sans que cela soulageât son amertume. Les yeux fixés droit devant elle comme il l'avait recommandé, elle dit :

— Vous m'avez promis de me rendre mon fils.

— Ce n'est pas encore fini, répondit-il. Nous ne savons pas ce qui nous attend, sauf que nous l'accepterons en êtres humains.

À l'oreille de Belle Rosen, Scott murmura :

— C'était différent à l'Association des femmes sportives ?

— Oh, mon Dieu ! Ne me faites pas rire ! Vous êtes terrible, docteur Scott, vous me faites faire de ces choses ! Jamais je n'aurais cru cela possible.

Kémal traversa tout seul. Manny, Nonnie et Muller furent convoyés par Scott qui revint chercher Rogo. Le policier était debout dans le noir sur la corniche et Scott entendit le déclic de sa lanterne quand il en dirigea le faisceau vers le bas.

— Ne regardez plus, dit-il.

Rogo ne prêta aucune attention à ce conseil. Ses piles faiblissaient. Leur lueur atteignait à peine l'endroit où le corps était empalé sur la lame d'acier argenté.

— Éclairez-la, ordonna Rogo d'une voix rauque.

Scott obéit et le rayon de sa lanterne, plus vif, coupa l'obscurité. Il faisait ressortir des détails, le sang qui paraissait si noir, le visage exsangue et blanc, les yeux fixes.

— Pourquoi ? À quoi ça sert ? Pourquoi a-t-il fallu qu'elle meure ?

Scott ne répondit pas et Rogo sentit la colère le prendre à la gorge. Il voulait une réponse, n'importe laquelle. Il fallait qu'il y en ait une, même si c'était quelque chose d'absurde et de futile comme « C'est la volonté divine », que répétait toujours le père Maloney, du Tabernacle de Broadway, quand quelque chose allait mal ; quand Linda avait perdu le bébé qu'elle portait ; ou quand Rogo avait eu des ennuis pour avoir marché sur les pieds d'un important politicien de New York. « C'est la volonté divine, mon fils. Gardez la foi et priez, et vous comprendrez, » Qu'on lui donne un appui, qu'on lui change les idées, n'importe quoi. Ce type-là était pasteur et il restait là à regarder le corps de sa femme sans trouver un seul mot à dire !

Scott finit par répondre, cette fois d'une façon presque machinale, comme si ses paroles ne traduisaient pas ce qu'il pensait réellement. Il murmura d'abord :

— Je ne sais pas.

Puis il ajouta :

— Ç'a été miséricordieusement rapide. Elle n'a pas souffert.

— Elle a souffert la mort. La mort violente fait mal. Quand on voit la tête de ceux qui en sont morts, on s'en rend compte.

— Oui, dit Scott, oui, sans doute.

— Continuons, dit Rogo. Je vous suis. J'y vois assez.

Le pasteur éclaira la route. Rogo ne trouva rien à dire d'autre que : « Que Dieu ait son âme », bien qu'il se demandât ce qu'il avait bien pu en advenir. S'était-elle déjà envolée de ce purgatoire pour traverser la coque d'acier et s'élever dans le firmament avec les anges ? Une image, qu'il rejeta aussitôt, lui traversa l'esprit : le Sacré-Cœur entouré de saints dorés aux auréoles laiteuses, Dieu sur un nuage, majestueusement barbu, le tout en couleurs de chromos.

Le ciel, ou ce qui était « là-haut », n'était qu'une ceinture de gaz, mélange d'oxygène et d'azote entourant la Terre, et au-dessus se trouvait l'espace où les étoiles et les planètes circulaient indéfiniment et sans but pour obéir à un dessein aussi mystérieux qu'inexplicable.

Rogo savait qu'il n'avait jamais été qu'un catholique conformiste, qui allait à la messe, s'agenouillait, trempait ses doigts dans l'eau bénite, répondait machinalement aux litanies en pensant à autre chose, à des choses qui n'auraient jamais dû l'occuper pendant qu'il était à l'église ; par exemple aux deux hommes qu'il avait tués au cours d'un duel au pistolet au coin de la Soixante et unième Avenue et de la Quarante-septième Rue, au beau milieu de la foule qui sortait du théâtre. C'étaient des tueurs qui avaient dégainé pour régler la question avec lui. Dans la musique et l'encens de l'église, entre les saints de bois sculpté et les vitraux, il revoyait le pistolet nickelé de l'un d'eux devenir rouge sous le néon de l'enseigne d'un restaurant. Rogo avait tiré et les avait liquidés sans faire aucune victime dans la foule. Il avait vu les corps étendus sur le pavé, les visages d'un gris de cendre, car il les avait touchés au cœur, et il s'était dit : « La mort est la mort. » Ç'aurait pu être le contraire : les spectateurs curieux entourant le corps de Rogo ; cela aurait été définitif et sans résurrection. Le trou qui perçait son feutre était là pour le garantir.

Aussi répéta-t-il : « Que Dieu ait son âme », en espérant que ce qui restait d'elle ne devrait supporter une existence aussi désespérante que ce qu'elle semblait avoir vécu, et que, si elle ne recevait pas autre chose, elle trouverait au moins l'oubli. Relevant le rayon de lumière du vide obscur vers la passerelle de fer, il traversa calmement et rejoignit les autres.

« Repos », commanda Scott. Ils s'assirent sur la plate-forme à l'exception du pasteur et de Shelby. Celui-ci s'enquit : « Où sommes-nous ? »

Scott explora les quatre points cardinaux et arrêta le jet de lumière sur une paroi d'où saillait quelque chose qui ressemblait à un gigantesque bol de trois mètres de large et d'un bon mètre cinquante de profondeur.

— Qu'est-ce que c'est, à votre avis ? demanda-t-il à Shelby.

— Probablement une coque de turbine coupée en deux. On voit les crochets de fixation en haut, à la jointure.

— Et ça ?

La lumière longeait un cylindre poli et luisant d'environ soixante centimètres de diamètre. Au-dessus et à l'envers, une autre passerelle.

— L'arbre de transmission, sûrement, fit Shelby.

— Qui conduit à son logement. Et au bout de cette passerelle, il y a la peau du navire. C'est là qu'il faut aller, conclut Scott.

Shelby gémit. Cela représentait encore quatre ou cinq mètres au-dessus d'eux.

— Comment ? demanda-t-il.

Les autres soupirèrent.

— Il devait y avoir des marches ou une échelle ou une rampe pour descendre quand le bateau était dans le bon sens. Il doit donc y avoir quelque chose pour monter, maintenant.

— Et s'il n'y a rien ?

— On grimpera, répliqua Scott d'une voix dure et sèche qui lui ressemblait si peu que Shelby le regarda avec surprise.

Scott s'éloigna, le laissant observer les jets de lumière dont il balayait l'espace au-dessus de sa tête. Le pasteur revint en disant : « C'est par là. À moitié arraché, mais on peut essayer. »

Sans que rien l'ait annoncé, la plate-forme sur laquelle ils étaient rassemblés s'inclina, faisant tomber Scott et Shelby. Des profondeurs du navire monta un grinçant cri d'agonie accompagné du claquement de grosses bulles qui crevaient, et de lointains grondements. Le sol pencha suivant un tel angle qu'ils cherchèrent tous avec affolement quelque chose à quoi s'accrocher, ou se cramponnèrent les uns aux autres pour se retenir sur la surface glissante. Muller retrouva l'angoissante sensation d'impuissance qu'il avait un jour ressentie au Mexique, durant un tremblement de terre.

La plate-forme se remit presque à l'horizontale, mais les bruits continuèrent. Dans le puits qu'ils surplombaient, vint crever une énorme bulle d'air chaud et malodorant, et du centre du bateau arriva le bruit d'une explosion, une assourdissante vibration continue, comme une note soutenue de grosse caisse. Quelque chose avait dû céder et tout le bateau se mit à vibrer comme si ses machines tournaient de nouveau à grande vitesse. La plate-forme pencha de nouveau, en avant cette fois. Les femmes poussèrent une clameur d'effroi.

— Seigneur ! cria Rogo, on coule !

— Non, non, non ! hurla Scott d'une voix haut perchée d'hystérique, en courant vers le centre de leur support.

— Nom de Dieu, qu'est-ce que vous faites ? cria Rogo.

— Frank ! pour l'amour du ciel, revenez ! ajouta Shelby, en éclairant la haute silhouette du pasteur qui cherchait son équilibre, jambes écartées.

— Non, non ! répéta-t-il, j'ai dit non !

Ils le virent lever les bras au ciel, et ils étaient tellement absorbés par ce spectacle qu'ils en oubliaient que la mort rôdait et que le *Poseidon* était au bord du dernier plongeon.

— Que veux-Tu de moi, ô mon Dieu ? mugissait leur chef en brandissant le poing vers les ténèbres.

Presque nu, la grosse lanterne fixée sur son dos et la hache d'incendie attachée à la taille, il avait l'air, dans la lumière jaune des torches, d'un prêtre de tribu primitive en train d'invoquer ses dieux.

— Que demandes-Tu de plus ? Je T'ai fait une promesse. Nous l'avons tenue, nous n'avons pas abandonné. Nous n'avons pas cessé d'essayer, n'est-ce pas ?

L'espace réverbérait sa voix puissante, et l'écho dominait le râle de la mort du bateau.

La voix de Scott s'élevait en un cri perçant :

— Salaud ! Pourquoi nous as-Tu permis d'accomplir tout ce chemin si c'est pour nous emporter maintenant ? C'est nous qui T'avons inventé, sans nous Tu n'existerais pas ! Jéhovah ! Mardouk ! Baal ! Moloch ! Tu es toujours le même vieux tueur, aux narines pleines de l'odeur du sang !

— Il est complètement fou ! s'écria Martin, tandis que Shelby se cramponnait à Muller.

— Il faut aller le chercher, dit celui-ci.

Ils réussirent à se mettre à genoux. Le bateau paraissait en être aux dernières convulsions ; le martèlement lointain augmentait en volume. La tête lui tournant, les entrailles se liquéfiant, Shelby répondit en bégayant :

— Je… je ne peux, je ne peux pas.

Muller ne répondit pas et ne fit pas un mouvement.

Scott dut crier plus fort encore pour se faire entendre :

— Dévoreur de bébés ! Boucher de femmes ! Éventreur d'hommes ! Tu as déjà pris ce garçon et cette jeune femme, que te faut-il encore : un autre sacrifice ? Plus de sang ? Une autre vie ?

Dominant les bruits terrifiants de la lutte du navire, la voix de Miss Kinsale s'éleva :

— Docteur Scott ! Je vous en prie ! car elle était seule à pressentir ce qui allait se passer.

— Épargne-les ! Prends-moi ! vociféra le pasteur Frank « Buzz » Scott en se jetant dans le vide.

Il tomba mollement, le corps abandonné, et la lanterne toujours liée à son dos jeta un arc de clarté à travers la caverne de la chambre des machines. Puis l'homme et la lumière disparurent sous la surface du lac d'où rejaillit une gerbe d'eau huileuse.

Les survivants se rendirent compte que le bruit de la chute était perceptible, mais ne comprirent pas tout de suite ce qui leur avait permis de l'entendre : les autres bruits avaient brusquement cessé. Les martèlements, tremblements et craquements s'étaient arrêtés et, la gîte ayant diminué, la plateforme était presque à l'horizontale, légèrement inclinée vers la proue.

Shelby domina ses nerfs, se leva, et du bord de la plateforme éclaira le vide. Les eaux du lac d'Enfer avaient monté, absorbant la pente par laquelle ils étaient parvenus au mont Poseidon. Shelby vit une turbulence, un mouvement des eaux, mais Scott ne reparut pas. Rogo, Muller et Martin vinrent rejoindre Shelby. Les ronds produits par son plongeon, en s'agrandissant, venaient lécher les rives du puits. On entendit quelque part un bruit d'eau jaillissante, mais cela ne dura pas. Le bateau retomba dans le silence.

Le centre des anneaux indiquait où le corps du pasteur avait disparu, mais il n'y avait aucun signe de lui. Shelby balaya la surface des eaux. Le silence fut rompu par un cri de Rogo :

— Dieu du ciel ! Linda n'est plus là !

C'était exact : le corps empalé sur le triangle d'acier avait disparu, ainsi que la roue de démultiplication. Le mont Poseidon se décomposait, une bonne partie en était effondrée. Du coin de l'œil, Muller constata qu'on ne pourrait plus l'escalader. Rogo murmura :

— Elle est partie après lui.

Le bateau se stabilisa.

Shelby agitait la tête de stupeur. Il répétait les paroles de Scott :

— Épargne-les. Prends-moi.

James Martin dit d'une voix pleine de surprise :

— Eh bien, qu'est-ce que vous en dites, peut-être que ça a réussi ! On dirait qu'il flotte toujours.

Miss Kinsale poussa un interminable hurlement mi-animal, mi-humain, le cri d'un cœur qui se brise.

XX

Le sergent-chef prend le commandement

Jane Shelby se rapprocha de Miss Kinsale qui était agenouillée et se frappait le front contre l'acier de la plate-forme.

— Miss Kinsale, il ne faut pas ! Pauvre Miss Kinsale, je vous en prie, non, je vous en prie, il ne faut pas !

Elle prit la femme dans ses bras mais cela ne fit qu'assourdir un peu son horrible plainte. En regardant la surface du lac qui avait repris sa placidité, Shelby se demandait : « Pourquoi n'est-il pas remonté ? » Puis, se souvenant de la remarque de Martin, il comprit la terrifiante réponse : « Le gouffre est satisfait, le sacrifice a été accepté. »

— Le sacré imbécile, dit Hubie Muller, ne peut-on le tirer de là ?

À quoi Martin répondit :

— Il a dû être accroché par quelque chose. De toute façon on ne peut ni descendre ni revenir en arrière.

Shelby eut l'impression qu'il allait craquer complètement. Il dit à Jane avec colère :

— Jane, pour l'amour du ciel, tu ne pourrais pas empêcher cette femme de hurler ?

Elle ne lui répondit pas, mais s'adressa à la malheureuse :

— Chère Miss Kinsale, je vous en prie, essayez de vous arrêter. Je vous comprends. Mais il croyait réellement faire ça pour notre bien.

Miss Kinsale enfouit son visage dans les bras de Jane et gémit :

— Je l'aimais ! je l'aimais !

D'une certaine façon, son deuil était le leur, et cela, désamorçant la tension et l'horreur qui les paralysaient, leur permit de recommencer à raisonner.

— Comment il a appelé Dieu ? demanda Belle. Un salaud ? Il a insulté Dieu et s'est tué ?

— Il a dû perdre l'esprit, dit Susan.

— Il n'aurait pas dû injurier Dieu, insista Mrs Rosen. Personne n'aime être injurié.

Le petit Martin revint du bord de la plate-forme en secouant la tête.

— Il n'avait pas besoin de faire ça, dit-il. Le bateau ne va pas couler.

— Vraiment ? dit Rosen. Pour moi, j'avais dit adieu.

— Nous paraissons de nouveau en équilibre, remarqua Muller. Le pauvre malheureux fou, il croyait que c'était lui qui le faisait tenir droit.

À la surprise générale, Nonnie le reprit énergiquement :

— Et alors ? C'est lui qui nous a fait marcher !

— Qu'est-ce que c'est, tous ces noms qu'il criait ? Je n'ai pas compris, demanda Rogo.

— Des noms sémitiques pour Dieu, ou les dieux, répondit Muller. Des dieux cannibales, assyriens, babyloniens, avant le Dieu des juifs. Ils aimaient les sacrifices humains.

— Tout ça me paraît insensé, dit Martin.

Les gémissements de Miss Kinsale se calmaient quelque peu et elle était plus tranquille. Belle Rosen déclara avec une certaine indignation :

— Notre Dieu n'est pas comme ça ! Quand nous autres juifs nous nous conduisons bien, il nous donne du lait et du miel. Quand nous nous conduisons mal, il nous châtie. C'est comme ça, il ne nous aime que si nous marchons droit.

— Mais se tuer ? dit Manny Rosen, et prétendre que c'est pour nous, est-ce une religion ? Pardon, ajouta-t-il, c'était un homme bien.

— Un vrai croyant, n'est-ce pas ? ajouta Susan.

— Peut-être trop, répondit gentiment Muller. Il était de l'espèce qui doit toujours gagner et finalement il s'est aperçu qu'il jouait une mauvaise partie.

Pendant un moment, le silence fut seulement rompu par les sanglots de Miss Kinsale et les murmures d'encouragement de Jane.

— Et qu'en pense Kémal ? demanda Martin en se tournant vers le Turc agenouillé, calme et sans peur.

D'eux tous, il était sans doute le mieux préparé à prendre les choses comme elles venaient, mais il les surprit en se tapant le front du doigt.

— Je me demande ce qui est arrivé au bateau, dit Rosen.

— Quelque chose a dû céder, répondit Shelby. Une cloison peut-être, et ça a modifié l'équilibre. Il est probablement trop gros pour sombrer d'un seul coup.

« Et nous avons perdu l'homme à qui nous nous sommes tous confiés comme des enfants », pensa Muller.

— Pourquoi diable a-t-il fait ça ? demanda-t-il encore.

— Il ne pouvait pas admettre d'échouer, dit Rogo. Quand il a pensé que c'était fichu, il a quitté le terrain.

Miss Kinsale avait cessé de pleurer. Elle rétorqua, aussi sèche et guindée que d'habitude :

— Ce n'est pas ça, Mr Rogo. Il a fait ce qu'il croyait que son Père voulait.

— Alors, vous pensez que nous sommes perdus ? dit Martin.

Il y eut un long silence, puis on entendit Shelby :

— Il vaut mieux regarder les choses en face. Ce n'est qu'une question de minutes.

— Ça me va, enchaîna la voix atone de Rogo, que suivit un long soupir d'épuisement de Belle Rosen .

— Et moi donc ! Le plus vite sera le mieux.

— Ça a l'air tellement bête, après tant d'efforts, remarqua Jane.

Son mari reprit :

— Nous sommes tous ensemble. Nous pouvons aussi bien attendre ici qu'ailleurs.

— Nous n'y sommes pas encore, dit sèchement Martin.

— Où ? demanda Shelby.

— Où il essayait de nous conduire. Au fond du bateau.

— Il avait perdu la boussole, dit Rogo. Si seulement je ne l'avais pas écouté ! Linda serait encore là.

— Ou vous seriez morts tous les deux !

Le ton de Martin était rude.

— Il était peut-être bizarre, mais courageux et intelligent. Sans lui, nous ne serions jamais arrivés si haut.

Mais Muller poursuivait son idée.

— Jusqu'à ce qu'il nous lâche. À quoi bon, maintenant que le bateau...

— Parlez pour vous, interrompit Martin, moi, j'ai l'intention d'aller où nous allions. Peut-être que le bateau ne sombrera pas...

Shelby rit amèrement.

— Une chance sur un million. Vous ne le sentez pas, ça ne tient qu'à un fil.

— Je cours cette chance, dit paisiblement Martin. Scott n'a jamais dit que nous serions sauvés, mais seulement que si l'on venait à notre secours, il fallait être à un endroit où l'on puisse nous repérer.

Et le chemisier eut un petit rire moqueur :

— Chacun a un motif de survivre. Le mien vous paraîtra sans doute ridicule, mais j'ouvre un nouveau département à la mi-janvier, la vraie ligne « in », pour les jeunes... Ma femme ne peut pas s'en occuper, avec son arthrite. Il faut que je rentre pour préparer les vitrines.

— Eh bien vieux frère, ça vous fait une belle raison de vivre, hein ! (La voix de Rogo était pleine de sarcasme.)

La réponse de Martin les fit tous sursauter.

— Je n'ai pas envie de mourir avant mon temps.

— Vous continuez seul ?

— Oh non, j'espère bien que vous venez tous !

— Vous avez entendu ma femme, dit Manny Rosen, elle ne peut plus faire un pas.

— Mon cœur me fait mal, gémit Belle.

Encore une tentative, insista Martin. Ce n'est plus très loin. Scott a dit qu'il y a une échelle qu'on peut atteindre.

Pourquoi le fit-il, Muller l'ignorait, mais il alluma sa lanterne et capta dans son rayon la petite forme grise et effacée de Martin, qui se dressa sur les genoux.

— Éteignez ça, ordonna celui-ci, on en aura besoin ! Je sais ce que vous pensez, continua-t-il un peu plus tard avec le même rire sec. Qu'y a-t-il d'étrange à ce qu'un chemisier n'ait pas envie d'être noyé comme un rat ? Harry Truman l'était, n'est-ce pas ? Il a commencé en vendant des chaussettes, des chemises et des cravates.

« Le vaillant petit coq ! » pensa Muller en riant. Et Susan se disait : « Oh, Papa, pourquoi n'est-ce pas toi qui parles comme ça ? Ce petit bonhomme va nous entraîner. » Puis, un peu plus tard : « Comment Papa le pourrait-il, après la façon dont Maman l'a traité ? Comment peut-on agir ainsi l'un envers l'autre ? »

Nonnie se hissa jusqu'à l'oreille de Muller et chuchota :

— N'y allons pas. Restons là et faisons l'amour jusqu'à ce qu'on soit noyés et qu'on meure ensemble. Ça ne fait pas très mal de se noyer, n'est-ce pas ? Ça m'est égal, comme ça.

Mais en Muller une étincelle d'espoir s'était allumée.

— Non, Martin a raison. On ne peut pas perdre le bénéfice de tant d'efforts, se coucher et tout abandonner.

Martin se leva. Machinalement, les autres suivirent son exemple. Dans leur état de choc et de fatigue, ils sentaient vaguement que quelqu'un prenait de nouveau des décisions à leur place.

— Qu'est-ce que je fais ? demanda Belle.

Ce fut Shelby qui, dans un élan de honte et de remords, lui répondit.

— Ce que vous avez tout le temps fait, Mrs Rosen : être la plus brave de nous tous.

Il y eut un murmure d'approbation et Belle répondit :

— Allez, allez...

Miss Kinsale avait repris le contrôle d'elle-même.

— Nous devons au docteur Scott de poursuivre. Il est mort pour nous sauver.

— Quelle blague ! marmonna Rogo comme pour lui-même. Il est mort parce qu'il a perdu la boule. Maintenant ils sont dessous tous les deux. Elle en pinçait pour lui.

Puis il ajouta :

— Mon Dieu, pourquoi a-t-il fallu qu'elle meure comme ça ?

— Je suis... enfin, nous sommes tous désolés pour vous, Mike, dit Manny Rosen.

— Oh que non, vous n'êtes pas désolés, dit amèrement Rogo. Vous la détestiez tous, tous. Eh bien, on est à égalité. Elle aussi, elle vous détestait, elle ne pouvait pas vous voir, et moi non plus.

— Vous venez, Rogo ? demanda Martin comme si de rien n'était.

— C'est possible, répondit-il, la voix de nouveau dépourvue d'émotion.

— Je viendrai pour une seule petite chance de retrouver Robin, dit Jane. Frank était tellement certain de le retrouver, tellement certain…

Il y eut de l'étonnement dans sa voix :

— Pourquoi était-il si sûr de lui ?…

On l'entendit reprendre sa respiration et elle continua :

— Parce qu'il était tellement sûr de ne pouvoir échouer. Mais il se trompait. C'est de savoir qu'il avait perdu Robin et Linda qui l'a tué.

Elle lutta pour ne pas s'effondrer et termina :

— Je ne renonce pas. On peut encore le retrouver.

— Madame, dit Rogo – et sa voix et sa contenance changeaient curieusement tandis qu'il reprenait le dessus –, à votre place, je n'aurais plus trop d'espoir. Il s'était occupé de beaucoup d'enlèvements ou disparitions d'enfants dans sa carrière. Tant qu'il y avait la moindre chance, il encourageait les parents, mais lorsqu'au fond de lui il sentait que tout était fini, que tout ce qu'on trouverait un jour serait un petit cadavre mutilé à demi enterré, il jugeait plus humain et plus sage d'anéantir leur espoir, de les préparer au pire.

Étrangement, Jane comprit son intention.

— Vous êtes gentil, Mr Rogo. Et je suis vraiment désolée pour Linda, profondément. Je crois qu'aucun de nous ne l'a comprise, ni ce qui la tourmentait.

Mais elle ajouta :

— Je continuerai à espérer s'il n'y a plus aucun espoir.

Le rayon blanc de la lanterne de Martin changeait imperceptiblement de couleur.

— Oh, oh ! dit-il. Les piles s'épuisent. Une seule lampe à la fois, à partir de maintenant.

Ils avaient surtout peur de l'obscurité, d'être enveloppés par son odeur épaisse et collante. Chacun à son tour essaya sa lumière, pour en vérifier l'intensité, savoir si elle flanchait et ne serait bientôt plus qu'une faible lueur jaunâtre tout juste suffisante pour regarder sa montre.

— Voilà, maintenant vous savez, dit Martin.

La plupart avaient faibli.

— Si vous voulez venir avec moi, je ferai tout ce que je pourrai pour vous. Il sera difficile de succéder à Scott, je ne suis pas de la même trempe, mais je sais ce qu'il voulait faire et où il voulait aller.

C'était un homme modeste et il crut devoir se justifier.

— Vous savez, il y avait un tas de types tout simples à l'armée, pendant la guerre, des chausseurs, des comptables, des emballeurs, des garçons de café et des marchands de saucisses.

Puis il fut frappé par l'absurdité de ses propos et rit à nouveau.

— Pourtant, pour que vous ne croyiez pas que je me pose en héros : j'étais dans le train et je distribuais des fournitures. Mais j'ai fini sergent-chef, ajouta-t-il après une pause.

« Je parie que tu étais vache », pensa Muller.

— Partons, si on doit y aller, dit Rogo.

Sous le rayon de la plus puissante des lanternes, ils virent que l'échelle, ou l'escalier de fer qu'avait vu Scott, conduisant de l'avant-dernière plate-forme au blindage de la double coque du navire, avait été faussée de côté et offrait un angle qui ne la rendait pas trop difficile à gravir, sauf que les cinq premiers barreaux avaient été arrachés, laissant un intervalle à peu près haut comme un homme. On pouvait s'agripper au premier barreau et se hisser. Au-dessus, tout en haut, la lumière révélait le cylindre de l'arbre de transmission, l'entrée du tunnel et l'alignement compact de tuyauterie qui l'accompagnait jusqu'à l'arrière du navire.

Linda était morte. Linda n'était plus avec eux, mais elle leur avait légué un peu de sa cruauté. Belle posa la question qui leur traversait plus ou moins à tous la cervelle : « Qu'est-ce qu'on va faire de la grosse juive ? »

— Si quelqu'un veut bien me donner un coup de main, je ferai le reste toute seule. Ça m'a l'air d'un vrai escalier.

— Bien sûr que tu peux, Maman. C'est ce que je dis tout le temps.

Belle avait l'air d'avoir tout à coup conclu un nouveau bail avec la vie, et trouvé une réserve inattendue de force ou simplement de détermination, sans doute parce que la simplicité du chemisier avait ôté beaucoup de son aspect dramatique à l'effort final. Elle comprenait Martin beaucoup mieux que Scott.

Martin tapa sur l'épaule de Kémal, en désignant successivement le haut et Belle. Le Turc comprit immédiatement, se hissa sur les marches, en grimpa quatre et se pencha en tendant son bras libre.

— On y va, ordonna Martin à Belle. Mettez vos mains sur nos épaules pendant qu'on vous aide, et attrapez Kémal. Vous allez monter comme dans un ascenseur.

Rosen, Shelby, Muller et lui avaient empoigné les jambes et les cuisses de Belle et la soulevaient. Elle s'éleva au-dessus d'eux comme une pâle copie de danseuse. Elle réussit même à se rétablir en haut de l'échelle, à l'extrémité de la rampe inversée pour gagner toute seule ce qui avait été le plafond du tunnel de l'arbre de transmission. Là se trouvaient les câbles et les conduites qui alimentaient la commande hydroélectrique du gouvernail. L'arbre lui-même était plus haut, à hauteur d'épaule, et, un peu plus haut encore, formant maintenant un toit, se trouvait la passerelle métallique que le personnel des machines utilisait pour parcourir toute la longueur du tunnel pour l'entretien du matériel. Enfin, encore au-dessus, on voyait le blindage de la double coque qui, lorsque le bateau était dans le bon sens, formait des réserves à mazout et à lest.

Quand elle eut repris sa respiration, Belle cria d'en haut :

— Vous voyez, c'est comme je disais, avec un peu d'aide, tout le monde peut y arriver. Vous n'avez plus à vous en faire.

Puis, tout à coup, elle haleta et poussa un cri.

— Maman, qu'est-ce qu'il y a ? Tu t'es fait mal ?

La réponse ne vint qu'au bout d'un moment.

— C'est... c'est... ce que le docteur Metzger a dit... c'est rien... n'aie pas peur.

Rosen baissa la voix et dit avec embarras :

— Maman, je veux dire ma femme, ça fait trente ans qu'elle croit qu'elle a le cœur faible, vu qu'elle a été sportive et qu'elle a tant grossi. Mais le docteur a toujours dit...

Muller l'interrompit :

— Mr Rosen, elle a passé par des épreuves terribles.

Mais Martin dit simplement :

— Au suivant.

— Laissez-moi y aller, demanda Nonnie, je m'occuperai d'elle.

Ils lancèrent littéralement la danseuse en haut, et l'entendirent parler doucement à Belle. Jane demanda :

— Comment va-t-elle ?

— Elle respire un peu mieux, répondit Nonnie. Je la masse. Elle est formid', sans blague !

— Miss Kinsale, à vous !

Elle arriva à petits pas, levant les bras pour faciliter les prises. Son corps était trop osseux et maigre pour être féminin, sa poitrine trop petite et sans grâce. Mais la longue traîne de cheveux bruns qui balayait son visage anguleux la rendait si frappante que Shelby se sentit tout à coup excité et désireux de lui faire connaître le plaisir. Il se demanda pourquoi elle ne s'était pas mariée. Dans l'ombre, il rougit à la pensée de l'éclat de sa femme : « Tu n'as même pas eu le courage de prendre une maîtresse ou de te glisser au lit avec la femme d'un autre juste pour le plaisir ! »

Dans une séquence de son petit cinéma intérieur, il séduisait Miss Kinsale pour se venger de Jane, il enfouissait son visage dans ses cheveux, l'installait dans un appartement de Detroit et en faisait sa maîtresse en titre. Mais quand il toucha sa hanche dure et décharnée, il se demanda comment il avait pu avoir cette idée.

Ils la firent envoler vers Kémal comme une fée des bois. Le reste de la troupe suivit. Maintenant que l'on s'activait, personne ne pensait plus à la possibilité de couler. C'était comme si leur décision avait conquis, pour le bateau comme pour eux, une sorte de sursis.

Jane Shelby gagna l'entrée du tunnel et cria :

— Robin ! Robin ! Es-tu là ?

En même temps, Martin y projeta un rayon de lumière. On ne voyait personne, il n'y eut ni réponse, ni voix humaine. Quelque part, le bateau torturé craquait et grondait.

— Laissez-moi voir, dit Martin qui s'enfonça de quelques mètres dans le tunnel.

Il revint en disant :

— J'ai vu. Si on suit l'arbre, on doit arriver à la dernière coque. Les stewards ont dit que le doublage ne s'étend pas jusqu'au bout, aux extrémités. Donc par là-bas, on doit aboutir. Mais prenez garde, c'est difficile d'y marcher.

Ils se disposèrent par couples, Martin en tête avec Miss Kinsale, Rosen avec Belle, Kémal avec Jane, Shelby avec sa fille, Muller et Nonnie, et enfin Rogo toujours en queue.

Trois lanternes fonctionnaient encore. Martin n'en laissa qu'une allumée pour éclairer la route et déceler les irrégularités du sol. Ils marchaient en silence, trop fatigués pour parler, trop abrutis même pour penser à tout ce qui s'était passé depuis le déjeuner de la veille au Club des Durs à Cuire de Mr Rosen.

Serrant bien fort la main et le bras de Nonnie, Muller s'émerveillait de la faculté d'adaptation des êtres humains, des horreurs et des privations qu'ils peuvent supporter tout en gardant espoir, et même en conversant comme des gens quasi normaux. D'une minute à l'autre, leur bateau avait chaviré et des gens avaient été tués sous leurs yeux. Un garçon avait disparu ; une jeune femme était morte. Deux de ceux qui étaient partis avec eux étaient vraisemblablement noyés. Une femme de chambre avait été piétinée à mort. En marchant sur ces éternels tuyaux glissants, ils étaient passés à côté d'hommes aux membres et aux dos brisés ; ils avaient vu des morceaux d'êtres humains accrochés aux aspérités de la montagne d'acier qu'ils avaient gravie. Ils avaient vu le pasteur Scott jurer, blasphémer et insulter son Dieu, et se jeter dans l'éternité par le chemin du puits noir qu'ils avaient baptisé le lac d'Enfer. Et lui, Hubie Muller, était tombé amoureux d'une danseuse de cabaret dont le contact le remplissait d'une étrange exaltation, faite de passion et de compassion.

À côté de son père, Susan, endolorie, meurtrie, le cœur lourd, se demandait une fois de plus ce qu'il dirait ou ferait s'il savait ce qui lui était arrivé. Pour lui, elle le savait, le viol constituait le plus sauvage et le plus grave des crimes. On mettait des hommes en prison ou même on les électrocutait pour cela. Elle revit la courbe des joues roses du jeune matelot et sentit ses yeux se mouiller. Qu'aurait-elle fait, que serait-il advenu de lui s'il ne s'était pas enfui ? Il l'avait violée, mais pour un moment ils avaient été tout proches, unis par la peur et la pitié.

— Martin ! cria tout à coup son père, arrêtez !

Ils s'immobilisèrent et la voix de leur conducteur leur parvint :

— Qu'est-ce qu'il y a ?

— Le tunnel se referme, dit Shelby. Il devient plus bas et plus étroit. (Il avait été le premier à le remarquer, ayant une tête de plus que Martin.)

— Seigneur ! dit Muller. Que faisons-nous ?

— On ira à quatre pattes, s'il le faut, dit rageusement Martin.

Il avait pris le commandement non parce qu'il en avait envie, mais parce que personne d'autre ne se dévouait et qu'il n'avait pas envie de mourir. Mais il n'échappait pas au sentiment de s'être déjà trompé et de les conduire au désastre.

Le rétrécissement devint plus marqué :

— Que les femmes attendent ici, ordonna Martin. Rosen, restez avec elles. Les autres, allons voir ce que ça donne.

Ils rampèrent encore sur quelques mètres, puis furent définitivement arrêtés par un gros collier d'acier que traversait l'arbre et qui remplissait tout l'espace du tunnel. Au-dessus, les lumières révélaient toujours le blindage. Ils étaient parvenus à l'intérieur du museau d'appui de l'hélice.

Le désappointement de Muller était presque enfantin.

— Ce n'est pas comme ils avaient dit !

— Encore une impasse. Vous ne valez pas mieux que Scott, dit Rogo.

Les lèvres minces de Martin s'étirèrent pour un sourire sans joie.

— Merci beaucoup, Rogo. Vous avez été d'une grande aide tout du long : « Qu'est-ce qu'on fait maintenant, chef ? » Et pourquoi diable est-ce que je me donne du mal pour vous sauver ? Pour que vous puissiez reprendre vos rondes et cogner sur quelques pauvres misérables !

Le mauvais caractère de Rogo se manifesta aussitôt :

— Dites donc, pas d'histoires, zozo !

Martin éclata de rire.

— Y a pas la place pour cogner ici, sale flic ! Scott avait tort et c'est le bout du rouleau. Vous avez une meilleure idée ?

Ils reculèrent. Dès qu'il y eut assez de place, Kémal tapa Martin sur l'épaule et fit des gestes. Martin secoua la tête :

— Pas bon, Kémal. Kapout. Fini !

Mais le Turc, lui aussi, secouait la tête et s'évertuait à gesticuler, aussi furent-ils contraints de prêter attention.

D'abord il exécuta un mouvement tournant avec un doigt. Mais il en leva quatre et regarda autour de lui pour voir si on le comprenait. Enfin, il leur en montra deux en désignant le côté gauche avec les deux mains, puis recommença la même pantomime du côté droit.

— Deux, partagé en deux, murmura Muller.

Ensuite Kémal les yeux brillants de concentration dans son désir de se faire comprendre, modifia de nouveau la position de ses mains dont il avança l'une de façon que le bout noirci des ongles de l'autre vînt se poser sur le poignet de la première.

Shelby poussa une exclamation qui les fit sursauter :

— J'ai compris ! Nous sommes dans le mauvais tunnel !

— Que voulez-vous dire, je ne comprends pas, dit Martin. Quelle différence cela fait-il ?

— C'est ce qu'il essaye de nous dire.

Il imita les gestes de Kémal.

— Le bateau a quatre hélices, deux de chaque côté du gouvernail.

Rogo fumait encore d'avoir eu le bec cloué par une mauviette d'ex-sergent qui avait gagné la guerre en distribuant des uniformes et en vérifiant les stocks des cantines.

— Et où ça nous mène ? dit-il. Dans l'autre tunnel on sera dans le même merdier.

— Non, dit Shelby avec excitation, c'est ce qu'il voulait dire par la dernière position de ses mains. Les hélices ne sont pas sur un seul rang. Il y en a une devant l'autre de chaque côté de la coque. Nous sommes dans le tunnel qui ne dépasse pas le double fond.

Muller commençait à comprendre.

— Alors, Acre et Peters avaient raison. L'entrée du second doit se trouver plus loin vers l'arrière.

— Exactement, dit Shelby. L'autre tunnel doit mener jusqu'au gouvernail et à la coque externe.

— C'est pas des choses qu'on apprend en vendant des chaussettes, dit Martin. Allons-y. Vous voulez prendre la direction, Rogo ?

Le policier eut un demi-sourire :

— Pardon, sergent. J'ai parlé hors de mon tour.

— Et comment allons-nous trouver cet autre tunnel ? demanda Muller.

Shelby montra Kémal :

— Il doit savoir.

Il présenta deux doigts au Turc qui, enchanté d'avoir été compris, fit signe de la tête et les invita à le suivre.

— Et pourquoi ce crétin ne nous a-t-il pas dit qu'on était dans le mauvais tunnel dès le départ ? demanda Rogo.

Brièvement, Muller répondit :

— Le bateau est sens dessus dessous pour lui aussi.

La lumière de la lanterne vacilla et jaunit à son tour.

— Oh, Dieu ! les piles ! s'exclama Martin. Nous les gaspillons.

Ils revinrent en rampant jusqu'à l'endroit où l'on tenait debout, où ils rejoignirent les femmes. Manny Rosen demanda avec excitation :

— Qu'est-ce qui est arrivé ? Des difficultés ? On ne peut pas continuer ? J'ai entendu...

— Je me suis trompé, avoua Martin. Il y a deux tunnels comme celui-ci. J'ai choisi le mauvais. Il faut prendre l'autre, Kémal pense savoir où c'est.

— J'avais renoncé, pour Robin, gémit Jane. S'il y a un autre tunnel, dois-je espérer encore ?

Elle se mit à pleurer de nouveau. Susan la prit dans ses bras :

— Maman ? Maminette !...

— Vous voulez que ma femme refasse tout ce chemin ? dit Manny avec colère. Dieu sait ce que nous allons encore avoir à faire comme acrobaties ! Qu'attendez-vous ?

— Je n'attends rien. Je vous dis simplement ce qui est arrivé. Il y a encore deux coques entre nous et le monde extérieur – si tant est qu'il y en ait un. Shelby vous expliquera mieux que moi. Si nous restons ici, nous pouvons aussi bien retourner à la salle à manger, pour ce qu'on y gagne !

Belle Rosen gisait sur le sol. Même à la faible lueur des torches, on pouvait voir que sa peau blanche était devenue grise et que ses membres tremblaient. Sa voix n'était plus qu'un murmure rauque.

— Au nom du Seigneur, que voulez-vous qu'on fasse maintenant ? Si c'est grimper encore, je ne peux plus.

Miss Kinsale intervint :

— Il faut continuer, Mrs Rosen. Vous ne voudriez pas que le docteur Scott soit mort en vain.

— Le docteur Scott est allé de son côté. Pourquoi ne pourriez-vous pas me laisser aller du mien, en paix ?

Rogo s'abstint de répéter ce qu'il pensait du sacrifice du pasteur et préféra dire :

— N'oubliez pas que vous avez été Belle Zimmerman, la championne, la plus grande. Comme dit Shelby, quand il s'agit de se bagarrer, vous nous battez tous. Vous vous sentiriez drôlement cornichonne si les secours venaient frapper à la porte et que vous ne soyez pas là.

— Il n'y aura plus à grimper dit Martin. Nous sommes en haut maintenant, mais du mauvais côté. Les piles sont en train de s'épuiser et l'air n'est plus si bon à respirer. C'est peut-être notre dernière chance.

— Vous allez obliger cette pauvre femme à remuer encore ? dit Nonnie. C'est de la cruauté. Vous ne voyez pas qu'elle n'en peut plus ? Et moi aussi, j'en ai plus que marre ! J'ai pas envie d'aller plus loin. Hubie, tiens-moi.

Le « j'en ai plus que marre » avait fait frissonner Muller, mais il s'ensuivit un renouveau de tendresse. Nonnie avait toute sa vie été une lutteuse. Il ne voulait pas qu'elle lâche maintenant. Ce qu'il voulait désespérément, c'était la ramener au soleil ; la garder à ses côtés s'occuper d'elle, l'aimer, lui faire des cadeaux, la chérir, la récompenser du présent mystérieux qu'elle lui avait fait.

— Je ne suis pas une pauvre femme ! dit Belle d'une voix rauque. Manny, aide-moi à me lever.

Kémal accourut de l'avant, Martin sur ses talons. Une des grosses lampes donnait une lumière suffisante. En sortant du tunnel, le Turc qui la tournait d'un côté puis de l'autre poussa une exclamation :

— Bon ! Okay !

— Ô mes frères, s'exclama Martin avec ferveur, la manne du ciel !

Un intervalle de cinq ou six mètres séparait les tunnels parallèles des arbres de transmission de tribord. Et ce qu'ils voyaient, c'est qu'une échelle qui montait à la plate-forme supérieure était tombée intacte en travers de la faille, comme un pont.

— Terrible, un passage ! dit Rogo.

— Du gâteau ! cria Muller qui regretta aussitôt d'avoir rappelé le cri de ralliement de Scott. Viens donc, Nonnie !

— Il vaut mieux que je l'essaye d'abord, dit Martin. Éclairez-moi, Muller. Si ça tient, vous pourrez passer.

Les barreaux tenaient, les garde-fous étaient en bon état ; tout ce qu'il fallait, c'était faire attention de ne pas glisser entre deux marches, mais Martin voulait voir comment ça se présentait de l'autre côté.

Quand il atteignit le second arbre et vit ce qui était arrivé, il commença par éclater de rire puis fut pris de rage devant cette dernière farce du Dieu que Scott avait maudit. L'arbre pénétrait dans le tunnel à quelque trois mètres de lui, mais il n'y avait aucun pont, hormis le cylindre lui-même. Le chemin de ronde avait été arraché de ses rivets quand l'axe de démultiplication s'était détaché et l'avait entraîné avec lui.

Il resta longtemps sans réagir tandis que Rogo et Shelby traversaient.

— Oh, bon Dieu ! jura Rogo entre ses dents.

Martin se tourna vers lui.

— Si vous dites : « Que fait-on maintenant, chef ? » Je vous tue !

— Je ne dis rien. C'est votre affaire, c'est vous qui l'avez cherché.

— Mon Dieu, qu'allons-nous faire ? soupira Shelby.

Martin parut se gonfler, grandir, s'élever ; c'était la colère, la combativité de coq des petits hommes.

— On passera à cheval, dit-il.

Ils le regardèrent avec consternation et Shelby s'exclama :

— Belle !

— On ne la prévient pas, dit Martin. On la met entre Kémal et vous et elle sera de l'autre côté avant de s'en apercevoir. Il éleva la voix :

— Ça va, là-bas, traversez !

Il se posta au bout du pont, ridicule petite silhouette en caleçon à rayures maculé, qui se transforma sous leurs yeux en bonimenteur de foire faisant l'article : « Vite, vite, vite, dépêchez-vous. Entrez, entrez ! Le Grand Rodéo américain. Une attraction jamais vue. Entrez, entrez et amenez vos dames ! Une occasion de voler un baiser. Prenez vos billets pour le Rodéo. Y en aura pour tout le monde ! On prend le départ ! »

Sans avoir le temps de penser à l'invraisemblance de la situation, ils furent ramenés de leur charnier flottant aux souvenirs d'enfance : la foire, le carnaval, les chevaux de bois. Martin avait pris Kémal par les épaules et l'avait installé à cheval sur l'arbre, puis avec Shelby il souleva Belle et la poussa de façon que ses jambes tombent de chaque côté, Shelby derrière elle. Elle n'eut que le temps de dire, suffoquée ; « Mais qu'est-ce que vous me faites ? » et glissa en avant.

— Et voilà ! cria Martin sur un ton de victoire. Vous voilà en route pour la grande chevauchée ! Vous arrivez au dernier tour. Attrapez le cerceau et vous gagnerez un tour gratuit. Allez, au suivant ! Montez ! Un à la fois ! Miss Kinsale, bravo ! Jane, Susan. Vous aussi, monsieur ? (C'était Manny.) Glissez là, tout droit. Et vous, monsieur Muller, amenez donc votre petite amie. En route. Avancez, là-devant, avancez.

Puis, baissant la voix, il dit à Rogo :

— Éclairez-nous tandis qu'on traverse, mais pour l'amour de Dieu, qu'ils ne voient pas ce qu'il y a dessous.

— Toujours à la queue, Rogo, dit le policier.

— Il faut bien servir à quelque chose, dit Martin en riant, puis il se laissa tomber sur l'arbre.

Il se remit à crier en tapant avec les mains sur le métal :

— À cheval, cow-boys ! Yipple yepe ! Éperonnez vos montures !

Il ne savait pas s'ils pensaient qu'il avait perdu la tête, comme Scott, mais en un rien de temps il les avait installés et mis en route ; le tapage qu'il faisait, le rythme imposé, le fait qu'ils sentaient quelqu'un derrière eux pour les pousser les fouettaient, tandis que Martin continuait à les exhorter :

— Bravo Jane ! Comment la chère Belle va-t-elle là-devant ? Le prochain tour ne coûtera que dix sous si quelqu'un a envie de recommencer. Avancez, avancez ! Le dernier sera une mauviette !

Kémal avait atteint l'autre côté, sauté à l'endroit où l'arbre pénétrait dans le tunnel et enlevé Belle pour la faire atterrir à l'intérieur. Puis, l'un après l'autre, il aida les suivants à descendre et à se mettre en sécurité.

Rogo était resté à l'autre bout de ce second pont, dirigeant la lanterne horizontalement. Il abaissa alors le rayon.

— Rogo ! cria Martin. Venez !

Le policier parut pétrifié par la profondeur révélée par la lumière et le lit de mort de machines démolies qui l'attendait en bas. Il imita Martin disant :

— Le dernier sera une tapette !

Puis il ajouta :

— Elle est là, en bas, avec lui, et il s'approcha du rebord sans protection,

Martin l'appela de nouveau, mais cette fois d'une voix flûtée de fofolle :

— Eh bien, Miss Rogo, que diable allez-vous faire, ma chérie ? Vous voulez qu'on dise après qu'il n'était qu'un lâche ?

Pendant encore quelques secondes, le petit homme hésita, puis il recula et empoigna la main courante. Un instant plus tard, il proféra de son habituel ton uni :

— Peut-être bien que vous avez raison.

Il enfourcha l'arbre et se propulsa de l'autre côté. Martin tendit la main et le poussa dans le tunnel.

— Sans vous, j'y restais, dit Rogo. Pour un peu, je vous cognerais dessus pour ça.

— Attaquez-vous à plus fort que moi, dit Martin.

Jane s'était déjà avancée de quelques pas et appelait :

— Robin ! Robin ! Es-tu là ?

Seul l'écho lui répondit.

— As-tu remarqué quelque chose ? dit Muller à Nonnie.

— Non, quoi ?

— Cet écho est différent de celui de l'autre tunnel.

XXI

Sous la peau du navire

Aucun d'eux n'aurait su dire ce qu'il espérait trouver quand le but serait atteint. Mais ils furent unanimement déçus quand le plafond, qui avait été le sol du tunnel, s'ouvrit soudain et qu'ils purent lever les yeux sur un enchevêtrement métallique de poutres carrées et de solives plates qui remplissait l'espace au-dessus de l'arbre de transmission.

Les parois de cette caverne étaient faites de plaques de blindage, mais les rivets qui les réunissaient étaient différents de ceux de la coque intérieure, deux fois plus gros et plus rapprochés. Avec un grognement de satisfaction, Kémal pointa l'index sur ce rébarbatif assemblage et s'accroupit, jambes croisées : on y était.

Tous s'assirent, s'agenouillèrent ou s'étendirent sur l'inévitable alignement de tuyaux, sans autre sentiment que la déception de ne pas trouver la récompense que, dans leur rêve enfantin, ils attendaient pour leurs efforts. Eu égard aux épreuves endurées pendant leur longue ascension, même les plus réalistes d'entre eux s'étaient laissés aller à l'illusion que leur courage, leurs souffrances, leur obstination, leur refus de s'avouer battus devraient être immédiatement récompensés. En suivant Scott, ils voyaient le héros qui fonce vers la victoire pour être accueilli par des acclamations assourdissantes et porté en triomphe par ses supporters. Rogo lui-même avait cyniquement accepté l'autorité de Scott parce que le pasteur était de la race des vainqueurs.

Ils méritaient, leur semblait-il, de trouver la coque déjà ouverte et une sorte de comité d'accueil, les félicitant de leur exploit, prêt à les emmener en sécurité. Leur destination ultime – selon la formule de Scott qu'ils s'étaient souvent répétée : « la peau du navire » – leur apparaissait comme quelque chose de lisse et uni, en émail blanc, ou même comme une pièce spéciale, une sorte de hall ou de cloître destiné à séparer leur hôtel flottant des empiètements de la mer.

Or, cet espace encombré par un désordre incompréhensible les laissait désorientés et ahuris, leurs espoirs et leurs énergies évanouis. Les solives étaient rouillées, les canalisations peintes couleur chocolat, les poutres semblaient avoir été jetées au hasard sans aucun dessein particulier. La cavité n'avait pas plus de cinq ou six mètres de long. Plus loin, le tunnel se rétrécissait comme le précédent jusqu'au collier de butoir intérieur de l'arbre. Et plus loin encore se trouvaient l'hélice de trente-deux tonnes et la gigantesque lame du gouvernail.

Enfin arrivés, leur désappointement était grand et ils se sentaient au bord des larmes. Martin éprouvait au creux de l'estomac la sensation nauséeuse d'avoir encore échoué. Il braqua sa torche sur Kémal et lui demanda : « Vous êtes sûr ? »

Le Turc hocha la tête avec énergie, montra la cavité et leva le pouce en répétant : « Okay ! Okay ! Okay ! », après quoi il reprit sa pantomime, les mains écartées comme pour figurer la double coque, puis les paumes pressées l'une contre l'autre, et enfin encore un doigt levé.

— Il dit que ça y est, pour de bon, interpréta Muller. Nous avons réussi.

Personne ne dit rien jusqu'à ce que Manny rompe le silence.

— Peut-être qu'on est venu et qu'on est déjà reparti.

— Quelle heure est-il ? demanda Susan.

— Oh, mon Dieu ! ne dites pas ça ! gémit Martin.

Robin lui avait expliqué que des avions les survoleraient et ce qui se passerait si l'on repérait sur la mer un objet non identifié. Mais s'il faisait toujours nuit au-dehors…

Leurs montres s'étaient toutes arrêtées à des heures différentes. Celle de Rogo indiquait quatre heures moins cinq.

— Mince alors, dit Muller en regardant son cadran. Comment savoir quelle heure il est et le temps écoulé depuis la dernière fois où nous avons regardé, quand elles marchaient encore ?

— C'était à mi-hauteur du mont Poseidon, dit Shelby. Il devrait être trois heures moins le quart.

— Combien a passé de temps depuis ? dit Rogo.

— Aucune idée. Une heure, deux ? Peut-être plus, peut-être moins, déclara Muller.

— Alors quelqu'un aurait pu venir et repartir, reprit Rosen.

— C'est peu probable. Je pense qu'il fait encore nuit. L'aube commençait juste à poindre le jour où nous sommes restés jusqu'au matin, au bal costumé, constata Shelby.

— Et de l'autre tunnel, nous aurions entendu quelque chose, hasarda Muller.

— Vous avez raison, reprit Martin. Ne nous faites pas peur, Rosen. Nous avons peut-être encore à attendre longtemps. Éteignez, vous tous.

— Pourquoi, quelle différence, à présent ? demanda Rogo. On n'en aura plus besoin.

Il était entré une fois dans une cave sans éclairage, à la poursuite d'un tueur, et il avait tiré à l'oreille, guidé par la respiration du type. Mais là, il n'avait pas envie de rester dans l'obscurité.

— On ne sait jamais, dit Martin. De plus, on pourrait peut-être dormir un peu.

Dormir ! Ce mot les fit sursauter et leur rappela un certain nombre de choses oubliées, comme l'avait déjà fait l'évocation du bal costumé, ce lointain raout de déguisements improvisés, de jazz de second ordre, de champagne duty free, de coiffures de papier, de fausses moustaches et de faux nez, de confettis et de boules de coton. Dormir, c'est quelque chose qu'on attend en se glissant sous ses draps, la tête sur un oreiller, un livre à portée de la main pour s'assoupir. Pour dormir, on se retire dans sa cabine après avoir épuisé toutes les distractions et les plaisirs que la nuit ou l'aube peuvent encore procurer.

— Supposons qu'on vienne pendant que nous sommes en train de dormir ? dit Rosen.

— Nous allons organiser des veilles, dit Martin. Je prends la première, jusqu'à ce que je sois fatigué. Si nous arrivons à nous reposer, nous serons plus vaillants pour ce qui peut arriver.

L'obscurité les enveloppa une fois encore, avec son cortège de chaleurs, d'étouffements, et l'impression d'être déjà dans la tombe, enterrés vivants, sans personne pour entendre les appels au secours.

— Que pensez-vous de nos chances? demanda Shelby à Muller.

— Pas grandes! À deux contre un. Couler ou étouffer. Il y a déjà eu un mouvement qui a failli entraîner le bateau. Scott était sûr qu'on y avait droit. La prochaine fois sera fatale. Il n'y a aucun air frais qui circule. Nous épuisons notre oxygène. C'est pour ça que Martin ne veut pas que nous bougions, il a raison. Nous sommes au-dessus de l'eau, mais ça ne change rien, nous sommes comme dans un sous-marin en détresse. Les chances d'être repérés par un avion dépendent de celles de nous trouver sur une ligne aérienne et de l'heure à laquelle un avion pourrait nous survoler. Une expédition de recherche a plus de chances de nous retrouver si elle a une idée approximative de notre position et de la nature de la catastrophe qui nous a fait chavirer. Mais il faut des heures pour que les bateaux se déroutent et parviennent sur les lieux. Vous savez, ajouta-t-il, je n'ai jamais aimé le nom qu'on a donné à ce rafiot quand on a converti l'*Atlantis.* J'ai fait plusieurs fois la traversée, quand c'était un transatlantique régulier. Vous savez qui était Poseidon?

— Une espèce de dieu grec.

— Le dieu grec des tremblements de terre et des eaux, et secondairement celui de la mer. Une des appellations grecques les plus significatives : « Celui qui fait trembler la terre. » Un des dieux que Scott a oublié de maudire avant de se suicider.

— Alors, vous pensez que nous avons fait tout ça pour rien?

— C'est ce que j'ai toujours pensé. Pas vous?

Shelby réfléchit.

— Je ne sais pas. Peut-être. Alors pourquoi l'avons-nous fait? Pourquoi toutes ces peines et ces angoisses? Mon... Robin serait encore avec nous.

— Parce que l'animal lui-même lutte pour échapper au piège. Que nous soyons sauvés ou que nous mourions, au moins nous n'aurons pas été emportés sans réagir.

— Et tous ceux qui sont restés dans la salle à manger à attendre les officiers ? Ceux qui ont attendu sans rien faire ?

On n'y voyait rien mais Shelby perçut le haussement d'épaules de Muller.

— Ils n'ont pas écouté Scott, nous si. Nous sommes des êtres humains, mais il y a encore beaucoup du mouton en nous.

— Que pensiez-vous de Scott ?

— Un toqué, dit Muller. Complètement marteau.

— Vous parlez sérieusement ?

— Et comment ! Voilà un jeune homme riche, connu comme le loup blanc dans le monde du sport, qui renonce à tout cela, se fait pasteur et se donne la mort en traitant Dieu de tous les noms parce que, cette fois-ci, il pensait qu'il n'allait pas gagner ! À propos, qu'est-ce qu'il faisait tout seul dans cette croisière ?

— Je crois que vous vous trompez complètement, Muller. Je suis moi-même ancien joueur de football et j'ai toujours été un grand admirateur de Scott. Nous nous sommes liés pendant le voyage. Il prenait sa vocation tout à fait au sérieux. Il avait entendu l'appel.

— À notre époque ? ricana Muller. À d'autres, Dick ! D'ailleurs, savez-vous qu'il a eu je ne sais quels ennuis à New York ?

Shelby fut heureux que l'obscurité cache sa surprise.

— Non, je ne savais pas. Quelle sorte d'ennuis ?

— Eh bien, je ne vis pas à New York, dit Muller, mais ici, à bord, on murmurait qu'il avait été renvoyé ou obligé de démissionner, ou quelque chose de ce genre.

— Qu'est-ce que vous faites là à bavarder ? demanda Nonnie. Je croyais qu'on devait dormir.

— Nous parlons de la vie et de la mort, et du pasteur Scott. Je vais bavarder avec toi. Tu sais ce que je lui demanderais s'il était là ? dit-il en la serrant contre lui pour que les autres n'entendent pas.

— Non, quoi ?

— Qu'il nous marie.

Il l'entendit retenir sa respiration.

— Qu'il nous marie ? moi et toi ?

— Si tu n'as pas d'objection sérieuse.

— Hubie ! Ne me fais pas marcher ! J'ai pas besoin qu'on me fasse du mal.

Bien qu'elle murmurât, il percevait son accent d'angoisse.

— Jamais je ne voudrais te faire de mal !

— Tu sais ce que tu dis ? Tu sais ce que ça veut dire, le mariage ? Être toujours ensemble ? Se supporter ? Tu es un homme du monde, et... et ce n'est pas mon monde. Je ne suis personne, je n'ai jamais...

Elle essayait de toutes ses forces de lui montrer le gouffre qui existait entre eux ; son intuition et son expérience l'avertissaient qu'il ne serait jamais comblé.

— Je ne sais rien. Tu aurais honte de moi.

« Tu as raison, mon amour chéri. J'aurais honte, j'aurais honte », pensa Muller.

— Nonnie, dit-il à haute voix. Moi non plus je ne suis rien, et moins que toi encore qui travailles pour gagner ta vie et qui as dû conquérir de haute lutte tout ce que tu possèdes. Je ne suis qu'un vagabond bien élevé. Tu t'abaisserais, comme Mrs Rogo ne perdait pas une occasion de le rappeler à son mari. Mais tu ne me le rappellerais pas, n'est-ce pas ?

Il fallait ce ton léger pour lui dire qu'il l'aimait et qu'il ne pourrait jamais plus se passer d'elle, sinon ces émotions inconnues qui l'emportaient sur sa raison et ses habitudes lui auraient fait perdre tout contrôle de lui-même. Mais cette légèreté l'écorchait vive, car jamais encore elle n'avait vraiment aimé, ni compris ce que cela représentait de douceur, de désirs, d'inquiétudes et de craintes.

Elle répondit avec une amertume soudaine :

— Tu peux parler ! Scott n'est plus là. En plus, tu penses qu'on va mourir. J'ai entendu ce que vous disiez, Shelby et toi. Tu n'as pas besoin de faire le gentil avec moi, je ne t'ai rien demandé.

De nouveau sa terrible vulgarité de langage ! Mais en sa faveur, la tendresse impérieuse qu'il ressentait pour elle. Il avait besoin de cette étrangère venue, elle disait vrai, d'un monde qui n'était pas le sien.

— Non, Nonnie. Peut-être mourrons-nous, peut-être sortirons-nous de là pour contredire le sacrifice de Scott, ou, comme Miss Kinsale le croit dévotement, pour le justifier. Ensuite, eh bien, le monde est plein de services d'état civil et de Scott de toutes les religions connues. Tu pourras choisir : catholique, protestant, israélite, mahométan, hindou, parsi, shintoïste, bouddhiste, ou même un Grand Sorcier ; j'irai me présenter devant celui que tu voudras et je jurerai de te chérir pour l'éternité ou en tout cas tant que je respirerai.

Et maintenant qu'il l'avait dit, maintenant qu'il avait fait la plus grande bêtise de sa vie, une promesse qu'il ne reprendrait pas parce qu'il était un gentleman, son anxiété s'effaça et il se sentit heureux et en paix. Si elle ne comprit pas toute l'importance de ses paroles, elle fut convaincue de sa sincérité.

— Tu veux vraiment ?

— Vraiment, Nonnie.

Elle se rapprocha de lui dans l'obscurité et posa la joue sur sa poitrine.

— Laisse-moi pleurer contre toi, dit-elle.

Le tunnel faisait office de caisse de résonance. Depuis son dernier changement de position, le navire n'avait jamais été tout à fait silencieux : il semblait grommeler pour lui-même. Au loin résonnaient des coups et des grondements, dont certains se reproduisaient régulièrement, comme si un corps détaché roulait de tous côtés. Parfois, il y avait un bruit plus fort, différent, métallique ou aquatique, un choc ou un bruit d'eau courante.

Malgré leur fatigue, ils se redressaient, ou se retournaient, pour écouter avec angoisse. De toute façon, la chaleur fétide, la cruelle dureté des lieux leur rendaient le sommeil impossible. La voix de Martin se fit entendre dans l'obscurité : « Je crois que c'était encore une de mes idées idiotes. Il n'y a pas moyen de dormir. À la place, il vaut mieux parler. »

Mais personne n'en avait envie, en tout cas, personne ne répondit à son invitation. Néanmoins, le petit homme était conscient, par ses propres réactions, de la nécessité de faire quelque chose pour ses compagnons, sinon pour les réconforter, du moins pour leur occuper l'esprit. Sans cela la vie, ou le désir de vivre, finirait par les abandonner. Et comme l'oxygène allait en diminuant, la lutte pour la vie demeurait d'actualité.

Pendant une accalmie temporaire de tous les bruits alarmants qui montaient des profondeurs du navire, Martin demanda :

— Vous voulez savoir ce qui sera drôle, si nous en réchappons ?

— *Drôle !* s'exclama Rogo d'un ton lourd de sarcasme.

— Nous ne sommes personne.

— Que voulez-vous dire, personne ? demandèrent en même temps Muller et Manny Rosen.

— Nous. Nous tous. Personne d'important. Qui sommes-nous, vous et moi ? Est-ce que ça a la moindre importance que nous soyons sauvés ?

Miss Kinsale émit un chuchotement outragé.

— Comment, Mr Martin ! comment pouvez-vous ! Ne sommes-nous pas tous les enfants de Dieu ?

— Et tous ses enfants qui sont là-dessous, déjà bazardés en bloc, qu'est-ce que vous en faites ? plaça Muller.

— Nous ne sommes même pas un échantillon de ce qu'on embarquerait sur l'arche, poursuivit Martin. Vous savez : le Riche, le Pauvre, le Mendiant, le Voleur, le docteur, le Juge, le Marchand, le Chef, etc.

Il fit entendre son petit rire sec :

— À moins que vous ne considériez James J. Martin propriétaire de la Chemiserie de l'Élite à Evanston, Illinois, détaillant en sous-vêtements masculins et accessoires, comme le Marchand. Quelle blague ! Vous vous rendez compte : nous pouvons vous fournir des casquettes assorties aux poignées tricotées qui ornent le manche de vos clubs de golf. C'est du grand commerce !

Personne ne rit.

Comme beaucoup de gens effacés, une fois lancé, Martin pouvait parler sans répit. Et il était lancé : il désirait distraire l'attention de ceux dont il avait la charge, et à cela s'ajoutait qu'il avait vraiment réfléchi et que, dans l'obscurité, ou ne pouvait pas le voir. Il n'était plus qu'une voix.

— Je parie que vous ne savez pas qui étaient la moitié des passagers, à part le sénateur, et le professeur d'Harvard et sa famille parce qu'il a eu son nom dans les journaux pour avoir découvert je ne sais quoi, et ce vieux cabot en retraite qui a été l'idole des galas de bienfaisance. Je me suis donné la peine de me renseigner parce que j'avais promis à ma femme de tenir mon journal, de façon à pouvoir tout lui raconter. Ah ! non d'un chien ! Il est dans ma cabine, expliqua-t-il après un silence, et aussi le film que j'avais pris pour lui montrer en rentrant. Tant pis !

Son état de malaise et de repentir resurgissait.

— Et alors, qui était-ce ? demanda Rosen. Nous avons rencontré un tas de gens très gentils !...

— Comme dans la chanson : « le Riche, le Pauvre, le Mendiant » etc. Il y avait des agents de change, un chef d'orchestre de jazz qui a été champion de patins à roulettes ; une demi-douzaine de P.-D.G. et de directeurs, anglais ou américains, et un gros fabricant de papier allemand ; il y avait un type qui se disait Master of Trinity Hall, à Cambridge, je crois que c'est une espèce de professeur, deux baronets, un chauffeur de taxi londonien et sa femme, un type qui dirige une scierie, un autre qui gère un grand hôtel à Waukeegan, et un autre qui fabrique des instruments chirurgicaux ; le président d'un club sportif de Leeds, deux écrivains, un illustrateur, un caissier de banque, un autre gars qui possède une fabrique de teinture capillaire, des infirmières, des cadres dans la publicité, des producteurs de télé, des représentants, tout ce que vous voudrez, on l'a.

Martin les ramenait à quelque chose qui leur paraissait avoir eu lieu des siècles plus tôt : la croisière. Ils avaient oublié les paresseuses journées à bord, les soirées dansantes et les parties de bridge, la nouveauté passionnante des excursions à terre, les gens qui y avaient participé. On ne pouvait pas se lier avec tout le monde, ni savoir qui était qui, mais on se faisait des amis, on formait des groupes animés d'intérêts communs, on traînait au fumoir après le dîner, on jouait aux cartes ou on bavardait, on discutait de ce qu'on ferait à la prochaine excursion.

On rencontrait constamment d'autres groupes formés de la même manière, qui marchandaient dans les boutiques, s'asseyaient aux terrasses des cafés, se disputaient avec les chauffeurs de taxi, entraient dans les mêmes boîtes de nuit pour boire le même whisky frelaté et voir les mêmes spectacles minables, en essayant de se faire comprendre des indigènes. Tous ces gens, on les connaissait de vue, on les saluait même, sans jamais savoir qui ils étaient en réalité. Mais eux, les survivants, gardaient tous des souvenirs précis de leurs excursions : les singes de Gibraltar qui avaient emporté la perruque d'une passagère amie des animaux ; les boutiques de souvenirs de Sierra Leone, alignées les unes contre les autres, qui vendaient des ivoires douteux ; les fonctionnaires et les policiers d'un noir d'ébène, en uniforme d'un blanc éblouissant ; le marché en plein vent de la médina de Dacca, les tissus magnifiques, les châles brodés à la main qu'on avait achetés dans le quartier syrien, et les bousculades autour des statuettes africaines, fausses, à Monrovia.

Ils se souvenaient des sambas et des Cariocas de Rio, du dîner au son d'un orchestre primitif à la Trinité, et la promenade dans le quartier chaud de Recife, où chaque maison arborait, cloué au-dessus de la porte, un Sacré-Cœur ou une Madone.

On ne se connaissait guère, mais l'on se reconnaissait avec plaisir, surtout pendant la dernière expédition de shopping à Curaçao, qui avait été folle d'ambiance. Mais c'était surtout pendant la soirée de Noël qu'on avait fraternisé et que les différents groupes s'étaient mêlés. Et maintenant, tandis que Martin leur rappelait tout cela, ils revoyaient à peine ces relations occasionnelles : ce n'était plus que des corps sans visage, des passants de l'éternelle procession tournant autour du pont-promenade.

— Alors ce que vous voulez dire, demanda Rogo, c'est que ce professeur a fait une découverte utile et que le sénateur était un type important, et personne d'autre ?

— Oui, exactement. Pourquoi avons-nous une chance d'en réchapper alors que des centaines d'autres sont morts ?

Brusquement, Rosen éclata de rire.

— Vous voulez savoir pourquoi ? Parce que nous sommes tous membres du Club des Durs à Cuire. Vous vous rappelez ? On en a parlé à table ce jour-là.

Il parlait de « ce jour-là », comme s'il n'avait pas été arraché du calendrier à peine quelques heures plus tôt.

— Nous n'avions pas le mal de mer et nous n'avions pas envie d'être privés de dîner. Est-ce une raison suffisante pour être sauvés ?

— On n'est pas encore sortis de l'auberge, dit la voix monotone de Rogo.

— Moi je crois que nous sommes tous très importants, dit Miss Kinsale.

Martin rit de nouveau.

— Le monde va-t-il s'arrêter de tourner si nous cassons notre pipe ? Pourquoi est-ce que j'ai envie de rentrer chez moi ? Je vous l'ai dit, pour préparer ma collection d'été pour hommes. Pour hommes ! Tu parles ! La mode devient plus efféminée de jour en jour. J'ai un fils marié qui est dans l'épicerie. Si j'y reste, il reprendra mon affaire, il s'occupera de ma femme, et James J. Martin, chemisier, aura disparu sans faire de vagues, sauf que le directeur de nos pompes funèbres, qui a l'œil sur moi, n'aura pas la commande, ni le pasteur Hosey l'occasion de raconter un tas de mensonges sur mon compte. Et vous, Shelby, à quel point êtes-vous indispensable ?

— Eh bien, je ne sais pas. Je travaillais aux plans d'un chariot de levage léger, dans un nouvel alliage, qui ferait le même travail qu'un poids lourd à moindres frais.

— Et si vous n'êtes plus là pour le terminer ?

Shelby hésita une seconde de trop avant de répondre, et il le fit d'une voix aussi inexpressive que celle de Rogo :

— Quelqu'un le fera à ma place. Il y a un jeune type, dans mon service…

« Dont tu exploites les idées », pensa Jane avec un mépris dont la profondeur l'étonnait. Et pourtant, avant, cela lui paraissait si normal que son mari rentre du bureau en disant joyeusement : « Ce Perkins est vraiment brillant. Nous avons résolu ce problème d'axe qui me tracassait. Ils vont être surpris quand je leur montrerai les plans. » Tout était raisonnable, en ordre ;

situation matérielle satisfaisante, mari intelligent, apprécié de ses supérieurs. Il n'y avait qu'un léger hic : « Nous avons résolu… » Qui, nous ?

— Et vous, Muller, dit Martin.

L'écho renvoya un rire sans complaisance pour soi-même.

— Aucun de vous ne me connaît bien, dit Hubie. Mais je puis vous assurer que je suis pleinement et entièrement inutile et sans importance autre que pour moi-même. Je ne fais rigoureusement rien. Il n'y a pas âme qui vive, hormis une poignée de mamans qui voient en moi un riche parti pour leur fille, qui se soucie de savoir si je suis vivant ou mort. Comme le croque-mort de Martin, si je disparais, elles estimeront que je leur joue un sale tour.

— Moi, ça m'importe ! cria Nonnie avec conviction.

— Et vous, Nonnie, que laissez-vous ?

— Je suis une pauvre danseuse, dit-elle après un instant de réflexion, mais Papa et Maman me trouvent formidable. Si je n'y vais pas pour les vacances, je vais leur manquer. Papa est transporteur routier, mais il s'arrange toujours pour rentrer pour Noël. Maman, c'est un chou. Et puis, j'ai un frère et une sœur qui travaillent tous les deux. C'est la grande fiesta quand on se retrouve tous ensemble.

Dans le noir, Muller sourit devant la facilité avec laquelle Nonnie retrouvait le langage de sa ville natale et de son milieu quand elle parlait de sa famille, et il se demanda s'il arriverait jamais à l'en guérir, et s'il souhaitait même le faire.

Jane Shelby s'exprima froidement et succinctement.

— Je n'ai rien qui justifie mon existence. Je n'ai été sincère ni avec moi-même ni avec autrui ; je n'ai pas vécu ma vie, mais celle de quelqu'un d'autre ; je n'éprouve que du dégoût…

— Jane !

Pour une fois, la voix de Shelby était pleine d'un vrai désespoir, d'une vraie souffrance.

— Oh, Dick ! s'écria Jane sur un tout autre ton. Si nous devons mourir, je ne veux pas que tu croies que je t'ai trompé ou que j'ai attenté à ton honneur. C'est moi seule que j'ai trompée.

— Pardonnez-moi, dit Martin, je ne voulais pas que ça aille si loin. En tout cas, moi non plus, je ne peux pas dire que ce soit le grand succès !…

Les cheveux blonds flottant pour l'éternité ; les délices d'un corps rose potelé ; la duplicité qu'aurait demandée une visite hebdomadaire à Chicago...

Susan prit la parole :

— Je suis étudiante. Je voulais faire des études d'art et devenir maquettiste. Je ne pense pas que cela ait beaucoup d'importance maintenant, n'est-ce pas ?

— Oh, si ! protesta son père. De nous tous, tu es la plus importante, Sue. Tu avais le droit de courir ta chance dans la vie.

« Je me demande s'il dirait cela, s'il savait », pensa-t-elle.

— Quant à moi, dit Rosen, je peux partir aujourd'hui, demain, dans huit jours, dans un an. Je suis à la retraite. Mon fils fait bien marcher mon affaire. Rien que la meilleure qualité et toujours frais. La charcuterie Rosen continuera, que je vive ou non. Alors, qu'importe ! Nous avons eu une vie réussie, n'est-ce pas, Belle ?

— Ne me faites pas parler, dit Belle. Je ne me sens pas très bien.

— Et Kémal ? dit Martin. Pourquoi a-t-il quitté ses collègues et s'est-il joint à nous quand il a compris que la voie était fermée ?

— Ouais, dit Rogo. Il y a deux ou trois fois où on n'aurait pas été farauds, sans lui.

— Je ne sais pas ce qu'il pense ou ce qu'il éprouve, dit pensivement Muller, ni dans quelle mesure il tient à lui-même, mais ce que je puis dire c'est que, de nous tous, il est le plus indifférent à la mort, il en a le moins peur. Et je peux vous raconter de quel genre de village il vient, car j'en ai traversé en Anatolie. Quelques bicoques de pierres blanchies à la chaux, avec des toits de tuiles rouges, groupées autour d'une mosquée si petite que son minaret n'a pas l'air plus gros qu'un tuyau de pipe ; le muezzin y grimpe par une échelle placée à l'intérieur... Ni électricité, ni eau courante, ni téléphone, ni radio, mais une école avec un bon instituteur. Dans les champs, les femmes portent des pantalons de coton bouffants et une écharpe jaune sur la tête. Sans doute, son plus ardent désir est-il d'y retourner. Et il pense que le plus grand homme qui ait jamais existé est Kemal Atatürk.

Dans l'ombre, on entendit Kémal remuer.

— Atatürk. Okay ! Okay !

— Ce qu'il y a de plus surprenant dans sa masure, continua Muller, dans ce village si primitif, c'est sans doute, pendue au mur, une photographie d'Atatürk en grande tenue de soirée, cape de soie, haut-de-forme et tout le saint-frusquin. Quant à ce qui l'a poussé à venir avec nous, votre hypothèse doit être la même que la mienne : Scott. Pour lui, Scott devait ressembler à Atatürk.

— Je pourrais t'écouter parler toute la journée et toute la nuit, murmura Nonnie.

— Ça t'arrivera peut-être, répliqua Muller.

— À votre tour, Rogo. Accouchez, dit Martin.

XXII

Nous étions intimes

Dans le silence obscur ponctué par une nouvelle espèce de craquements du bateau, les aveux du policier tardaient singulièrement à venir. Il les faisait attendre au point que, pour Muller, il allait sans doute expliquer à Martin qu'il pouvait aller se faire voir. Mais Rogo finit par parler, d'une voix particulièrement mesurée et réfléchie :

— Pour un type comme moi, voyez-vous, c'était tout l'un ou tout l'autre. J'étais un sale petit voyou de l'East Side. Mon vieux avait une charrette de quatre-saisons ; il faisait les fruits, au coin de la Première Avenue et de la Sixième Rue. Je lui ai donné bien du mal, toujours à me battre et à voler. C'est vrai, je volais. On faisait un gang, les Dirty Walyos. Les « sales ritals », si vous voulez. On se battait avec les Irlandais de la Seconde Avenue et on piquait des trucs sur les comptoirs. J'étais une vraie teigne. Et puis y avait le curé de la paroisse, le père Tamagno ; un jour, il m'a vu flanquer une volée à un gars, deux fois ma taille, rien qu'avec mon gauche parce que je m'étais fait mal à la droite. Alors il m'a mis dans les Golden Gloves[1]. J'ai été champion des 118 livres, ça fait que j'ai été dans la compétition inter-villes contre Chicago. On les a eus à 9 contre 7. J'ai gagné par K.-O. Ils m'ont donné un peignoir de soie bleue avec mon nom écrit dessus en lettres d'or : « Mike Rogo – Champion des Golden Gloves », et j'ai eu ma photo sur le journal. Vous comprenez, je faisais partie de l'équipe, alors je ne pouvais plus être un voyou.

1. Les Gants d'Or – Club de boxe.

Il respira un moment. Muller se demandait ce qui avait bien pu le pousser subitement à parler comme dans un confessionnal. Il n'avait lui-même écouté qu'à moitié, car il surveillait les craquements du bateau, qui avait bougé de nouveau. Quand il coulerait, s'enfoncerait-il par l'avant, ce qui les enverrait bouler en désordre les uns par-dessus les autres dans le tunnel qui les déverserait dans l'affreux abîme du lac où étaient déjà Scott, Linda, et Dieu sait combien d'autres ? Il avait plus peur du lac que de la mort elle-même.

Rogo reprit son récit :

— Le père Tamagno n'a pas voulu que je passe professionnel. Peut-être que j'aurais fait ma pelote et puis que j'aurais fini comme les tas de pochards à moitié cloches qui rôdent autour du Palais des Sports. Non, il m'a fait étudier et, à la place, je suis entré à l'école de police. J'aurais aussi bien pu tomber juste de l'autre côté. Vous me suivez ? Juste une petite frappe de plus, à traficoter de la drogue ou à racketter les pressings et teintureries. J'ai foutu les foies à tellement de petits voyous comme ça qui n'osent plus montrer leurs abattis dans mon secteur… Eh bien, il y en a pas mal comme moi, à la Seizième Brigade. Johnny Broderick, il est mort maintenant, il en venait. Et Paddy Mahan, l'Irlandais, et Joe Klopfberger et Frank Myers, des gars solides, ils sont tous encore là. Et moi, je ne vais plus y être. Encore une évasion, encore une bijouterie dévalisée, encore deux ou trois camés ramassés morts sur le pavé… Un autre policier qui reçoit le prix d'héroïsme du *Daily News*… Tout ça, comme je dis toujours, c'est qu'une question de chance.

Il se tut de nouveau et ils pensaient qu'il avait terminé, mais il reprit :

— Mais vous savez, pour Linda, vous n'avez pas compris. Elle était pas comme elle avait l'air. Elle en avait vu de dures depuis qu'elle était née. Personne aurait pu y résister.

— Je m'en doutais, interrompit Jane Shelby.

— Oui, M'dame, comme vous dites. Son nom de théâtre, c'était Linda Lane, mais le vrai c'était Cosasko. Son vieux, c'était un fainéant de poivrot, et sa mère, elle faisait le trottoir des deux côtés de sa rue. Ils venaient de Sandusky, dans l'Ohio.

Quand elle avait onze ans, son père l'a violée. Sa famille n'avait jamais un sou. À quatorze ans, les gamins du quartier l'ont traînée derrière la palissade d'un terrain vague et lui ont tous passé dessus. À seize, on l'a mise sur le trottoir avec sa mère pour la maquer. Je ne pense pas que vous ayez déjà entendu une histoire comme ça, ajouta-t-il après un silence.

Personne ne répondit. Ils songeaient à la poupée au cœur transpercé d'une lame aiguë.

— Mais elle était courageuse. Elle ne voulait pas être comme eux. Elle s'est barrée à Los Angeles et elle s'est trouvé un job de serveuse dans un restaurant. Elle devenait tout à fait jolie fille, bien balancée et les jambes qu'il faut avec les mini-jupes. Un salaud l'a eue en lui promettant de l'introduire dans le cinéma ; il l'a flanquée enceinte et il a mis les voiles. Elle a eu de la chance, elle a fait une fausse couche. Puis, après, elle n'en a pas eu autant. Elle s'est mise avec un pas-grand-chose de Hollywood. Ils ont piqué la Cad' d'un gros bonnet, et elle était dans la voiture quand ils se sont fait prendre. Elle a eu dix-huit mois avec quatre de remise pour bonne conduite. Une fois sortie, elle a pris le nom de Linda Lane, elle s'est inscrite à une agence d'artistes et elle a trouvé un peu de figuration. Puis elle a eu sa chance. Ou peut-être bien que c'en était pas une. Un assistant metteur en scène l'a remarquée dans le lot et l'a installée dans ses meubles au Jardin d'Allah.

Ils revoyaient tous Linda, sa moue boudeuse, ses yeux bleu de porcelaine, les boucles ridicules empilées sur le haut de sa tête et son agressivité fébrile.

Rogo continuait, mais sa voix avait repris l'accent monotone du policier qui dépose à la barre.

— Alors cet assistant est devenu metteur en scène et il a fait de Linda une starlette, vous pigez ? Ils se servent de toutes ces filles pour leur publicité ou pour garnir une scène en prétendant qu'elles deviendront stars un jour ou l'autre, mais la plupart finissent à la poubelle. Un jour qu'il était saoul, en rentrant chez bobonne, son metteur en scène s'est enroulé autour d'un lampadaire avec sa Thunderbird. Alors Linda est passée à un fabricant de boulons qui la lorgnait. Mais elle avait la rage de vouloir monter sur une scène. Elle a appris un peu à danser et à chanter, et le gars aux boulons a payé pour qu'on la prenne dans une comédie musicale de Broadway appelée *Holà, marin !* Et *Holà, marin !* a été le fiasco de l'année. Linda a été descendue en flammes par la critique. Sur quoi, l'écrous-et-boulons l'a eue mauvaise et s'est fait la malle pour Los Angeles. Et je me pointe juste à temps pour ramasser les morceaux.

— Je me rappelle que vous êtes venu au magasin en me disant que vous étiez fou de la petite, confirma Manny Rosen.

— Et vous saviez déjà tout ça d'elle ? demanda Muller.

La voix de Rogo devint encore plus neutre

— Voyez-vous, quand quelqu'un se ramène dans notre secteur, en venant du spectacle par exemple, nous faisons une petite enquête, des fois que ses mauvaises fréquentations nous attireraient du grabuge plus tard. Ou bien, quand c'est un mauvais garçon qui essaye de s'introduire, on peut mettre le bémol avant que ça démarre. La police de Los Angeles nous a communiqué son dossier.

— Aïe ! dit Martin.

— Je la détestais, dit Nonnie, mais maintenant je voudrais bien qu'elle soit encore avec nous.

— Vous ne lui avez jamais dit que vous saviez ? demanda Jane.

— Pour quoi faire ? Ça lui faisait plaisir de croire que je ne savais rien. Elle n'était jamais tranquille, toujours à avoir peur de se cogner à quelqu'un de la Côte qui saurait qu'elle avait fait de la taule. Une sacrée épine dans le pied, vous croyez pas ?

La question resta en suspens. Susan Shelby récapitulait pour elle-même : inceste, viol, prostitution, vol, échec et mort. La vie était-elle ainsi, au-delà des barrières qui protégeaient la sienne ? Dans quelle mesure demeurait-elle à l'abri, maintenant que sa mère avait entrouvert la porte ? Elle revit Linda empalée et se dit que, d'une certaine façon, elle aussi avait reçu une épée à travers le corps.

Il faisait chaud. Respirer à fond ne suffisait plus à satisfaire les poumons. Et dans l'obscurité, on entendait quelqu'un respirer laborieusement. Martin alluma sa lanterne un instant. C'était Belle Rosen, la tête sur les genoux de son mari. Même à la lueur jaunâtre que diffusaient encore les piles, Martin vit la couleur terreuse de sa peau. Elle ressemblait à ces grotesques sculptures modernes qu'on voit dans les journaux. Il éteignit en se demandant combien de temps s'était écoulé depuis qu'ils étaient arrivés là-haut. Il n'y avait pas moyen de savoir si l'air qu'ils respiraient faisait partie du tout qui empêchait le bateau de sombrer, ou s'ils se trouvaient dans une petite poche isolée à la poupe, en train de s'épuiser.

Après le discours de Rogo, personne ne semblait plus désireux de parler. Martin estima qu'il devait distraire leur attention jusqu'au dernier moment. Il amorça :

— Miss Kinsale, vous avez dit que nous sommes tous très importants. Et pour vous, qu'en est-il ?...

On l'entendit bouger du côté de Jane Shelby.

— Moi ? Je voulais dire seulement que vous étiez tous importants. Moi, pas du tout.

Elle hésita un peu :

— Bien qu'en fait je sois d'une très bonne famille. La sœur de ma mère a épousé un général de brigade de l'état-major d'Alexander. Un des fameux « Rats du désert » de Chypre, le général Catesby. Je suis sûre que vous en avez entendu parler. C'est un Catesby du Lincolnshire.

« J'espère que Rogo est impressionné », se dit Muller en se demandant pourquoi elle avait situé les redoutables « Rats du désert » à Chypre et non à El-Alamein avec Montgomery.

— Mais de notre côté, nous sommes du Norfolk, continuait Miss Kinsale, des environs de Thetford. Quel beau domaine ! Je m'en souviens dans mon enfance, les jardins, les domestiques et notre vieille nounou. Elle doit avoir quatre-vingts ans, maintenant. Il y avait deux cerfs de fonte sur les piliers du grand portail et le jardinier-chef inventait des histoires sur eux. Et les faisans !... Ils étaient tellement beaux ! Le comte de Waldringham, notre voisin, avait la permission de tirer sur nos terres.

— Mais je connais ! dit Muller. Ce devait être Telford House. J'étais à Harvard avec Bumbles Waldringham et quand j'allais en Angleterre, je séjournais à Greatgreys. Je me rappelle les cerfs de fonte parce que je passais devant quand je venais de Londres en voiture.

Miss Kinsale poussa un long soupir.

— Le Norfolk est un beau pays, bien que le Lincolnshire soit très beau aussi. Le général nous y invitait souvent. Il avait une collection de dahlias...

Quelque chose surgit dans la mémoire de Muller et il s'exclama sans réfléchir :

— Mais alors, vous devez être une Cokington !

— Une quoi ?

— Une des Cokington du Norfolk, une vieille famille. Telford House était l'une de leurs propriétés de campagne.

À peine avait-il parlé qu'il le regretta. Qu'est-ce qu'une Cokington pouvait faire derrière un guichet de banque dans la banlieue pauvre de Londres ? Il lui sembla qu'elle tardait à répondre et il chercha un moyen de changer de sujet.

— Oui, de vagues parents, dit-elle enfin.

Puis elle ajouta :

— Naturellement, les choses changent si vite. Les droits de succession, et tout ça. Mais je suis tout à fait satisfaite de notre petite propriété de Frimley ; de ma fenêtre, je vois un coin de Sandhurst[1], et garde ainsi vivant le souvenir de Gerald. C'était mon fiancé.

Muller eut une pénible impression de déjà vu. Les femmes du genre de Miss Kinsale ont toujours un fiancé plus ou moins imaginaire tué à la guerre et toujours tout au début ou dans les jours précédant immédiatement l'armistice. La phrase conventionnelle vint presque telle qu'il l'avait imaginée.

— Gerald en sortait. *Graduate*, comme on dit, je crois, aux États-Unis, et il a été tué à Nimègue. Le soir, nous allions faire un tour à Frimley ensemble...

— Ma pauvre, dit Nonnie, c'est si triste.

La vieille fille soupira :

— D'abord Gerald et maintenant Frank. C'est lourd à supporter...

Seul Muller fut vaguement intrigué par l'association de ces deux noms. Que diable pouvait-elle vouloir dire ? Un Gerald était possible, mais Frank Scott ? Et que signifiaient ces histoires de

---

1. L'équivalent anglais de Saint-Cyr.

Telford House ? Bien sûr, elle pouvait être de ces parents éloignés qui viennent passer quelques jours et qu'on ne revoit jamais...

Rosen demanda soudain :

— Qu'est-ce que c'était que ce pasteur de toute façon ? Pour commencer, il prie, et puis voilà qu'il maudit Dieu comme le figuier stérile maudit par le Christ dans le Nouveau Testament.

— Eh bien, dit Martin, il croyait avant tout à la vertu de l'action.

— Mais en Dieu ? demanda Muller. D'ailleurs, y a-t-il quelqu'un qui y croie vraiment ?

— Oh oui ! souffla Miss Kinsale. Moi. De tout mon cœur et de toute mon âme. Dieu est là qui veille sur nous. Il a envoyé le docteur Scott donner sa vie pour sauver la nôtre.

Il sembla à Muller que le bateau tremblait de nouveau sous ses pieds, comme pour s'amuser avec nous au chat et à la souris jusqu'à ce qu'il soit prêt à nous avaler, pensa-t-il.

— Et pourquoi Linda a-t-elle donné sa vie ? demanda amèrement Rogo. Quelle espèce de vie ou de mort a-t-elle reçue ?

— Oh, Mr Rogo, dit Miss Kinsale sur un ton de réprimande. N'êtes-vous pas catholique, n'allez-vous pas à la messe ?

— Si. J'ai été élevé comme ça. Mais ça ne me donne pas de réponse pour Linda. Peut-être Scott a-t-il été envoyé pour la faire périr ? Si on ne l'avait pas suivi, elle serait encore en vie.

— Ou nous tous morts, conclut Muller.

— Je ne sais pas ce que je crois, dit Nonnie, mais je fais ma prière tous les soirs.

— Moi aussi, dit Susan.

— Il y a des années que je n'ai pas fait la mienne, remarqua Jane.

— Moi, je suis agnostique, dit Muller, mais vous, Martin, un bon baptiste, que croyez-vous exactement ?

Martin s'éclaircit la voix. Il était heureux qu'on ait trouvé un sujet qui paraissait les intéresser, donc les distraire tous.

— Je ne suis pas un bon baptiste, seulement un baptiste qui a peur. Mon père et tous nos prédicateurs m'ont inculqué la peur de Dieu. Mais mon fils n'est jamais allé au temple de sa vie. Je ne l'y ai jamais obligé et il ne l'a jamais fait. Et c'est très bien. Je ne l'ai pas terrorisé comme on l'a fait pour moi.

— Mrs Shelby, vous êtes pratiquante, vous, n'est-ce pas? demanda Miss Kinsale.

— Oui, répondit Jane. Nous allons régulièrement au culte. Mais j'ai bien peur que ce ne soit que par conformisme social.

— Jane, comment peux-tu ?... dit Shelby.

— Tu sais bien que c'est vrai ! Je suis comme Mr Rogo : pourquoi ? Pourquoi ? Pourquoi ?

Au milieu de leurs peurs, de leurs fatigues, de leur inconfort, ils avaient tous oublié la disparition de son fils. Elle continuait à fustiger son mari :

— Qu'est-ce qui se passe en toi, quand tu es assis, raide et l'air pénétré, du côté chic de la nef de Saint-Matthieu ? Qu'est-ce que tu espères quand tu répètes : « Oh mon Dieu » ou « Que Dieu me vienne en aide ! » Un service après-vente ?

La réponse de Shelby fut tellement plate que Muller se sentit pris de compassion. On aurait dit un enfant perdu.

— Je ne sais pas. Je crois que je ne me le suis jamais demandé.

— Si notre Dieu n'existait pas, dit Manny Rosen, il n'y aurait plus un seul juif en vie aujourd'hui.

Martin eut envie de répondre : « En tout cas, il s'est arrangé pour en éliminer beaucoup », mais se retint. Pour lui, le Dieu des juifs était un agent de police très différent du Dieu des baptistes, qui punissait d'après un tout autre code de lois. Le Dieu des Rosen était aussi étranger que le Manitou des Peaux-Rouges ou l'Allah des Arabes. Quant à lui, Martin, il allait en prendre pour son grade à cause de l'adultère, il n'avait pas à se faire d'illusions.

— Papa, dit Belle, tiens-moi la main. Je ne me sens pas bien.

La voix de Rogo exprimait la colère qui le ravageait :

— Votre Dieu, mon Dieu, qu'est-ce qu'il a contre nous ? Qu'est-ce qu'il a contre moi ? Qu'est-ce que je lui ai fait ? C'est sûr, j'étais un sale gosse, quand j'étais petit, mais j'ai assez dégusté. On allait à la messe et à confesse, Linda et moi, régulièrement. D'accord, j'ai tué des types, mais c'était des criminels. Et tous les gars qui sont tués à la guerre ? Les copains qui les ont tués reviennent avec des décorations et sont des héros. Pourquoi a-t-il obligé Linda à mourir comme ça, comme un chien ? Elle n'a jamais rien fait à personne, mais il a toujours été contre elle depuis le jour où elle est née.

« Je me demande pourquoi les gens ne pensent jamais logiquement dès qu'il s'agit de Dieu, pensa Muller. Si Linda n'avait pas désobéi à Scott, elle serait encore là à l'asticoter. Mais si je disais cela à Rogo, il me tomberait dessus. » Tout haut, il demanda :

— Je voudrais bien savoir comment Scott imaginait Dieu... Le voyait-il comme un bon grand-père dans le ciel, ou comme un entraîneur prestigieux l'envoyant sur le terrain pour gagner un grand match ?

Personne ne répondant, il continua :

— Moi, je suis parmi ceux qui ne comprennent pas. Quand je dis que je suis agnostique, cela signifie que je ne me considère pas comme le centre d'un univers gouverné, selon des principes tout à fait incompréhensibles, par le Père et le Fils. Les dieux animistes qui habitaient les arbres, les pierres, les ruisseaux étaient beaucoup plus séduisants, de même que les dieux païens des Grecs ou les dieux pratiquement politiques des Romains. Quand l'homme moderne s'est décidé pour un Créateur fait à sa propre image, il l'a doté de ses pires caractéristiques : vaniteux, vindicatif, cruel, capricieux, susceptible d'être acheté avec des colifichets ou séduit par la flatterie. Il doit tout de même bien y avoir quelque chose de plus sérieux derrière les galaxies !

— Comme vous devez être malheureux, Mr Muller ! dit Miss Kinsale.

Il se laissa aller à son irritation.

— Les étoiles ne connaissent pas leur nom et je doute fort que Dieu sache de quoi il est fait lui-même.

Miss Kinsale parut choquée et Nonnie stupéfaite. « Mais les étoiles ont des noms ! » dit-elle. Martin ne lui répondit pas et elle en resta toute troublée. Son Dieu à elle aimait certainement qu'on s'adresse à lui le dimanche en chantant très fort, mais elle ne voyait pas de mal à ça ; et peut-être que, lorsqu'elle lui présenterait Muller dans la petite église de Fareham Cross, tout près de Bristol, celui-ci se sentirait tout aussi bien dans sa peau qu'elle-même. Pensée qui fut suivie par un moment de panique. Muller, cet homme du monde, ce gentleman, devant l'église paroissiale de Fareham Cross avec Papa et Maman, reçu avec condescendance par le pasteur Stopworth !... Car il était obséquieux, Papa lui-même le reconnaissait. Pourquoi cet homme voulait-il l'épouser ? Serait-elle capable de le rendre heureux ? Dans un affreux moment de doute, elle souhaita avoir coulé avec le bateau à l'instant où, enlacés, ils ne faisaient qu'un. Muller la sentit qui frissonnait et il la serra contre lui, un bras autour de ses épaules.

— Si vous voulez mon avis, dit-il, Scott a eu la tête retournée par tout ce bruit et cette publicité faits autour de lui.

— Et si vous me demandez, dit Rogo, Scott était une tapette.

— Une quoi ? s'écrièrent en même temps Shelby et Martin.

— Un pédé, une tante, vicieux comme un cochon. Linda essayait de se raconter qu'il en pinçait pour elle, mais quand elle lui a mis la main à la braguette dans le noir, il a crié comme si on l'écorchait. Ce n'est plus le moment de se faire du cinéma. Si vous croyez que je n'ai pas compris ce qui se passait dans la salle des machines, quand il a menacé de lui casser le bras... Il n'aimait pas les femmes. Il en avait la trouille. Il pouvait se planquer dans une soutane, c'est-y pas vrai ? Un tas de ces gars costauds et casse-cou sont pédés, seulement ils ne le savent pas. Plus ils ont peur des femmes, plus ils en rajoutent avec leurs muscles et leurs poils sur la poitrine. Scott en était !

— Oh non !

L'exclamation venait de Miss Kinsale, mais avec un tel accent d'horreur que tout d'abord ils crurent que ce n'était pas elle.

— Oh non ! répéta-t-elle, vous n'avez pas le droit de dire des choses comme ça, Mr Rogo. Il n'était pas comme ça, mais pas du tout !

Ils restèrent complètement abasourdis, puis Rogo se décida :

— Pardonnez-moi, mademoiselle, je ne voulais offenser personne. Je disais seulement que...

— De toute façon, il ne pouvait pas être comme ça ! poursuivit Miss Kinsale. J'ai une bonne raison de le savoir. Je... nous allions nous marier. Il allait me faire venir aux États-Unis.

Cette saisissante déclaration provoqua des réactions diverses. Martin réprima une brusque envie de rire en pensant au cri de désespoir animal que le suicide de Scott avait fait pousser à cette petite souris effacée. Shelby pensa : « Mon Dieu, est-ce que j'ai flotté la tête en bas pendant tout ce voyage ? ou même pendant toute ma vie ? »

Miss Kinsale était assise près des Shelby. Elle se pencha vers Jane pour lui dire tout bas : « Comme nous allons mourir, je peux bien vous l'avouer. Nous avons été intimes pendant la croisière. »

Muller l'entendit et fut aussi ému que Jane, mais celle-ci était surtout en colère. « Oh, ma pauvre », dit-elle en désespoir de cause. Intérieurement, Jane était furieuse contre le pasteur. Comment avait-il osé jouer avec cette pauvre femme restée en marge de la vie ? Que croyait-il donc en faisant une extravagante demande en mariage à une femme en âge d'être sa mère ? Était-ce vraiment un de ces enfants attardés qui ne grandissent jamais et réclament toujours leur maman ? Ou pensait-il faire acte de charité en lui permettant de réchauffer ses mains froides au feu de l'amour ? Ou encore était-il un de ces psychopathes monstrueux qui, sous le couvert de la religion, se glissent comme un incube sous les jupes d'une femme pour lui apporter un contact personnalisé avec Dieu, ou avec le Diable ? Elle était heureuse que Miss Kinsale ne puisse voir son dégoût.

— Oh, Hubie ! murmura Nonnie, c'est horrible pour elle, la pauvre fille. Ils allaient se marier et elle l'a vu se supprimer.

— Chut, dit-il en la serrant contre lui, comme si elle était la seule personne bonne, propre et saine d'esprit qui lui restât au monde.

Pour lui, c'était une dernière invention fantaisiste. Peut-être le général du Lincolnshire existait-il vraiment ; les Miss Kinsale de la vie réelle s'arrangent souvent pour en avoir un. Mais Telford House, les Cokington, Gerald et tout le reste n'étaient que des rêves. Et maintenant, Scott. Elle ne risquait rien, il était mort. Sans aucun doute l'avait-elle aimé de loin : son cri de douleur au moment du suicide venait d'une femme vraiment frappée. Mais Scott, avec Miss Kinsale ! Qu'allait-elle encore confesser ? Qu'elle était enceinte ?

Cependant, Rogo serrait les poings. Il montrait les dents et tremblait de la tête aux pieds d'une colère aveugle. Sa gorge était nouée par le besoin qu'a le tueur de se battre et de détruire. Et l'objet de sa rage n'était plus là. S'était-il tout du long trompé sur Scott ? Était-ce un de ces salauds de maniaques qui se cachent sous la tenue ecclésiastique ? Avait-il sauté Linda pendant le voyage ? L'incident sur le bord du lac d'Enfer était-il une couverture préméditée ? S'il avait couché avec Miss Kinsale, il pouvait aussi bien s'être occupé de Linda étant donné qu'elle l'avait à la bonne. Et elle était morte. Rogo se sentait sur le point de hurler comme un fou ou de frapper au petit bonheur quand un long cri de douleur émana de Belle Rosen.

— Maman ! Maman ! Qu'est-ce qu'il y a ? cria Rosen, affolé. De la lumière, éclairez, je vous en prie !

— Allumez, ordonna Martin.

Ils éclairèrent une Belle Rosen dont les lèvres étaient devenues noires et dont l'ample poitrine se soulevait par à-coups.

— Oh, mon Dieu… J'ai mal… J'ai mal…

« Seigneur, pensa Muller qui avait déjà vu un cas, elle a une crise cardiaque ! »

De quelque part arriva le bruit d'un choc métallique, de coups, de grincements. « C'est la fin », se dit Muller en serrant Nonnie. Martin cria fort : « Qu'est-ce que c'est ? », tandis que Kémal scrutait l'obscurité au-dessus de lui.

— Ne vous occupez pas des bruits, grogna Rosen. Vous ne voyez pas que ma femme est malade ? Qu'est-ce que je vais faire, qu'est-ce que je vais faire ?

— Laissez-la au calme, dit Muller, c'est la seule chose à faire tant que…

— Je vais prier pour elle, dit Miss Kinsale,

— Oh, mon Dieu, mon Dieu, mon Dieu ! gémissait Belle.

— Maman, Maman, je suis là.

— De l'air ! cria Shelby, il n'y a plus d'air. C'est pour ça qu'elle ne peut pas respirer. Moi non plus, je ne peux plus.

Tous maintenant entendaient les coups et les grattements, puis un bang comme la rupture d'un câble, qui se répéta encore deux fois.

— Ils sont arrivés, ils sont là ! cria Muller. Ça venait d'en haut ! Vite ! tant que nous en avons encore la force, il faut taper pour qu'ils sachent.

— Kémal, hé, là ! Ici, apportez la hache. Où est-elle ? appela Martin.

Avec ce qui restait de courant dans les piles agonisantes, ils cherchèrent autour d'eux. On ne pouvait plus respirer à fond. Ils haletaient avec des crispations de gorge, comme poisson ferré. Ils réussirent pourtant à rouler tant bien que mal sur eux-mêmes pour voir s'ils n'étaient pas assis ou couchés sur la hache.

— C'est vous qui l'aviez en dernier, dit Rogo à Shelby.

— Pas moi, je croyais que c'était Martin.

— Pourtant, il faut taper ! Où est-elle, où peut-elle être ?

Ce fut Miss Kinsale qui fournit la réponse

— C'est le docteur Scott qui l'a.

— Scott ? Mais il est mort.

— Il l'a emportée avec lui.

Ils la regardèrent avec stupeur :

— Elle était attachée à sa taille. Je l'ai vue refléter la lumière quand il nous a quittés.

— L'ignoble salaud ! rugit Rogo. Il nous a tous tués avec lui !

XXIII

Jamais deux sans trois

James Martin, le moins musclé et athlétique du groupe, gardait encore des forces dans son corps frêle. Armé d'une torche électrique, il se hissa laborieusement dans la charpente de fer, atteignit la coque et frappa avec tout ce qui lui restait d'énergie. Mais on n'entendit que l'éclat du verre contre l'acier, faible choc qui ne devait pas être audible de l'extérieur, si quelqu'un s'y trouvait. Martin se demandait si, dans ce dernier effort pour survivre, ils n'avaient pas confondu avec les incessants bruits du bateau luttant lui-même pour rester à flot. Martin se laissa retomber au sol. Il dit péniblement :

— Je crois que c'est la fin.

— Nonnie, c'est tellement dommage... J'aurais été bon pour toi.

— Ça ne fait rien, Hubie. Nous allons mourir maintenant ?

— Je pense.

— Je t'aime.

— Oui, Nonnie. Reste là, tout près.

Une étrange voix métallique, qui ne ressemblait à rien d'humain, vibra dans l'espace confiné :

— *Y a-t-il quelqu'un là-dedans ?*

— Mon Dieu, murmura Muller. Ils nous parlent. Mais comment peuvent-ils ?

La voix ressemblait aux sons vibrants, étranglés mais sans modulation que l'on obtient avec des écouteurs radiophoniques.

— *Y a-t-il quelqu'un là-dedans ? Ici, commandant Thorpe, de la frégate de sauvetage de l'Aéronavale des États-Unis. Nous utilisons un amplificateur électronique. Si vous parlez, nous vous entendrons.*

Martin chercha dans l'air fétide les dernières traces d'oxygène :

— Oui, oui, nous sommes là !

— *Bien. Combien êtes-vous ?*

— Onze. Six hommes et cinq femmes. Mais nous sommes en train de mourir. Il n'y a plus d'air. Pouvez-vous nous dégager ?

— *Oui. Prenez patience. Nous ne pouvons pas encore ouvrir la coque. Nous brûlerions tout ce qu'il vous reste d'oxygène.*

Rogo perdit tout à coup son contrôle

— Patience, mon cul ! Pourquoi diable pensez-vous que nous soyons montés jusqu'ici, pour mourir asphyxiés ? Sortez-nous de là, salauds !

La voix strictement impersonnelle répondit :

— *Nous allons d'abord vous envoyer de l'air frais. On apporte une perceuse, une pompe et une manche à air dont on se sert sur les sous-marins. Ne vous affolez pas. Ne bougez pas. Ne parlez pas sans nécessité. Essayez de respirer peu et lentement.*

Rosen leva les yeux au plafond.

— Ma femme. Elle est terriblement malade.

— Il me semble que c'est une crise cardiaque, ajouta Muller.

— *Il y a un médecin avec nous,* répondit la voix. *Il va vous parler.*

Il y eut un silence, puis :

— *Ici lieutenant Worden. Je suis médecin. Quels sont les symptômes ?*

Muller parvint à répondre :

— Douleurs. Lèvres bleues. Pire état que nous, peine à respirer.

— *Qu'elle reste tranquille. Desserrez ses vêtements. Nous serons bientôt là.*

— Si on ne coule pas avant, murmura Shelby.

Le microphone ultra-sensible l'entendit.

— *Nous ne pensons pas, pas encore.*

— Il a dit de desserrer ses vêtements – c'était Rosen qui parlait – mais quels vêtements ?

— Défaites son soutien-gorge, suggéra Muller.

— Devant tout le monde ? Elle n'aimerait pas ça.

— Oh, pour l'amour de Dieu, Manny ! dit Rogo.

Jane Shelby se pencha, glissa les mains sous le dos de Belle et dégrafa le soutien-gorge.

— Ce n'est pas le moment de faire des manières, dit-elle.

Les larges seins s'aplatirent.

— Papa, Papa, aide-moi, gémissait Belle.

— Reste tranquille, Maman. Ils arrivent dans une minute.

— Vous voyez, chuchota Miss Kinsale, la hache n'avait pas tellement d'importance. Jusqu'au bout, le docteur Scott savait ce qu'il faisait.

Ils attendaient dans l'étouffante chaleur sans air, lampes allumées pour éprouver le réconfort de se voir les uns les autres à l'aube de la délivrance ou, au contraire, au bord de l'éternité. Muller était certain que le bateau s'enfoncerait avant qu'on ne soit parvenu à les atteindre pour de bon. Les hauts et les bas, au cours de leur laborieuse ascension, s'étaient reproduits de façon trop constante, avec une trop cruelle ironie. Au plafond, le bruissement de métal frappé ou gratté augmentait.

La voix annonça :

— *Le matériel est arrivé. C'est celui qui a servi pour délivrer les marins du* Oklahoma *coulé à Pearl Harbor, mais il a été grandement amélioré depuis. On va percer un trou par le canal d'une manche à air et on vous insufflera de l'air. Vous pourrez alors respirer librement. Nous continuerons à pomper jusqu'à ce que le blindage soit découpé. Où êtes-vous exactement ? Tout contre la coque ?*

Martin parvint à répondre :

— Non, nous sommes dans le tunnel de l'arbre de transmission, environ trois mètres au-dessous de la coque.

— *Bon. Restez où vous êtes et attendez encore un peu.*

Shelby se demanda combien de morts ces quelques minutes pouvaient signifier. À supposer que le *Poseidon* aille soudain par le fond en entraînant les sauveteurs ? Puis il se rendit compte que cela lui était égal : quelle vie l'attendait si on le sortait de ce piège ?

Jane pensa que son fils aurait été tout fier de voir réalisée sa prédiction : ils seraient sauvés, et grâce à l'appareillage mis au point pour extraire les astronautes naufragés de leur capsule blindée. Tout son cœur blessé poussa un cri silencieux : « Robin, Robin, où es-tu ? » Et c'est alors qu'elle sut avec certitude qu'elle ne le reverrait jamais plus.

« Nous allons être sauvés, pensait Susan. Que va-t-il se passer? Devrai-je dire mon secret? Restera-t-il toujours comme une zone d'ombre au fond de moi ? »

Martin se sentait vidé de tout, sauf de cette dernière étincelle de vie dont il refusait de se départir.

D'au-dessus arriva soudain un bruit de rafale de mitrailleuse qui crachota, s'arrêta, reprit, s'interrompit encore et finit par se transformer en un sifflement uniforme.

— Nonnie, c'est la foreuse ! dit Muller. Si Dieu est le farceur que je crois, c'est le moment qu'il va choisir pour se donner un moment de bonne rigolade en nous tirant le tapis sous les pieds. C'est peut-être Scott qui compte les points.

Miss Kinsale murmura une fois de plus : « Il est mort pour nous », et cette fois-ci Rogo se tint coi.

La voix métallique reprit :

— *Nous avons traversé la paroi externe. Ça va toujours de votre côté ?*

— Faites vite, je vous en supplie, dit Rosen d'une voix rauque. Maman a les mains si froides !

Belle dit tout à coup d'une voix claire

— Tu voulais que je monte pour revoir Irving et Stella et les petits, Hy et Myra ? Et j'y suis arrivée, n'est-ce pas ?

— Oui, Maman, c'est vrai. Tu as été formidable, vraiment formidable.

Des yeux, il chercha une confirmation chez les autres.

— Peut-être qu'elle va mieux, ajouta-t-il.

Personne ne répondit. La foreuse produisit soudain un sonore gémissement écorchant les oreilles : elle mordait la paroi intérieure au-dessus d'eux et, un instant, ils distinguèrent l'engin tressautant contre les bords du trou. Cela s'accompagna d'un premier souffle huileux qui pénétra dans leurs poumons torturés. La foreuse fut retirée et, l'instant suivant, un tube noir glissa par le trou. Un bruit régulier de pompage se fit alors entendre et le premier flot d'air frais et propre coula sur eux, les ressuscita, les revigora suffisamment pour qu'ils puissent pousser un faible hourra ; puis, comme l'oxygène leur procurait une petite ivresse, ils se mirent à rire et à pleurer. Mais, au même moment, comme si cette piqûre d'aiguille dans sa peau avait touché un nerf, le navire se remit à gronder et à craquer, à crier de toutes ses jointures. Il bougea un peu et, du côté de la chambre des machines, un morceau d'acier détaché sonna comme une cloche. Sous leurs pieds, le sol trembla ; d'en haut venaient des bruits de galopade, des tintements d'outils, une voix qui disait :

— *Mettez-vous près de...*

— Jésus-Christ ! s'écria Muller. C'est tout de même la grande rigolade ! Il coule !

Tandis que Rogo tonnait :

— Ces enfants de salauds ont laissé sortir tout l'air qui nous faisait flotter ! Allez, là-haut, cochons, magnez-vous avant qu'on se mouille les pieds !

Les voix et le remue-ménage continuaient, incompréhensibles. L'air frais continuait à affluer, la pompe ne faiblissait pas. Puis le commandant s'adressa directement à eux :

— *Nous ne vous abandonnons pas. Nous pensons que le bateau restera à flot assez longtemps pour que nous puissions vous atteindre. Il n'y en a plus pour longtemps.*

Ils ont du cran, dit Muller. Si on coule, on les entraîne avec nous.

La voix revint les calmer :

— *Le docteur voudrait vous parler... Ici, le lieutenant Worden. Comment va la malade ?*

— Qu'est-ce que j'en sais ? gémit Rosen. Elle va mieux, avec l'air...

— *Parfait. Je vais faire descendre une seringue hypodermique par le tube. Y a-t-il quelqu'un parmi vous qui sache faire une piqûre ?*

— Moi, dit Rogo que tous regardèrent avec étonnement. Ben oui, ajouta-t-il, un flic doit même savoir comment mettre un môme au monde.

— Le brave homme, commenta Muller qui n'entendit pas ce que Rogo disait entre ses dents.

On perçut un petit bruit et la seringue émergea du tube, pendue au bout d'un fil. Rogo tendit la main.

— Je l'ai, dit-il. Où ça ?

— *Au bras gauche. Intramusculaire.*

Rogo s'approcha d'elle, tenant l'aiguille.

— Ça ne vous fera pas mal, Belle. Ça va aller mieux. Un type bien, ce toubib.

— Tu vois, Maman, tu vas te remettre, dit Rosen. Aujourd'hui, une attaque de cœur, ce n'est plus rien. Regarde ton oncle Ben, il en a eu une à soixante ans et il a vécu jusqu'à soixante-quinze. Même des présidents des États-Unis, qui ont des soucis si terribles. Maintenant, quand ils trouvent qu'un cœur n'est pas bon, ils le changent. Ne bouge pas. Tu n'as pas à t'en faire.

— Tant mieux, dit Belle Rosen avant de mourir, les yeux ouverts.

Rogo, qui s'y connaissait, se dit tout bas : « Ah, Seigneur, non ! » et de désespoir il planta l'aiguille dans la chair du bras gauche, juste au-dessous de l'épaule. Les yeux fixes se voilaient déjà, mais Rosen n'avait pas encore compris.

— Maman, tu m'entends ? Tout va aller bien.

Puis, pris d'une inquiétude soudaine, il s'écria :

— Maman ! Maman ! Pourquoi regardes-tu comme ça ?

Muller n'aurait pas imaginé que Rogo puisse agir avec autant de délicatesse affectueuse ; il entoura les épaules de Manny et lui dit doucement :

— Manny, ça me fait de la peine, mais elle ne vous entend plus. C'est fini. Elle n'est plus avec nous.

Rosen devint un pauvre petit homme épouvanté, qui ne parvenait pas à comprendre :

— Quoi ? Quoi ? cria-t-il. Elle vient de me parler ! Vous lui avez fait la piqûre. Pourquoi a-t-elle l'air comme ça ? Elle est vraiment malade ? Pour l'amour de Dieu, que ce docteur arrive !

Les autres étaient figés par la tristesse, voire la colère devant cette dernière et sinistre farce. Et Miss Kinsale se mit à prier à haute voix pastichant inconsciemment le pasteur Scott :

— Mon Dieu, si tu veux un autre de nous, prends-moi !

Rogo cria en direction de la coque :

— Vous êtes là, docteur ?

— Oui, oui.

— Ici, inspecteur Rogo. J'ai fait la piqûre, malheureusement il était trop tard. Je crois qu'elle a passé. Dans combien de temps pourrez-vous descendre ?

— *On commence à découper. Savez-vous faire un massage cardiaque ?*

Rogo regarda d'un air sceptique la montagne d'argile qui avait été Belle Rosen.

— Je peux essayer.

La poitrine massive était un obstacle, ainsi que les couches de graisse qui recouvraient les côtes au niveau du cœur silencieux. Rogo essaya de repousser les énormes seins. Rosen hurla :

— Que faites-vous ! Sortez vos mains de là ! Laissez-la tranquille !

— Rosen, calmez-vous, dit Shelby. Premier secours. Le docteur l'a commandé.

— Ne devrait-on pas lui fermer les paupières ? demanda Martin. Elle nous regarde comme si nous l'avions abandonnée. Je voudrais qu'on coule, tout de suite, nous tous.

— Si vous me montrez comment faire, je peux vous aider, proposa Muller.

Le policier fit oui de la tête.

— Mettez-vous de l'autre côté. Essayez de comprimer la cage thoracique et de la faire remonter, si vous pouvez. Comme ça : lentement, un deux, un, deux.

Ils se penchèrent sur leur tâche. Nonnie pleurait. Toujours interdit, Rosen continuait à demander :

— Mais qu'est-ce qu'ils font ? Pourquoi tripotent-ils Maman ? Pourquoi le docteur ne vient-il pas ?

— Ils ne font rien de mal, Mr Rosen, dit Jane Shelby. Vous ne comprenez pas ? Ils essayent de faire repartir son cœur.

Dans la pénombre, le visage arrondi de Rosen parut celui d'un bébé, tant était profond son ahurissement :

— Repartir son cœur ? Il s'est arrêté ?

— Oui, hélas ! répondit Jane.

Elle se demandait comment elle pouvait se montrer aussi froide et terre à terre devant cette nouvelle tragédie, la vie d'une femme aussi bonne qu'inoffensive perdue sans raison ; puis elle comprit qu'elle était immunisée. Désormais, plus rien dans l'existence ne la heurterait ni ne la blesserait.

Martin répéta :

— Ne pourrait-on lui fermer les yeux ?

C'était une chose d'être hanté par la vision de Wilma Lewis dans sa cabine, et une autre d'être enfermé dans un tunnel avec une morte. Les yeux de Wilma étaient-ils aussi ouverts, dans l'eau sale ?

— Rien à faire, dit Rogo. Il faut attendre le toubib.

On frappa, là-haut, et la voix métallique ordonna :

— *Éloignez-vous, maintenant, tous. Nous allons découper au chalumeau.*

Le piétinement augmenta, suivi d'un ronflement. Sur le plafond noir de la coque, proche de l'endroit d'où venaient les bruits, apparut une lueur, une fine ligne orange. Ils sentirent l'odeur du métal incandescent, et la chaleur.

— Calmez-vous, Mr Rosen, conseilla Shelby. Ils se taillent un passage. Le docteur va arriver dans un instant.

Presque avec ressentiment, Martin regardait la ligne orange tourner un coin, puis un autre, pour former un carré d'un mètre cinquante de côté environ. Dix minutes plus tôt, cinq peut-être, et Belle Rosen aurait pu être sauvée.

Le carré était entièrement tracé et il se demanda pourquoi la partie découpée ne tombait pas à l'intérieur ; puis il comprit qu'ils avaient taillé en biseau afin de l'éviter. Il entendit des leviers de fer prendre appui sur le métal calciné. Le morceau céda avec un craquement, puis disparut brusquement, laissant entrer à flots la lumière laiteuse de l'aube, qui effaça celle de leurs torches presque épuisées. Deux jambes vêtues de toile bleue apparurent, suivies d'un torse en blouson de cuir, et un jeune homme blond aux cheveux ras et au yeux bleus sauta en bas. Il se présenta :

— Je suis le lieutenant Worden. Où est la malade ?

Muller et Rogo lui firent place et il s'agenouilla près d'elle pour l'examiner. Puis il lui ferma ses paupières. Après quoi il demanda :

— Qui est le mari ?

Ils montrèrent Rosen qui tremblait de tous ses membres, le visage crispé.

— Je suis navré, dit le médecin, je dois vous dire que votre femme est morte. Il n'y a plus rien à faire.

— Morte ? Vous voulez dire qu'elle est morte ? Mrs Rosen est morte ?

— Oui. Je suis navré, répéta-t-il.

Rosen tomba sur les genoux à côté de sa femme. Il se mit à se balancer d'avant en arrière en pleurant :

— Maman ! Maman ! Pourquoi a-t-il fallu que tu partes au moment où nous allions être sauvés ?

Une autre paire de jambes, un autre blouson, une autre tête tondue, cette fois suivis par une échelle. Le nouveau venu s'adossa solidement à l'une des poutrelles de fer.

— Lieutenant Jackson. Qui est le chef, ici ?

— Eh bien, dit Martin, je suppose que c'est moi, ou c'était. Mais prenez le relais, jeune homme, je n'ai plus guère de forces.

— Le commandant Thorpe demande que vous sortiez le plus vite possible. Il y a des couvertures là-haut. Que tous ceux qui en sont capables grimpent à l'échelle rapidement, on s'occupera de vous. S'il y en a qui ne peuvent pas, on fera descendre des hommes pour vous aider.

— Je crois que nous pourrons tous grimper, dit Martin qui, de la tête, désigna le corps de Belle, sauf…

Le jeune homme jeta un coup d'œil et demanda :

— Elle est malade ?

Puis il se reprit :

— Oh, je vous demande pardon. Nous la sortirons en dernier. Les femmes d'abord, s'il vous plaît.

Deux marins sautèrent à l'intérieur. On vit la figure tannée d'un officier plus âgé, surmontée de la casquette blanche de commandant galonnée d'or, s'encadrer dans l'ouverture.

— Ça va, Tom, dit-il, envoyez-les.

— On est arrivés, dit Martin. Ils veulent qu'on sorte. Les femmes d'abord.

Et maintenant que la délivrance était à portée de main, ils éprouvaient tous une étrange répugnance à bouger, comme s'ils avaient eu envie de tenter le sort en lambinant, comme s'ils avaient eu peur de gravir encore ces quelques pas pour faire face à un monde où tout, de nouveau, serait dans le bon sens.

— S'il vous plaît, demanda le lieutenant Jackson.

— Miss Kinsale, voulez-vous passer la première ? demanda Martin.

Pendant toute leur ascension, Miss Kinsale avait toujours été juste derrière Scott. Elle parut à la fois surprise et embarrassée. Pendant les dernières étapes de leur épreuve, sa nudité ne l'avait pas gênée, elle n'en avait même pas semblé consciente. Mais maintenant, devant ces inconnus, elle y pensa et dit :

— Est-ce qu'il le faut ?

— Voilà une couverture, madame, lui dit un marin. Voulez-vous que je vous aide ?

— Vraiment, il n'y a pas de raison que je passe la première. Il y a d'autres...

— Madame, donnez-moi la main, dit le marin.

— Non, merci, tout va très bien, et elle monta à l'échelle sans hésiter.

La voix du commandant reprenait, pressante :

— Montez, les autres, s'il vous plaît. Jackson, pourquoi ce retard ? Vous avez besoin d'autres hommes ?

« Il a peur que le bateau s'enfonce », songea Muller qui dit à Nonnie :

— Monte vite.

— Je ne veux pas te laisser.

— Fais ce que je te dis.

Effrayée par son ton cassant, elle obéit.

— Susan... Jane... continua-t-il, et les trois femmes grimpèrent à l'échelle et disparurent de sa vue.

Shelby les regarda disparaître. Jusqu'au dernier moment, il aurait laissé le commandement aux autres.

— Bon, dit Martin. Maintenant Rosen, Shelby, Muller, Rogo et Kémal. Je monterai le dernier.

— Nix ! dit Rogo. C'est moi ! J'ai fait la lanterne rouge tout le trajet, autant m'y coller encore. Avec un peu de chance, la baille ira au fond avant que je sois en haut.

— Je ne m'en vais pas sans… dit Rosen.

Shelby eut un mouvement de panique mêlé de colère. Encore les Rosen, cause de tant d'angoisses et de retards. Et si le navire faisait son dernier plongeon avant qu'il n'arrive en haut de l'échelle ? Ces sales… Mais il recula devant le mot « juifs » et il se sentit peu fier de lui en regardant l'obèse silhouette immobile, en pensant à la bravoure de sa plongée miraculeuse.

— Allons, dit Martin, Shelby, montez. Muller, Kémal, allez…

— Je reste avec vous, Manny, dit Rogo. Jusqu'à ce qu'on la tire d'ici. Allez-y, Martin.

Rogo et Rosen restèrent seuls tandis qu'un marin criait :

— Envoyez d'autres couvertures et quelques filins !

Ce matériel tomba à leurs pieds.

— Ne regardez pas, Manny, conseilla Rogo. Ils vont faire tout ce qu'ils peuvent pour elle. De toute façon, quoi qu'il arrive, elle n'est plus dans le coup.

Les marins enveloppèrent le corps dans les couvertures et l'attachèrent avec les cordages.

— Pourquoi a-t-il fallu que ça arrive ? demanda Rosen. Elle était merveilleuse, une femme épatante. Et moi qui me moquais d'elle quand elle parlait de son cœur. Même à la dernière minute, je n'y croyais pas encore. Elle était épatante, hein ?

— Formidable, dit Rogo. Elle était championne, Manny, depuis toujours.

Tout à coup, Rosen leva un regard attentif sur Rogo.

— Oh, mon Dieu, Mike, je ne devrais pas parler comme ça. Ça vous est arrivé, à vous aussi.

— Oui, dit Rogo, c'est vrai.

Un marin cria quelque chose par l'ouverture et le corps de Belle Rosen entreprit son voyage vers le haut. Quand il atteignit l'ouverture, on abaissa les pieds de façon qu'elle passe tête en haut, et on la sortit. « Allez, Manny, à vous maintenant », dit Rogo. Rosen tremblait tellement que deux marins durent le soutenir et l'aider à grimper. À mi-hauteur, il se retourna et regarda anxieusement Rogo, debout au milieu des lanternes et des torches maintenant épuisées.

— Mike, vous venez, n'est-ce pas ?

En pensée, Rogo avait retracé le tunnel jusqu'à la plate-forme qui surplombait la chambre des machines, d'où il revoyait le cadavre empalé de sa femme. Puis il se souvint qu'il n'y était même plus.

Dans un dernier éclair d'introspection, il comprit qu'il n'était pas de ceux qui en finissent avec la vie. Il avait espéré que le bateau l'emporterait, comme tant d'autres, mais le plafond était toujours sous ses pieds. Il répondit à regret :

— Oui, je crois qu'il le faut et grimpa à l'échelle.

Il sortit dans l'aveuglant soleil matinal ; on lui jeta une couverture sur les épaules. Ébloui et stupéfait, il contempla avec de grands yeux, comme le faisaient les autres, la flottille qui les entourait. C'était un monde à l'endroit.

XXIV

« Dis au revoir »

Outre la frégate américaine, grise et élancée, qui se trouvait à quelques encablures, il y avait deux autres bateaux sur une mer d'huile. L'un était un transatlantique moderne de vingt-quatre mille tonnes, le *London Tower,* dont les cheminées aux rayures rouge et bleu indiquaient qu'il appartenait à la compagnie anglaise Antilles-Tower ; il se trouvait à un demi-mille, ses ponts noirs de passagers. L'autre était un cargo allemand de douze mille tonnes, assez mal tenu, le *Helgoland.*

Une vedette de sauvetage du *London Tower* se tenait à la poupe, une autre sous la proue du *Poseidon.* Tout autour de la coque émergeant comme une baleine d'une mer où ne soufflait aucun vent, on voyait une masse de débris qui n'avaient pas encore dérivé du voisinage : radeaux de sauvetage, canots insubmersibles échappés à leurs daviers au moment du retournement, fauteuils de pont, casquettes, pièces de vêtements disparates. Quatre avions de la flotte de secours de la marine américaine croisaient dans le ciel.

Pour sa part, le *Helgoland* avait mis à l'eau une chaloupe de sauvetage à rames, qui tournoyait maladroitement sur l'arrière, si bien que le commandant prit un mégaphone et cria.

— Que diable essayez-vous de faire ?

Un homme en pantalon kaki et gilet blanc, mais porteur d'une casquette d'officier, se leva et trompeta en retour, avec un fort accent germanique :

— Nous essayons de poser une amarre.

— Sortez-vous de là, cria le commandant avec irritation. Vous ne voyez pas que nous devons embarquer ces gens ? Après ça, je me fiche de ce que vous ferez.

L'Allemand donna un ordre et les rameurs s'éloignèrent quelque peu. Ils restèrent là à regarder.

Par l'ouverture de la coque, le commandant appela :

— Il y a encore quelqu'un là-dedans ?

— Non, commandant.

— Vérifiez encore et dépêchez-vous. Ça ne va pas tenir très longtemps.

Il se tourna vers le groupe des rescapés et demanda :

— Vous êtes au complet ? Il ne manque personne de votre groupe ?

— J'ai perdu mon fils Robin, dit Jane. Il avait dix ans.

— Votre fils, répéta le commandant. Où était-il ? Ici, avec vous ?

— Non, il était bien plus bas. Je ne me rappelle plus sur quel pont, nous en avons monté tellement... C'était quand les lumières se sont éteintes et qu'il y a eu toute une bousculade.

— Nous n'avons recueilli que trois marins sur un radeau, dit le commandant qui ajouta :

—... mais on est en train de faire sortir des gens de l'avant. Il a peut-être rejoint ce groupe. Quel est son nom complet ?

— Robin Shelby.

Près d'eux se trouvait un homme muni d'un talkie-walkie.

— Appelez l'avant et demandez s'il y a un garçon de dix ans nommé Robin Shelby.

Pour la première fois, les rescapés remarquèrent l'activité qui régnait à l'autre bout du *Poseidon,* à deux cents mètres de là. C'était trop loin pour qu'on distingue les visages, mais on apercevait des passagers et des marins ; Muller remarqua, dans la lumière brillante du matin tropical, plusieurs smokings noirs de passagers, qui produisaient un effet singulier. Il eut conscience d'un étrange ressentiment et se demanda si Martin et Shelby l'éprouvaient aussi, car il les vit s'abriter les yeux pour regarder dans cette direction.

Pendant toute l'épuisante grimpée sous les ordres de Scott, il avait pensé que, s'ils réussissaient, le sauvetage leur serait exclusivement consacré en récompense de leur courage et de leurs efforts. Ils avaient bataillé pour surmonter d'invraisemblables obstacles, souffert mort et martyre en pleine terreur, triomphé de tout. Muller se souvenait avoir été jusqu'à penser aux récits des journaux commençant par : « Les seuls survivants du *Poseidon* sont... »

Eux, ils étaient là à l'arrière, dix épouvantails couverts de bleus, dégoûtants de saleté, nus, abrutis et épuisés par le choc, et à l'autre bout, on faisait sortir d'un trou semblable des gens qui paraissaient porter encore tous leurs habits !

Qu'était-il arrivé ? Comment s'étaient-ils débrouillés ? Y avait-il un moyen d'accès facile à la proue ? Ces gens-là avaient-ils tout simplement marché ou monté là sans peine ni difficulté pour attendre qu'on les sauve ? Ou bien, avaient-ils, comme eux, passé par de terribles aventures ? Et de quel droit ? Qui les avait guidés ? Avaient-ils, eux aussi, semé sur leur route des cadavres ?

Muller était préoccupé par la question de savoir ce qui leur serait arrivé si, au lieu de suivre Scott, ils étaient restés dans la salle à manger. S'en seraient-ils tirés aussi bien, et sans perdre autant de gens ? La vue d'autres survivants faisait naître en lui un sentiment amer de frustration et accroissait son dégoût de lui-même, de sorte qu'il était incapable de se réjouir que d'autres naufragés aient pu trouver le chemin du salut. Puis il se souvint que, s'il était resté à la salle à manger, il n'aurait pas rencontré Nonnie...

Ils continuaient tous à contempler avec attention les opérations qui se poursuivaient à l'avant. Shelby pensait : « Oh, mon Dieu, faites que Robin soit là ! » et puis il se demanda à qui ou à quoi il demandait cette faveur. En même temps que son mariage, le bureau de soutien divin auquel on faisait appel s'était trouvé en faillite.

Cependant, agenouillée contre la quille peinte en rouge, Miss Kinsale, drapée dans une couverture comme une squaw, seule et indifférente à ce qui l'entourait, offrait à Dieu une dernière prière de gratitude : « Je te remercie, Seigneur, d'avoir jugé bon de nous épargner. »

Shelby pensa à son embarras au moment, qui paraissait si lointain, où Scott s'était mis à genoux. Il se sentait étourdi, suffoquant et près de voir craquer ses nerfs. Martin, lui, se rappelait qu'il avait aussi invoqué le nom de Dieu ; il en était à la fois effrayé et honteux. Une pensée le traversa : « Mon Dieu, et si Wilma Lewis, était parmi ces gens là-bas »! De nouveau, il voyait menacé le train-train de sa vie habituelle.

Kémal le Turc n'éprouvait aucune honte. S'abritant les yeux, il essayait de reconnaître les membres de l'équipage qu'on faisait sortir du trou de l'avant. Il espérait qu'il n'y avait personne du groupe qu'il avait abandonné. Il souhaitait vivement être le seul assez dégourdi pour avoir trouvé le salut en se joignant au pasteur fou et à ses amis.

Le radio qui marmonnait dans son talkie-walkie, dit tout haut :

— Commandant ?

— Oui, Harper? Il n'y a pas de garçon de dix ans du nom de Robin Shelby, jusqu'à présent. Ils sont tous sortis ?

— Oui, commandant. Trente-deux passagers et douze membres de l'équipage.

— Désolé, madame, dit le commandant, il n'y a pas d'enfant avec ces gens.

Jane le remercia, puis elle demanda :

— Pensez-vous pouvoir chercher plus loin ? Y a-t-il encore un espoir ?

— Entre nous et l'intérieur, madame, il y a une double coque. Nous pourrions essayer de percer, mais...

Sous leurs pieds, la coque trembla et, venu des tréfonds du navire, on entendit un grondement. Une grosse bulle éclata à bâbord, projetant un geyser de mazout qui troubla la surface calme de la mer. Le corps d'un homme en bleu de chauffe jaillit avec lui.

— Appelez le canot, ordonna le commandant. Qu'on emmène ces gens tout de suite.

Le radio parla rapidement dans son talkie-walkie ; d'autres matelots firent des signaux et la vedette du *London Tower* se rangea bientôt contre la coque émergée. À côté des deux gigantesques hélices de bâbord et de la lame de gouvernail de quarante tonnes, les canots et les gens étaient réduits à rien. La gîte en avant avait fortement augmenté.

— Dépêchons, dépêchons, dit impatiemment le commandant. Faites vite pour ces dames, que les hommes suivent. Vous d'abord, madame. Nous nous occuperons de savoir qui vous êtes, plus tard. Pour le moment, nous en avons assez sur les bras.

Un marin du *London Tower* attrapa l'extrémité d'une échelle de corde que l'équipage du *Monroe* avait lancée de la coque. Le commandant regarda Jane attentivement.

— Vous y arriverez ? Vous saurez descendre par là ?

— Oui, répliqua-t-elle en pensant à l'ironie du sort qui voulait que les derniers degrés vers la sécurité fussent franchis de haut en bas.

— Il faut enlever votre couverture pour le moment, mais il y en a d'autres dans la vedette. Il y a un homme pour vous aider. Nous verrons qui vous êtes quand vous serez à l'abri, répéta-t-il.

Aussi Jane se dénuda-t-elle une fois de plus, encore trop proche de l'aventure pour se demander à quoi elle ressemblait, mais elle fut tout à coup furieuse quand, arrivée à mi-hauteur, encadrée par deux marins, elle tourna la tête pour apercevoir un photographe qui se dressait à l'arrière de l'embarcation et tournait son appareil vers elle. C'était la première fois qu'elle pensait à la civilisation qu'ils avaient réussi à rejoindre malgré toutes les risques, et cela la rendait malade.

Elle fut suivie, en rapide succession, par sa fille, Miss Kinsale et Nonnie ; puis vinrent son mari, Muller, Martin et Kémal. Ensuite, il lui sembla qu'il y avait une discussion entre le commandant, le policier et Rosen, là-haut, mais elle n'entendait pas ce qu'ils disaient. Finalement, ils descendirent, eux aussi, et furent reçus à bord de la vedette par le troisième officier qui la commandait.

— Ne vous inquiétez pas, Manny, disait Rogo, ils ont promis de l'emmener. »

Le commandant du *Monroe* cria :

— Ça va, merci à vous tous !

— À vos ordres, commandant, répondit l'officier du *London Tower*. Puis il donna l'ordre : Larguez les amarres !

Le barreur à l'arrière et le matelot de vigie à l'avant lâchèrent les amarres qui festonnaient la coque, tandis que le moteur entrait en action. Les dix survivants étaient assis tous ensemble, petit groupe serré qui paraissait vouloir s'isoler de l'équipage de l'embarcation de sauvetage qui comprenait une infirmière. Celle-ci entreprit de les draper dans des couvertures, de les installer confortablement, et elle s'agita autour d'eux jusqu'au moment où elle se rendit compte qu'ils n'éprouvaient ni le besoin ni l'envie de ses soins ; aussi se retira-t-elle à l'arrière.

Les hommes du *Monroe* descendirent rapidement leur matériel dans deux autres canots à moteur, dans l'un desquels avait déjà été déposé le corps de Belle Rosen, puis, avec leurs officiers, ils s'affalèrent à leur tour dans les canots et prirent du champ. Alors le canot de sauvetage du cargo allemand s'approcha directement sous l'arrière, et l'un de ses marins parvint à jeter un filin autour de la fixation du gouvernail du *Poseidon.* Ils en assurèrent l'autre extrémité et firent force de rames vers leur bateau, qui se trouvait à un quart de mille, dans l'intention évidente de passer un câble et de remorquer l'épave.

Le commandant empoigna son mégaphone pour leur crier rudement :

— Triples imbéciles, vous n'avez pas une seule chance d'y arriver ! Vous voulez être aspirés ? Lâchez ça !

L'homme en casquette d'officier répondit :

— Gardez vos conseils ! Nous savons ce que nous faisons. L'année dernière, un cargo de minerai chaviré a flotté pendant quarante jours. Pour finir, il a fallu le faire sauter. Vous serez témoins que nous avons été les premiers à passer un filin. Nous avons déjà radiotélégraphié à deux de nos gros remorqueurs.

Ces propos parvinrent aux oreilles des survivants. Le *Poseidon* allait-il flotter pendant quarante jours et quarante nuits ? Toute cette aventure de la dernière chance avait-elle été vécue pour rien ?

Rogo dit entre ses dents : « Va au fond, vieille baille, va ! J'aime pas les Boches ! »

Déjà, l'effort surhumain fait par le groupe perdait de sa valeur, et son sentiment de triomphe s'atténuait. Tout ce qu'ils avaient souffert s'estompait à mesure qu'ils prenaient conscience du fait qu'il leur faudrait s'habituer à l'idée de continuer à vivre. Muller, qui contemplait Martin, se dit que celui-ci semblait avoir encore rapetissé, disparaissant dans sa couverture. Il avait perdu le commandement : on n'avait plus besoin de lui.

Cependant, le *Poseidon* était toujours là, immobile, haut et solide comme un immeuble, le soleil rouge se reflétant sur le minium de sa coque.

La vedette entreprit de le contourner largement. Le spectacle et ses rumeurs, les trois navires stoppés à proximité, le ronronnement des moteurs des petites embarcations, les débris éparpillés sur la mer, et par-dessus tout l'implacable mur du bateau renversé, tout cela semblait leur parvenir à travers un mur de verre. Les nerfs qui reliaient leurs yeux et leurs oreilles n'avaient pas encore repris leur fonctionnement normal. Ils se sentaient flotter entre deux mondes, préparés ni à l'un ni à l'autre, et, pour un moment, Jane Shelby se surprit à presque regretter de n'être plus dans l'obscurité de l'intérieur, à grimper péniblement vers un but. Elle avait atteint ce but, et elle n'en était pas heureuse.

Susan sortit une main de sa couverture.

— Ça va, Maman ? Je me sens toute drôle.

— Moi aussi, dit Jane.

Le second canot du *London Tower,* qui avait embarqué les survivants de l'avant croisa leur chemin. Il était archiplein et ils virent, incrédules, son chargement : son équipage, des passagers du *Poseidon,* des marins, plusieurs stewards encore en veste blanche, des femmes enfouies sous des couvertures, le tout flottant dans un canot sur une mer miroitante, qu'aucune brise n'agitait. C'était trop étrange, invraisemblable.

Tout à coup, Muller poussa un cri.

— Qu'est-ce qu'il y a ? demanda Nonnie effrayée. (Quelques mètres seulement séparaient les deux bateaux.)

— Le Réjoui, le Réjoui et la fille ! Hé là, ho ! Bates ! Pamela !

Le Réjoui leva les yeux. Il avait toujours son smoking, col de chemise défait. De son bras, il entourait la jeune fille enveloppée d'une couverture. Il était tout rouge et, quand il les reconnut, il s'épanouit en un large sourire. Lui et Pamela leur firent des signes. Le Réjoui tenait une bouteille à la main. Une fois de plus, le grand et puissant Bacchus avait pris soin des siens.

Des larmes montèrent aux yeux de Nonnie.

— Je suis si contente qu'ils s'en soient sortis. Tout le temps je pensais à eux perdus dans le noir, et elle qui était restée avec lui pour le protéger.

Miss Kinsale parvint à sortir un maigre bras blanc, qui s'empêtrait dans sa longue chevelure, pour les saluer.

— J'espère qu'il prendra bien soin de cette petite, après tout ce qu'elle a fait pour lui.

Puis elle ajouta d'une voix singulièrement raisonnable :

— Mais je ne pense pas qu'il le fera.

— Oh mais, il ne peut pas la quitter maintenant ! s'écria Susan. D'ailleurs, voyez, il la tient contre lui.

— ... avec une bouteille, conclut sévèrement Miss Kinsale. Il est ivre et elle aussi. Il la quittera, bien sûr, je connais ce genre d'hommes.

— En réalité, dit Muller, il est vraisemblable qu'il arrivera quelque chose de pire. Il l'épousera et à peine rentrés de la mairie, elle commencera à le réformer.

« Quelle drôle d'histoire, d'être ici dans ce canot et de tenir une pareille conversation », pensait Susan.

L'autre bateau de sauvetage avait terminé sa course et accostait le *Monroe*. Jane Shelby l'avait déjà avidement exploré des yeux lorsqu'ils l'avaient croisé ; maintenant, elle voyait le regard de son mari se détourner sur le sillage blanc. Il secouait la tête, ignorant qu'elle l'observait. « Il n'y était pas », dit-il d'un air désolé, perdu. Jane en eut le cœur broyé. « Que faisons-nous tous là ? se dit-elle. D'où viennent tous ces bateaux ? Qui sont ces gens ? Quel rapport ont-ils avec nous ? Pourquoi avons-nous perdu mon Robin ? Comment osons-nous être encore vivants ? Qu'est-ce que cela signifie ? »

Cela l'amena à un autre genre de pensées, cette fois ferme et clair : « Il faut que je répare le mal que j'ai fait. Démolir cet homme et tout ce qui nous reste est aussi dépourvu de sens que ce qui nous est arrivé à tous. Il faut savoir s'arrêter à temps. »

— Richard, donne-moi la main, j'en ai besoin, dit-elle à haute voix.

Il la regarda avec saisissement, doutant d'elle et de lui-même, puis il prit la main qu'elle lui tendait.

— Nous aurons besoin l'un de l'autre pour pleurer.

Et elle ajouta :

— Tu sais, je ne pensais pas tout ce que je t'ai dit là... là en bas.

Elle jeta un regard à la paroi du *Poseidon,* mais déjà « en bas » s'estompait pour devenir quelque chose qui avait été plus rêvé que vécu. Elle continua :

— J'avais perdu la tête, à cause de Robin et de toute ma peur et mon angoisse. Je ne savais plus ce que je disais. Ce n'était pas vrai, rien de ce que j'ai dit. C'est seulement que je frappais à l'aveuglette, Dick !... nous avons perdu notre fils !

Shelby la regarda avec surprise, plein d'émotion mais aussi de soulagement dans la mesure où la confiance en soi qu'on lui avait ravie lui revenait. Maintenant qu'elle reconnaissait avoir parlé sans réfléchir, il ne se souvenait même plus de ses paroles destructrices : elles n'avaient plus d'importance, elles n'étaient pas vraies. Il récupérait son intégrité de personne humaine. Il l'attira contre lui et murmura :

— J'essaierai d'être digne de toi.

Jane dissimula le frisson que lui donnait ce cliché en se blottissant dans les bras de son mari. Susan regarda sa mère avec admiration.

Malgré le soleil tropical qui montait haut dans le ciel, Muller se sentit tout à coup déprimé et glacé. Étant trop loin pour bien entendre, il avait compris par intuition le geste de Jane ; et, de tout son être, il se rebellait contre la gratuité de cette mort cruelle d'un enfant. Pour le reste de ses jours, cette mère se demanderait dans quelles circonstances exactes était mort son fils ; elle se mettrait à la torture pour mesurer sa responsabilité.

Comment pouvait-on à la fois se réjouir que cet ivrogne d'Anglais et cette pauvre fille à moitié idiote soient sains et saufs, et pleurer la mort de Belle Rosen ? Et que pouvait-on dire des autres disparus ? Scott, courageux et excentrique, était-il de l'étoffe dont on fait les saints ? Linda, victime de tant de crimes ? Et pour quel grand dessein le Turc Kémal avait-il été épargné ? Pour rentrer dans son pays et retrouver la même besogne : quatre heures de travail, quatre heures de repos, pour veiller à lubrifier de nouvelles pièces, de nouvelles machines ? Et Rogo serait-il encore bon à quelque chose, sans sa femme pour le persécuter ?

Et lui-même, pourquoi était-il parmi les survivants ? Pour Nonnie, dont la personne et l'avenir étaient remis entre ses mains ? En quelle qualité Nonnie lui était-elle échue ? Récompense ? Punition ? Bonheur de toute une vie ou corde au cou ? Car, tout en la serrant contre lui, il pensait à ses amis et se demandait : « Que diable vont-ils en dire ? »

La tête de Martin émergeait comme celle d'une tortue de la carapace de couvertures et, derrière les lunettes d'or, ses yeux avaient eux aussi examiné les survivants de l'autre canot. Il craignait et espérait à la fois y apercevoir une silhouette, un reflet des épais cheveux brillants, un regard des yeux où il s'était si souvent perdu. Mais Mrs Wilma Lewis n'était pas à bord du canot. « Eh bien, se dit-il, en fin de compte je l'ai échappé belle. Sauvé, et en héros peut-être, quand les journaux s'empareront de l'affaire. Or, je ne suis rien qu'un sale petit bonhomme qui a passé ses vacances à faire l'amour à une veuve joyeuse. Et personne ne le saura jamais. Ni punition ni ennuis. »

Son soulagement confinait à la déception : il aurait *dû* en souffrir d'une façon ou d'une autre.

Muller se tourna vers l'officier pour lui demander :

— Où sommes-nous ? De quel bateau êtes-vous et où allons-nous ?

— Le *London Tower,* monsieur, de la compagnie britannique des Antilles. Veracruz, La Havane, les Bermudes et Londres. Nous rentrons à Londres. Nous allons vous installer, confortablement, vos amis et vous. Vous avez eu rudement de la chance, je dois dire.

— Je vous crois ! dit Shelby. Avez-vous une idée de ce qui s'est passé ?

— Un tremblement de terre. Nous étions assez loin au nord-ouest et n'avons rien ressenti, mais deux autres bateaux sont portés manquants. Sans doute sombrés corps et biens. Vous avez eu plus de chance. Les gens de la Nasa se sont mis en branle en apprenant le séisme ; un de leurs avions-radar vous a repérés juste après minuit et a lâché des fusées éclairantes pour vous signaler. Puis, à deux heures ce matin, nous avons reçu de l'ordinateur central de Washington l'ordre de rallier les recherches déjà entreprises par ce cargo allemand. Quant au *Monroe,* il n'était qu'à deux cents milles au nord, en plein exercice de récupération de capsule spatiale. Je pense qu'on vous donnera tous les détails quand vous serez à bord.

Le cœur de Shelby se serra. Il lui semblait entendre Robin, son petit garçon qui savait tout sur les expéditions lunaires, les centres de recherche électronique et les manœuvres de récupération, son petit garçon qui n'aurait jamais la chance de prendre le chemin des étoiles. Cette douleur qui lui perçait le cœur, il savait que Jane la ressentirait à chaque instant de sa vie. Les hommes aiment leurs enfants autrement que les femmes. Pour lui, ce serait épouvantable de ramasser le ballon de football pour s'apercevoir qu'il n'y avait personne à qui le lancer ; il revoyait de façon si précise la pelouse, le ballon tournoyant. Robin galopant à l'autre bout du terrain et se retournant d'une torsion d'épaule à son signal – « Attention ! » – pour l'attraper.

Son attention fut ramenée au présent par un mot qu'avait prononcé l'officier.

— Londres ? dit-il. Mais nous sommes Américains, nous n'habitons pas l'Angleterre.

Comme s'il avait cru, durant toute l'aventure, que si jamais ils arrivaient à percer la peau du *Poseidon,* il se retrouverait tout droit dans son jardin de Detroit !

— Je pense que des dispositions seront prises, dit l'officier.

— Je voudrais envoyer un câble à ma femme, à Chicago, dit Martin.

— Je suis sûr que ce sera possible.

Enseveli jusqu'à l'occiput dans sa couverture, Rosen frissonnait et on l'entendit gémir : « Maman, Maman ! » Nonnie aurait voulu pouvoir le réconforter. Elle fit un mouvement et sa couverture glissa, dévoilant le bout d'étoffe rose tortillé autour de ses reins, le lambeau noué sur sa poitrine et la peau livide maculée de mazout. Le matelot mécanicien la fixa avec des yeux ronds et quelque chose lui dit qu'elle appartenait à son monde : « Hou là là, dit-il, où c'est-y que vous étiez quand c'est arrivé ? À un bal costumé ? »

La figure de Nonnie se rétrécit et sa bouche prit une expression pincée et méchante : « Ta gueule ! » dit-elle. Dans sa voix, Muller entendit résonner tout ce qu'il redoutait et aimait à la fois en elle : sa vulgarité, sa vulnérabilité, et toutes ces années passées à se battre et à se défendre, toujours à la merci d'une mauvaise blague ou d'une proposition galante. Il lui remonta la couverture sur les épaules et lui renversa la tête pour la regarder en face. Sa trop petite bouche portait encore la trace de son accès de colère, mais cela ne l'empêcha pas d'être ému.

L'instinct sûr de Nonnie avait-il perçu ce qu'il éprouvait ? Ou bien, maintenant que le salut était là, savait-elle que les promesses faites devant l'imminence de la mort ne seraient pas tenues ? Elle murmura :

— Hubie, tu n'es pas obligé de m'épouser, tu sais. Moi, je ne te quitterai pas, je resterai avec toi aussi longtemps que tu voudras.

Elle lui rendait sa liberté, et lui, malgré tous les conseils de la raison et de l'expérience, résistait. Elle se contenterait d'être sa maîtresse jusqu'à ce qu'il en ait assez. C'était le plus simple et le plus raisonnable, très agréable pendant un certain temps et puis, bon, les morceaux de leurs deux mondes si différents, qu'ils avaient essayé d'assembler, iraient chacun de leur côté. Pourtant, il n'avait pas envie de lui laisser la possibilité de le plaquer, d'être la première à dire : « C'est fini, mon petit vieux, on se sépare. » Ah, ça non !

Il se resservit des mots prononcés quand il avait essayé de la réconforter dans les entrailles du *Poseidon*. Il sentit se relâcher la tension de son corps et en fut content, mais l'écho de ses paroles résonnait toujours et, tout en se raccrochant à sa décision et au désir qu'il avait d'elle, il se répétait au fond de lui-même : « Qu'est-ce que je vais devenir ? Que diable vais-je faire de cette fille ? Qu'est-ce qu'ils vont tous dire ? Quelle existence vais-je mener ? »

À l'intérieur du *Poseidon* résonna une explosion étouffée et les eaux bouillonnèrent de nouveau à proximité de l'avant enfoncé de biais. La bulle creva en projetant une casquette galonnée d'officier. Muller murmura :

— Ainsi, quand on t'a rebaptisé *Poseidon,* on a bien offensé le dieu des séismes…

— Qu'est-ce que tu dis, mon chéri ? demanda Nonnie.

Muller se retint de dire : « Ne m'appelle pas mon chéri », et se contenta de répondre :

— Rien. Dis au revoir au bateau, Nonnie.

Elle se remit à pleurer et, comme elle avait les joues couvertes de mazout, ses larmes glissaient, intactes, toute rondes, l'une après l'autre.

— Et à toutes mes copines, dit-elle.

— Eh oui, hélas, ma pauvrette. Elle dissimula son visage dans la couverture de Muller. Il l'adorait.

XXV

« Il faudra nous écrire »

La vedette du *Monroe* vint à la hauteur de l'embarcation du *London Tower* et réduisit sa vitesse afin de naviguer parallèlement à quelques mètres de distance. Le commandant s'y trouvait et cria :

— Le monsieur qui…

Il hésita et continua :

— Dont la femme…

Rogo secoua doucement Rosen.

— Manny, je crois qu'il veut vous parler.

Rosen sortit la tête de sa couverture. Il clignait des yeux au soleil en regardant autour de lui comme pour s'orienter.

— Monsieur, je suis désolé de devoir vous parler de ça dans ces circonstances, dit le commandant. Je ne connais pas encore votre nom. Madame, je veux dire votre femme… enfin son corps a été placé dans l'autre vedette, et on le transporte sur notre bateau.

Ses cheveux clairsemés, collés ensemble, se dressaient sur le crâne de Rosen ; son visage avait perdu vitalité et rondeur ; pourtant le petit homme respirait la plus extraordinaire dignité.

— Je m'appelle Emmanuel Rosen, dit-il. Pourrais-je être avec elle, je vous prie ? Je voudrais l'accompagner. Pouvez-vous me prendre ?

— Oui, certainement, répondit le commandant. Ce ne sera pas long, maintenant. Combien y a-t-il d'Américains parmi vous ?

Depuis qu'il avait abandonné le commandement, Martin ne paraissait plus s'intéresser à rien. Muller répondit à sa place :

— Six. Mr, Mrs et Miss Shelby, Mr Martin, Mr Rogo et moi-même.

— Et d'Anglais ?

— Deux, Miss Kinsale que voici et…

Il hésita une demi-seconde :

— Et Miss Parry. Miss Kinsale était passagère, Miss Parry faisait partie de la troupe du cabaret du bord.

— Et le dernier, là-bas ?

— C'est un graisseur de la chambre des machines. Il s'est joint à notre groupe conduit par…

Il s'arrêta, tout étonné de constater à quel point le pasteur Frank Scott lui était sorti de l'esprit. De toute façon, il aurait été trop long d'en parler et il conclut :

— Il est Turc, s'appelle Kémal et ne parle que le turc et le grec avec quelques mots d'anglais.

En entendant son nom, Kémal agita la main avec un grand sourire.

— Dans ce cas, il vaudra mieux le faire rapatrier par Londres, dit le commandant.

Il éleva la voix pour se faire entendre de tout le monde :

— J'ai pris contact avec le capitaine du *London Tower*. Il va prendre les Anglais et tous les Européens. Dans l'autre bateau, il y a quelques Belges, quelques Grecs et un ménage français, ainsi que d'autres membres de l'équipage anglais. Washington nous a donné ses instructions : nous devons prendre à bord du *Monroe* tous les Américains et les débarquer à Miami, où on a pris toutes les dispositions pour vous ramener chez vous.

— Ah, mon Dieu ! dit Miss Kinsale, il va falloir que nous nous disions tous adieu.

Elle parlait exactement comme si ç'avait été le dernier jour de la croisière et qu'on se fût dit au revoir sur le pont-promenade, encombré de bagages à main. Cela fit sursauter les autres. Ils n'avaient pas encore pensé qu'ils étaient sur le point de se séparer, de voir se dissoudre leur vaillante compagnie. Pourtant, les épreuves subies ensemble auraient dû être un ciment pour toujours ! Mais chacun se demandait quoi répondre : « Enchanté d'avoir fait votre connaissance » ne suffirait pas. Et présenter des condoléances pour la mort de Scott était bien délicat. À en juger par les apparences, ou bien Miss Kinsale s'était consolée de cette tragédie, ou bien elle dissimulait son émotion. Ces réflexions les amenaient à constater à quel point Scott avait disparu de leurs pensées et à s'en étonner. Comment un homme qui avait joué un rôle aussi important dans leur sauvetage pouvait-il s'être si complètement évanoui de leurs pensées ? Il était parti, tout simplement, et le mystère qui l'entourait demeurait entier. À se demander si le pasteur avait vraiment existé.

Jane Shelby les tira d'embarras en disant à Miss Kinsale :

— Comme c'est triste ! Il faudra nous écrire.

— Oh oui, certainement ! répondit Miss Kinsale qui esquissa un mouvement de la main puis rit d'un air gêné : Que je suis bête ! Bien sûr que je n'ai plus mon sac. Il suffit de m'écrire à la Browne's Bank, Camberley. C'est facile à retenir.

— Et pour nous, il suffit d'écrire à mon mari, aux soins de la Cranborne Motors Company à Detroit. Ça arrivera.

On approchait du flanc du *London Tower*. Il était peint en blanc de la ligne de flottaison au pont supérieur. On entendait clapoter l'eau contre les vergues, on voyait sur les ponts l'alignement étroitement serré des passagers tournés vers eux. Çà et là, des éclairs de soleil leur parvenaient, reflétés par les objectifs photographiques.

— Lieutenant, dit le commandant, quand vous aurez laissé les deux Anglaises et le graisseur, vous amènerez les Américains au *Monroe :* il va se rapprocher.

Le *Poseidon* était encore plus enfoncé de l'avant, de sorte que la quille émergée s'inclinait de façon très visible. Seuls les intrépides Allemands étaient encore reliés à lui. Leur canot de sauvetage, qui remorquait l'amarre qu'on avait doublée, avait abordé le cargo ; on la hissait à bord. Il y avait quelque chose de risible, mais aussi d'intrépide, dans cette ligne dérisoire qui pendait à son étambot. Mais cette vue irrita Rogo : « J'espère qu'il les emportera quand il coulera. Ils ont tué mon meilleur copain à Bastogne. »

Et ils se trouvèrent sous le flanc éblouissant du transatlantique. On avait ouvert deux portillons de fer et installé des échelles. Le canot avait été solidement amarré. Devant ces visages qui les observaient, Muller et Nonnie s'étaient séparés. L'homme de proue prit pied sur l'étroit marchepied de l'échelle et l'officier appela : « Les passagers britanniques, s'il vous plaît ! » Il s'approcha de Miss Kinsale et lui dit : « Vous feriez mieux de vous appuyer à mon bras. On va vous donner des vêtements et s'occuper de vous.

« Je vais vous aider, ma pauvre », dit l'infirmière en passant un bras maternel autour de Nonnie qui s'était instinctivement levée en entendant appeler les Britanniques. Elle se tourna d'un air désemparé vers Muller : « Je suis Anglaise. Il faut que j'y aille, n'est-ce pas ? »

Il n'était absolument pas préparé au tour que prenaient les événements. De sorte qu'il s'entendit dire : « Je ne sais pas... peut-être que... » Il regarda vaguement autour de lui et ne fit pas un mouvement pour la retenir.

L'infirmière poussait Nonnie : « Pauvre petite, ce que vous avez dû souffrir. Une tasse de thé, un bon lit, ça ira mieux tout de suite. »

Miss Kinsale était déjà sur le marchepied qu'un marin maintenait immobile. L'officier tira Nonnie, puis ce fut l'infirmière et Kémal. Le barreur lança un ordre et soudain, avec ce mouvement insensible et mystérieux qui caractérise tout ce qui flotte, il y eut plusieurs mètres d'eau libre entre le canot et le vapeur. Muller était debout, une expression d'étonnement sur le visage. Il cria :

— Nonnie, Nonnie ! N'aie pas peur, ils s'occuperont de toi.

Puis, comme une arrière-pensée, il ajouta :

— J'irai te chercher.

Jane Shelby faisait des signes :

— Au revoir, Miss Kinsale ! Bonne chance ! Je vous écrirai.

L'intervalle s'élargissait. Rogo, Martin, les Shelby et Rosen lui-même agitaient la main et criaient : « Au revoir, Miss Kinsale ! *Bye-bye,* Nonnie ! Adieu Kémal ! » Tout se passait si vite et si froidement que Nonnie n'avait même pas le temps de pleurer. La voix de Muller lui parvint :

— Comment s'appelle la ville où tu habites ?

— Fareham Cross, c'est la banlieue de Bristol. Avon Terrace, numéro vingt-sept. Tout le monde connaît mes parents, là-bas.

Elle hurlait pour se faire entendre par-dessus les adieux. Puis, elle comprit soudain le sens de ce qui se passait et elle termina par une longue plainte :

— Oh ! Hubie !...

Avec la distance, sa petite figure se réduisait à une tache que seuls deux yeux ponctuaient. Muller se fit un porte-voix de ses mains et cria encore une fois : « Nonnie ! J'irai te chercher. » Il était toujours en proie à la paralysie qui l'avait obligé à la laisser partir et, à ce moment-là, il eut la certitude qu'il ne la reverrait jamais. Il fut envahi d'un sentiment de vide et de désolation. Qu'était-il arrivé ? Pourquoi l'avait-il laissée partir, qu'est-ce qui l'y avait obligé ? En la voyant disparaître avec Miss Kinsale dans le flanc du transatlantique, il pensa à crier au barreur de faire demi-tour et de le ramener pour la rejoindre. Mais il ne le fit pas : il lui était impossible de prononcer un mot et, plus le vapeur s'éloignait, plus s'était difficile.

Sa conscience commençait à lui révéler comment et pourquoi c'était arrivé. C'était bien sûr cette maudite coïncidence que le *London Tower* fût un bateau anglais, et sur le chemin du retour. Ou, si Nonnie au lieu de dire : « Il faut que j'y aille » avait dit : « Veux-tu que je m'en aille ? » il aurait continué de répondre du fond du cœur : « Non, non, surtout pas. »

Au sentiment de vide et de désolation qui l'étreignait, il comprit qu'il était maintenant pareil à Rogo, à Rosen, aux Shelby, et peut-être même à la pauvre Miss Kinsale. Puis il pensa que tout n'était pas perdu : « Il y a encore une chance, je n'ai aucun besoin de monter sur le bateau américain. Le canot va retourner au *London Tower*, je n'ai qu'à y rester, la retrouver, me glisser derrière elle et lui mettre la main sur les yeux, et je l'aurai dans mes bras », idée qui lui remonta le moral.

Martin luttait désespérément pour détacher ses pensées de la cabine engloutie sous les flots. Sans doute s'en était-il tiré à bon compte, mais tant que le *Poseidon* était encore visible, il ne pouvait plus penser qu'à Mrs Lewis. Avait-elle les yeux ouverts ou fermés ? Dans un effort pour se distraire et effacer cette image, il se tourna vers le policier qui surveillait les efforts du cargo allemand pour passer une haussière d'acier sur le navire renversé : ils avaient mis à l'eau un autre canot en plus de celui qui était attaché à l'arrière du *Poseidon* par un mince cordage.

— Allons, Rogo, dit Martin, maintenant que tout est fini, vous pourriez bien nous dire après qui vous en aviez sur le bateau.

Il ajouta, comme si l'idée venait tout juste de lui en venir :

— Est-ce que ce serait Scott, par hasard ?

De façon délibérée, Rogo tourna vers Martin son buste enfoui sous la couverture et, lui adressant son plus froid regard de policier, ses petits yeux porcins enfoncés dans une figure tellement noire de saleté qu'il avait l'air d'un ramoneur, il répondit en termes concis, ses lèvres minces bougeant à peine :

— Vous ne pouvez pas me ficher la paix, pour l'amour de Dieu ? Qu'est-ce que ça fait maintenant ? Ce salaud est mort. Et ma femme aussi.

Puis il ajouta avec une méchanceté coupante :

— Et aussi cette grosse blonde avec qui vous couchiez.

Curieusement, Martin n'en fut pas ému. Il ressentait même une sorte de soulagement.

— Alors vous saviez ? dit-il.

— Ouais, répondit Rogo.

Martin se demanda un instant comment Rogo s'en était aperçu, puis il se dit que cela n'avait pas d'importance. Il ne s'en était pas tiré comme il le croyait. Peut-être que d'autres aussi l'avaient appris. Et son monde habituel se remit en place. Muller, assis tout près de lui, avait entendu. « Ah, le cochon ! pensa-t-il, alors c'était toi qu'elle s'envoyait ! » Après quoi il ne cessa plus d'imaginer le spectacle de ce petit bonhomme tout gris et tout sec, et de cette grosse femme aux formes voluptueuses. « Et Rogo, et Scott ? se demanda-t-il ensuite. Combien de choses resteraient sans réponse après cette fatale aventure ? »

Il y eut un appel, le bruit d'un cordage frappant le pont avant du canot. Ils approchaient du flanc gris du *Monroe*, dont le pont, bas sur l'eau, était ponctué par les uniformes blancs des marins et des officiers.

Muller constata que ses superstructures étaient chargées d'une masse d'appareils électroniques et d'antennes. Ses deux vedettes étaient amarrées à ses flancs. Le commandant qui avait organisé le sauvetage était déjà à bord, penché sur le bastingage. Deux marins installaient une passerelle d'embarquement.

Scott et Rogo ; Rogo et Scott ! « Qu'est-ce que ça fait maintenant ? Ce salaud est mort ». La réponse du policier résonnait dans les oreilles de Muller et il cherchait des indices dans leurs relations pendant toute cette aventure. Rogo détestait le pasteur, mais il détestait tout le monde.

Le canot avait été amarré et on aidait les Shelby à monter à bord. Rosen suivit, en trébuchant, car il n'avait d'yeux que pour ce qui gisait enveloppé comme un gros colis, à l'arrière. Muller suivit avec Martin ; et Rogo, comme d'habitude, fermait la marche. Y avait-il quelque chose d'encore plus sinistre dans les relations entre Linda, Scott et Rogo ? Ou Rogo en avait-il, une fois pour toutes, assez de ces questions qu'on n'avait cessé de lui poser ? Muller se posa la question entendue au début du voyage : pourquoi un policier ne pourrait-il pas faire une croisière comme n'importe qui ? Et comment un homme comme Scott aurait-il pu être impliqué dans une affaire justifiant l'intervention d'un énergique membre du corps de police de Broadway ? Ça ne tenait pas debout...

Le pont de métal du *Monroe* brûlait les pieds nus de Muller. Le commandant s'en aperçut et lui dit : « On s'occupe de vous dans une seconde. » Dès que Martin et Rogo furent à bord, il remercia les hommes du canot, puis il informa les naufragés que des cabines et des vêtements les attendaient.

Des noms continuaient à tourner dans la tête de Muller : Rogo, Linda, Scott. À l'arrière, l'eau formait une mousse blanche sous l'effet de l'hélice, tandis que le canot s'éloignait.

« Linda est morte, pensait Muller, Scott est mort. Qu'avaient-ils à se dire quand ils sont allés ensemble à l'endroit où cette pauvre femme était empalée sur cette pointe de fer ? Était-ce seulement par dépit, parce que Dieu lui gâchait son entreprise, que Scott s'était donné la mort ? Ou bien le policier lui avait-il glissé du coin de la bouche quelques mots lui donnant à penser que la mort vaudrait mieux que la vie ? Non, c'était insensé. Mais les insultes à tous les anciens dieux de la Bible l'étaient bien aussi... Il n'y avait aucune information à tirer de l'expression butée de Rogo. »

Le canot était déjà à plusieurs centaines de mètres en direction du *London Tower,* brillant au soleil qui continuait à monter, et Muller sentit un froid au creux de l'estomac. Nonnie!... Sa décision d'aller la chercher... Absorbé dans ses pensées sur Scott, il avait suivi les autres comme un mouton et avait laissé repartir le canot.

Involontairement, il leva le bras dans une ébauche d'appel au canot, mais il en comprit tout de suite la futilité. Ils ne pouvaient plus le voir ni l'entendre. Il sentit sur lui le regard froid de Rogo et vit se former au coin de la bouche du policier le passage d'où sortit un : « Alors vous l'avez laissée partir » plein de mépris. Muller ne répondit pas. Que pouvait-il dire, puisque c'était vrai ? Mais Rogo n'avait pas fini. Toujours sans aucune inflexion, il continua :

— J'ai toujours pensé que vous étiez un coureur – ce à quoi Muller n'avait encore rien à répondre.

Enfin il ajouta :

— Je dirais que c'est une chance pour la gosse. Et encore, des types comme vous, c'est du poison pour quelqu'un qu'a du cœur.

Et il tourna le dos à Muller.

Le médecin avait abordé le commandant pour lui dire : « Je pense qu'il faudrait envoyer ces gens se reposer et se faire soigner. Ils ont été terriblement secoués », quand se produisit un mouvement parmi les hommes de la frégate et des cris : « Il coule, il coule ! »

Tout le monde se précipita au bastingage, sauf le commandant, le médecin et les sept Américains qui restèrent figés. Un demi-mille plus loin, la proue du gigantesque dos de baleine s'enfonça brusquement sous le miroitement du soleil et, inexorablement, se mit à glisser en avant. Puis les hommes de la frégate poussèrent un nouveau cri, de saisissement cette fois : le marin qui se tenait à la proue d'un des canots du cargo allemand relié à l'épave, n'avait pas été assez prompt pour rompre l'amarre avec sa hache et, une demi-seconde avant qu'elle ne cède, l'embarcation avait chaviré, jetant son équipage à la mer. À bord du *Monroe,* Mike Rogo renversa la tête et eut un rire qui donnait le frisson : « Noyez-vous tous, sales Boches ! »

La poupe du *Poseidon*, dont les quatre hélices ressemblaient à de gigantesques ventilateurs, s'éleva brusquement. Le navire semblait sur le point de rejoindre silencieusement l'éternité, quand, si subitement que Muller en sursauta, les trois navires en présence firent fonctionner leurs sirènes dans ce dernier cri de deuil et d'adieu à ce qui avait été un roi de l'océan.

Cependant, le navire resta un instant suspendu, puis, avec dignité et gravité, sombra. À sa place, on ne voyait plus qu'un magma de mazout et de débris flottants parmi lesquels le second canot de sauvetage du cargo se frayait un chemin pour recueillir les membres de l'équipage qui barbotaient dans l'eau.

« Eh bien après tout, je ne vais pas m'en tirer comme ça ; je serai puni. Le vieux Feux-d'Enfer a peut-être raison », se dit James Martin. Rogo était une sale petite frappe, et un flic. Il ne devait pas se sentir au-dessus d'un petit chantage. Et Muller n'avait-il pas entendu, lui aussi ? Martin comprit qu'en fin de compte, une fois rentré chez lui, il avouerait tout.

Sans qu'on s'en aperçoive, Emmanuel Rosen s'était éloigné du groupe et restait assis, la tête entre les mains, près du corps enveloppé, déposé sur l'acier brûlant du pont. Quand les cris et les sirènes se firent entendre, il leva les yeux à temps pour voir la fin du *Poseidon* et murmura : « Oh, Maman, Maman, comme je voudrais y être encore, que nous y soyons tous les deux. »

Jane et Richard Shelby se tenaient côte à côte, Susan toute seule un peu plus loin. Shelby remontait au début de la catastrophe et se demandait s'ils avaient bien fait de suivre Scott. N'était-il pas un peu fou ? Peut-être avait-il le cerveau un peu fêlé à force de recevoir des coups sur la tête au football. Les gens qui étaient sortis par la proue étaient-ils tout tranquillement restés dans la salle à manger à attendre qu'un officier vienne leur donner des instructions ? S'ils en avaient fait autant, Robin serait-il encore vivant ? Comment savoir ? Ils ne sauraient jamais ce qui était arrivé à leur enfant. Mais il pensa : « Jane m'a pardonné quand même. » Il lui passa le bras autour de la taille et elle puisa quelque part la force de ne pas s'en arracher.

Elle passait par un moment affreux, celui où elle espérait, priait même pour que son fils fût déjà mort ; que la chair de sa chair n'eût plus conscience de rien, qu'il ne souffrît pas une seconde mort, que ce dont elle était témoin ne fût plus que ses obsèques.

Elle n'éprouvait aucun ressentiment, ne faisait de reproches qu'à elle-même et au mensonge dans lequel elle avait vécu. Et l'adieu silencieux qu'elle exprimait maintenant s'adressait non seulement à son fils, mais à son propre double, à la femme qui, ayant surgi pour un instant et trop tard, était repartie s'ensevelir de façon aussi définitive que le malheureux bateau.

Agrippée au bastingage, Susan Shelby laissait couler ses larmes sur tous les arrachements qu'elle avait subis dans cette fatale croisière : son frère, sa jeunesse, l'idée qu'elle se faisait de son père et de son foyer... Mais elle avait une autre raison de pleurer.

Ces yeux d'où tombaient des larmes avaient, eux aussi, scruté le canot du *Monroe* qui transportait les membres rescapés de l'équipage. Elle y cherchait un visage juvénile, des yeux bleu clair et des joues roses, la tête qu'elle avait serrée contre sa poitrine et qui n'y était pas. Ce garçon à peine plus âgé qu'elle, dont la rencontre fortuite devait changer toute sa vie, avait été anéanti comme les autres. Elle ne pouvait l'imaginer mort, où que la mort l'ait surpris ; elle estimait trop injuste qu'il n'ait pas survécu.

Alors, avec une étrange intensité au plus profond d'elle-même, surgit le vœu, l'espoir et jusqu'à la prière d'être enceinte de lui ; qu'il ne soit pas entièrement mort ; qu'une part de lui ait été épargnée pour vivre cette vie qu'il avait perdue. Elle comprit que si cela était, cette naissance serait un des plus grands bonheurs qu'elle connaîtrait jamais.

Ce serait un enfant comme lui, avec une très belle bouche, un petit bout de nez et des joues roses, et un jour elle l'emmènerait... où était-ce ? Sa pensée revint à ce moment terrifiant dans le noir – un moment qui n'était plus terrifiant, désormais, mais simplement inévitable. Hull, c'était cela ! Il avait dit qu'il était de Hull, et que ses parents y tenaient une baraque à frites. Ce ne serait pas tellement difficile de trouver le père et la mère d'un jeune marin péri dans la catastrophe du *Poseidon,* de leur mettre le bébé dans les bras et de leur dire : « Herbert n'est pas tout à fait mort, pas tout entier. Voici une partie de lui. » Elle sourit toute seule à cette image et murmura : « Plaise à Dieu qu'il en soit ainsi ! »

Fin

Table

Cet ouvrage a été composé
par Atlant' Communication
aux Sables-d'Olonne (Vendée)

Impression réalisée sur CAMERON par

BRODARD & TAUPIN

GROUPE CPI

La Flèche (Sarthe)

en avril 2006
pour le compte des Éditions de l'Archipel
département éditorial
de la S.A.R.L. Écriture-Communication

Imprimé en France
N° d'édition : 926 – N° d'impression : 35148
Dépôt légal : avril 2006